R. J. Larson
Die Prophetin

Bücher des Ewigen – Band 1

R.J. LARSON

DIE PROPHETIN

ROMAN

Copyright © 2012 by R.J, Larson
Originally published in English under the title

Prophet

by Bethany House Publishers,
a division of Baker Publishing Group,
Grand Rapids, Michigan, 49516, U.S.A
All rights reserved.

Übersetzt von Alexandra Wolf
Deutsche Ausgabe © 2019.
Alle Rechte vorbehalten.

1. Auflage, November 2019
ISBN 978-3-96588-028-3

ReformaZion Media
Braasstraße 30
D – 31737 Rinteln
Fon (05751) 97 17 0
Fax (05751) 97 17 17
info@reformazion.de
www.reformazion.de

Für Jerry

Dein fester Glaube und deine ermutigende Ausstrahlung
werden mich immer erstaunen.

1

Grauer Schnee trieb durch die Luft und setzte sich auf Ela Roehs Haut, als sie aus dem Haus trat. Warmer Schnee. Unmöglich.

Sie rieb über die Flocken auf ihren nackten Unterarmen und sah sie wie bedrohliche Schatten auf ihrer braunen Haut verwischen. Asche. Wo brannte es?

Unruhig sah Ela sich auf dem weiten, öffentlichen Platz mit seinen lehmverputzten Häusern um, die wabenförmig darum aufgestellt waren. Sie schienen wie wahllos aufeinander gebaut und befanden sich innerhalb der ungleichmäßigen, aber riesigen Mauer, welche die Stadt Parne schützend umfasste. Lehm und Steine konnten nicht brennen, doch die gezimmerten Einrichtungen der Häuser sehr wohl. Sie hatte schon einmal mit angesehen, wie der dicke, schwarze Rauch seine hilflosen Opfer in einem der Häuser erstickte.

Doch keines der Häuser glühte. Auch nicht Parnes Stolz, der Tempel. Gut. Ein Segen.

Ein Windstoß blies ihr neue Asche ins Gesicht. Ela nahm den metallisch bitteren Geschmack wahr und runzelte die Stirn. Es war merkwürdig, denn wenn keines von Parnes Häusern brannte, musste die Asche aus großer Distanz her geweht kommen. Ela war überzeugt, Parne war der isolierteste Stadtstaat, den es überhaupt gab. „Ewiger …"

Sie zögerte. Warum über Asche beten, wenn sie deren Ursprung nicht kannte? Vielleicht sollte sie jedoch keine Zeit verlieren, besonders wenn die Asche jetzt schon ihr Sehen und Atmen einschränkte. Eigentlich sollte sie sich lieber bedecken. Die Asche hing an ihr wie kleine, lebende Wesen, krabbelnde Käfer mit dem Ziel, ihr Unbehagen zu bereiten. Ela schauderte, während sie sich vorstellte, wie lauter kleine Insekten über ihre Haut liefen. Warum nur hatte sie ihren Umhang nicht mitgenommen, als sie sich entschieden hatte, einen Spaziergang zu machen?

Ela trat zurück in das Haus ihrer Familie, einen nackten Kasten mit unebenen Wänden, der genauso aussah wie alle Häuser in Parne. Praktisch. Einfach. Unverändert von Generation zu Generation. Genauso wie die Bewohner Parnes. Sie schnappte sich ihren dünnen, braunen Umhang und rief ihrer Mutter zu: „Ich gehe hinauf zur Mauer! Es schneit Asche."

„Was?" Ungläubig hob Kalme eine Augenbraue, während sie mit dem Fächer weiter den Ofen anheizte.

„Es schneit Asche", wiederholte Ela. „Ich gehe hoch zur Mauer, um nach dem Feuer zu suchen."

„Ein Haus brennt?" Kalmes Augen weiteten sich und sie ließ den Fächer sinken.

„Nein. Das Feuer ist nicht hier in Parne. Aber es muss riesig sein, wenn die Asche so weit getrieben wird."

Kalme atmete auf und begann wieder zu fächeln. „Finde deinen Vater und Tzana", forderte sie Ela auf. „Keine Besuche bei Amar und seinen Freunden."

Mach mir keine Schande, Ela. Sie konnte die unausgesprochenen Worte fast hören.

„Tue ich nicht", versprach sie ihrer Mutter. Tatsächlich hatte sie nicht einmal an Amar gedacht, bis Kalme seinen Namen erwähnte. Warum sollte sie auch an ihn denken? Ela sollte ihn nur heiraten. Irgendwann.

Sarkasmus half nicht, erinnerte sich Ela. Wenigstens hatte sie ihrer Mutter keine respektlose Erwiderung entgegengeschleudert. Das war sicher ein Zeichen ihrer wachsenden Reife. Möglicherweise.

„Oh!", forderte Kalme sie noch auf. „Bring mehr Rebenholz mit, wenn du zurückkommst. Ich brauch' noch welches für den Ofen."

„Ja, Mutter." Ela holte tief Atem, zog sich eine Ecke ihres Umhangs über Mund und Nase und trat nach draußen auf den aschebedeckten Marktplatz. Mittlerweile fielen die dunklen Flocken dick und schnell. Mit brennenden Augen und blinzelnd ging Ela vorsichtig auf die Steinstufen zu, die in die Mauern um Parne eingehauen waren. Sie führten auf die Dächer der Häuser, welche die äußerste Mauer berührten. Heute konnte sie diese Stufen nicht hinaufrennen. Die

Asche lag auf den Stufen und klebte an ihren bloßen Füßen, sodass sie keinen festen Halt auf der Oberfläche fand.

„Ela!", rief eine raue Stimme ihr zu, gefolgt von einem Husten. Amar.

Zwar war er großgewachsen, schlaksig und hatte dunkle Locken wie jeder andere junge Mann in Parne auch, doch irgendwie schaffte Amar es trotzdem, dass es in Elas Innerem kribbelte. Nur ein bisschen. Auch Amar schützte sein Gesicht mit einem Teil seines Umhangs, als er jetzt die Stufen hinaufhastete, ausrutschte und mit einem Knie fest auf den Stein aufschlug. Ela erschrak, doch Amar zuckte einfach mit den Schultern und ignorierte die abgerissene Haut und das Blut, das direkt unter dem Knie sein Bein hinunterlief.

„Gehst du auf die Mauer?"

„Ich darf nicht mit dir reden", erinnerte sie ihn durch ihren Umhang hindurch.

„Gut. Ich darf eigentlich nicht einmal zur Kenntnis nehmen, dass du atmest." Seine braunen Augen leuchteten und verrieten das Lächeln, das sein hochgezogener Umhang verbarg. Er kam die letzten Schritte auf sie zu, bis sie sich direkt gegenüberstanden. Dann murmelte er durch den Stoff: „Aber ich ignoriere die Regeln heute. Ich möchte meine Frau besser kennen lernen."

Amar war einer von denen, die regelmäßig eine Herausforderung brauchten, und Ela war gerade ungeduldig genug, ihm eine zu geben. „Frau? Wir sind noch nicht einmal verlobt. Du musst also nicht annehmen, dass du ein Anrecht auf meine Zeit hättest."

„Das ändert sich in zwei Wochen. Bis dahin ..." Er schob seine freie Hand in Elas Umhang und seine Fingerspitzen glitten ihren bloßen Arm hinauf. Ela erschauerte.

Sie schüttelte ihn ab und beeilte sich, die Treppen zu den Dächern hinaufzusteigen. Den gepflasterten Wegen über die Dächer und Terrassen folgend, achtete sie darauf, den direktesten Weg zur breiten Stadtmauer zu wählen, um ihrer Pflicht, sich von Amar fernzuhalten, gerecht zu werden. Die Asche fiel hier zerstreuter, doch immer neue Flocken klebten an Ela und schienen sie regelrecht zu suchen.

Natürlich hatte sie viel zu viel Fantasie. Warum sollte die Asche nach ihr suchen? Wenn Vater ihre Gedanken hören könnte, würde er ihr erzählen, dass Asche kein Bewusstsein hatte und somit auch nicht in der Lage war, sie oder irgendjemanden sonst zu erkennen.

Aber wo war Vater? Und Tzana? Ela trat auf den Mauergang und sah sich in der Hoffnung um, ihren Vater zu finden. Dort. Neben dem nördlichen Unterstand für den Ausguck, einer kleinen Steinkuppel, gerade einmal groß genug für einen Mann. Der diensthabende Wachgänger war klug genug gewesen, in seinem Unterstand Schutz zu suchen.

„Vater!" Elas Stimme klang gedämpft hinter den aschebeladenen Falten ihres Umhangs. Sie bezweifelte, dass er sie gehört hatte, doch Dan Roeh war schon immer sehr scharfsinnig gewesen. Er drehte sich sofort um und sein schmales, wettergegerbtes Gesicht zeigte einen grimmigen Ausdruck. In seinen Armen eingekuschelt lag Elas zerbrechliche kleine Schwester Tzana, die ihr nun entgegenblinzelte.

Ascheflocken krönten Tzanas zarte, schwarze Locken wie eine düstere Segnung und dämpften deren Glanz. Elas Herz schmerzte bei dem Anblick. Tzana wirkte wie ein dunkles, ängstliches Lämmchen mit kummervollem Gesicht. Was hatten die Männer gesagt, das ihr solche Angst eingejagt hatte? Blinzelnd blickte Ela nach Norden und fand den Ursprung der Asche. Rauchberge türmten sich über den Gipfeln der wilden Grenzgebiete auf, die Parne von seinen Nachbarländern trennte. Sicher musste eine ganze Stadt in Flammen stehen, um solch gigantischen Rauchschwaden Nahrung zu geben.

„Ewiger", murmelte sie, „was passiert hier?"

Elas Frage war rhetorischer Natur und sie erwartete keine Antwort, doch ein Flüstern drang in ihre Gedanken.

Schließ deine Augen.

„Was?" Sie keuchte durch ihren Umhang, gebannt von der Stimme des Ewigen, die sie sofort erkannt hatte. Es war, als würde Er sich über ihre Schulter beugen, um ihr ins Ohr zu flüstern.

Schließ deine Augen und du wirst es sehen.

Sie gehorchte.

Die Vision traf sie in ihrem Kopf wie eine Faust. Gegen ihren Willen taumelte sie durch die Bilder in ihrem Kopf, die ihr das Gefühl gaben, mitten in der Szene zu stehen. Unzählige Häuser standen in Flammen und die Hitze knisterte in der Luft. Weinende Kinder. Frauen knieten auf blutiger Erde und schrien, während ihre Männer um ihr Leben kämpften. Die Übermacht der mit Schwertern bewaffneten Soldaten in Panzer und Schild nahm jedoch alle Hoffnung. Ela atmete tief ein und musste würgen, als der Geruch von verbranntem Fleisch ihre Lunge füllte, während noch mehr Soldaten die am Boden liegenden Männer in Brand steckten.

Genauso hilflos wie jede andere klagende Frau um sie herum sah Ela dabei zu, wie ein Mann blutend zu Boden ging. Sie konnte seinen Schmerz und die Angst um seine Familie fühlen, als der grausam grinsende Soldat sein Schwert ein letztes Mal hob.

Dies ist ein Gemetzel, unwürdig, schändlich und ungerechtfertigt... Als die Stimme des Ewigen durch die Vision hallte, griff Ela sich an den Kopf und stieß einen qualvollen Schrei aus. Die geballte Kraft der Worte, der Gerüche, der Bilder und die Flut der Emotionen überwältigten ihre Sinne. „Stopp!"

„Ela!"

Jemand schüttelte sie. Sie kam zu sich und erkannte überrascht, dass sie ausgestreckt auf dem aschebedeckten Gehweg lag. Sie lebte noch, doch die Schmerzen in ihrem Kopf waren so schlimm, dass sie sich übergeben wollte. Mit trockenem Mund schloss sie die Augen wieder und flüsterte: „Ewiger, was war das? Nein, bitte antworte nicht!" Sie schreckte vor ihrer eigenen Dummheit zurück und zitterte, voller Angst, dass die Gewalt der Antwort sie zerstören würde.

Keine Antwort. Stille Dunkelheit hüllte sie ein – eine gesegnete Wohltat. Ela sackte in sich zusammen.

* * *

Jemand schüttelte Ela noch einmal. Endlich öffnete sie ihre Augen und schaute hinauf in die Augen ihres Vaters. Dan starrte sie mit offenem Mund an und sein Gesicht spiegelte eine Mischung aus Angst und Ärger. „Was stimmt nicht mit dir?", verlangte er zu wissen. „Steh auf!"

„Ja, Vater." Er schrie sie an, weil sie zusammengebrochen war? Konnte sie aufstehen? Ela wusste es nicht. Der Ausdruck auf dem Gesicht ihres Vaters ließ sie vermuten, sie musste verrückt geworden sein – oder zumindest danach aussehen. Aber sie konnte nicht verrückt sein, denn die Vision, die Stimme und die Gefühle waren alle so furchtbar real gewesen.

So qualvoll, dass sie es nicht noch einmal durchleben wollte. Bitte nicht.

Ihr Vater zögerte, bevor die Frage aus ihm herausplatzte, von der er wünschte, er hätte sie zuerst gestellt: „Geht es dir gut?"

„Ja." Ja, jetzt wo die Stimme, die Flut der Emotionen und die Vision verblassten. Sie war nur noch etwas benommen und ihr war übel. „Tut mir leid. Ich weiß nicht, was da gerade passiert ist." Das war die Wahrheit. Und sie hatte zu viel Angst, um den Ewigen um weitere Details zu bitten. Sand knirschte zwischen ihren Zähnen, während sie sprach. Sie hätte am liebsten ausgespuckt und brauchte dringend einen Schluck Wasser.

„Ela? Hörst du mir zu? Bring deine Schwester nach Hause."

Ela erhob sich auf ihre Knie und damit auf Augenhöhe mit Tzana, die mit sorgenvollem Gesicht wie dem einer alten Frau vor ihr auf dem Gehweg stand.

„Soll ich dir helfen?", fragte Tzana mit ihrer piepsigen Stimme und bot ihr eine winzige, verkrümmte Hand an.

„Danke", murmelte Ela, reichte ihrer Schwester zwei Finger und stemmte sich dann aus eigener Kraft auf die Füße. Sie wagte es, ihren Vater noch einmal anzusehen, doch er drehte sich weg. Amar dagegen starrte sie eigentümlich an. Verlegen lächelte Ela, bevor sie hinter Tzana herlief, die mit ungewöhnlicher Lebendigkeit auf die Häuserdächer zusteuerte. „Tzana, mach langsam! Du wirst noch auf der Asche ausrutschen und dir die Knochen brechen."

„Werde ich schon nicht", rief Tzana über die Schulter zurück, nicht um zu widersprechen, sondern um ihre eigene Überzeugung auszudrücken.

Immer noch benommen kämpfte Ela mit ihrer Übelkeit und versuchte, ihre bruchstückhaften Gedanken zu ordnen. Sie wünschte, sie hätte die sterbenden Männer retten können. Sie sehnte sich danach, die Kinder zu halten und deren Mütter zu trösten. In ihrem Kummer strömten Ela Tränen übers Gesicht, das schwarz vor Asche war. Was würde mit diesen Frauen und Kindern geschehen?

Sie sind jetzt Gefangene, ließ der Ewige sie wissen.

Die Überlebenden sind jetzt Sklaven.

In Furcht vor einer neuen Vision versteifte sich Ela und wartete. Aber diesmal drang nur die Stimme in ihre Gedanken. Die Stimme war zu ertragen. Mehr als das. Die Stimme des Ewigen war unwiderstehlicher als alles, was sie jemals gehört hatte. So sollte es ja sein. Könnte sie von ihrem Schöpfer weniger erwarten? Nein. Und dennoch ...

Warum erwartete sie überhaupt irgendetwas von ihm?

Sie zog die Falten ihres Umhangs wieder über Nase und Mund und flüsterte: „Ewiger? Ich bin nichts Besonderes. Warum teilst du mir das mit?"

Weil ich weiß, dass du zuhören wirst. Jetzt folge deiner Schwester.

Tzana? Ela sah sich um und bemerkte erst jetzt, dass sie auf der steinernen Treppe auf halbem Wege nach unten stehengeblieben war. Wie war das passiert? Sie konnte sich nicht einmal daran erinnern, die Terrassen verlassen zu haben. „Tzana!"

Es fiel nun weniger Asche, doch Ela musste die brennenden Augen trotzdem zusammenkneifen. Tzana war schon am unteren Ende der Treppe und stürmte nun auf den offenen Platz wie ein kleiner, schwarz gefiederter Vogel. Ein lauschender Vogel. „Tzana!"

Tzana winkte ihr zu, doch anstatt auf Ela zu warten, lief sie über den Platz und stoppte vor einem alten Steingebäude. Einem Grabhaus.

Was dachte Tzana sich dabei?

Wohlüberlegt legte Tzana beide Hände an die Tür des Grabhauses und lehnte sich dagegen, um sie aufzustemmen.

„Nein! Tzana, stopp!" So schnell die Asche und ihre wackeligen Beine es erlaubten, eilte Ela die verbliebenen Stufen herunter. Tzana wusste es besser, als die Heiligkeit eines Grabhauses zu verletzen, oder? Grabhäuser waren tot. Verputzte Denkmäler, die die Namen der Familien ehren sollten, die einmal dort gelebt hatten. Aber Entweihung war nicht Tzanas schlimmstes Vergehen.

Dies war nicht irgendein Grabhaus.

Mittlerweile waren andere Bewohner Parnes stehengeblieben und beobachteten in offener Empörung, wie Tzana durch die Tür eilte, die sich nicht so einfach hätte öffnen lassen dürfen. Die traditionellen Lehmversiegelungen hätten viel zu hart sein sollen, als dass Tzana sie hätte aufbrechen können. „Tzana!"

Ela erreichte die Türschwelle und blieb stehen, um all ihren Mut zusammenzunehmen. Dies war die Grabstätte des letzten Propheten Parnes. Eshtmoh war Inspiration unzähliger Schreckensgeschichten gewesen, die von den Kindern Parnes seit mehr als siebzig Jahren nur geflüstert weitererzählt wurden. Der Prophet Eshtmoh hatte Ungeheuer mit bloßen Worten besiegt, fürchterliche Dürren vorhergesagt und Anschläge, Krankheiten und Katastrophen jeder Art prophezeit. Ein König des Landes Istgard war bei seinem Anblick vor Schreck gestorben und es hatte eine ganze Armee gebraucht, um Eshtmoh vorzeitig ins Grab zu befördern.

Alle wahren Propheten starben jung. Das war eine Tatsache. Die Ältesten von Parne konnten die Namen jedes einzelnen vergangenen Propheten und die Details seines schaurigen Todes aufsagen. Am Ende dieser traditionellen Aufzählungen schüttelten die Ältesten ihre Köpfe, schauten weise und sagten: „Ein silberhaariger Prophet hat versagt."

„Du holst deinen kleinen Zwerg besser da raus!", schimpfte jemand.

Die Matrone Prill, eine Nachbarin, deren Haus etwas weiter oben und östlich vom Haus der Roehs lag, schüttelte ihren aschebestäubten Kopf. Die Fäuste in die Hüften gestemmt sagte sie: „Warte, bis ich das deinen Eltern erzähle."

„Ich werde es ihnen zuerst erzählen." Ela trat durch die zerbrochene Tür. Wie konnte Matrone Prill es wagen, Tzana einen Zwerg zu nennen! Hatte sie überhaupt kein Mitgefühl für Tzanas unheilbaren vorzeitigen Alterungsprozess? Warum konnten sie und jeder andere in Parne nicht erkennen, welch ein Segen Tzana war? Sie war kein Zeichen dafür, dass die Roehs verflucht waren. Arme Tzana – ein winziges, greisenhaftes Mädchen mit schütteren Haaren, ehe sie das zehnte Lebensjahr erreicht hatte.

Ein greisenhaftes Mädchen, das Türen aufbrach.

Ela starrte auf die Balken der Tür und wunderte sich, wie ihre kleine Schwester diese hatte aufbrechen können. Das Holz der Balken war offensichtlich immer noch kräftig, während Tzana so zerbrechlich und schwach war, dass sie oft durch die Stadt getragen werden musste.

„Ewiger...?" Nein, bitte antworte nicht.

Aber wie, um Himmels willen, hatte Tzana nur solch einen Kraftakt bewältigen können?

Ela zwang sich dazu, in die Schatten hineinzurufen. Ihre Stimme quiekte. „Tzana?"

„Hier!" Tzana klang außer Atem. Und begeistert.

Während sich ihre Augen langsam an die Dunkelheit gewöhnten, bewegte sich Ela bedachtsam vorwärts. Ihre kleine Schwester stand neben einem massiven Rechteck aus Ton, das mit dem Boden verbunden war. War das der Sarkophag des Propheten? Ela trat näher heran. Weinranken waren durch den Steinboden gewachsen und hatten sich dick um das Grab gewickelt, so als wollten sie Eshtmohs Ruhestätte beschützen. Ein einzelner Ast des Rebenholzes war heller als die anderen. Ein bisschen gerader. Er schimmerte seltsam in der Dunkelheit und Tzana griff mit ihren kleinen Händen danach. Sie hob ihn auf.

„Tzana, was tust du da? Wir müssen JETZT gehen. Lass das liegen!"

„Aber er ist nicht für mich", protestierte Tzana. Ihre unschuldige Stimme hallte von den kahlen Wänden wider und erfüllte den

Raum. Sie drehte sich ins Licht der Türöffnung und lächelte Ela zu. „Er ist für dich."

Die Stimme des Ewigen flüsterte: *Nimmst du ihn an?*

Annehmen?

Den Stab des Propheten.

Der Ewige fragte sie, ob…

Wirst du meine Prophetin sein?

Zitternd und unfähig, sich zu stoppen, zitierte Ela das uralte Sprichwort: „Ein silberhaariger Prophet hat versagt. Stimmt das?"

Ja.

„Wenn ich annehme, werde ich silberhaarig sterben?"

Nein.

Ela schluckte. Ihr Haar würde schwarz bleiben. Sie würde jung sterben.

Nimmst du an?

2

Ela lag auf den Knien und starrte auf den schimmernden Stab aus Rebenholz in Tzanas verkrümmten Händen und wusste, sie konnte ihn nicht abweisen. Mit ihrem ganzen Sein fühlte sie… wusste sie…, dass der Ewige ihr aufrichtig die Wahl ließ. Seine Geduld war beruhigend und dennoch zögerte sie.

Auch Tzana wartete geduldig, während sie Ela ihr Todesurteil hinhielt. Sie lächelte immer noch.

„Tzana, was hast du nur getan?" Kaum ausgesprochen, bereute Ela die Worte. Tzana trug keine Schuld. Der Ewige wusste natürlich, dass die Sorge um Tzanas Sicherheit der einzige wirkungsvolle Anreiz war, um Ela hierherzubringen. Zu dieser Entscheidung.

Tzanas Lächeln verblasste und in ihren dunklen Augen schimmerten Tränen. „Ich dachte, es würde dich glücklich machen", beteuerte sie. „Er ist ein Geschenk des Ewigen."

Ein Geschenk. War es das? Ela kauerte sich zusammen und verbarg ihr Gesicht in ihren ascheverschmierten Händen, um nicht dem Impuls nachzugeben, die Stirn auf den uralten Steinboden zu schlagen. Und doch… falls sie ablehnte, würde sie dann jemals wieder Seine Stimme hören?

„Ewiger?" Ela sandte ihre Bitte nach oben und horchte angestrengt. Und sehnte sich nach einer Antwort.

Stille.

Das war so ungerecht! Erwartete er etwa von ihr, dass sie den Rest ihres Lebens mit dieser unerträglichen Stille lebte? Schon dürstete ihre Seele förmlich nach Seiner Stimme. „Ewiger", murmelte Ela in ihre Hände. „Hier bin ich – und ich weiß nicht, warum! Wer hat jemals von einem Mädchen gehört, das zur Prophetin wurde? Ich bin ungeschickt und unbedeutend. Niemand wird mir auch nur zuhören. Außerdem bin ich wie ein Stein zur Erde gefallen, als du mich die Vision sehen ließest. Ich werde dir überhaupt nichts nützen!"

Doch, das wirst du. Wenn du annimmst.
Sie sog die Worte ein und setzte sich auf, während sie nachdachte. Sie hatte zwei Möglichkeiten. Ein langes Leben mit silbernen Haaren am Ende, voller Bedauern, oder dieses ‚Geschenk' mit all seinen Unsicherheiten – aber auch mit der Stimme des Ewigen.

Tzana verlagerte ihr Gewicht ein wenig und zog den Stab näher an ihren zerbrechlichen Körper. Ela grübelte. Würde der Ewige jemand anderes erwählen, wenn sie sich weigerte? Und was würde mit den Witwen und Waisen aus ihrer Vision passieren? Sklaven, hatte der Ewige gesagt.

Würde sie ihnen helfen können?

Wie könnte sie nicht?

Trotz ihrer Angst streckte Ela ihre Hände aus und lächelte ihrer kleinen Schwester zu. „Danke. Tut mir leid, dass ich dich angeschrien habe."

„Weiß ich." Tzana legte den Stab in Elas Hände.

Der Stab war so leicht. Und erstaunlich warm.

„Danke, Ewiger. Ich nehme an." Innerlich aber zitterte sie. Sie lehnte sich zu Tzana herüber und umarmte sie zärtlich.

„Hilfst du mir auf?"

Strahlend vor Freude zog Tzana an Elas Arm. Ela kam auf die Füße und hielt inne, um sich die Lücke in den Weinreben auf dem Sarkophag des Propheten anzusehen. Ob Eshtmoh wohl einen Vorgänger dieses Holzstabes bekommen hatte? Welche schlimmen Dinge hatte er während seiner Zeit als Prophet erleiden müssen? Waren die Geschichten über ihn Übertreibungen? Wie alt war er gewesen, als er starb?

Nein. Sie sollte besser nicht über seinen Tod nachdenken. Oder ihren eigenen. Die Furcht würde sie lähmen. Atme. Beruhige dich. Etwas gelassener fragte sie in den Raum hinein: „Ewiger? Was jetzt?"

Geh nach draußen. Sie warten auf dich.

Sie – ihre Nachbarn, die ungehalten sein würden. Ela und Tzana hatten gerade eine von Parnes heiligsten Stätten entweiht. Soweit Ela wusste, war noch nie jemand in ein Grabhaus eingebrochen. Wie lautete die Strafe für solch ein Vergehen? Schläge? Gefängnis? Ein erzwungener Sprung von einem der Hausdächer? Nun, am besten zögerte sie es nicht länger hinaus und trug die Konsequenzen mit Würde. Mit erhobenem Kinn und gestrafften Schultern bedeutete Ela Tzana, in Richtung der Tür zu gehen. Im Licht, das schräg in den Eingang fiel, schienen Staub und Asche sonderbar friedlich zu schweben.

Im Gegensatz zu den Nachbarn.

Kaum hatte Tzana die Schwelle nach draußen überquert und war in das durch die Asche gefilterte Sonnenlicht getreten, hörte Ela Matrone Prills Schimpftirade. „Sieh nur, was du getan hast! Wie willst du diese Tür reparieren? Und die Versiegelungen? Ela, du wirst dich vor den Priestern verantworten müssen!"

„Bring uns zu den Priestern", verlangte Ela von der aufgebrachten Matrone. „Und bitte sofort!"

* * *

Während sie, mit Tzana an ihrer Seite, vor dem Rat der Priester in der hohen Steinhalle stand, erzählte Ela alles. Irgendwann zwischen Elas Schilderungen von der überwältigenden Vision des Ewigen auf der Stadtmauer und ihrer Frage an Ihn, ob silberhaarige Propheten versagt hätten und sie jung sterben würde, verdüsterte sich die Atmosphäre in der Halle. Alles Murmeln und Rascheln der Priester verstummte. Zade Chacen, der imposante, in Gold und Blau gekleidete Hohepriester Parnes, wich vor Ela zurück. Kleine abgehackte Schritte, als fürchtete er, dass sie es bemerken könnte.

Oder, als hätte er einfach nur Angst.

Einer der Gehilfen des Hohepriesters sprach mit kühler Stimme: „Woher wissen wir, dass du wirklich die nächste Prophetin bist? Es gab schon seit siebzig Jahren keinen neuen Propheten mehr in Parne. Und außerdem war keiner der Propheten jemals ein Mädchen!"

Ela wollte schon einwenden, sie sei fast Achtzehn und dass sie – weiblich oder nicht – sich diese Rolle nicht ausgesucht hatte. Bevor sie jedoch etwas sagen konnte, prickelte ihre Kopfhaut. Der

Stab in ihrer Hand wurde warm und leuchtete so hell, dass es kaum auszuhalten war. Strahlend, wie ein Blitz in ihrer Hand.

Der Zweifler hob seine Hände vor die Augen und trat zurück. Sein langes Haar stand zu Berge und er schnappte nach Luft. „Vergib mir! Oh, Ewiger, vergib mir!" Er fiel auf die Knie und kauerte sich zusammen, als ob er einen physischen Hieb seines Schöpfers erwartete.

Ela zwang sich, von dem verängstigten Mann zu den restlichen Priestern in der Steinhalle zu schauen. „Ihr – jeder Einzelne von euch – weiß, dass dies hier wirklich der Stab des Propheten ist. Ich wurde aufgefordert, ihn anzunehmen, aber ich gebe ihn bereitwillig an einen von euch ab. Mit Freuden! Wenn einer von euch sich also vom Ewigen angesprochen weiß, ihn anzunehmen, so soll er *bitte* vortreten."

Niemand bewegte sich und es blieb still in der Halle. Bis der Hohepriester sich räusperte. „Wir werden die Tür reparieren lassen." Er sprach mit ruhiger Stimme und die anderen Priester nickten zustimmend, die Blicke immer noch auf den leuchtenden Stab in Elas Hand gerichtet. „Mach dir keine Gedanken. Es ist offensichtlich, dass der Geist des Ewigen dich in diese Situation geführt hat. Wann wirst du Parne verlassen?"

Ihren Geburtsort verlassen? Darüber hatte Ela noch nicht nachgedacht, doch noch während der Hohepriester seine Frage formulierte, wusste sie bereits die Antwort. „Ich gehe im Morgengrauen."

Der Stab schimmerte und sein Glanz wurde kühler, beinahe metallisch. Fasziniert hielt Ela inne, beobachtete den Stab und horchte auf Ihn. Diesmal war sie es, die sich räusperte. Ihre erste Pflicht als Prophetin war mehr als unangenehm. Sie versuchte, sich nicht zu winden, als sie dem Hohepriester in die Augen sah. „Zade Chacen, dein Schöpfer sieht dein Herz. Er weiß, was du dir nicht einmal selbst eingestehst. Du bist treulos und kalt geworden, liest Seine Schriften nicht mehr, fragst nicht mehr nach Seinem Willen. Erzählst niemandem von Seinen Visionen."

Das Gesicht des Hohepriesters erstarrte. „Ich… Wie…?" Er nahm sich zusammen und starrte über ihren Kopf hinweg, als wäre sie gar nicht da.

Betreten fuhr Ela fort: „Deine Söhne weigern sich, die Existenz des Ewigen auch nur anzuerkennen und doch ziehst du sie Ihm vor. Aus diesem Grund wirst du deiner machtvollen Stellung enthoben. Als ein Zeichen für dich werden deine Söhne am gleichen Tag durch eine schreckliche Katastrophe sterben. Deine Nachkommen werden nie wieder ein Priesteramt innehaben, auch wenn sie um die niedrigsten Aufgaben der Priester betteln werden. Um nichts außer etwas Brot werden sie als Bezahlung bitten."

Die meisten der weiß gekleideten Priester und Priestergehilfen wichen nun vor Ela und ihrem Blick zurück. Sie hob den Stab. „Wartet." Alle erstarrten. „Wo ist Ishvah Nesac?"

Einer der jüngsten Priester, der bisher aus einer schattigen Ecke zugesehen hatte, trat vor. Schlaksig und ungeschickt kniete er vor Ela nieder. Offensichtlich erwartete er, verflucht zu werden. Sie hatte Ishvah Nesac noch nie zuvor gesehen. Auch den Namen Nesac hatte sie nie gehört. Doch durch den Willen des Ewigen erkannte sie den jungen Mann. „Ishvah Nesac, du wurdest für treu befunden. Diene deinem Schöpfer, strecke dich nach Seinem Wort, Seinem Willen und Seinen Visionen aus. Er wird dich als Seinen Hohepriester ehren."

Überwältigt brach der neue Hohepriester zusammen und konnte nur noch geflüsterte Gebete in seine Hände sprechen.

Scheppernd warf Zade Chacen Ela seinen priesterlichen Goldschmuck zu Füßen und floh aus der Ratshalle. Zwei fein gekleidete, junge Männer folgten ihm und warfen Ela mit ihren Blicken stumme Drohungen zu, als sie an ihr vorbeieilten. Ela wusste, dies waren Chacens Söhne. Sie sahen ihm unglaublich ähnlich.

Beunruhigt machte Tzana einen Sprung rückwärts. Ela griff nach der winzigen Hand ihrer kleinen Schwester und gab ihr Halt. Nicht weit entfernt rührte sich zögernd Elas erster Zweifler, der sich immer noch vor dem Unmut des Ewigen zu fürchten schien. Ela betete für den Mann. Wie konnte sie wütend auf ihn sein, wo sie doch selbst so viele Zweifel hatte? Der Stab in Elas Griff wandelte sich wieder zu ganz normalem Rebenholz. „Komm", murmelte sie zu Tzana. „Wir sind hier fertig. Lass uns nach Hause gehen."

Würde es das letzte Mal sein, dass sie ihr Zuhause sah?

Hand in Hand verließen Ela und Tzana die Halle. Endlich hatte der Ascheregen aufgehört und die Luft war wieder klar. Ela konnte fast so tun, als sei gar nichts passiert. Doch leider wartete Matrone Prill auf dem Vorplatz und beobachtete Elas Vater, der gerade von Zade Chacens wütenden Söhnen angerempelt wurde.

„Lasst ihn in Ruhe!" Ela ließ Tzana los und stürmte die breiten, von Asche verschmierten Stufen hinunter. Sie war so aufgebracht, dass die zwei jungen Männer auch Riesen hätten sein können und es hätte sie nicht gestört. „Ihr habt genug Ärger am Hals – warum wollt ihr noch mehr? Ihr solltet den Ewigen um Gnade anflehen! Demütigt euch, denn vielleicht würde Er euch sogar jetzt noch vergeben – nach allem, was ihr getan habt!"

Die zwei Männer wichen zurück, missmutig, aber sichtlich eingeschüchtert. Ela starrte ihnen hinterher, bis sie über einige Stufen auf einen Terrassenweg gestiegen und dann durch eine geschützte Dachluke verschwunden waren.

„Ela, was ist mit dir passiert?" Dan Roeh streckte seine kräftige Hand aus und ließ sie auf Elas Schulter sinken, als wollte er sie schütteln, ließ es dann aber doch bleiben. „Erst hast du diesen Anfall auf der Mauer, dann brichst du in Eshtmohs Grabhaus ein und jetzt schreist du die Söhne des Hohepriesters an. Ich will sie nicht zum Feind haben. Wenn wir zuhause sind, erwarte ich eine Erklärung." Er bückte sich und nahm Tzana auf den Arm, die langsam und scheinbar unter Schmerzen die Stufen hinuntergekrochen kam.

Matrone Prill trat näher, ihr Gesicht war verkniffen und drückte Missbilligung aus, als sie Ela betrachtete. „Ich habe Hohepriester Chacen die Halle verlassen sehen. Wurdest du freigesprochen?"

„Ja. Der Rat hat übereinstimmend erklärt, dass wir nichts falsch gemacht haben."

„Da sehen wir es mal wieder", ärgerte sich die Matrone. „Diese gierigen Männer haben vergessen, wie man jemanden bestraft. Chacens Söhne streichen lieber Bestechungsgeld ein!" Sie stampfte davon. Ela ließ sie gehen. Die Zeit war zu wertvoll, um sie mit Nachbarn zu verschwenden, die dachten, sie wüssten alles besser.

Nun, wie sollte sie ihren Eltern erklären, dass sie eine Prophetin war? Sie konnte es ja selbst noch kaum glauben.

* * *

Ihr Vater hörte still zu, doch ihre Mutter begann zu schluchzen und wiegte sich auf ihrem Sitzkissen vor und zurück. „Das ist allein meine Schuld!", weinte Kalme. Ihre Schluchzer gingen in ein anhaltendes Wehklagen über. Sie fasste sich an den Kopf und riss an ihren sorgsam aufgerollten, braunen Haaren, bis sie über ihre Schultern fielen. „Er nimmt dich, weil ich zu viel Angst hatte!"

Kalme versuchte, den Stab aus Elas Händen zu nehmen, doch ihre Finger fuhren durch das Rebenholz, als wäre es aus Luft. „Nein! Ela, es ist meine Schuld! Meine! Du hättest ablehnen sollen!"

„Mutter, das hat doch nichts mit dir zu tun. Es war meine Entscheidung."

„Ich war in deinem A-Alter", brachte Kalme unter Schluchzen heraus. „Bevor ich deinen Va-ater heiratete, sprach der Ewige in einer Vision zu mir. Ich sehnte mich danach, Seine Prophetin zu sein, doch ich hatte Angst!"

Ela starrte ihre Mutter sprachlos an. Konnte das wahr sein?

Ja.

Ewiger! Elas Herz machte einen Satz beim Klang Seiner Stimme. Er würde wissen, wie sie Kalme beruhigen konnte. Er...

Tröste sie mit der Wahrheit. Erzähl es ihr.

„Mutter." Die gewebten Bodenmatten knisterten unter Elas Füßen, als sie den Raum durchquerte. Sie ließ sich neben Kalme nieder und legte den Stab auf der Matte vor sich ab. Zaghaft umarmte sie ihre Mutter. „Nicht weinen. Schh…" Als ihre Mutter endlich zur Ruhe kam, fuhr Ela fort: „Dein Schöpfer hat dich nicht vergessen und du darfst dir nicht die Schuld an meiner Situation geben. Er wirft es dir nicht vor, dass du das Prophetenamt verweigert hast."

„Aber nun nimmt er dich", weinte Kalme von neuem. „Es ist meine Schuld!"

„Er hat mich nicht ‚genommen'. Ich habe Sein Angebot akzeptiert", versuchte Ela zu erklären. „Und genauso wichtig ist doch, dass es mich niemals gegeben hätte, wenn du den Stab angenommen hättest. Und ich verspreche dir, Mutter, ich bin froh, dass es mich gibt."

„Jetzt immer noch?" Kalmes schlanker Körper versteifte sich und sie schaute Ela in die Augen. „Sag mir, dass du keine Angst hast."

„Ich habe Angst. Mehr als das. Ich fühle mich unwürdig, dumm und zu jung…" Ela stoppte sich. Auf diese Weise füllte sie sich nur neu mit Zweifeln. Besser das Thema wechseln. „Mutter, hör mir zu. Ich werde dir jetzt etwas erzählen, das du allen anderen sagen musst, wenn ich morgen gegangen bin."

„Eine Weissagung." Kalme schniefte.

„Ja, Mutter. Jetzt sag nichts Unüberlegtes, sonst wird der Ewige dich zurechtweisen und ich werde diejenige sein, welche dir die Nachricht über die Konsequenzen überbringen muss."

Kalme wurde ernst und wischte ihre Tränen fort. „Erzähl es mir."

Freude mischte sich mit dem vergeblichen Wunsch, die Erfüllung dieser Prophezeiung zu erleben, als Ela sagte: „Du bist seit drei Tagen schwanger. Mit einem Sohn. Sein Name ist Jess."

Dan Roeh saß ihnen gegenüber und schnappte hörbar nach Luft. Er ließ Tzana, seinen Liebling, los, die sofort hinüber zu Ela tapste. Dan rang nach Atem und krächzte: „Ein Sohn?"

„Jess", wiederholte Ela und lächelte, auch wenn das Wissen darum bittersüß war. „Er wird euch beiden Freude bereiten."

In diesem Moment tippte Tzana auf Elas Arm, um ihre Aufmerksamkeit zu erlangen. „Ich gehe mit dir."

„Nein, tust du nicht!" Ela schüttelte den Kopf, entsetzt über den Gedanken, ihre kleine Schwester in solch eine Gefahr zu bringen – sie in eine Welt voller Chaos zu führen.

Doch, korrigierte der Ewige Ela. *Sie kommt mit.*

Neben ihnen weinte Kalme wieder. „Nein, ich möchte, dass ihr hierbleibt – meine Mädchen!" Sie schluchzte wieder, doch dann wischte sie sich über das Gesicht. „Es gibt keinen anderen Weg, oder? Ich werde euch verlieren." Kalme warf Ela einen traurigen Blick zu, bevor sie die Stirn runzelte. „Wie hast du es nur geschafft, dich so sehr mit Asche zu beschmieren? Komm, wir waschen das ab."

Ela wehrte ab. „Nein, ich wurde mit der Asche einer sterbenden Stadt gesalbt. Was wäre angemessener?"

„Oh, mein armes Mädchen!" Kalme wollte Ela umarmen, doch ein zaghaftes Klopfen an der Tür unterbrach sie.

Dan Roeh richtete sich verwirrt auf. „Herein."

Zwei Männer betraten den Raum, beide schienen sich unwohl in ihrer Haut zu fühlen. Ela musste zwei Mal hinsehen, um sie zu erkennen. Sie wirkten so fehl am Platz inmitten ihrer Familie. Amar und sein Vater. Als sie ihn erkannte, wusste sie sofort, wozu Amar versuchte, seinen Mut zusammenzunehmen. Wie könnte er ein Mädchen heiraten, das vermutlich Parnes nächste Prophetin war? Für ihn wäre es schlimmer als gar nicht zu heiraten, denn sie könnte ihm niemals ganz gehören. Ihr Leben und ihr Herz waren nicht länger ihr Eigentum. Elas Kehle war wie zugeschnürt, als sie gegen die Tränen ankämpfte. In der Tat, seine Entscheidung war das Beste für sie alle.

„Amar", sagte sie. „Ich bewundere dich und deine Familie, doch ich muss Parne morgen verlassen. Ich kann dich nicht heiraten. Niemals."

Amar machte sich nicht einmal die Mühe, seine Erleichterung zu verbergen.

Gestern, so wusste Ela, hätte sie noch etwas nach ihm geworfen.

* * *

Ela warf einen Blick auf die trostlosen Steinformationen und die nackte Erde des Grenzlandes. Dann kniete sie auf einem blanken

Flecken Erde nieder und ließ Tzana von ihrem Rücken gleiten.

„Lauf nicht weg", erinnerte Ela sie.

„Werde ich nicht", versprach Tzana. „Ich suche mir nur einen gemütlicheren Platz."

„Pass auf Insekten auf!" Und auf gefräßige Lindwürmer. Und giftige Pflanzen. Und abscheuliche Skalne… Ela musste aufhören, an die Gefahren der Wildnis zu denken. Sie machte sich nur selbst Angst. Um Fassung ringend wischte sie sich den Schweiß vom Gesicht und trank einen Schluck Wasser aus Vaters neustem Trinkschlauch. Er hatte darauf bestanden, dass sie ihn mitnahmen. Ela hatte die Tränen in seinen Augen gesehen.

Es war so furchtbar und schrecklich, Vater fast weinen zu sehen, besonders als er sich von Tzana verabschiedete. Er hatte sich immer um Tzana gesorgt. Aber sie waren alle tapfer gewesen, als sie gehen mussten. Sogar Mutter. Ob sie sich jemals wiedersehen würden? Ela zog die Stirn in Falten und wünschte sich, der Ewige würde ihr diese Frage beantworten.

Mittlerweile waren sie hier in dieser Ödnis aus Schotter, Sand, zerklüfteten Steinspitzen und Schluchten, die den Stadtstaat Parne von seinen kriegerischen Nachbarn trennte. Nachbarn, die wahrscheinlich weitaus schlimmer waren als Insekten, gefräßige Lindwürmer, giftige Pflanzen und abscheuliche Skalne. Ela erstarrte und horchte auf ihre Schwester. Kein Geräusch. „Tzana? Tzana!"

„Jetzt warte doch mal!" Die Stimme ihrer Schwester kam hinter einem großen Felsbrocken hervor.

Sie wird hier in Sicherheit sein, während du deine Ausbildung als meine Prophetin erhältst, versicherte der Ewige Ela.

„Wie lange werde ich Prophetin sein?" Ela hoffte auf einen Hinweis auf ihre verbleibende Lebensspanne.

Statt einer Antwort bekam sie eine Anweisung: *Lasse den Stab genau dort, wo du jetzt stehst. Tzana wird auf ihn achten, bis du zurück bist.*

Was? Sie sollte ihre verletzliche jüngere Schwester in der Wildnis zurücklassen? Ohne Vorräte? „Ewiger…"

Ich sagte dir doch, sie wird hier sicher sein. Glaubst du, ich vergesse mein Versprechen?

„Ich soll sie einfach hierlassen?"

Ja. Zieh deine Sandalen aus und nimm den Wasserschlauch mit.

„Ich soll Tzana ohne Wasser zurücklassen!"

Ja.

„Warum schreist du denn?", wollte Tzana wissen und kam um den Felsblock herum.

„Mach ich doch gar nicht. Ich meine, es wird nicht wieder vorkommen." Still bat sie ihren Schöpfer um Vergebung, bevor sie sich vor Tzana hinkniete, um sie auf die weiche, leicht runzlige Wange zu küssen. „Bleib hier und pass auf den Stab auf, bitte."

„Warum?" Tzana kniete sich auf den trockenen Sand. Ihr zerknittertes Gesicht zeigte charmante Verwirrung, als sie Ela dabei zusah, wie sie ihre Sandalen auszog.

„Weil der Ewige dich darum bittet. Er hat versprochen, dass du hier in Sicherheit bist."

„In Ordnung." Tzana hob eine dünne Augenbraue. „Was ist mit dir?"

„Ich werde auch sicher sein." Hoffte sie zumindest. Sie stieß die Spitze des Stabes in den Boden, trat aus ihren Sandalen, küsste Tzana noch einmal und ging in Tränen aufgelöst davon.

* * *

Wie weit denn noch? Schon einen halben Tag lang lief sie durch kochend heißen Sand, umgeben von nackten Felsformationen. Ihre Füße schrien vor Schmerzen. Nun, sie würden schreien, wenn sie könnten, da war Ela sich sicher.

Außerdem hatte sie Hunger. Lauwarmes Wasser aus einem Schlauch füllte den Magen nicht besonders gut. Schlimmer als der Hunger war ihre Sorge um Tzana, die noch nie lange auf sich allein gestellt gewesen war. Trotz des Versprechens des Ewigen flogen Elas Gedanken immer wieder zurück zu ihrer kleinen Schwester.

Vertraute sie Ihm so wenig? Falls ja, wieso hatte sie dann zugestimmt, Seine Prophetin zu werden?

Endlich sprach Er, als Ela in eine staubige Mulde hinunterlief, die umrandet war mit grauen Steinspitzen. *Halt an.*

Erleichtert machte sie Halt.

Verstehst du, was meine Gegenwart wirklich bedeutet?

Ihm waren Elas anhaltende Zweifel bekannt, das wusste sie. „Ich verstehe nicht einmal einen Bruchteil – bitte erzähl es mir."

Meine Gegenwart wird am besten für dich zu verstehen sein, wenn du ihren Verlust erlebst.

Verlust? Würde Er gehen?

Ich werde dich jetzt ganz allein lassen. Aber wie ich bin, verspreche ich dir, wieder zurückzukehren.

Sie konnte fühlen, wie Seine Gegenwart förmlich aus ihrem Körper herausgesogen wurde – wie sie sich wie ein Wirbelwind über ihrem Kopf erhob. Er war weg. Nein! Ela taumelte, kämpfte um Atem. Der Abklatsch von Atemzug, den sie letztendlich einsog, war ein versengender Strom der Qual. Sie versuchte, die Hände an ihre Kehle zu heben und verstand plötzlich, nicht einmal der Staub, den der Schöpfer zu ihrer Gestaltung benutzt hatte, konnte ohne Seine Gegenwart zusammenhalten.

Sie zerfiel auf dem Boden. Des Körpers beraubt, kollabierte ihre Seele in feuriger Pein – schrie nach dem Tod und nach Ihm.

3

Die Welt um Ela ging in Flammen auf und sie krümmte sich in Todesqualen. Ohne Seinen stützenden Geist konnte sie diesen unermesslichen Kessel aus Feuer nicht ertragen. Wann war es zu Ende? Wo war Er? Warum konnte sie nicht einfach sterben?

„Ewiger! Lass mich sterben!"

Eine Berührung zog ihre Seele aus dem Feuer und ihren Körper aus dem Staub. Lebendig, aber hilflos lag sie mit dem Gesicht nach unten im aschfarbenen Wüstensand. Ihre Finger kratzten auf dem ausgetrockneten Boden, der sich kalt anfühlte im Vergleich zu dem Feuer, das sie gerade gespürt hatte, und sie wimmerte: „Bitte lass mich sterben."

Welchem Zweck würde dein Tod jetzt dienen? Er schien so nah, dass Ela sich vorstellte, wie Sein Atem ihre Sinne wiederbelebte. Und ihren Verstand.

Sie zitterte, nicht einmal fähig dazu, den Kopf zu heben. Wie war es möglich, dass sie noch lebte? Wer konnte ohne Ihn existieren?

Nicht einmal diejenigen, die mich verleugnen, können auf dieser Welt überleben, wenn ich ihnen meinen Geist entziehe, flüsterte der Schöpfer in ihren Gedanken.

„Ich war nie ohne Dich", erkannte sie und ihre Stimme brach. *Niemals.*

„Verlass mich nie wieder!", bettelte sie.

Nie wieder, stimmte Er zu und Sein Wort war ein Versprechen.

Ela zog einen weiteren, kühlenden Atemzug ein, seufzte und schloss die Augen. Als sie hinter ihren Augenlidern Flammen sah, öffnete sie diese jedoch schnell wieder.

Ruh dich aus. Du bist in Sicherheit. Sie spürte, wie der Ewige wartete, sie beschützte. Auf sie aufpasste...

Sie erwachte noch vor Sonnenaufgang, erholt genug, um sich wieder bewegen zu können. Das Zittern hatte aufgehört. Ihre Glieder, ihr gesamter Körper schienen wie in eine unsichtbare

Decke eingewickelt zu sein. Ela setzte sich auf, als der Schöpfer ihr einen Gedanken sandte.

Trink dein Wasser.

Natürlich hatte Er Recht. Sie schluckte das Wasser aus dem ledernen Schlauch, der lange hätte leer sein müssen, aber noch gefüllt war. Obwohl sie sich ungeschickt damit besprizt hatte. Faszinierend. Nach einer Weile fühlte sie sich besser und schloss den prall gefüllten Wasserschlauch mit einem festen Knoten. „Ewiger? War das wie der Tod?"

Nein. Das war ein Leben ohne mich. Der Tod ohne meine Gegenwart ist unermesslich schlimmer, denn er bedeutet die Ewigkeit voller Qualen ohne Hoffnung auf Erleichterung.

„Was gibt uns Hoffnung? Was ermöglicht uns die Ewigkeit mit Dir?"

Glaube an mich.

Wenn sie vorher keinen Glauben an ihren Schöpfer gehabt hatte – jetzt hatte sie ihn, da war Ela sich sicher. Und sie beabsichtigte, sich an den Ewigen zu klammern und Ihm wie ein beharrliches Kleinkind für den Rest ihres kurzen Lebens zu folgen. Bestimmt würde Er bald all ihrer Fragen müde werden.

Nein. Er reagierte auf ihren Gedanken, bevor sie die Worte geformt hatte. *Deshalb habe ich dich hergebracht. Damit du hörst und lernst. Lernen beginnt mit Fragen. Nun frage.*

„Vergib mir, aber was hast du mit meinem Trinkschlauch gemacht?"

* * *

Der Tod verdiente unnachgiebiges Schwarz.

Botschafter Kien Lantec betrachtete sich selbst in dem Spiegel aus poliertem Metall und wusste, dass er die richtige Wahl getroffen hatte. Tunika, Gürtel, Stoffhose, Stiefel, alles in Schwarz. Sein Volk, die Traceländer, Opfer des Massakers in Ytar, verdienten nicht weniger als die formelle Trauerkleidung seines Landes.

Auf der anderen Seite des Raumes sortierte und packte Kiens Diener Wal seine persönlichen Gegenstände und Ausrüstung zusammen und grummelte dabei laut: „Ich denke immer noch, dass wir sofort abreisen sollten. Ohne ein Wort. Wir hätten letzte Nacht schon gehen sollen! Wer weiß, was die Istgardier tun werden. Sie haben fast kein Ehrgefühl und sogar noch weniger Selbstbeherrschung." Wal kam zu ihm und in seiner Stimme klang Verzweiflung: „Herr, bitte überdenke das Schwarz. Wenn du so in der formellen Audienzhalle des Königs auftauchst und ihn mit dieser Kleidung beleidigst, wirst du direkt einen Krieg anzetteln. Die Wachen des Königs werden dich sicher töten."

Kien drehte sich um und klopfte seinem nervösen Diener auf die Schulter. Obwohl Kien der Jüngere war, führte sich Wal wie ein verängstigtes Kind auf. „Reiß dich zusammen. Ich werde den König nicht beleidigen. Ich gebe dir mein Wort. Ich werde in die Audienzhalle hineinspazieren, gegen das Massaker protestieren, meine Insignien zurückgeben und gehen. Noch vor Einbruch der Dunkelheit werden wir die Grenze erreichen. Sind die Pferde und Wagen bereit?"

„Ja, Herr." Wals Stimme war kaum mehr als ein Flüstern.

„Kommst du mit mir in die Audienzhalle?" Kien wusste, was Wal antworten würde, aber er konnte der Frage nicht widerstehen. Nur um den Ausdruck auf Wals Gesicht zu sehen.

Die Augen des dünnen Mannes wurden riesig und sein Mund klappte auf. Seine ohnehin bleiche Haut wurde fahl. „Ah. Nein, Herr. Ich bleibe bei den Pferden. Du wirst das Wort *Massaker* nicht wirklich in Gegenwart des Königs verwenden, oder?"

„Doch, das werde ich. Das ‚Gefecht' in Ytar war ein Massaker, egal, was die istgardischen Befehlshaber behaupten." Wenn Kien zu sehr an das Massaker dachte, wäre er bereit zu töten, bevor er in die königliche Audienzkammer trat, aber er musste Ruhe bewahren. Sein Vater würde ihm zu innerer Gelassenheit raten. Aber wie konnte irgendein Traceländer ruhig bleiben, wenn er an das Abschlachten, die Versklavung der Bewohner und das Abbrennen einer friedlichen Stadt dachte?

In dem Moment, in dem Kien die Grenze erreichte, würde Traceland Istgard den Krieg erklären. Da war er sich sicher. Die versklavten Bürger mussten befreit werden. Ytar musste gerächt werden. „Wo ist mein Schwert?"

„Herr!", kreischte Wal. „Du kannst dein Schwert nicht tragen!"

„Das istgardische Protokoll verlangt ein zeremonielles Schwert", erinnerte Kien seinen Diener. „Wo ist es?"

Wal setzte sich blinzelnd auf Kiens Kleidertruhe.

Kien ergriff den kleineren Mann an den Schultern und schubste ihn zu Boden. „Du kannst das Protokoll ja ignorieren, wenn du willst und wenn du denkst, dass es deine eigene Sicherheit garantiert, aber – entschuldige – ich werde das nicht."

Wal sprang auf die Beine. Flink, das musste Kien ihm lassen. Außerdem war der Mann entschlossen – bewundernswert, wenn er nicht gerade nervig war. So wie jetzt. „Herr! Ich versprach deinem Vater, dass ich dich gut beraten würde…" Wal zögerte wie einer, der schon zu viel gesagt hatte.

„Mich beraten? Über was? Meine jugendliche Dummheit? Mein Versagen bei der Etikette?"

Wal drehte sich weg, ohne Kiens Worte zu leugnen.

Kien starrte ihn an. Also gab Wal endlich zu, dass er als Kindermädchen engagiert worden war. Oder als Benimmlehrer. Beide Möglichkeiten waren eine Beleidigung. Kien wusste, sein eigenes Verhalten war während des Dienstes in Istgard beinahe einwandfrei gewesen, trotz zahlreicher Gelegenheiten, die ihn zu weniger beispielhaftem Verhalten verführen wollten. Kochend vor Wut stieß er den Deckel seiner Kleidertruhe auf und wühlte darin nach seinem zeremoniellen Schwert. Wal – die Made – hatte es ganz unten versteckt. Nun, Wal konnte vieles versuchen, um Kien von seinen Waffen zu trennen. Aber nicht von seinem Schwert. Nicht von seinen Stiefelmessern oder seinem Schnallenmesser. Wal würde wie ein angesengtes Hühnchen kreischen, wenn er von Kiens geheimen Verstecken *wüsste*.

Kien schlang das lederne Wehrgehänge über die Schulter und schnallte sich das Schwert an die Hüfte. Wal, keineswegs reumütig, reichte ihm seinen schwarzen Umhang. „Ich habe dein Abzeichen an die Schulter geheftet."

„Weil man mir nicht trauen kann, es richtig anzuheften?"

Wal schnaufte offensichtlich empört.

„Wenn hier jemand beleidigt sein darf, Wal, dann bin ich das." Kien trat an seinem Diener vorbei und prüfte sein Bild im Spiegel. Ausgezeichnet. Die dreieckige Goldinsignie glänzte beeindruckend auf seiner Schulter. Eine Schande, dass er diese heute zurückgeben musste. Er sollte das Gold behalten und es zu Münzen für die Witwen und Waisen in Ytar hämmern lassen. Nein, die Istgardier würden solche Wohltätigkeit Diebstahl nennen und Kiens linke Hand würde um eine Handlänge gekürzt werden.

Er schritt zur Tür und rief auf dem Weg Befehle über die Schulter zurück: „Du wirst genug Zeit haben, um meinem Vater und der Versammlung eine verschlüsselte Nachricht zu schicken. Sie werden wissen wollen, was passiert. Sei zum Aufbruch bereit, wenn ich zurückkomme."

„Ja, Herr. Sofort."

Kien marschierte nach draußen und ging die glatte, blockgepflasterte Straße zum Palast entlang. Rötliches Morgenlicht zeichnete die zahlreichen, anmutigen Tempeltürme und steinernen Mauern und gewaltigen Türme ab, welche die Hauptstadt Istgards, Riyan, zierten. Wie konnte er diesen Anblick nur je bewundert haben? Gebaut von Wilden, um ihre Könige und nicht-existierenden *Götter zu ehren.*

Heute wurde Kien von allem Istgardischen schlecht. Er war zu vertrauensselig gewesen. Zu begierig, der perfekte Botschafter zu sein. Wenn ihm gestern jemand erzählt hätte, dass König Tek An die Zerstörung einer friedlichen Grenzstadt in Traceland befohlen hatte, so hätte Kien ihn verspottet als den Traceland-Deppen, *für den sie ihn hielten.* „Dumm!", schimpfte er.

Er hätte die Wahrheit in dem Moment sehen sollen, als er in Riyan ankam. War seine Botschaftsresidenz – die ihm von Tek An gegeben worden war – nicht die kleinste und unscheinbarste in der Hauptstadt? Sogar die Tatsache, dass sie in unmittelbarer Nähe zum

Palast lag, war eine Beleidigung. Zweifellos hatte Tek An Kien vom ersten Tag an bespitzeln lassen. Er war ein Narr gewesen.

Als er sich umsah, erkannte Kien, dass er immer noch ein Dummkopf war. Palastwachen lungerten auf der breiten Straße herum, standen in Eingängen und unter verschiedenen steinernen Torbögen. Keine gewöhnlichen, rot-gekleideten Militärgarden, sondern Palastwachen. Sie beobachteten ihn. Sollte er weitergehen oder sich zurückziehen?

Vor sich hörte er das Trappeln von Pferdehufen und ein scharfes Pfeifen. Ein leichter, einspänniger Wagen kam durch das Schlosstor und auf Kien zugefahren. Ein älterer Wagenlenker in einem einfachen, braunen Dienergewand hielt die Zügel. Neben ihm stand eine junge Adelige. Ihre goldenen Bänder und ihr Schleier flatterten über ihr dunkles Haar und standen zusammen mit ihrem leuchtend blauen Umhang in deutlichem Kontrast zu ihrem düsteren Gesichtsausdruck.

Tek Lara, eine Cousine des Königs.

Als Kien zur Seite trat, traf Laras Blick den seinen und er sah, wie ihre ernsten Augen sich angstvoll weiteten. Als ihr Wagenlenker das Gefährt an ihm vorbeifuhr, lehnte sich Lara zu Kien und rief: „Flieh! Schnell!"

Laras Diener fasste dies offensichtlich als einen an ihn gerichteten Befehl auf, ließ die Peitsche knallen und schnalzte den Pferden zu. Als der Wagen weiterraste, sah Tek Lara zu Kien zurück und er konnte ihr die Verzweiflung ansehen.

War er in Gefahr? Im Gegensatz zu den meisten istgardischen Adligen, war Lara weder einfältig noch auf eine Romanze aus. Es wäre besser, ihre Warnung ernst zu nehmen. Kien machte kehrt in der Absicht, zurück zu seiner Dienerschaft zu gehen und Riyan sofort zu verlassen. Aber fünf große, königliche Wachen in grüner Uniform traten vor ihn auf die Straße und versperrten ihm hämisch grinsend den Weg.

In allen Disziplinen trainiert und kampferprobt standen die Wachen des Königs mit Kurzschwertern, Helmen, Plattenpanzerwesten, Beinschienen und Speeren vor ihm. Als Zeichen seines

Ranges trug ihr kräftiger Anführer auf seinem Helm ein Büschel schwarzer Haare, das so geformt war, dass es seinen Rücken hinunterfiel. Haare, die ohne Zweifel seinen unglücklichen Opfern abgeschnitten worden waren.

Wenn Kien es verhindern könnte, würden diesem Schopf heute keine weiteren Haare hinzugefügt werden. Er kämpfte gegen die Nervosität und stellte sich stolz den Wachen entgegen, die Hand auf dem Schwert. „Ich kehre zu meiner Wohnung zurück. Warum hindert ihr mich daran?"

Das Grinsen des Anführers verhärtete sich. „Kien Lantec von Traceland, ich verhafte dich auf Befehl des Volkes von Istgard, gemäß seinem hohen Gesetz, aufgrund des Verdachts der Verschwörung zur Ermordung seines geliebten Königs Tek An. Dir werden mit sofortiger Wirkung dein Rang und die Privilegien eines Botschafters aberkannt. Du wirst dein Schwert niederlegen und mit uns kommen."

Verschwörung zum Mord an Tek An? Lächerlich! „Warum nehmt ihr mich unter falschen Anschuldigungen fest?"

Ohne Warnung rammte der Anführer Kien die Faust in den Bauch.

Gekrümmt rang Kien um Atem, als er einen weiteren Schlag auf den Kopf bekam. Er stürzte auf das Pflaster. Verdutzt versuchte Kien, seine Gedanken zu fassen. Wie konnte das passieren?

Als Kien keuchte, brüllte der führende Wachmann ihn an: „Du bezeichnest das Volk Istgards als Lügner?"

Ja.

Die Bewegung unter dem Umhang verdeckt, schob Kien seine Hand zu dem Messer, das in seiner Schnalle verborgen war. Der Anführer trat ihn in den Magen.

„Ah!" Kien krümmte sich und hielt sich den Bauch, ihm war übel vor Schmerz. Hätte er etwas zum Frühstück gegessen, wäre es durch die Wucht des Trittes sicher zum Vorschein gekommen. Es mussten Metallstiefel sein, die ihm so zugesetzt hatten.

Der Wachmann schnitt Kiens goldenes Botschafterabzeichen mit einem Messer vom Umhang. „Nehmt sein Schwert. Sucht nach anderen Waffen. Stellt sicher, dass er nicht einmal die Hand gegen euch erheben kann."

Die anderen Wachen ergriffen Kiens Schwert, bevor sie ihn abwechselnd in den Rücken, den Bauch und die Rippen traten und Kien nichts mehr tun konnte, außer die Dunkelheit willkommen zu heißen, die über ihn hereinbrach.

Der Schmerz brachte ihn wieder zu Bewusstsein. Auf der Seite zusammengerollt, zählte Kien seine Wunden. Das rechte Auge war zugeschwollen. Die linke Schläfe blutete offenbar und hämmerte im Takt seines Pulses. Seine Rippen stachen elendig. Wenigstens konnte er Hände und Füße noch bewegen. Kien nahm alle Kraft zusammen, um sich umzusehen. Er lag im Blut. Und muffigem Stroh. Auf einem Steinboden. Gefängnis? War er wirklich im Gefängnis?

Hinter ihm quietschten die Scharniere einer Tür. Ein Mann lachte ohne Freundlichkeit in der Stimme. „Ich sehe, du bist wach. Gut! Steh auf. Ich bin dein Wärter. Ein paar Freunde warten geduldig auf dich."

Wer? Seine treuen Diener? Oder vielleicht jemand, der ihn verhören wollte…

„Beeil dich, Traceländer." Der Mann trat nach Kiens Schienbeinen.

Weitere Wunden könnten ihn völlig außer Gefecht setzen. Er musste aufstehen, bevor dieses Tier ihn noch einmal trat. Kien kämpfte sich gegen die Qualen auf die Füße. Das Gleichgewicht zu halten wäre einfacher, wenn die Wände stillstehen würden. Von Schwindel ergriffen wankte Kien.

Sein Wärter lachte. „Für ein Haufen blutiger Knochen war das gar nicht so schlecht. Nun schau hier aus dem Fenster."

Er schubste Kien zu einem schmalen Fenster in der Steinmauer, griff in sein Haar und drückte sein Gesicht gegen die Öffnung, die nur eine Hand breit war. „Siehste sie? Sie hab'n gesagt, du musst sie seh'n."

Was sehen? Wen? Kien drehte den Kopf, bis er mit dem linken Auge durch den schmalen Spalt des Fensters sehen konnte. Schließlich gelang es ihm, seinen Blick auf mehrere, längliche

Bündel zu fokussieren. Körper, ordentlich nebeneinander im Dreck unter seinem Fenster. Einer war… Wal. Die anderen seine Pagen. Alle tot. So viele Wunden. Selbst bei Wal. Der Kampf musste schrecklich gewesen sein. Es war seine Schuld.

„Nein", krächzte Kien und erkannte seine eigene Stimme kaum. Schwert. Wo war sein Schwert?

Wir hätten letzte Nacht verschwinden sollen! Wal beschuldigte Kien in seinen Gedanken. *Ich habe deinem Vater versprochen, dich gut zu beraten…*

Blind vor Trauer rutschte Kien an der Wand hinunter auf die Knie. Er hatte nicht auf Wal gehört.

Er hatte ihn im Stich gelassen. Alle seine Diener. Vater. Sich selbst. Alle. Er verdiente den Tod. „Schwert…"

Benommen strich Kien an seinen Seiten entlang, über seine Hose, seine Stiefel, suchte nach seinem vermissten Gürtel, seinen Waffen. Verzweiflung übermannte ihn, als der Wärter lachte.

Schwert. Er wollte nur noch in sein Schwert fallen.

* * *

Ela schaute der Morgendämmerung und den letzten Sternen beim Verblassen am rosafarbenen Himmel zu. Hatte sie jemals so viel Ruhe in der Seele gefühlt? Niemals. Sie könnte für immer hierbleiben, fragen, zuhören, lernen. Parne – ja, die ganze Welt – war aus ihren Gedanken verschwunden. Nichts kam Seiner Gegenwart gleich. „Ewiger? Ich will nicht gehen."

Kehre zu deiner Schwester zurück.

Natürlich hatte er die richtige Antwort. Jetzt war sie bereit zu gehen. Tzana brauchte sie und sie vermisste Tzana. Wie viele Tage war sie hier gewesen? Sieben? Zehn? Sie betete, dass Tzana sich nicht ängstigte und dächte, Ela habe sie vergessen. War sie inzwischen verzweifelt? Nein, der Ewige hatte versprochen, Er würde Tzana beschützen, während Ela fort war. Aber was hatte Tzana all die Zeit über zu sich genommen? Wahrscheinlich nichts. Es gab nur eine

Wasserquelle, die auf unerklärliche Weise durch den Willen ihres Schöpfers gespeist wurde.

Elas Wasserschlauch war an diesem Morgen endlich etwas schlaffer und füllte sich nicht mehr wie von selbst. Ein weiteres Zeichen dafür, dass sie gehen musste. Als sie den Schlauch zuband, knurrte Elas Magen laut und schmerzhaft. Sie hatte tagelang gefastet.

„Was werden wir essen?"

Warum sorgst du dich um das Essen? Kehre zu deiner Schwester zurück.

Ela rappelte sich auf und schlang sich den Wasserschlauch über die Schulter. Dann kletterte sie den Rand der staubigen Mulde hinauf und suchte den Pfad, auf dem sie hierhergekommen war. Dort. Ihre bloßen Füße rutschten immer wieder aus und sie ruderte mit den Armen, während sie sich entlang des schrägen Weges bewegte. Oh man, sie hatte keinerlei Anmut! Wie konnte der Ewige sich von jemandem repräsentieren lassen wollen, der so ungeschickt war?

Sie zögerte bei der unausgesprochenen Frage und erwartete schon eine Antwort.

Stille.

Ihr Magen grummelte wieder und trieb Ela voran. Das Sonnenlicht erwärmte die Luft bereits. Bald würde der Boden glühend heiß sein. Sie musste eiligst wandern.

Die erste Hälfte des Morgens verging schnell, beschleunigt durch Elas Eifer, zurück zu Tzana zu kommen. In der Mitte einer kleinen Schlucht hielt sie an, um etwas zu trinken. Die Felsformationen in dieser Schlucht waren eigentümlich – rote Felsen durchzogen von gelb-grünen Mineralien und blauen Schatten, deren Linien und Farben hier und dort von einigen umgestürzten, ausgehöhlten oder toten Bäumen unterbrochen wurden. Kein einziger trug Blätter. Leblos.

Ela schloss den Trinkschlauch und schob ihn sich wieder über die Schulter, während sie die Baumstümpfe studierte. Was war mit den Bäumen hier geschehen? Ein Brand vielleicht? Oder ein besonders schwerer Sturm? Einst waren diese Bäume riesig und wahrscheinlich wunderschön gewesen. Und schattig. Ela sah sich in der Schlucht um und hoffte, einen Baum zu finden, der etwas Schatten spenden würde.

Plötzlich durchbrach ein leises Gurgeln die Stille der Schlucht. War das ihr Magen? Wenn ja, so hatte sie das Grummeln nicht gespürt. Das Gurgeln ertönte erneut und hallte von den roten Wänden der Schlucht wider. Ganz sicher nicht ihr Magen. Verblüfft schaute Ela sich um. Gab es einen Wasserfall in der Nähe, der ihre Gedanken verwirrte und dessen Rauschen von den Wänden reflektiert wurde?

Wieder ertönte das Gurgeln, gefolgt von einem Zischen. Ein ausgesprochen schlangenartiges Zischen. Aber Schlangen glucksten nicht, oder? Und Wasser würde nicht wie eine Schlange zischen. Oder etwa doch?

Ein Geruch stieg Ela in die Nase, dick und schwer, und wickelte sich um sie wie ein Umhang aus verrottendem Fleisch. Ein Schauder lief von oben nach unten über Elas Rücken. Sie wurde beobachtet. Sie spürte es. Etwas beobachtete sie nicht nur, sondern pirschte sich an sie heran.

Beute. Sie war die Beute eines… Das Gurgeln echote nun tiefer und der Nachhall schwang durch ihren ganzen Körper. Warme, faulige Luft schien sich um ihre Knöchel zu wickeln. Das Gurgeln, das Zischen, der verfaulte Gestank… das konnte nicht sein.

Ela zwang sich zu schlucken. Über ihre Schulter zu sehen. Die abscheuliche Kreatur kam nahezu geräuschlos auf sie zu. So groß wie ein Widder. Aber dies war kein Widder. Blutunterlaufene, gelbe Augen, matt wie Steine, beobachteten sie aus einem breiten Gesicht, aus dem die Knochen hervorstachen und das ebenso wie der ganze, kräftige Körper von einer dicken, roten Haut bedeckt war, die wie geronnenes Blut aussah. Ein Skaln!

Ihr wurde schwindelig. Denk nach. Atme. Das Bewusstsein zu verlieren, zu fallen wäre fatal. *Renne nie vor einem Skaln davon*, flüsterte Dan Roehs Stimme in ihren Erinnerungen. *Skalne sind viel schneller als wir. Die einzige Hoffnung besteht im Bleiben und Kämpfen. Und er darf dich nicht verwunden.*

Kämpfen womit?

Die Kreatur stapfte auf sie zu. Sein Geifer glitzerte, als er ihm aus dem Maul tropfte, als freue er sich schon auf den Geschmack ihres Fleisches. Nein, kein Geifer. Gift. *Skalne lähmen ihre Beute mit Gift*, flüsterte ihr Vater.

Das Gift würde sie lähmen und dann würde sie Biss für Biss zerrissen und hinuntergeschlungen werden.

Der Skaln zischte erneut und sein stinkender Atem strich in einem warmen Luftstrom über sie, der so dick war, dass man ihn hätte schneiden können. Ein weiterer Faden Gift tropfte von seinem breiten Maul und den gezackten, messerscharfen Zähnen.

„Renne niemals vor einem Skaln davon", erinnerte Ela sich selbst.

Die Kreatur schob sich näher. Zu nah. Trotz aller Vorsätze rannte Ela zum nächsten Baumgerippe an der Schluchtwand.

Sie sprang an den verwitterten, grauen Stamm und keuchte, während sie nach oben zu den Zuflucht versprechenden Ästen kletterte. *Bitte. Bitte!* Sie griff nach dem untersten Ast.

Das Gurgeln des Skalns wurde zu einem wütenden Knurren, dann zu einem in den Ohren stechenden Zischen. Steine flogen hinter ihr in alle Richtungen und ein weiterer Strom heißer, übelriechender Luft drang zu ihr, an ihren nackten Füßen und Beinen vorbei.

Etwas krallte sich in ihre rechte Wade, dann in ihre linke. Ein brennender Schmerz zog sich bis zu ihren Füßen hinunter. Ela schrie, umklammerte den ausgedörrten Ast noch fester und zog sich hinauf, während sie vor Pein schluchzte.

Als sie auf dem Ast saß, blickte Ela auf ihren Gegner herab. Der Skaln strich um den Stamm des toten Baumes, gefräßige Augen starrten sie ausgehungert an. Der Giftstrom aus seinem Mund war ein deutliches Zeichen für den Wunsch, sie zu fressen. Seine Frustration war eindeutig. Sie war sicher.

„Heute wirst du hungern!"

Der Skaln zischte, schlug seine scheußlichen, roten Klauen in den grauen Stumpf und begann den Aufstieg.

4

Ela schrie und warf ihren Trinkschlauch, der die rötliche Schnauze des Skalns traf. Die Kreatur fiel zurück auf den Boden und zischte böse, bevor sie ihre Klauen wieder in den Baum schlug, um an diesem emporzuklettern.
Sie würde sterben. „Ewiger!"
Hör zu!
Ela unterdrückte einen Schluchzer und lauschte angestrengt. Sah dem Skaln dabei zu, wie er seine Hinterbeine gegen den Baum stemmte. Höher kletterte.
Wer bin ich?
„Mein Schöpfer!" Der Skaln war mittlerweile auf Sprungdistanz heraufgeklettert und von seinem Gestank wurde ihr schlecht.
Und der Schöpfer des Skalns. Befiehl dem Skaln in meinem heiligen Namen fortzugehen.
Mit einem tiefen Gurgeln schlug der Skaln seine blutroten Klauen in ihre Schienbeine und zog sie herunter. Ela schrie vor Schmerz und hielt sich mit aller Kraft am Stamm des toten Baumes fest. „In Seinem heiligen Namen befiehlt dir der Ewige zu gehen!"
Der Skaln zuckte zurück und drückte sich an den Stamm des Baumes. Ela sah die Verwirrung in seinen gelben Augen. Verblüfft schaute sie dabei zu, wie die Kreatur sich plötzlich zu Boden fallen ließ und davonsprang, ohne sich noch einmal umzusehen.
„Er ist fort? Einfach so?"
Die Schöpfung muss ihren Schöpfer anerkennen.
Mit zitternden Händen wischte Ela sich die Tränen vom Gesicht. Ein Teil von ihr wollte sich in einem hysterischen Anfall verlieren. Einem fersentrommelnden Anfall. Wirklich unangemessen, während sie mit dem Ewigen sprach. „Aber warum hast du den Skaln geschaffen? Oder irgendein anderes Monster?"
Auch Monster haben ihren berechtigten Platz. Jedes hat seinen Zweck – und eine Lektion zu lehren.

Ela hoffte, dass sie ihre Lektion gut genug gelernt hatte und sie nicht wiederholen musste. Sie schluchzte noch einmal und rieb sich das tränenüberströmte Gesicht, als sie wieder weinen musste.

Sag mir, was du falsch gemacht hast.

Falsch? Was hatte sie falsch gemacht? „Ich bin gerannt?"

Was für eine erbärmliche Antwort. Sie hatte den Test offensichtlich nicht bestanden. Was könnte sie noch tun, außer Gnade von ihrem Lehrer erbitten? „Bitte sag mir, was ich falsch gemacht habe."

Hättest du meinen Namen sofort angerufen, so wärst du nicht von dem Skaln verwundet worden.

Gedemütigt nahm Ela den Tadel an. Es ergab Sinn. Warum sollte der Ewige sie als Beute eines Skalns sterben lassen, bevor sie ihr Werk als Seine Prophetin richtig begonnen hatte? Das hätte sie erkennen müssen. Sie aber erwartete den Tod zu jeder Zeit und aus jeder Richtung. Und sie hatte auch noch keine Erfahrungen mit solchen Situationen gemacht. War es nicht natürlich, dass sie da ein wenig in Panik geriet?

Ein Anflug von Humor – nicht ihr eigener – tauchte in ihren Gedanken auf.

„Was? Ewiger!" Lachte er etwa über ihren Schmerz?

Nein, antwortete der Ewige und ließ sie Seine Liebe und Gnade spüren. *Ich freue mich nicht an deinem Schmerz. Ich schätze vielmehr dein Herz.*

Sie wurde wertgeschätzt. Dieser Gedanke ließ sie trotz ihres Elends fast lächeln. Wenn sie wertgeschätzt wurde... „Wirst Du mich immer so schnell retten, wenn ich in Deinem heiligen Namen Befehle ausspreche?"

Werden diese Befehle meine Macht, meinen Willen und meine Herrlichkeit ausdrücken?

Oh. Das war es also, was er sie lehren wollte. Sein Wille musste in all ihren Worten und Taten verherrlicht werden. „Hilf mir, daran zu denken, Ewiger. Ich bitte dich." Wäre es dumm von ihr, ihn um keine weiteren Konfrontationen mit Skalnen zu bitten? Und wie könnte Seine Herrlichkeit durch ihre unrühmliche Niederlage Ausdruck finden?

Ihre gedachten Fragen blieben unbeantwortet. Stattdessen erinnerte der Schöpfer Ela an Seine vorherige Anweisung: *Kehre zu deiner Schwester zurück.*

„Ja." Das hatte sie fast vergessen. Ela glitt zitternd und schwitzend an dem verwitterten, grauen Stamm des Baumes hinunter. Blut tropfte aus ihren Wunden. Die Klauen des Skalns waren tiefer eingedrungen, als sie zuerst gedacht hatte. Ihre Beine brannten. Aber es wurde weniger, als sie begann zu gehen. Seufzend sammelte sie ihre Gedanken.

Tzana. Es würde wundervoll sein, Tzana wiederzusehen.

Ela humpelte vorwärts und kam schneller voran, als sie es für möglich gehalten hatte. Als sie sich jedoch endlich dem Ort näherte, an dem sie Tzana zurückgelassen hatte, waren Elas Beine schwer und beißender Schmerz durchfuhr sie mit jedem schwerfälligen Schritt. Ihr war schwindelig. Und das Innere ihres Mundes fühlte sich trotz des Wassers aus ihrem Trinkschlauch pelzig an. Ihre Wunden waren geschwollen – tiefe, rote Furchen zogen sich über beide Beine. Schlimmer war, dass sie weiterhin Blut verlor. War das nicht der Ort, an dem sie Tzana zurückgelassen hatte? Elas Sicht verschwamm und zerriss die Landschaft vor ihren Augen, wie es manchmal in heißen Luftschichten an schwülen Tagen geschah.

Sie hielt inne, als sie begriff, dass sie krank war – vergiftet von den Klauen des Skalns. Gift? Was auch immer es war, ihre Symptome wurden zunehmend unangenehmer. Eine Bewusstlosigkeit war nicht fern, und wenn sie sich ihr hingeben würde, wäre sie in ernsthaften Schwierigkeiten. „Hilf mir, Ewiger."

Taumelnd stellte Ela sich kühles Wasser vor, das um ihre Zehen plätscherte und um ihre Knöchel floss. Eine Halluzination natürlich. Gras. Hübsche Gräser säumten beide Seiten des Baches. In dieser Wüste? Ganz bestimmt eine Halluzination.

„Ela." Eine junge Frau sprang in den Bach, griff nach ihrem Arm und zog an ihr. Trug sie halb in ein Becken mit Wasser. Elas Knie gaben nach. Sie fiel und tauchte in der kristallklaren Kühle des Beckens unter.

* * *

Kien starrte die Schale mit erstarrtem Haferbrei an. Würde er schneller sterben, wenn er verhungerte oder wenn er das verrottete Zeug aß?

Ein feines Rascheln im Stroh machte ihn auf eine sich nähernde Maus aufmerksam. Die winzige Kreatur tauchte aus dem Stroh auf und hielt einen Moment lang inne, bevor sie über den Steinboden zu der Schale mit Haferbrei rannte.

„Tu dir keinen Zwang an", sagte Kien zu seinem Zellengenossen. „Ich hoffe, du überlebst es."

Das Klirren des Schlüsselbundes des Wärters und das Geräusch eines Riegels, der geöffnet wurde, veranlassten Kien dazu, sich umzudrehen. Die schwere Tür schwang auf und der Wärter trampelte hinein, gefolgt von einer Palastwache – dem hässlich grinsenden Rüpel, der Kien in der Woche zuvor auf der Straße verhaftet hatte.

„Ich fühle mich geehrt", meinte Kien zu ihm und bestrich die Worte so dick mit Sarkasmus, als wäre es der Haferschleim des Gefängnisses. Er machte sich nicht die Mühe aufzustehen, während er das Schwert der Wache ins Auge fasste. Könnte er es in seine Gewalt bringen, um es für sich selbst zu nutzen? Vielleicht würde die Wache ihn zuerst töten.

Sicher eine Möglichkeit, die es wert war, in Betracht gezogen zu werden.

Der Wachmann folgte Kiens Blick und schlug eine Hand schützend auf das Heft seines Schwertes. Zum Wärter bellte er: „Hol ihn auf die Füße und fessle ihn."

Während er sich auf Kien zubewegte, drohte der Wärter: „Wenn du mich angreifst, schlag ich dich so hart, dass du im nächsten Königreich landest."

„Tu es!" Kien griff nach den Knöcheln des Mannes und brachte ihn zu Fall.

Der Kopf des Wärters schlug auf dem Boden auf, doch der Aufprall wurde vom Stroh gedämpft, und er brüllte: „Ich bring dich um!"

Der Mann versuchte, einen hölzernen Knüppel aus seinem Gürtel zu ziehen. Instinktiv schnappte Kien sich die Waffe und hieb dem Wärter auf die Kniescheibe. Das schmerzerfüllte Jaulen des Mannes tat Kien in den Ohren weh. Ein kleiner Sieg, aber nicht einmal annähernd ausreichende Rache der Traceländer für Ytar.

„Stopp!" Die Palastwache ergriff Kien an der Schulter. Kien revanchierte sich, indem er mit aller Kraft den Knüppel auf die Hand des Wachmannes niedersausen ließ. Der Mann fluchte. „Dämon! Du hast mir den Finger gebrochen!"

Er drückte Kien ein von einer Beinschiene geschütztes Knie in die Seite und entwand den Knüppel aus Kiens Griff. „Ich habe Befehl, dich lebendig in den Palast zu bringen, aber dafür musst du nicht unversehrt sein!"

Die Metallplatte der Schiene drückte in Kiens angebrochene Rippen und rief einen Schmerz hervor, der ihm den Atem raubte. Kien japste. Er war bereit zu sterben, aber konnte der Palastschläger ihm nicht einfach das Messer in den Körper jagen und über Kiens Leiche auf Selbstverteidigung plädieren?

Es wäre ein glorreicher Tod. Beinahe.

Bis dahin wäre es weiser, nicht zu kämpfen. Kien zwang sich dazu stillzuhalten, während der Wachmann ihm ungeschickt die Hände hinter dem Rücken zusammenband und über den Schmerz in seinem gebrochenen Finger grummelte. Als er fertig war, schubste er Kien und zog ihn an seinen zusammengebundenen Armen nach oben. „Steh auf!"

Neben ihnen sagte der Wärter: „Ich kann nicht stehen."

„Ich schicke dir jemanden", murmelte der Wachmann. Er verdrehte Kiens Arme noch weiter. Der Gefangene schaffte es, ein Knie nach vorn zu schieben und genügend Balance zu finden, um sich aufzurichten. Die Wache stieß ihn ungeduldig vorwärts, was grausame Stiche in Kiens Rippen hervorrief. „Beweg dich, Traceländer!"

Damit er nicht vor Schmerz losschrie, biss Kien die Zähne fest zusammen und stand ganz auf. Wenigstens funktionierten seine Beine. Aber die des Wärters nicht. Kien hätte bei dem Gedanken beinahe gelächelt. Das Leben war fast wieder lebenswert.

Er hoffte, dass sie die Maus nicht zerdrückt hatten.

Draußen wartete eine kleine Gruppe Wächter auf Kiens mürrischen Bezwinger – offensichtlich, um sie in den Palast zu begleiten. Kien blinzelte in das Sonnenlicht. Er hatte nicht gemerkt, wie warm es draußen war. Seine Zelle war erbärmlich kalt gewesen. Für einen Moment drehte er sein Gesicht gen Himmel, um die Sonnenstrahlen zu genießen. Bis jemand im Gefängnishof auf seinen Umhang spuckte.

Ein Bürger mit stumpfsinnigem Gesicht, der eine gewöhnliche Arbeiter-Tunika und abgewetzte Sandalen trug, starrte ihn an. „Mörder!"

„Ich habe niemanden getötet!", protestierte Kien. Im Gegensatz zu den Männern aus Istgard. Andere Bewohner der Stadt, die offensichtlich von Kiens Abführung gehört hatten, versammelten sich vor dem Tor des Gefängnisses. Sie verspotteten ihn, spuckten ihn an und lachten. Jemand warf einen schimmeligen Brotrest nach ihm, der von Kiens Schulter abprallte und einen der Wachen traf.

„Es reicht!", brüllte der Wachmann. Er befahl seinen Kameraden, auf der Straße vorauszugehen und die Schaulustigen davor zu warnen, Müll zu werfen oder den Gefangenen anzuspucken.

„Ich wurde ohne einen Prozess verurteilt", sagte Kien zu niemand Bestimmtem. Nicht, dass es von Bedeutung wäre. Verurteilung bedeutete Hinrichtung, oder? Vielleicht lief er geradewegs in seinen Tod. Gut.

Der Bewurf mit verrottetem Essen und das Anspucken hörten auf, aber nicht der Spott und die Verwünschungen. Wie hatte er je glauben können, dass die Menschen in Istgard angenehme Menschen seien? Hatte er sie wirklich als Menschen angesehen? Sie klangen wie Tiere.

Männer, Frauen und Kinder schrien ihn aus Hauseingängen an, verschmolzen hinter ihm zu einer aufmüpfigen Meute, brüllten aus vollem Hals und wünschten ihm einen schmerzvollen Tod. Kien starrte stur geradeaus, in seinem Herzen nur Verachtung für jeden Einzelnen. Als der Wachmann ihn durch die riesigen Palasttore schleppte, sagte Kien: „Lass mich los. Du hast Waffen, und meine Arme sind gefesselt. Ich werde nicht weglaufen."

Zu Kiens Überraschung stritt der Wachmann nicht mit ihm – obwohl er offensichtlich nicht erfreut war. Vielleicht schmerzte ihn der kleine gebrochene Finger zu sehr. Der Mann sollte mal die Erfahrung ein paar gebrochener Rippen machen.

Kien machte sich nicht die Mühe, seine Verachtung zu verbergen, als er an den istgardischen Höflingen vorbeiging. In der Nähe des kunstvollen Springbrunnens des Königs drückten sich einige prachtvoll gekleidete Adlige herum und betrachteten Kien mit unverhohlenem Hochmut. Ihre juwelenbehängten Frauen und Töchter jedoch schnappten nach Luft und waren offensichtlich bestürzt, als sie ihn erkannten. Während seines Dienstes als Botschafter hatte er den meisten von ihnen auf diversen Empfängen und Bällen schöne Augen gemacht. „Nie wieder", murmelte Kien.

Seine Stiefel hallten laut auf dem polierten Marmorboden, als sie Tek Ans riesige Empfangshalle betraten. Hoch aufragende, weiße Säulen flankierten beide Seiten der Halle. Goldene Leuchter glitzerten vor jeder Säule und ein breiter Pfad aus glänzendem, goldenen Marmor führte alle Blicke in Richtung des königlichen Throns, einer dick gepolsterten Bank mit Marmorsockel, die vor einem kunstvollen, goldenen Wandschirm stand.

Auf der königlichen Bank sitzend beobachtete Tek An Kiens Näherkommen. Er saß dort wie eine vergoldete Statue, seine Krone und sein Gewand mit schimmernden Metallen und tiefgrünen Edelsteinen besetzt. Unbewegt beobachtete er seine adeligen Untertanen. Kien bemerkte, wie ruhig sie waren. Sie lauschten. Wahrscheinlich konnten sie es kaum abwarten zu sehen, wie er verurteilt und getötet wurde.

Erwarteten diese blutrünstigen Kreaturen etwa von ihm, dass er kämpfte? Vielleicht würde er das. Und wenn auch nur, um ein paar dieser Betrüger mit sich in den Tod zu reißen.

Als er sich den Stufen vor dem Thron Tek Ans näherte, sah Kien Tek Lara. Sie sah schlecht aus. Hatte sie geweint? Sie warf Kien einen Blick zu und ihre traurigen, rotgeränderten Augen weiteten sich, während ihr Gesicht sich verzog, als kämpfe sie gegen weitere Tränen an. Sorgte sie sich um ihn?

Die Verachtung in Kiens Herz ließ nach, als er ihren Blick erwiderte. Laras dunkle Augen funkelten und spiegelten unbestreitbar Mitgefühl wider. Ihr Mund öffnete sich, als wollte sie etwas zu ihm sagen. Stattdessen schaute sie weg. Tek An hob an, seine Worte übersättigt von Hoheitspluralen:

„Kien Lantec, du wirst der Verschwörung gegen uns beschuldigt. Kurz bevor sie starben, wurden deine Diener dabei erwischt, wie sie Chiffren mit Kuriertauben verschickten. Die Traceländer haben sich gegen uns und das Wohlbefinden unseres Reiches verschworen. Kannst du das bestreiten?"

Kien blickte finster. Offensichtlich hatten Tek An und seine Lakaien die geheimen Nachrichten nicht entschlüsselt und gelesen, denn keine davon hatte auch nur den Hauch einer Verschwörung enthalten. Es gab keine solchen Pläne! Wie sollte Kien – oder irgendjemand sonst – sich gegen eine Anklage verteidigen, die komplett aus der Luft gegriffen war?

„Ich leugne alles. Ich habe niemals versucht, Euch auf irgendeine Weise zu schaden, oh König."

Tek An schnaubte und sein breites, braunes Gesicht mit dem dünnen, säuberlich gestutzten Bart zeigte nichts als Verachtung. „Du erklärst dich selbst und dein Land also als freundschaftlich mit uns verbunden?"

„Das waren wir." Kien hielt inne und ließ die Kälte in seiner Stimme wirken, bevor er hinzufügte: „Bis zum Massaker in Ytar."

Er sah, wie der König außer Fassung geriet. Dabei büßte er einen Großteil seiner königlichen Würde ein. Tek An schimpfte: „Ytar war ein Präventivschlag gegen eine Bedrohung, die lange zuvor durch dein Volk bestand! Ihr seid nichts als eine Bande Rebellen, die Pläne gegen Istgard schmieden!"

Rebellen? Kien knurrte bei dem Wort. Jetzt hatte sich Tek Ans höfische Maske in Wohlgefallen aufgelöst. Und Kiens ebenso. Gut. Möge die Wahrheit ans Licht kommen. Nach sieben Generationen – sieben! – betrachteten die Könige Istgards die Traceländer immer noch als gegen sie meuternde Untertanen. Kien schaffte es, durch die Zähne gepresst, aber höflich zu antworten, auch wenn Tek An keine Höflichkeiten verdient hatte. „Wie, oh König, hat meine eigene Generation oder die meines Vaters Euch bedroht?"

„Wie? Tu nicht so!" Tek An nickte mit dem Kinn einem kräftigen, aufgeblasenen Beamten in grünen und goldenen Gewändern zu, der auf Kien zutrat und ein kunstvolles Schwert aus der Scheide zog. Kien wappnete sich. Jetzt würde er sterben.

Der Beamte, der nur eine Armeslänge vor ihm stand, verströmte Geringschätzung wie schlechten Körpergeruch, während er sein Schwert mit beiden Händen präsentierte, als hielte er einen außergewöhnlichen Edelstein. Kien betrachtete die Klinge und erstarrte, als er die dunkelblauen und grauen Wellenmuster auf dem Metall erkannte. Azurnit. Der Beamte hatte Recht. Diese Klinge war so wertvoll wie ein großer, seltener Edelstein. Kiens Vater besaß ein ähnliches Schwert. Abgesehen von seiner Schönheit, wurde Azurnit aus einem neu entdeckten Erz in Traceland gewonnen, das viel leichtere und stärkere Klingen ergab – scharf und erstaunlich flexibel. Sie wurden von den wenigen Beamten, die sich eine solche Klinge leisten konnten, bereits verehrt.

Hatte dieser Istgardier dieses Schwert von einem Abgeordneten oder Schwertschmied in Ytar geraubt? Zweifellos war es wenigstens zum Teil Grund dafür, dass Tek An Kien eine Verschwörung vorwarf. Der König und seine Beamten wollten Informationen. Der Verschwörungsvorwurf war nur Verhandlungsmasche.

Kien zuckte die Schultern. „Das ist nicht mein Schwert. Warum zeigt Ihr es mir?"

„Du weißt von ähnlichen Waffen", beschuldigte Tek An ihn. „Deine Landsleute werden mehr produzieren und Riyan angreifen."

„Ich weiß nichts von einem Angriff."

Der König verließ seine starre, majestätische Haltung ganz und lehnte sich vor. „Halte uns nicht zum Narren, Lan Tek!"

Kien bemerkte, wie der König die beiden Silben seines Nachnamens gesondert betonte und hielt inne. Was für ein Spiel spielte Tek An und warum stellte er die althergebrachte Form des Namens Lantec heraus? Kiens Abstammung von dem Rebellen Lan Tek, einem Prinzen Istgards, war ja wohl kaum seine eigene Schuld.

Trotzdem hatte Tek An den Namen betont, als wäre Kien und nicht sein Vorfahr der adlige Rebell. Kien starrte ihn an. „Es ist wahr. Ich weiß nichts von einem Angriff – das spielt sich nur in Eurer königlichen Vorstellungswelt ab. Und was das Schwert angeht: Was, wenn ich tatsächlich ähnliche Klingen in meinem Heimatland gesehen habe? Was spielt das für eine Rolle? Wir sind berechtigt, Waffen zu unserer eigenen Verteidigung zu tragen. Und wenn diese Waffen zufällig Kunstwerke sind – umso besser." Er würde nicht über das Azurnit sprechen und auf keinen Fall die Fundorte des wertvollen Metallerzes preisgeben, wenn es das war, was Tek An wollte.

„Dies sind aber keine normalen Waffen." Tek An winkte Kiens Wache vorwärts. „Zeig es ihm. Frische sein Gedächtnis auf."

Kien hätte ihnen fast gesagt, dass er keine Demonstration brauchte. Aber der Gedanke an das, was gleich passieren würde, war einfach unwiderstehlich. Besonders, wenn es um den Flegel von Wache ging, der ihm zugeteilt worden war.

Der Wachmann trat schwerfällig vor und zog sein Schwert mit der guten Hand, während er die verletzte schützend nahe an seiner Seite hielt. Der aufgeblasene Beamte, der das blaue, tracelandische Schwert hielt, zog eine Grimasse, die hochnäsige Abneigung verriet, nickte dem Wachmann jedoch zu, der sich vor ihm verneigte. Sie umkreisten einander und parierten die Angriffe des jeweils anderen zaghaft. Dennoch begannen beide Männer bald zu schwitzen und Tek An brauchte nicht lange, um die Geduld zu verlieren: „Angriff!"

Die Wache schrie und stürzte sich auf den Beamten, als wolle sie ihn töten. Die Augen des Beamten blitzten böse und er parierte mit brutaler Kraft. Die Schwerter der beiden klirrten beim Aufprall. Ein Stück Metall flog durch die Luft und landete mit einem Klirren auf dem Marmor vor Tek Ans Füßen, der nach Luft schnappte und aufsprang.

Kien unterdrückte ein Lachen, obwohl es die Schmerzen in seinen gebrochenen Rippen wert gewesen wäre. Was hatte der König denn erwartet?

Der Wachmann fluchte leise und starrte zuerst auf sein zerbrochenes Schwert, dann auf den Beamten, der spöttisch grinste. Kien lächelte.

„Sag uns noch einmal, dass du nichts von diesen Schwertern wusstest!", rief Tek An aufgebracht.

„Ich wusste davon." Kien verhärtete seinen Blick und seine Stimme. „Ich habe gesehen, wie sie geschmiedet werden. Aber ich bin kein Schwertschmied. Ich kenne die Anteile der Erze nicht, die für das Metall verwendet werden. Oder die genaue Mischung der Metalle. Warum also fragt ihr mich überhaupt?"

„Du weißt genug, Lan Tek. Dies sind die enthaltenen Erze, oder nicht?" Der König schnippte mit dem Finger.

Unter viel Gedränge tauchte einer der grüngekleideten, niederen Beamten aus der Menge auf und brachte eine breite Wanne. In ihr lagen große, glitzernde, blaue Kristalle – ähnlich denen, die Kien nahe einer der Schwertschmieden in Traceland gesehen hatte.

Tek Ans bärtiges Kinn ruckte in Richtung der Wanne und er wollte wissen: „Wo werden diese Erze abgebaut?"

Kien bemerkte, dass den Istgardiern kleine, aber feine Details fehlten. Wie kleine Kinder konzentrierten sie sich nur auf die blendend schönen Kristalle, wobei sie sich besser auf das konzentrieren sollten, was um diese Kristalle herum lag. Dunkelblaue Steine mit Streifen. Sand, Blätter und Rebenholz. „Fragt doch die Schwertschmiede in Ytar!"

Als der König seine Lippen zusammenpresste, als hätte er etwas Saures gegessen, vermutete Kien: „Eure plündernden Soldaten haben sie umgebracht, oder? Und Eure Wachen haben meine treuen Diener getötet – von denen sicherlich einer die Informationen hätte liefern können, nach denen Ihr sucht!" Wal. Wal hatte bereits mehreren der höchsten Mitglieder der Versammlung gedient. Wahrscheinlich hätte er über die Fundorte der Erze Bescheid gewusst. Kien ballte die zusammengebundenen Fäuste, während er versuchte, nicht an das besorgte, bleiche Gesicht seines Dieners zu denken. Dennoch beruhigte ihn die kurze Erinnerung. „Ich habe Euch nichts mehr zu sagen. Warum lasst Ihr mich nicht einfach direkt töten?"

„Ist der Tod das, was du suchst?", fragte der König mit zu Schlitzen verengten Augen.

Lara keuchte, was Kien dazu brachte, zu ihr hinüberzusehen. Mit wehenden, goldenen Gewändern eilte sie zu den Stufen und kniete sich vor den König hin. „Mein Herr, bitte, denkt an –"

Tek An winkte sie ungeduldig fort. „Keine Sorge, Cousine Lara. Wir haben nichts vergessen, auch nicht die Schriften unserer Vorfahren." Mit einem finsteren Blick auf Kien meinte er: „Kien Lan Tek, vom Rebellensohn des Königs Lan Tek, wir sind vom selben Blut." Gemurmelte Kommentare und Ausrufe gingen durch die Menge wie ein kleiner, unruhiger Strom. Tek An hob eine Hand, um sich Gehör zu verschaffen. „Dennoch hast du, Lan Tek, uns aufgefordert, dich zu töten. Damit ist bewiesen, dass du dich in der Tat gegen uns verschworen hast. Du versuchst, die Flüche aller Götter über uns zu bringen."

„Nein, das tue ich nicht. Meine Familie verzichtete auf ihre Titel, als sie die Ordnung unterschrieb, die das Traceland gründete", widersprach Kien und versuchte, seine Frustration zu verbergen. Sein entferntes, istgardisches Erbe bedeutete ihm nichts. Ein ärgerliches Hindernis, das es zu überwinden galt. „Wir wurden in der Rebellion enterbt."

„Du trägst vielleicht deine Titel nicht, aber dafür unser Blut. Und wir werden uns nicht verfluchen lassen, indem wir dich töten."

„Trotzdem, Fluch oder nicht, ich habe niemals Pläne gegen Euch geschmiedet", versicherte Kien noch einmal. „Und das werde ich auch nicht. Eure Vorwürfe gegen meinen guten Namen sind ungerechtfertigt und ich ersuche Euch, sie fallen zu lassen. Ich bin kein Attentäter."

„Du hast nichts bewiesen, außer, dass du das Wissen um diese neuen Waffen vor uns verborgen hast!" Tek An lehnte sich zurück und betrachtete ihn kalt. „Du bist in der Tat schuldig und musst bestraft werden."

Er würde für die Fortschritte in der Metallverarbeitung seines Landes bestraft werden? Das war absurd! „Wie könnt Ihr mich für solch ein… Nicht-Vergehen bestrafen? Das ist irrsinnig! Dennoch weigert Ihr Euch, mich zu töten. Was also nun? Plant Ihr, mich für den Rest meines Lebens im Gefängnis verrotten zu lassen?" Allein bei dem Gedanken drehte sich Kien der Magen um. Er sog einen tiefen Atemzug ein, was ihm seine Rippen mit scharfen Stichen dankten. Kien biss sich fest auf die Lippe, um Ablenkung von dem Schmerz zu finden. Dennoch zuckte er zusammen.

Tek An lächelte und weidete sich offensichtlich an Kiens Schmerzen. „Vielleicht wird Verrotten dein Schicksal sein. Rebellensohn des Lan Tek, bete zu deinen Göttern um Kraft."

Kien riss sich zusammen, richtete sich auf und antwortete stolz: „Traceländer brauchen keine Götter."

Er hatte es geschafft, jedermann in der königlichen Empfangshalle zu beleidigen. Sogar Tek Lara schaute verletzt drein und ihr hübsches Gesicht wurde fahl. Kien hasste es, sie leiden zu sehen. Von allen Istgardiern, die er getroffen hatte, waren Lara und ihr Vater Tek Juay die bemerkenswertesten Menschen – den eigenen Prinzipien treu ergeben. Selbst jetzt wollte Kien Laras gute Meinung über sich nicht zerstören. Ehrerbietend neigte er den Kopf in ihre Richtung, bevor er sich zu seinem Wachmann umwandte und knurrte: „Bring mich von hier fort!"

Das Gesicht des Mannes war bleich wie Ton. Er warf dem König einen Blick zu, der ihn zornig davonwinkte, und wandte sich wieder an Kien: „Herr... edler Herr", begann er nervös.

Kien verlor die Geduld mit dem Mann und dessen Furcht vor seinem neuverlauteten, königlichen Blut: „‚Traceländer' reicht! Ruf bitte einfach deine Männer und bringt mich in meine Zelle zurück – meine Arme bringen mich noch um." Er wünschte, die Worte wären wahr. Der Tod würde seinem Elend ein Ende bereiten.

„Ja, edler Herr."

Kien schüttelte seinen Kopf, als er die Audienzhalle verließ. Würde Tek An ihn wirklich für den Rest seines Lebens einsperren?

Nein.

Er musste fliehen. Und wenn er bei dem Versuch starb... „Gut."

„Was, edler Herr?", fragte ihn der Wachmann und sein Unbehagen war deutlich sichtbar, als er Kien von der Seite einen Blick zuwarf.

Edler Herr? Bah! Solch hirnlose Unterwürfigkeit reichte aus, damit sich ein guter Traceländer übergeben musste. Es sei denn, dieser Traceländer litt unter gebrochenen Rippen.

„Nichts", sagte Kien zu seiner aufgeregten Wache.

Seine Gedanken eilten voraus und begannen, seine Flucht zu planen.

Oder zumindest seinen Tod.

5

Die junge Frau zog Ela wieder an die Oberfläche des kleinen Beckens und rief: „Ela! Ich freue mich so, dich zu sehen! Obwohl ich beinahe vergessen hatte, dass du weg bist."

Ela fand Halt, rieb sich das Wasser aus den Augen und studierte das süße Gesicht des Mädchens. Ihre lebhaften braunen Augen. „Tzana?"

„Was?", fragte die junge Frau mit Tzanas Stimme und ihrer typischen, fröhlichen Ungeduld zurück.

Ela starrte ihre Schwester an, unfähig, ihre Verwandlung zu begreifen. „Ewiger?"

Sie ist sicher in meiner Gegenwart.

Und vollkommen, verstand Ela, die den Blick nicht von ihrer Schwester wenden konnte, die sie strahlend anlächelte. Fast normale Größe und von zartem, hübschem Aussehen, dicke, dunkle Locken und schlanke, gerade Finger. Es war eine Tzana jenseits der zerstörerischen, weltlichen Kräfte der Krankheit und des Schmerzes. Erstaunlich.

Tzana, die Elas Schock offensichtlich nicht bemerkt hatte, umarmte sie. „Es tut mir leid, dass ich dich vergessen habe! Aber ich war beschäftigt."

Beschäftigt? Damit, den Prophetenstab zu bewachen? Ela schaute sich ungläubig um. Die karge, felsige Wüste war nun lustvoll anzusehen – ein grasbewachsener Garten voller unzähliger Pflanzenarten, der von einem kleinen Fluss durchquert wurde. Zu diesem gehörte auch das Becken, in dem Ela noch immer stand. Die Quelle des Flusses entsprang aus den Wurzeln eines funkelnden Baumes – dem prächtigsten, den Ela je gesehen hatte.

Verschiedene Arten von Früchten, Blumen und Blättern blühten und wuchsen zwischen den Zweigen des Baumes und alles schimmerte, als würde es von innen heraus erleuchtet. Und sein breiter, wunderschön geformter Stamm war nach oben hin wie eine Spirale gedreht, die Ela dazu reizte, hinaufzuklettern und nach den ansprechenden Früchten und Blüten zu greifen. Der Stamm erinnerte sie an... Rebenholz.

„Das ist der Stab!" Ela watete aus dem Becken, begeistert von dem, was ihre Augen sahen. Wie konnte ein dünner Stab zu solch einem riesigen Baum werden? Und noch dazu so schnell? „Ewiger, Du bist wundervoll! Wie schön!"

Sie näherte sich dem Baum. Etwas raschelte in den Blättern. Kleine Tiere und schillernde Vögel flogen und kletterten von einem Ast zum anderen – jede Kreatur so vollkommen und lebendig, als wollte sie mit den beiden spielen.

„Sie lieben es, wenn ich sie füttere", erklärte Tzana und griff nach Elas Arm, während beide nach oben sahen. „Sie können sich ihr Futter natürlich selbst suchen, aber sie nehmen es lieber aus meiner Hand. Die Boten haben gesagt, dass es meine Aufgabe sei, mich um den Baum und das Land drumherum zu kümmern..."

„Boten?"

„Ja. Jeden Morgen bringen sie mir Anweisungen vom Ewigen. Nimm dir eine Frucht, Ela. Sie schmecken köstlich!"

Scheinbar war Tzana mehr als verwöhnt worden, während Ela in der Wüste zu Staub zerfallen und von Skalnen zerfleischt worden war. „Das nennst du fair?", rief sie zum Ewigen aus. Tzana starrte sie an.

Habe ich mein Versprechen gehalten?

Sie konnte die Belustigung in Seiner Stimme nicht überhören. „Ja, aber..."

Ruh dich hier aus. Genieß den Baum und seine Früchte. Wenn ihr geht, wird alles wieder in seinen alten Zustand zurückkehren.

Würde Tzanas geheilter Körper bleiben? Ela verkniff sich, diese Frage laut zu stellen, um Tzana nicht zu beunruhigen.

Nein. Seine Stimme bat um Geduld. *Wenn dieser Ort fortgenommen wird, werden die Einflüsse der Welt sie wieder in Besitz nehmen.*

Elas Schmerz wurde durch eine erneute Umarmung ihrer Schwester gelindert. Wie könnte sie unglücklich sein, wenn sie Tzana so gesund sehen durfte? Selbst Elas Fieber und Wunden waren heil geworden an diesem Ort – auch wenn die Narben geblieben waren. Es war unmöglich, hier von Trauer vereinnahmt zu werden. Sie erwiderte die Umarmung ihrer kleinen Schwester und gab ihr einen Kuss auf die dichten, schimmernden Locken. „Es ist gut zu wissen, dass du glücklich bist!"

„Ja und ich bin noch glücklicher jetzt, wo du wieder hier bist – selbst, wenn du rumschreist und mit dir selbst redest. Komm mit auf den Baum, Ela, es ist unglaublich!"

Sie beobachtete, wie ihre kleine Schwester leichtfüßig und anmutig den Baum hinaufkletterte und freute sich. Anstatt hinterher zu klettern, fiel sie jedoch auf die Knie und bedeckte ihr Gesicht mit den Händen.

In Anbetung des Ewigen.

* * *

Ela seufzte und griff nach Tzanas Hand, bevor sie den Baumstamm berührte. Wie ein sanfter, nach innen gekehrter Wirbelwind sog der Stab seine Früchte, Blüten und Äste in einer Spirale zusammen, während die Vögel davonflogen und die kleinen Tiere sich in Höhlen und Verstecke im Sand und zwischen den Felsen zurückzogen. Der Stab passte nun wieder in Elas Hand, schlank und mit sanft schimmernder Maserung. Wieder er selbst. Nur ein kleiner Haufen wertvoller Früchte blieb übrig, gut verstaut in Elas gefaltetem Umhang und gesichert mit dem Gürtel ihrer Tunika. Davon abgesehen blieb kein Hinweis auf die frühere Pracht des Stabes.

Auch Tzana war wieder, wie sie vorher gewesen war. Zerbrechlich, winzig, mit dünnem Haar und leicht runzelig, ihre Finger wieder knorrig wie die einer alten Frau. Doch ihre Augen glänzten, als sie Ela angrinste. „Wir werden ihn wiedersehen, oder?"

„Ja", seufzte Ela. „Ich bin sicher, dass wir das werden. Oder einen wie ihn." Sie lächelte und freute sich an Tzanas innerem Strahlen. Kein Wunder, dass der Ewige sie so verwöhnte. Tzanas Geist war so liebenswert. Nicht perfekt, aber vertrauensvoll und freundlich.

Wie Ela sein sollte. „Komm schon. Wir haben einen langen Weg vor uns."

„Wohin gehen wir?"

„Über die Grenze nach Istgard." Um den Willen des Ewigen zu verkünden.

Mit Rücksicht auf Tzana machten sie immer wieder Pausen. Um die Mittagsstunde aßen sie einige der Früchte und tranken aus Vaters Wasserschlauch, der mittlerweile abgenutzt aussah. Gegen Abend bemerkte Ela, wie sich die Vegetation änderte und die Felsformationen kleiner wurden. Sicherlich waren sie nun in Istgard.

Ela trug Tzana auf dem Rücken, als sie bemerkten, wie etwas Dunkles und Gebeugtes am Fuße eines Felsbrockens lag.

„Was ist das?", wollte Tzana wissen.

Ein Körper, erkannte Ela und ihr wurde schlecht. „Tzana, halt dir die Augen zu."

Als Tzana gehorchte, trat Ela näher an die Leiche heran. Ein Soldat. Offensichtlich wohlhabend. Seine Waffen und Rüstung waren kunstvoll angepasst worden und mit Gold verziert. Aber die Rüstung hatte ihn nicht gerettet. Risse durchzogen sein ausgetrocknetes Gesicht und an seiner Kehle war eine bösartige Wunde sichtbar. Seltsamerweise waren seine Habseligkeiten nicht gestohlen worden – kostbar, wie sie waren. „Ewiger? Wer war er?"

Der einzige rechtschaffene Anführer in Istgard. Mein Diener, betrogen und ermordet, weil er sich geweigert hat, das Unrecht zu akzeptieren.

Eine Vision sickerte in Elas Gedanken und breitete sich aus. Überwältigt ließ sie sich zitternd auf die Knie sinken, setzte Tzana ab und umklammerte den Stab, während sie versuchte, den Schmerz der Vision zu ertragen. Als sie zu sich selbst zurückkehrte, fielen die Tränen aus Elas gebrochenem Herzen auf den ausgetrockneten Boden. Neben ihr weinte Tzana und starrte auf die Wunden des Soldaten. Ela bedeckte die Augen ihrer Schwester und schloss ihre eigenen ebenfalls. Ein Schauder überlief sie, als sie noch einmal den Moment des Todes dieses Istgardiers durchlebte. Wie sein Mörder angriff...

Nimm sein Schwert.
Ela konnte den Gedanken nicht ertragen, den Körper dieses mutigen Mannes zu stören. Und sie wollte bestimmt nicht sein Schwert tragen – oder irgendjemandes Schwert. Und doch... Sie nickte. Noch immer über die verheerenden Folgen des Todes trauernd, löste sie die Schwertschnalle des toten Soldaten.

* * *

„Ich brauche einen Ort zum Ausruhen", verkündete Tzana und rutschte auf Elas Rücken hin und her.
Ela hielt inne. „So bald?"
„Ja und so bald ist es gar nicht."
„Doch, ist es. Schau. Die Sonne ist noch nicht über uns – es kann noch nicht einmal Mittag sein."
„Dann ist es zu früh, um zu essen?" Tzana klang enttäuscht. „Ich möchte mehr Früchte."
„Ich kann es dir nicht verübeln. Ich mag sie auch sehr gern. Aber nach unserer Mahlzeit gestern Abend haben wir nur noch drei Stück übrig. Wir müssen sie für unsere Mittagspause aufsparen."
„Nur drei?" Tzana hing über Elas Schulter. „Ich dachte, es wären noch mehr." Nach einer kurzen Stille zog sie leicht an Elas langem, geflochtenem Zopf und fragte: „Was werden wir essen, wenn die Früchte aufgebraucht sind?"
„Der Ewige wird sich darum kümmern." Durch die Istgardier. Ela wollte nicht an Istgard denken, doch jeder Schritt trug sie näher an die Konfrontation mit einem seiner gewalttätigsten Bewohner.
Sie freute sich nicht darauf, Gerechtigkeit von einem bösartigen Verbrecher zu verlangen, der davon überzeugt war, dass er trotz seiner Übeltaten schuldlos war. Ein Mann, dem der Kummer, den er seinen Opfern und dem Ewigen zugefügt hatte, vollkommen egal war.
Ein Mann, der nicht verstehen wollte, wie unabdingbar der Ewige für seine Existenz war.

Ehrlich, sie wollte diesen Schurken nicht einmal treffen, geschweige denn mit ihm reden.

Trotzdem... Elas Kehle war wie zugeschnürt, als sie an die brennenden Qualen dachte, die eine Existenz ohne den Ewigen bedeutete. Wünschte sie irgendjemandem diese Qual – ewige Qual?

„Lass uns weitergehen." Sie versuchte, begeistert zu klingen und damit sowohl sich selbst als auch ihre Schwester zu ermutigen. „Beobachte die Schatten und sag mir, wenn sie so klein geworden sind, dass du sie kaum noch sehen kannst. Das bedeutet, es ist Mittag und wir können anhalten und etwas essen."

„In Ordnung", stimmte Tzana zu. Nach etwa zwanzig Atemzügen war sie eingeschlafen.

Ela spürte, wie der kleine Körper ihrer Schwester erschlaffte. Ihr Kopf sackte gegen Elas Schulter. Gut. Wenn Tzana schlief, würde sie Elas Angst nicht spüren. Sie schob ihre kostbare Last ein wenig höher und war sich gleichzeitig des Schwertes an ihrer Seite unangenehm bewusst – eine dauerhafte Erinnerung an den Tod. So wanderte Ela weiter, während sie die Landschaft beobachtete.

Endlich, als die Sonne fast genau über ihnen stand, hielt sie an. Eine Wand aus Felsen und Sträuchern ragte zu ihrer Linken auf. Die Schlucht, die sie in ihrer Vision gesehen hatte, war nun auf ihrer Rechten, voller Bäume, Dornen und Rebenholz. Und der schmale Feldweg mitten hindurch war genauso, wie der Ewige es ihr gezeigt hatte. Irgendwie unheimlich, vertraute Orientierungspunkte an einem Ort zu sehen, an dem sie noch nie gewesen war. Noch schlimmer war es zu wissen, dass diese Orientierungspunkte einer sehr beunruhigenden Szene in ihrer Vision entsprachen. Sie studierte die schmalen Schatten unter den Felsen und Büschen. Ja. Dies war der Ort und es war fast soweit. Sie kniete sich hin, legte den Stab hin und stupste Tzana sachte an, um sie zu wecken.

„Klettere runter, Dummerchen! Du solltest mir doch sagen, wenn die Schatten fast zu klein werden, um sie zu sehen."

„So wie ich?", murmelte Tzana schläfrig. „Amar hat gesagt, ich wäre beinahe zu klein, um gesehen zu werden."

„Nun, Amar hat Unrecht!" Wie konnte er es wagen! Wenn sie ihre geplante Hochzeit nicht bereits abgesagt hätte, so würde sie es jetzt tun.

Tzana zupfte an Elas Ärmel. „Ich brauche etwas zu trinken."

„Natürlich." Erleichtert, die Gedanken an den Verräter Amar beiseiteschieben zu können, gab Ela ihrer Schwester den Wasserschlauch. Der Knoten, der den Schlauch verschloss, war jedoch zu fest für Tzanas schmerzhaft verkrümmte Finger. Wenn die arme Tzana doch nur einen Teil ihrer vorübergehenden Heilung in der wunderbaren Oase hätte behalten können! Ela knotete den Trinkschlauch auf und packte die letzten Früchte aus, während Tzana trank.

Die Früchte glitzerten im Sonnenlicht und waren fast zu schön anzuschauen, um sie zu essen. Ela wählte eine pralle, schillernd violette Frucht, die eine leuchtend grüne Kappe trug. Sie drückte sie zwischen ihre Handflächen und brach mit den Fingerspitzen die Haut der Frucht auf. Fünf perfekte, weißliche Segmente mit tief violett-rotem Fruchtfleisch schmiegten sich aneinander. Ela knotete den Trinkschlauch wieder zu, gab drei der fünf Segmente an Tzana und aß die verbliebenen zwei.

Sie wünschte, sie könnte die süße Frucht mehr genießen, aber der Gedanke an den herannahenden Konflikt nahm ihr den Appetit. Ihre nächste Mahlzeit würde jedoch eine Weile auf sich warten lassen und wäre auch kein besonderer Gaumenschmaus. Also besser jetzt noch etwas mehr essen. Sie schälte die grün gefleckte Schale der zweiten Frucht, aß eine Hälfte des weichen Inneren und gab den Rest an Tzana weiter. Entferntes Lachen aus der Schlucht ließ sie innehalten, als sie gerade die dritte Frucht teilten.

Lachende und laut rufende Männer. Soldaten. Wenn Ela ihre Augen schloss, würde sie sie wieder sehen – aus ihrer Vision.

„Wer ist das?", fragte Tzana, den Mund voll mit der weichen Frucht.

Schweißperlen bildeten sich auf Elas Haut. Ihre rohen, zerfurchten Narben, Zeichen des Skalnangriffs, begannen zu jucken. „Es sind

Soldaten. Du darfst kein Wort mit ihnen sprechen, Tzana. Versprich es mir."

„Ich verspreche es." Tzana aß den letzten Rest der Frucht und nickte, als sie mit vollem Mund fragte: „Wirst du mit ihnen sprechen?"

„Ja. Aber sie werden nicht hören wollen, was ich ihnen zu sagen habe. Was auch immer passiert, sei einfach still und bleib dicht bei mir." Ewiger? Ela flehte ihn innerlich an, zitternd und mit einem üblen Gefühl im Magen. Als sie aufstand und nach dem Stab griff, war es, als läge eine tröstende Hand auf ihrer Schulter.

Ich bin bei dir.

Seine Stimme stärkte Elas wankende Entschlossenheit. Sie wünschte, es würde auch das Jucken ihrer Wunden vertreiben. War der Juckreiz eine Erinnerung an ihr früheres Versagen?

Die Geräusche kamen näher. Metall klirrte. Pferde wieherten und ihre Hufe schlugen dumpf auf dem festgetrampelten Pfad auf. Das vorderste Pferd – ein beeindruckendes, riesiges, schwarzes Tier – tauchte aus der Schlucht auf und stürmte auf sie zu.

Wenn dieses Pferd Feuer spucken könnte, so würde es das genau jetzt tun. Glücklicherweise konnte sich Ela nicht daran erinnern, dass die Kreatur in ihrer Vision Feuer gespuckt hatte. Dennoch schnaubte das monströse Tier und starrte sie an, als wollte es sie mit seiner miesen Laune und seinen tellergroßen Hufen niedertrampeln. Ela wusste, sein Reiter war ebenso abscheulich.

Sonnenlicht schimmerte auf dem Metallhelm des Soldaten, seiner Brust- und Beinpanzerung, seinen Waffen und seinem Schild, das mit Istgards Wappen verziert war, dem knurrenden Gesicht eines Skalns. Nicht überraschend, aber noch immer erschreckend. Ela schauderte.

Während der vorderste Reiter Ela fest im Blick behielt, trieb er sein furchtbares Schlachtross auf sie zu. Tzana schnappte nach Luft und versteckte sich in den Falten von Elas Umhang. Ihr kleiner Körper zitterte, doch ihre offensichtliche Angst rief nicht den Hauch eines Mitgefühls in den dunklen Augen des Soldaten wach. Er rief: „Wer seid ihr und woher kommt ihr?" Sein autoritäres Auftreten forderte sofortige Antwort. „Seid ihr Flüchtlinge?"

„Nein!" Ela hob ihr Kinn. „Ich bin Ela Roeh aus Parne und dies ist meine Schwester Tzana."

„Pah! Parne ist eine Abfallgrube und seine Bewohner sind zu nichts zu gebrauchen, außer als zukünftige Sklaven für Istgard." Seine Verachtung ärgerte Ela, aber sie versuchte, sich zu beherrschen. Der Ewige durfte nicht von jemandem vertreten werden, der jedem Wutanfall nachgab. Sie sprach ein leises Gebet. Lass diesen Mann und seine Landsleute die Wahrheit hören. „Du hast genug Sklaven genommen, Taun – Plünderer von Ytar."

Der Soldat starrte sie an, doch dann verfinsterte sich sein Blick und sein ohnehin schon strenger Ton wurde feindselig: „Herumtreiberin! Woher kennst du meinen Namen?"

„Dein Schöpfer hat mir deinen Namen verraten, Taun." Sie fasste den Stab etwas tiefer und konnte spüren, wie sich das verborgene Licht im Inneren zur Oberfläche des Rebenholzes bewegte. „Ich wurde gesandt, um dich zu warnen. Er hat deine Boshaftigkeit gesehen. Er weiß um alles, was du getan hast. Bereue, bevor du verurteilt wirst."

„Mein Schöpfer?" Der Mann grinste. „Wer ist dieser Schöpfer? Er bedeutet mir nichts!"

Vier weitere Soldaten drängten ihre riesigen Pferde nun aus der Schlucht auf sie zu. Wie um seine Dominanz über die anderen Kreaturen zu beweisen, sah sich Tauns furchterregendes Pferd um und schlug mit den Hinterhufen aus, während es unmissverständliche Drohungen schnaubte. Taun schaffte es, das Biest unter Kontrolle zu behalten. Gerade so. Dann schnaufte es zu Ela gewandt, schlug mit dem Kopf und legte die Ohren an. Das große Geschirr um seinen Rumpf mit seinen Haltegriffen, Fußstützen und Waffen ließ das Tier noch bedrohlicher wirken. Ela konnte sich nicht daran erinnern, von dem Pferd gejagt worden zu sein, da die Vision mit der Warnung an Taun geendet hatte. Doch Taun hörte ihr nicht zu. Nicht, wenn das Tier so einen Anfall hatte.

Flüsternd flehte Ela den Ewigen an: „Was soll ich jetzt tun?"

Seine Stimme erklang und verkündete: *Befiehl dem Schlachtross in meinem heiligen Namen, still zu sein.*

Gerne. Ela lieh sich etwas von der Autorität ihres Schöpfers und sah dem Biest direkt in die Augen, als sie sagte: „Im Namen des Ewigen, sei still!"

Das Pferd beruhigte sich und seine dunklen Augen beobachteten sie. Nicht einmal sein Schweif zuckte.

Taun sog hörbar den Atem ein und schaute auf sein Reittier. Das Biest bewegte sich nicht mehr, außer zum Atmen und Zwinkern, während es Ela beobachtete.

„Hexe!" Der Soldat sah verärgert aus – als hätte sie ihn schlimmer beleidigt, als es je jemand gewagt hatte. „Was hast du mit meinem Zerstörer gemacht?" Er trat, klopfte, schlug und schnalzte mir der Zunge, aber das Schlachtross rührte sich nicht. „Heb deinen Zauber auf!", rief er Ela zu.

„Das ist kein Zauber. Dein Zerstörer gehorcht seinem Schöpfer. So wie du es solltest."

Mit fest zusammengepressten Lippen in dem verkrampften Gesicht sprang Taun vom Pferd auf den festgetrampelten Pfad. Er nahm seinen Speer und prügelte mit dem stumpfen Ende auf den Zerstörer ein. Doch das Tier wich nicht von der Stelle. Zuletzt warf der Soldat seinen Speer hin, zog sein Schwert und kam auf Ela zu. „Heb deinen Zauber auf!"

Tzana duckte sich unter Elas Umhang und zitterte noch mehr. Der Stab glühte nun, das Licht selbst in der mittäglichen Sonne unverkennbar hell. Taun hielt inne und seine Mitstreiter stiegen ab, still und mit zusammengekniffenen Augen gegen das Strahlen des Stabes. Ela nahm all ihren Mut zusammen: „Taun, ich bin keine Hexe. Bitte, ich wurde gesandt, um mit dir zu sprechen! Hör auf die Warnung deines Schöpfers. Er..."

„Halt deinen Mund!" Er zeigte mit der Schwertspitze auf sie. „Ich gehorche keiner Hexe! Und was auch immer du für einen Zauber gesprochen hast – heb ihn auf!" Mit vor den Augen erhobener Hand kam Taun näher. „Gib mir das Spielzeug!" Plötzlich hielt er inne, als sein Blick an dem Wehrgehänge über Elas Schulter hängen blieb und dann auf das Schwert an ihrer Seite fiel. Er schluckte sichtlich nervös und fragte: „Woher hast du dieses Schwert?"

Ein junger Soldat, mit vor Eifer geröteten Wangen, kam näher und studierte das Schwert, während auch er die Hand schützend gegen den Stab vor die Augen hielt. „General Tek Juays Schwert! Hast du es ihm gestohlen, Hexe?"

„Ich bin keine Hexe", wiederholte Ela und unterdrückte den Impuls, ihn anzuschreien. „Der Ewige hat mir befohlen, dieses Schwert von der Leiche eures Generals zu nehmen und Gerechtigkeit für seinen Mord zu verlangen. Ihr..."

„Lügnerin!" Tauns Gebrüll übertönte Elas Erklärung. „Wenn er tot ist, dann hast du ihn getötet! Dafür verdienst du den Tod!" Er versuchte, Ela den Stab aus den Händen zu reißen, aber seine Finger fuhren durch ihn hindurch, wie durch leere Schatten. Knurrend schlug Taun nach Ela. Die Wucht haute sie beinahe um.

Elas Gesicht brannte von dem Schlag, aber unterstützt durch den Stab blieb sie stehen. Er schien in ihren Fingern lebendig geworden zu sein, eine atemberaubende weiß-blaue Säule. Ela schloss die Augen und hörte auf den Ewigen. Ihr wurde schlecht, doch sie zwang sich, die Worte auszusprechen: „Taun, wenn du mich noch einmal schlägst, wird der Ewige dir den Atem deines Lebens nehmen."

Ihre Erfahrung in der Wüste, die Qual des bodenlosen Feuerkessels, brannte noch immer in ihr. Sie konnte die Flammen auf der Innenseite ihrer Augenlider sehen. In dem verzweifelten Versuch, einen anderen Menschen vor dem ewigen Feuer zu retten, schaute sie ihren Ankläger an und bettelte: „Bitte! Bitte nimm die Warnung des Ewigen ernst! Er bietet dir eine Chance, für deine Verbrechen zu büßen und mit ihm versöhnt zu werden. Es ist nicht Sein Wille, dass du leidest!"

Taun zögerte. Für einen kurzen Moment dachte Ela, dass er sich vielleicht zum Zuhören überzeugen ließe. Stattdessen schüttelte der Soldat seinen Kopf und wütete los: „Betrügerin! Wer hat dich bezahlt?" „Niemand! Bitte hör zu. Du weißt, dass ich die Wahrheit sage. In einer Vision hat mir dein Schöpfer den Tod deines Generals gezeigt. Das Gesicht seines Mörders, der sich ihm von hinten näherte…" Elas Knie wurden schwach, als sie das Bild wieder vor sich sah. „Weil Tek Juay dich für deine Grausamkeit, deine Gier und deine Unfähigkeit, Befehle zu befolgen, verworfen hat, nahmst du deinen Dolch und…"

Taun hob sein Schwert und stieß einen Kampfschrei aus.

Gewiss, nun zu sterben, schlang Ela einen Arm um Tzana in der Hoffnung, sie zu beschützen. „Ewiger!"

Mitten im Schlag begann Taun zu würgen. Seine Augen spiegelten unfassbare Qual wider und er verlor die Kontrolle über sein Schwert. Die Klinge hieb gegen den Stab und zersplitterte in dem nun unerträglichen Glühen. Der Soldat brach vor Ela zusammen, den Mund weit geöffnet, als japste er nach Luft und seine Augen starrten entsetzt an ihr vorbei in die Ewigkeit.

„Nein!" Sie konnte beinahe die Reflektion der Flammen in seinen Augen sehen. Seine Pein der vollständigen Trennung vom Ewigen. „Warum konntest du nicht hören?" Ela fiel auf die Knie und schluchzte.

„Kommandant?" Der junge Soldat kroch zu dem Körper und prüfte mit zitternden Händen Tauns Kehle nach einem Lebenszeichen. Schlussendlich setzte er sich auf und starrte Ela an. Sein Gesicht hatte alle Röte verloren. „Du hast ihn umgebracht!"

Sie schüttelte den Kopf und kämpfte darum, durch ihre Tränen einen zusammenhängenden Satz herauszubringen. „Er w-weigerte sich zuzuhören. Wenn er… wenn er nur die Warnung des Ewigen angenommen hätte."

Tzana befreite sich aus Elas Umhang. Sie schaute von dem toten Soldaten auf Ela und wimmerte. Ela zog sie an sich und schirmte sie beide mit dem Stab ab, der nun seinen Glanz verlor und wieder seine normale Form annahm.

Die anderen Soldaten starrten sie ebenfalls mit aufgerissenen Augen an. Dann sprach einer, doch seine Stimme war durchdrungen von Angst und Wut: „Wer auch immer du bist, ich klage dich des Mordes an Kommandant Taun an. Komm mit uns."

Geh mit ihnen, befahl der Ewige Ela.

Wie betäubt stand sie auf, bereit zu gehorchen.

6

"Ewiger, ich bin nicht alt genug, um eine Prophetin zu sein! Ich scheitere bei allem!", flüsterte Ela, unfähig, die Worte laut auszusprechen. Hätte sie nicht die dösende Tzana auf dem Rücken, würde Ela nicht nur schreien. Sie würde sich auf den Boden werfen und der Verzweiflung hingeben. Aber für Tzana schleppte sie sich weiter und folgte dem neuen Anführer, der das Kommando übernommen hatte, sobald Taun begraben worden war.

Ela schaute zu dem Mann auf, der gerade und herrschaftlich auf seinem schwarzen Zerstörer ritt. Sie sehnte sich danach, ihn um eine kurze Pause zu bitten. Ihre Arme brannten vor Schmerz durch das stundenlange Tragen von Tzana und dem Stab, so leicht beide auch waren. Nervige, juckende kleine Schweißbäche liefen über ihren Rücken und ihr Gesicht. Und Sand war in ihre Sandalen eingedrungen und rieb an ihren von Blasen übersäten Fußsohlen. Aber diese Unannehmlichkeiten waren nichts im Vergleich zu der Last, die an ihrer Seele zerrte und ihre Entschlossenheit zermürbte. War das ihr Leben als Prophetin? Immer stolpernd? Niemals erfolgreich? Sie schniefte und gab den Tränen nach.

„Ewiger? Welchen Nutzen habe ich für Dich, wenn ich immer wieder versage?"

Seine Antwort war mit Frieden durchdrungen, der Elas Elend wie Balsam bedeckte. *Du glaubst, dass du versagt hast. Aber du – erschaffen aus Staub – kannst nicht sehen, was ich sehe.*

Als Ela einen Schluchzer hinunterschluckte, fuhr er fort: *Du bist meine Prophetin. Nicht mehr, nicht weniger. Ich offenbare dir meinen Willen und du musst sprechen, um meine Herrlichkeit zu verkünden.*

„Ja", stimmte sie leise zu und wollte gar keine Details hören, sondern lieber eine Antwort auf ihren scheinbar sinnlosen Misserfolg. „Ich möchte ja… aber warum fühle ich mich dann so sehr wie eine Versagerin?"

Du musst meinen Willen sprechen, ob die Übeltäter zuhören oder nicht. Sie versagen, und nicht du.

„Es tut trotzdem weh." Tränen strömten aus ihren Augen und vermischten sich mit dem Schweiß auf Elas Wangen, als sie an den Soldaten Taun dachte. Der Blick des Entsetzens auf seinem Gesicht, als er starb... Die Erinnerung schnitt durch sie hindurch wie eine Klinge. Wenn er doch nur gehört hätte! Warum konnte er nicht...

„Aaaah!" Tzana war plötzlich wach und zappelte auf Elas Rücken. „Es leckt mich! Lass nicht zu, dass es mich frisst!"

Ela schob die Gedanken an ihr eigenes Elend beiseite und schwang auf der Stelle herum, um Tzanas Angreifer entgegenzutreten. Tauns riesiger, schwarzer Zerstörer. Er blieb stehen.

Ela unterdrückte ihre Angst und starrte die Kreatur streng an. „Was machst du da?"

Das Tier blinzelte Ela an, zahm wie ein Neugeborenes. Abwartend.

Als sie den Blick des Zerstörers erwiderte, sandte Ela eine vorsichtige Frage nach oben: Warum folgt mir dieses Monster?

Bist du sicher, dass es ein Monster ist? Sag Tzana, sie soll ihre Hand ausstrecken.

Ela zögerte einen Moment, ehe sie sagte: „Tzana, streck deine Hand aus."

„Waruuum?", krächzte Tzana mit immer noch schlaftrunkener Stimme, aber offensichtlich skeptisch.

„Weil der Ewige es dir befiehlt."

Tzana bewegte sich etwas auf Elas Rücken, bevor sie eine winzige, knorrige Hand ausstreckte. Der Zerstörer schnüffelte vorsichtig an ihren geschwollenen Fingern, als verstände er, dass ein stärkerer Stupser Tzana Schmerzen bereiten würde. Tzanas helles Kinderlachen klang an Elas Ohr. „Das kitzelt!"

Ela grinste und ein Teil der Schmerzen in ihrer Seele verblasste. Sie konnte der Freude ihrer Schwester nicht widerstehen. „Danke, Ewiger. Du hast immer die perfekte Antwort."

Tzana kletterte nun fast über Elas Schulter auf den Zerstörer zu und rief: „Er ist so süß! Darf ich auf ihm reiten?"

Ela blickte sich um und sah, auch ihre vier Wächter hatten angehalten. Sie sahen verärgert über die Verzögerung aus. Nun, sie würden sicherlich schneller vorankommen, wenn Tzana ritt. Wenn sie beide ritten. Außerdem hatte der Ewige sie dazu ermutigt, sich mit diesem Pferd anzufreunden. War es dann nicht logisch zu glauben, dass Tzana und sie darauf reiten dürften? Und das Monster – der Zerstörer – schien damit einverstanden zu sein. Sie traf rasch eine Entscheidung und schob Tzana an dem Kriegsgeschirr hoch.

„Klettere rauf, rutsch nach vorn und halt dich an seinem Geschirr fest. Ich reite mit."

„Das sollten wir nicht erlauben!", protestierte einer der Soldaten. „Sie hat nicht nur Kommandant Taun getötet, sondern das ist auch sein Zerstörer – und Frauen reiten keine Zerstörer!"

„Willst du sie aufhalten?", fragte der führende Soldat den Protestierenden.

Ela zögerte. Zu ihrer Überraschung versuchte der wütende Mann nicht, sie aufzuhalten. Aber seine Miene verdüsterte sich grübelnd, als ob er einen Kampf verloren hätte und nun seine Rache plante. Sie ignorierte ihn.

Tzana auf das Pferd zu setzen, war einfach. Selbst aufzusitzen würde schwieriger werden. Diese Kreatur war viel zu groß, als dass Ela einfach auf seinen Rücken hätte springen können – selbst die niedrigsten Fußschlaufen waren noch zu hoch. Sie studierte die Umgebung und fand eine Lösung.

Um ihre Bitte zu kommunizieren, streichelte sie den Nacken des Tieres und ging dann auf einen Felsbrocken zu. „Kommst du mit mir?" Der Zerstörer folgte ihr gemächlichen Schrittes, was Tzana erfreut kichern ließ.

Mit dem Stab in der Hand kletterte Ela auf den Felsbrocken und streckte sich, um erneut den breiten Nacken des großen Pferdes zu streicheln, das vor ihr angehalten hatte und nun unglaublich sanftmütig schien. Ermutigt nahm sie den Stab anders in die Hand, um Tzana damit nicht zu treffen, schob General Tek Juays Schwert zur Seite und kletterte auf die gepolsterte Reiterdecke. Sie setzte sich seitwärts hin, wie sie es bei den wenigen weiblichen, reitenden

Händlerinnen gesehen hatte, die durch Parne gekommen waren. Tzana saß rittlings vor Ela, winzig und unbekümmert jung und ihre lange Tunika war bis über die knotigen Knie hochgeschoben. Ein Kind mit einem neuen Spielzeug. Sie drehte sich zu Ela um: „Können wir ihn behalten?"

„Er gehört uns nicht", antwortete Ela. „Wir leihen ihn uns nur aus."

Mit dem Stab in der einen und den Zügeln des Zerstörers fest in der anderen Hand drängte Ela das Tier, dem führenden Soldaten zu folgen.

Der Soldat, der gegen Elas Entscheidung zu reiten gewesen war, führte seinen Zerstörer neben sie. Mit einem Lächeln, das eigentlich kein Lächeln war, sagte er: „Das verwirrte Biest ist die letzte Kreatur, die du jemals verhexen wirst. Merke dir meine Worte, du wirst in Riyan hingerichtet werden."

„Merke dir meine Worte! Werde ich nicht", hielt Ela dagegen und erkannte im gleichen Moment, dass es die Wahrheit war. Sie biss die Zähne zusammen, als das Flackern einer Vision ihre Gedanken durchdrang. Ein König. Ein Kampf. Fallende Soldaten. Sterben. Und sie, Ela Roeh aus Parne, würde zumindest teilweise für ihren Tod verantwortlich sein.

Nein!

Unerklärlicherweise stoppte der Zerstörer. Ela stieß ihn an, damit er weiterlief, während sie in Gedanken ihren Schöpfer anflehte, die Sache noch einmal zu überdenken. „Bitte, Ewiger! Ich bin nicht klug oder fähig genug für all das hier. Ich will nicht mal ein Vogelnest von einem Baum stürzen, geschweige denn ein Königreich oder eine Nation. Vor allem, wenn es anderen den Tod bringt!"

Stille antwortete.

Oh Mann! Genau wie ihr Vater, wenn er eine Diskussion als beendet ansah.

Ela brütete eine Weile und starrte an Tzana vorbei auf die schimmernd schwarze Mähne des Zerstörers. Schließlich wurde ihre Aufmerksamkeit von seinen großen, schwarzen und lauschenden Ohren angezogen, die vor- und zurückzuckten. Wunderschöne

Ohren. Sie genoss es, sie zu beobachten. Und das Reiten genoss sie auch.

Man bedenke... die schmächtige Ela Roeh und ihre geplagte kleine Schwester ritten einen Zerstörer, der ihre Aufmerksamkeit gesucht hatte. Wer in Parne würde ihr das jemals glauben? Elas Füße, ihr Rücken und ihre Arme fühlten sich schon besser an. War das nicht ein Geschenk? Hatte der Ewige ihr nicht diese Atempause ermöglicht? Und hier saß sie wie ein verwöhntes, störrisches und undankbares Kind.

Sie erkannte, dass sie ganz falsch gelegen hatte.

„Ewiger?" Ela wusste, dass er ihre Reue sah und fühlte. „Danke!" Selbst, wenn sie und Tzana mitten ins Chaos ritten.

* * *

Solch eine glanzvolle Stadt hätte sie sich nicht einmal vorstellen können! Ela konnte alles in Riyan nur anstarren. Das Licht des frühen Abends vergoldete die prächtigen Türme und Tore der Stadt, über denen sich windende Rauchschwaden erhoben. Zwischen den schlanken Türmen flatterten Taubenschwärme in den goldenen Himmel auf, deren feine, weiße Gestalten gut gegen die tiefblauen Berge hinter Riyan erkennbar waren. „Wie schön!"

„Wir sind zu spät für die Opfer", meckerte der dauergereizte Soldat laut zu seinen Kumpanen, die hinter Ela ritten.

„Wenigstens kriegen wir noch etwas zu essen", antwortete der neue Kommandant. Er schaute über die Schulter zurück auf Ela und sein braun gebranntes, eindrucksvolles Gesicht wirkte nüchtern. „Heute Nacht werdet ihr in einer Zelle schlafen. Es sei denn, deine Verhandlung findet sofort statt."

„Das wird sie", kündigte Herr Reizbar an und klang selbstgefällig. „Ich werde sofort mit meinem Onkel sprechen."

War der Onkel dieses rüpelhaften Soldaten ein Richter? Das hätte Ela niemals gedacht.

Der Kommandant fixierte Elas Widersacher mit einem strengen Blick. „Ket, du wirst uns Zeit geben, unsere Pferde in den Stall zu bringen und etwas zu essen."

„Wenn die Zeugen hungrig bleiben, wird der Prozess nicht verzögert", meinte Ket, dessen Selbstgefälligkeit sich scheinbar durch nichts einschüchtern ließ.

„Wenn die Zeugen hungrig bleiben, werden sie nicht aussagen!", rief jemand anders. Seine Wut brachte Ela dazu, sich umzudrehen. Es war der jüngste Soldat, der General Tek Juays Schwert zuerst erkannt hatte. Er reckte sein mit schwarzen Bartstoppeln übersätes Kinn aufsässig, als versuchte er, Ket zu ködern. Der vierte Reiter hinter ihm rülpste, bevor er den jungen Soldaten anstarrte. Dann nickte er, um seiner widerspenstigen Antwort zuzustimmen.

Ket lehnte sich auf seinem Zerstörer vor und knurrte: „Ist das eine Drohung, Tal? Ich kann dich einsperren lassen, weil du dich der Kooperation verweigerst!"

„Du meinst, dein Onkel, der Richter, kann mich einsperren lassen, oder? Aber ich verwette mein Abendessen, dass er dich nicht so gernhat, wie du zu glauben scheinst."

Ket zog sein Schwert mit einem feinen, gefährlichen Geräusch von Metall, das über Metall glitt und seine Antwort unterstrich: „Mistkerl! Denkst du, ich lasse mir solche Beleidigungen von dir gefallen?"

„Stopp!", fauchte ihr Anführer. „Ket, ich habe dir einen Befehl gegeben. Du wirst nicht mit deinem Onkel sprechen, bis wir gegessen haben. Steck dein Schwert ein oder ich lasse dich für den Rest des Jahres Aborte reinigen! Tal, wisch das Grinsen von deinem Gesicht. Alle, Ruhe jetzt! Die Bürger lauschen schon und ihr solltet euch schämen, wie streitende Bälger zu klingen statt wie ausgebildete Soldaten."

Die drei Schurken setzten sich gerade hin und reagierten in trainierter Einstimmigkeit: „Ja, Herr!"

Tzana zupfte an Elas Ärmel und lehnte sich an sie. „Wir streiten uns nicht", verkündete sie und klang sehr zufrieden mit sich und Ela.

„Nein, das tun wir nicht", stimmte Ela zu. „Und ich denke, wir hätten mehr Grund zum Streiten als sie."

Hinter ihnen schnaubte Ket und murmelte eine böse Drohung. Irgendwie provozierte das Geräusch Tauns Zerstörer und er trat nach Kets Zerstörer aus, schnaubte drohend und rüttelte die beiden Mädchen dabei gehörig durch. Tzana quiekte und Ela strich hastig über das schwarze, glänzende Fell des Tieres. „Schhh. Es ist sinnlos, die Beherrschung zu verlieren – obwohl wir deinen Instinkt, uns zu schützen, sehr schätzen."

„Gerade, als ich dachte, das Biest wäre zu einer Maus geworden", meinte Tal. „Es hat doch noch etwas Temperament übrig."

„Ruhe!", befahl der Kommandant. „Tal, wenn wir die Baracken erreichen, wirst du die Böden schrubben und üben, wie man seinen Mund hält."

„Ja, Herr."

Die Hufe der Zerstörer schlugen auf das Kopfsteinpflaster, als ihre kleine Gruppe die erste Straße Riyans entlangritt. Ein Schauder überlief Ela, als sie an einem der herrlichen Türme vorbeikamen, die sie vorher schon bewundert hatte. Dieser Turm – und scheinbar auch alle anderen – markierte einen der zahlreichen Tempel der Stadt. „So viele", flüsterte sie. Sie wollte nur noch weinen. Stattdessen betete sie.

Eine Vision öffnete sich in ihren Gedanken. Sie nahm sich zusammen, drückte die Stirn fest gegen den Stab und schloss die Augen, als sie versuchte zu verstehen, was sie sah und hörte.

Kräftige Handwerker schnitzten Holz, meißelten an makellosen Steinen, bemalten Schnitzereien und schmückten sie mit Gold und Edelsteinen. Küssten den Boden, auf dem die kunstvollen Gegenstände platziert waren.

Machten sie zu ihren Göttern.

Schau, wie diese Handwerker arbeiten! Sie nutzen die Hälfte des Holzes für ihre Öfen und aus der anderen Hälfte machen sie ihre kleinen Götter, die nichts für sie tun können. Können diese Götter segnen? Blitze schleudern? Oder Regen senden, um ihnen Ernte zu bringen?

Ela spürte die Verachtung des Ewigen. *Wo sind diese Götter? Ich sehe sie nicht hier bei mir! Diese Menschen verstehen nicht, wie töricht es ist, auf Klumpen aus Holz, Metall und Stein zu vertrauen, die sie mit ihren eigenen Händen geformt haben. Schau!*

Auf Sein Drängen hin öffnete sie die Augen und blickte nach oben. Hinauf zu den flatternden Tauben. *Meine Geschöpfe werden dazu gezwungen als Symbol für die nutzlosen Opfer zu dienen, die diese Narren gerade ihren falschen Göttern gebracht haben. Opfer für nichts!*

Rauch füllte die Straße, als Ela an einem besonders großen Tempel vorbeikam. Verbrannte Gewürze verliehen dem Geruch des Rauches Schärfe und konnten dennoch nicht den darunter liegenden Gestank von verbranntem Fleisch überlagern. Ela bedeckte ihre Augen und sah die Opfer in ihrer Vision. Tauben. Lämmer. Pferde. Kinder.

Sie unterdrückte einen Würgereiz. Doch die Tränen konnte sie nicht zurückhalten.

„Was ist los? Warum wirst du so langsam?" Der Kommandant kam zu Ela zurückgeritten. Sie blinzelte und bemerkte erst jetzt, dass der Zerstörer stehen geblieben war.

„Vergib mir." Ela wischte die Tränen weg.

Tzana lehnte sich an sie und die Sorge ließ die Falten in ihrem kleinen Gesicht tiefer werden. „Ela, bist du krank?"

„Sehr." Nicht in der Lage, ihre Trauer zu verstecken, sah sie dem Anführer direkt in die Augen. „Die Menschen in Istgard opfern Kinder!"

Sein Gesicht wurde ausdruckslos. „Einige tun das. Sie geben den Göttern, was ihnen am kostbarsten ist."

„Aber was, wenn ihre Opfer nutzlos sind? Ihre Götter sind nicht einmal –"

„Rede keinen Unsinn. Opfer für die Götter sind niemals nutzlos und ich werde solcher Blasphemie nicht zuhören." Er riss seinen Zerstörer herum. Das dunkle Tier erhob sich protestierend auf die Hinterbeine.

Auch Ela protestierte: „Der Wunsch, unschuldiges Leben zu schützen kann niemals Blasphemie sein!" Als der Anführer nichts sagte, schwieg sie. Warum kümmerte es ihn nicht?

Du wirst nicht die erste meiner Propheten sein, der gegen diese boshaften Gräuel in Istgard spricht. Aber diesmal wirst du nicht nur die Wahrheit mitteilen, sondern diese törichten Menschen vor einer Katastrophe warnen, die jenseits ihrer Vorstellungskraft liegt. Ich werde Istgards Führer dafür verurteilen, dass sie zu solch einem Übel ermutigt haben.

Die feinen Haare auf Elas Nacken prickelten und sie erschauderte.

„Welche Art von Urteil?"

Oh nein, warum hatte sie gefragt?

* * *

Eine kühle Brise strich über Elas Gesicht, beruhigte sie und linderte ihre Kopfschmerzen. Es war ein Geschenk, dass sie nicht von dem Zerstörer gefallen war. Sie öffnete ihre Augen und nahm einen tiefen Atemzug. Wenigstens war diese Vision erträglicher in ihrer Art gewesen, wenn auch nicht in ihrem Inhalt. Angst ließ ihre Glieder zittern.

„Reit endlich weiter!" Der führende Soldat sah aus, als würde er gleich vor Ungeduld schreien. „Wenn du diesen idiotischen Zerstörer nicht gleich bewegst, werde ich ihn schlachten lassen und dich eigenhändig ins Gefängnis zerren!"

Hatte der Zerstörer schon wieder angehalten? Ela richtete sich auf und sah sich verblüfft um. Woher wusste das Tier, wenn sie von einer Vision überwältigt wurde? Waren alle Pferde so scharfsinnig? Sie rieb dem Zerstörer den Hals und trieb ihn vorwärts. „Geh. Lass dich von meinen Visionen nicht aufhalten."

Tzana zwitscherte ihre eigene Ermutigung: „Ela ist jetzt wach, Pony! Du kannst gehen."

‚Pony' ging.

Hinter ihnen stöhnte Ket mit offensichtlicher Abscheu und Tal rief: „*Pony*? Sie hat ihm den Namen *Pony* gegeben?!"

Der vierte Soldat, der mit düsterem Gesicht ganz hinten ritt, hatte bisher mehr gerülpst, als Worte gesagt. Jetzt schien er über die Grenzen des Erträglichen hinaus beleidigt zu sein. „Einen Zerstörer *Pony* zu nennen ist… einfach falsch! Das hat überhaupt keine Würde! Es ist schlimm genug, dass ihr Kommandant Tauns Pferd gestohlen habt, aber diese großartige Kreatur auf ein Nichts zu reduzieren…! Der Kommandant wird aus dem Grabe aufstehen und dich dafür verfolgen, Hexe."

„*Pony ist großartig und ich bin keine Hexe*", sagte Ela.

„Pah! Du sprichst Zauber und hast Visionen!"

„Ruhe!", brüllte der Kommandant. „Ket und Osko, ihr werdet Tal morgen in den Baracken beim Schrubben der Böden helfen. Drei Mal. Und wenn ich ein einziges Wort der Beschwerde höre, werdet ihr die Jauchegrube ausleeren."

„Ja, Herr!", riefen die Soldaten wie aus einem Mund.

Ihr Anführer verdoppelte das Tempo. Erschrocken lehnte Ela sich vor und umklammerte Tzana und den Stab fester. Männer, Frauen und Kinder machten ihnen Platz, aber beobachteten sie, als sie vorbeiritten. Einige der Frauen blickten sie mitfühlend an. Ela begrüßte ihr Mitgefühl und betete für die Frauen. Wie viele von ihnen waren dazu gezwungen worden, ihre Kinder unter diesen prächtigen Türmen den Flammen zu übergeben?

Die eleganten Gebäude wichen schließlich einer langen, kräftigen Mauer, die von plumpen Wachtürmen mit grauen Schindeldächern überragt wurde. Grimmige Wachen mit Speeren gingen auf der Mauer auf und ab.

Der Anführer rief zu den Wachen hoch: „Öffnet sofort das Tor! Wir haben zwei Gefangene."

Als sie hineinritten, spürte Ela, wie sich Trostlosigkeit gleich einer durchnässten Decke über sie legte. Was für ein düsterer Ort. Aber was hatte sie auch erwartet? Vielleicht könnte sie hier nützlich sein. „Das ist für eine Weile unser Zuhause", sagte sie zu Tzana. „Wir müssen das Beste daraus machen."

„Es ist groß", meinte Tzana, die sich mit erstaunlich wachen Augen umsah.

Der Kommandant stieg ab, kam zu Pony hinüber und schaute zu Ela auf. „Gib mir das Kind und klettre herunter. Mach bitte keine Szene."

Bitte? Ela schaute in die strengen braunen Augen des Mannes und sah den Menschen hinter dem Soldatenführer. In seiner Seele war mehr, als sie gedacht hatte. Ehre. Sogar ein Hauch von Freundlichkeit.

Warum hatte sie das nicht schon vorher bemerkt?

Kind des Staubes, kannst du zu viel Wissen auf einmal aushalten?, fragte der Ewige. *Nein.*

Dann sah sie Bilder – wie eine Erinnerung gesandt aus der Zukunft – vor ihrem inneren Auge und lächelte. „Tsir Aun, der Ewige sieht dein Herz und wird dich für deine Freundlichkeit uns gegenüber segnen. Er bittet dich, Seinen Willen zu suchen und dich deiner Zukunft als würdig zu erweisen."

Für einen Moment sah der Kommandant so fassungslos aus, als wäre er gerade von seinem Zerstörer gefallen. „Woher kennst du meinen vollen Namen?" Aber dann winkte er ihre Antwort ab, als wäre die Frage zu dumm gewesen, um eine Antwort zu verdienen. „Schon gut. Meine Zukunft spielt keine Rolle. Lass mich meine Pflicht erfüllen. Gib mir das Kind."

Sie übergab ihm Tzana und beobachtete, wie er das zerbrechliche, kleine Mädchen vorsichtig auf dem festgetretenen Dreck des Innenhofes absetzte. Danach wagte Ela ihren eigenen, unbeholfenen Abstieg von dem hohen Rücken des Zerstörers und fiel beinahe, als sie sich in der Fußschlaufe verfing. „Uff!" Sie stolperte und stieß den Stab als Unterstützung in den Boden, während sie versuchte, ihr Gleichgewicht wiederzugewinnen.

Ket johlte spöttisch.

„Iss, dann geh und such deinen Onkel", befahl Ela ihm, als sie ihre Tunika abklopfte. „Ich werde noch heute Abend mit ihm sprechen. Dann werden der König und seine Familie nach mir schicken."

„Der König und seine Familie?", schnaubte Ket. „Wie du redest! Als ob sie dich mit einem Festmahl und Freude empfangen würden."

„Es wird keine Freude für den König oder für dich geben. Merk dir meine Worte, Ket. Es ist noch nicht zu spät – dein Schöpfer bietet dir einen inneren Frieden an, den du nie kennengelernt hast."

Das hochmütige Gesicht des Soldaten verlor allen Ausdruck, bevor es die Verwirrung eines Kindes abbildete. „Ich weiß nicht, wovon du sprichst, Hexe."

„Noch einmal, ich bin keine Hexe. Nur die Dienerin des Ewigen. Iss, dann geh zu deinem Onkel."

Sie drehte ihm den Rücken zu und bemerkte, dass der Kommandant, Tsir Aun, sie anstarrte. „Wie alt bist du?", fragte er, als versuchte er, ein Rätsel zu lösen.

„Beinahe Achtzehn." Sie fühlte sich viel jünger. Ihre Knie zitterten. Das Wissen um das, was heute Abend noch geschehen würde, machte es nicht einfacher.

Pony wieherte klagend, als Ela und Tzana weggingen. Ein Anflug von Mitleid überraschte Ela und sie drehte sich lange genug zu ihm um, um zu sagen: „Geduld. Die Soldaten werden dich füttern. Keine Sorge. Wir sind nicht weit weg."

Das große Pferd beruhigte sich ein wenig, auch wenn es immer noch mürrisch dreinblickte, was Ela zum Lächeln brachte.

Tsir Aun schüttelte ungläubig den Kopf, dann führte er die Mädchen in den Hauptturm des Gefängnisses.

* * *

Verhungern, entschied Kien, war nicht seine bevorzugte Methode des Sterbens.

Doch als er auf seine magere Portion aus getrocknetem Brot und einer Schale mit heißem Wasser und einem einzelnen, verwelkten Blatt auf dem Grund schaute, wurde Kien bewusst, Verhungern würde sein Schicksal sein. Die Frau des Wärters würde sich schon darum kümmern.

Mit strähnigem Haar und abgemagert, ein zerknittertes, ehemals weißes Tuch auf dem Kopf und eine graue, fleckige Tunika um den Leib, stand die Frau des Wärters neben einem großen Kessel in der Mitte des mit Steinen ausgelegten Gefängnishofes. Mit dem Ausdruck einer unzufriedenen Mutter auf dem Gesicht schüttete sie heißes, gewürztes Wasser in Schalen, dazu kam je ein hartes Brötchen aus einem Korb zu ihren Füßen. Dann schob sie die Rationen den schmutzigen Gefangenen zu, die in einer gut bewachten Reihe an ihr vorbeigingen. Bevorzugte Gefangene bekamen zusätzlich etwas gekochtes Fleisch und verkochtes Gemüse, das sie in das Wasser plumpsen ließ wie Abfall in eine Jauchegrube. Kien lief es kalt den Rücken herunter und er war beinahe froh, keiner der bevorzugten Gefangenen zu sein.

Er sah sich im Hof um und überlegte. Durch die zweifelhafte Ehre seines einst königlichen Blutes, war er an niemanden anders gekettet und saß immer allein. Die Situation war verzweifelt. Wie sollte er einen Fluchtplan entwickeln, wenn er aus unverdientem Respekt immer von den anderen Gefangenen ferngehalten wurde?

Um die zweifelhafte Ehrung zu unterbinden, täuschte Kien Vergesslichkeit vor und schlenderte zu einigen potenziellen Mitverschwörern, die in einer schattigen Ecke aneinandergekettet saßen.

„Herr." Eine Wache trat vor Kien und winkte mit der Hand, um dessen widerwillige Aufmerksamkeit zu gewinnen, bevor er zu einem unbesetzten, sonnigen Platz an der Wand zeigte. „Dort ist dein Platz."

Kien unterdrückte seine Frustration und ging auf die sonnenbeschienene Wand zu. Wenigstens würde ihm wärmer sein, wenn er seine Ration aufgegessen hatte. Vorsichtig mit der Schüssel – Wasser war schließlich Wasser – setzte er sich auf das staubige Steinpflaster und rüstete sich zum Essen. Er tauchte das harte Brötchen ein wenig in sein Wasser, wartete darauf, dass es weicher wurde und nagte daran.

Die einzige Tür des Hofes öffnete sich und ein Gefängniswächter schob zwei neue Gefangene hinein, ehe er ihnen noch eine Holzschale hinterherwarf, die laut klappernd auf den Steinen auftraf.

Zwei Mädchen.

Alle Gespräche verstummten. Sogar die Frau des Wärters hielt inne, um sie anzustarren. Kien wunderte sich, was diese dünne, junge Frau und das kleine Unglückskind bei ihr getan hatten, um eine Haftstrafe zusammen mit Riyans abscheulichsten Schurken zu verdienen?

Das ältere Mädchen, das einen schlanken Holzstab trug, sah sich die zusammengewürfelten Verbrecher an und nickte, als hätte sie erwartet, sie zu sehen. Mit einem zärtlichen Lächeln bedeutete sie dem Unglückskind, sich auf die Steine nahe des Kessels zu setzen. Dann holte sie die Holzschale und gab sie still der Frau des Wärters.

Das weiße Tuch flatterte, als die alte Frau den Kopf schüttelte und schimpfte: „Mach dir nicht dir Mühe, nach einer zweiten Schüssel zu fragen! Ihr werdet diese teilen müssen – ich werde nicht für irgendwelche Verbrecher die Treppen auf- und abrennen."

„Natürlich." Die Stimme des Mädchens war klar, tief und überraschend ruhig, dachte Kien. Wären die meisten Frauen in ihrer Situation nicht außer sich vor Angst? Das Mädchen nahm zwei harte Brötchen an, schob sie in eine Falte ihres gelbbraunen Umhangs und lächelte, als die Frau des Wärters ihr kleine Stücke Fleisch und Gemüse in ihr heißes Wasser gab. „Vielen Dank."

Mit der Schale in der einen und dem Stab in der anderen Hand drehte sich das Mädchen weg. Kien richtete sich fasziniert auf. Sie trug ein breites Wehrgehänge mit einer kunstvollen Scheide, die nur dem Adel gehören konnte. War sie adelig? Und wo war das Schwert? Wahrscheinlich beschlagnahmt. Aber ohne seine Scheide? Interessant... Die Scheide kam ihm bekannt vor...

Das Mädchen setzte sich zu dem Kind und sie teilten sich so zufrieden das Essen, als wären sie bei einem Picknick. Die anderen Gefangenen – alles Männer und verständlicherweise abgelenkt – aßen weiter. Aber ohne die üblichen unflätigen Scherze, Flüche und Drohungen, die normalerweise während der Essenszeit ausgetauscht wurden.

„Ich nehme an, ich werde euch beide bewachen müssen", beschwerte sich die Frau des Wärters. „Ich verstehe nicht, wieso sie

Mädchen hierherschicken! Ich habe genügend Arbeit damit, mich um das Essen und meinen lahmen Ehemann zu kümmern!"

Kien machte sich gar nicht die Mühe, sein Grinsen bei dem Gedanken an den verletzten Wärter zu verstecken.

„Keine Sorge", sagte das Mädchen freundlich zu der Frau des Wärters. „Du wirst nicht lange warten müssen. Ein Richter wird seinen Schreiber herschicken, sobald wir fertig gegessen haben."

„Und ich bin die Königin von Istgard!", höhnte die Frau und ließ den Schöpflöffel in den Wasserkessel fallen.

„Du willst nicht wirklich Königin sein", antwortete das Mädchen. Ihr Lächeln verblasste. „Bete für sie."

„Bete für sie! Warum? Sie hat alles, wovon ich nur träumen kann."

„Sollten sich die Dinge nicht ändern, wird sie bald nur noch von dem träumen können, was du hast."

Kien wunderte sich über die Trauer, die das dünne Gesicht des Mädchens plötzlich überschattete. Das winzige Unglückskind tätschelte ihre Hand, als wollte es sie trösten, und sie aßen weiter. Bald nachdem die neuen Gefangenen ihre Mahlzeit beendet und die Schale beiseitegestellt hatten, öffnete sich eine Tür. Ein kräftiger Mann, ansehnlich in grau gekleidet und auf der Schulter das silberne Abzeichen der Gerichtsschreiber, kam mit vorsichtigen Bewegungen in den Hof, als fürchtete er, in einen Misthaufen zu treten. Die Gefahr bestand durchaus.

„Ela von Parne!" Er bemerkte die zwei Mädchen und sagte zu dem älteren: „Ich nehme an, das bist du. Komm mit mir. Man ruft dich vor das Gericht von Richter Ket Behl."

„Das habe ich erwartet." Mit dem Gehstock in der Hand stand das geheimnisvolle Mädchen höflich auf und zwang sich zu einem Lächeln, als wäre sie auf eine Feier eingeladen, an der sie lieber nicht teilnehmen wollte. Sie und das seltsame Kind folgten dem Mann aus dem Hof.

Geflüsterte Fragen unter Kiens Mitgefangenen gingen durch den Innenhof.

Gerade bevor eine Wache die Tür zuschlug und das Mädchen aus Kiens Sicht geriet, sagte sie: „Man muss mir das Schwert des Generals zurückgeben."

Das Schwert des Generals? Kien hoffte wirklich, das Mädchen wiederzusehen.

7

„Man muss mir General Tek Juays Schwert zurückgeben!" Ela lief dem selbstgefälligen Schreiber durch den Steindurchgang hinterher. „Ich muss es seiner Familie zurückbringen."

„Wenn du dich so sehr um die Familie des Generals sorgst, warum hast du ihn dann überhaupt getötet?" Der Schreiberling drehte sich so schnell um seine eigene Achse, dass Ela erschreckt zurücksprang und beinahe über Tzana gefallen wäre.

„Ich habe den General nicht umgebracht. Ich habe seine Leiche gefunden."

„Eine typische Verteidigung. Und eine nutzlose, Ela von Parne."

„Es ist die Wahrheit", beharrte Ela.

Tzana lehnte sich seitwärts an Ela vorbei und meldete sich zu Wort: „Wir haben einen toten Mann gefunden – sein Gesicht sah aus wie alte Baumrinde."

Der Schreiber machte bei dieser Beschreibung einen Schritt rückwärts, aber dann erholte er sich wieder und lächelte Tzana an. „Also bist du eine Zeugin, was?" Er sah Ela wieder an und meinte: „Schade. Sie ist zu jung. Und…" Er schielte auf Tzanas ernsthaftes, schrumpeliges Gesicht… „Vielleicht nicht ganz… nun ja, eben nicht ganz…?"

Was für ein respektloser Mann! Ela juckte es in den Fingern, ihn zu schlagen. „Man sollte meinen, dass die offensichtliche Unschuld meiner Schwester die Vertrauenswürdigkeit ihrer Aussage gewichtiger machen sollte als die eines Erwachsenen."

„Wohl eher leichter zu beeinflussen", antwortete der Mann. „Jetzt, nachdem wir diese Angelegenheit geklärt haben, sollten wir uns beeilen."

Er lief voraus und führte Ela und Tzana durch einige bewachte Türen, bevor sie auf den Vorhof des Gefängnisses hinaustraten. Die Abendschatten färbten die Steine bereits lila.

Entschlossen, den Schreiber zum Zuhören zu bewegen, hielt Ela neben den Stufen des Gefängnisturmes an. Sie schob Tzana hinter sich und stellte den Stab wie einen Speer aufrecht in den Dreck zu ihren Füßen. „Wir haben nichts geklärt. Ich werde nicht mitgehen, bis mir das Schwert von General Tek Juay gegeben wurde."

Das Gesicht des Schreibers wurde dunkelrot und er schimpfte: „Ich lasse es nicht zu, dass du mich wie einen Knecht herumkommandierst!"

„Ich entschuldige mich, sollte ich dich beleidigt haben. Aber ich werde hier nicht weggehen, bis ich das Schwert des Generals habe."

„Du wurdest von dem ehrenwerten Ket Behl herbeigerufen und musst diesem Ruf sofort Folge leisten. Wenn das nicht geschieht, wirst du hart bestraft werden, das verspreche ich dir!"

„Warum machst du Versprechungen, die du nicht halten kannst?", fragte Ela.

Der ungeduldige Gerichtsschreiber schnaubte und versuchte, Ela am Arm zu packen. Sie schwang den Stab zu ihm herum und seine Finger zischten, als sie das Rebenholz berührten. „Au! Du *bist* eine Hexe!"

Hexe! Schon wieder! Ela schloss die Augen und bat ihren Schöpfer um Geduld. Um seine Führung. Sie sah zu dem wütenden Mann auf und sprach so laut, dass jeder auf dem Hof des Gefängnisses sie hören konnte: „Herr, ich bin die Dienerin des Ewigen – keine Hexe. Außerdem gebe ich dir mein Wort, dass ich dir ohne weitere Verzögerungen folgen werde, sobald mir General Tek Juays Schwert zurückgegeben wurde… und es tut mir leid um die drei großen Blasen an deinen Fingern."

Der Schreiber schaute auf seine Finger, dann wieder auf Ela und zwischen seinen dunklen, dicken Augenbrauen erschien eine Falte.

Ela lächelte. In der Gewissheit, dass alle Wachen und jeder, der sich sonst noch auf dem Hof aufhielt, sie hören konnten, sagte sie: „Deine Blasen werden nicht anschwellen und deine Finger verrotten lassen, wenn du mir das Schwert bringst. Tatsächlich werden die Blasen durch die Gnade des Ewigen in dem Moment geheilt sein, in dem das Schwert in meiner Hand ist. Deine Entscheidung."

Offensichtlich wutentbrannt und möglicherweise etwas beunruhigt, wirbelte der Schreiber herum und schrie die Wachen an, die in der Nähe der metallbesetzten Tür standen: „Wo ist General Tek Juays Schwert? Einer von euch Dummköpfen bringt es mir auf der Stelle oder der ehrenwerte Ket Behl wird wissen, warum wir zu spät sind!"

Noch während der Schreiber herumbrüllte, tauchte Tsir Aun in der Türöffnung auf. Er trug eine frische Tunika, eine polierte Plattenrüstung, seinen hellen, roten Umhang und einen glänzenden, schwarzgefiederten Helm. General Tek Juays Schwert lag flach auf seinen ausgestreckten Händen. Betont formell neigte er kurz den Kopf vor dem Schreiber und bot ihm das Schwert an. „Herr, es war im Quartier des Wärters. Es tut mir leid, dass ihr so lange warten musstet." Leiser fügte er hinzu: „Meine Männer und ich sind Zeugen in diesem Fall. Wenn du es erlaubst, werden wir euch begleiten und sicherstellen, dass die Gefangenen keine weitere Verzögerung verursachen."

„Ja, ja. Natürlich." Der Schreiber nahm das Schwert an sich und übergab es Ela zögerlich. Erwartete er, dass sie ihn angriff?

„Vielen Dank." Sie schob den Stab in eine Ellenbeuge, nahm das kunstvolle Schwert an und schob es vorsichtig in die glitzernde Schwertscheide. Als sie das Wehrgehänge glattzog und Tzanas Hand nahm, bemerkte Ela aus dem Augenwinkel, wie der Schreiber heimlich auf seine Finger schaute. Er blinzelte ein paar Mal, doch dann öffneten sich seine Augen weit, als ob er nicht glauben könnte, was er da sah.

Oder was er nicht sah.

Ela lächelte. „Deine Blasen sind geheilt, weil du dem Ewigen gehorcht hast. Wie er es gesagt hat."

Der Schreiber öffnete seinen Mund und schloss ihn wieder. Dann marschierte er auf das Tor zu und bedeutete den Wachen, die Gruppe durchzulassen. Vor dem Tor warteten Tal und Osko, die Helme lässig unter den Arm geklemmt. Beide schienen nass zu sein, als hätten sie gerade erst ihre Köpfe in einen Wassertrog gesteckt und das Wasser über ihre Umhänge und Tuniken laufen lassen.

Tsir Auns Gesicht verhärtete sich und er starrte seine Untergebenen mit festem Blick an. Als Reaktion setzten die Männer ihre Helme auf, rückten ihre Schwerter zurecht, strichen ihre Kleider glatt und stellten sich aufrecht hin. Tsir Aun löste den Blick und sein Unmut schien nachzulassen.

Mit einem hochmütigen Schnipsen seiner nun geheilten Finger bedeutete der Schreiber einem einfach gekleideten Gehilfen, ihm ein kleines Pferd mit hübschem, braunem Fell zu bringen. Unterwürfig führte der Gehilfe das Pferd herbei, hievte den Gerichtsschreiber auf das Tier und keuchte: „Vielen Dank, Meister Piln!"

Tal, die Wache zu Elas Linken, gluckste, als ob er ein Lachen zurückhalten würde. Ela verstand, warum. Das braune Pferd war eine Maus im Vergleich zu jedem Zerstörer. Ganz leise spottete Tal: „Ha! Schau dir diese hübsche, braune... Laus an!"

„Latrinendienst nachdem du morgen die Böden der Baracken geschrubbt hast, Tal", befahl Tsir Aun.

„Ja, Herr!", stöhnte Tal und sein Übermut schien deutlich gedämpft.

Neben ihm grinste Osko.

„Ich vermisse Pony", meinte Tzana zu Ela und ihre feine Stimme klang traurig. Mitfühlend bückte Ela sich und nahm ihre kleine Schwester auf den Arm. Der Weg sollte nicht zu lang sein. Nichts im Vergleich zu ihrem Zwangsmarsch durch die Landschaft von Istgard. Bereit zum Aufbruch schaute sie nach vorn. Hoffentlich ritt der Schreiber und Anführer ihrer bunten Prozession, Meister Piln, sein hübsches Pferd nur als Statussymbol und nicht, weil es notwendig war.

Ein Wurm von einem Gehilfen, zwei gefangene Mädchen in zerfetzten Kleidern und drei Soldaten, von denen zwei aufmüpfige Trottel waren. Wirklich eine eindrucksvolle Gruppe. Ela flüsterte seufzend zu Tzana: „Los geht's."

Gerade als sie um eine Ecke auf eine Seitenstraße eingebogen waren, hallten dumpfe Schläge von den Wänden. Mehr Pferdehufe, vermutete Ela. Der Boden vibrierte. Hufe eines großen Pferdes. Als

Schreie und panische Rufe hinter ihnen auf der Straße erklangen, hielt Ela entsetzt die Luft an. Könnte es sein...

Tzana schaute über Elas Schulter und quiekte: „Pony!"

„Beim Zorn der Götter!" Osko knurrte eine Reihe von Flüchen, die Ela zusammenzucken ließ. „Wer hat das verflixte Biest freigelassen? Ich habe ihn mit den anderen im Stall festgekettet!"

„Osko", sagte Tsir Aun mit einem kleinen Hauch von Befriedigung in seiner Stimme, „du hast versagt. Latrinendienst mit Tal, nach den Baracken morgen. Widersprich und die Strafe wird verdoppelt."

„Ja, Herr", murmelte Osko.

Mittlerweile atmete Pony in Elas Nacken und zupfte an ihrem geflochtenen Zopf. Sie drehte sich um und hauchte ihn an, auch wenn ihr Atem bei weitem nicht so kräftig war. „Dir hätte es im Stall sicher besser gefallen, Pony."

Osko empörte sich. Pony schnappte nach ihm, bevor er noch einmal in Elas Zopf schnaubte. Tzana brach in ein Kichern aus. Sie plapperte und summte und bot Pony ihre Hände zum Schnuppern an, ehe sie versuchte, ihm den Hals zu kraulen. Wenn Richter Ket Behls Schreiber gedacht hatte, er sei Anführer einer würdevollen Prozession, so sank diese Illusion gerade mit der Abendsonne.

Als Meister Piln über die Schulter sah, um den Grund für die Unruhe herauszufinden, bockte sein kleines Pferd los und warf ihn ab. Der Schreiber rollte hilflos auf die Straße und blieb ausgestreckt auf dem Rücken liegen. Seine Bewegungslosigkeit machte Ela Sorgen.

„Meister Piln!" Der Gehilfe eilte an seine Seite und raunte: „Bist du tot?"

„Natürlich nicht!" Piln schlug die Hand seines nervösen und flatterigen Dieners beiseite. „Dummkopf! Geh und fang mein Pferd ein! Kannst du nicht denken?"

Als der Diener dem schon weit entfernten Pferd hinterherrannte, wuchtete sich der wütende Schreiber auf die Füße und zeigte mit dem Finger auf Pony. „Bringt diesen Zerstörer weg – er hat mein Pferd verschreckt!"

„Verzeihung, Herr, aber ein Zerstörer kann nicht gegen seinen Willen weggebracht werden." Tsir Aun schaute ihn höflich, aber unnachgiebig an. „Dies ist, oder besser war, Kommandant Tauns Zerstörer und er ist jetzt diesen Mädchen ergeben. Meine Männer behaupten, es sei die Wirkung eines Zaubers – was den ehrenwerten Ket Behl möglicherweise interessieren könnte."

Ela zog bei seinen Worten eine Grimasse. Doch warum sollte sie sich betrogen fühlen? Tsir Aun sprach die Wahrheit.

Offensichtlich erkannte auch Meister Piln die Wahrheit. Er stotterte: „Dann... dann... haltet das... das verflixte Tier von mir fern! Und ihr hofft besser, dass mein Diener mein Pferd wiederfindet, sonst lass ich das Biest zur Strecke bringen!"

„Mag er Pony nicht?" Tzana klang erschüttert.

„Auch du hattest Angst vor Pony, als du ihm das erste Mal begegnet bist, oder?" Ela wand sich, während sie sprach. Pony schnupperte an ihrer Schulter. Sie hoffte, er putzte sich nicht die Nase an ihr ab.

„Die Gefangenen werden Abstand zu dir halten", versicherte Tsir Aun dem Schreiber, während er mit einem strengen Blick und gerunzelter Stirn von Ela Gehorsam forderte. „Der Zerstörer wird bei ihr bleiben."

„Stell sicher, dass sie dafür sorgt!" Der Schreiber schüttelte seinen Umhang zurecht, gab sich erneut würdevoll und humpelte mit einer bewundernswerten Geschwindigkeit die Straße hinunter.

Tsir Aun ließ dem Mann zwanzig Schritte Vorsprung, bevor er Ela bedeutete, ihm zu folgen, während Tal und Osko sie weiterhin beidseitig bewachten. Der imposante Kommandant ging nun neben Ela und passte seine Schritte den ihren an. „Meine Befürchtung hat sich bestätigt", sagte er. „Der Zerstörer ist dir und deiner Schwester völlig ergeben. Wenn eine von euch ein Gebäude verlässt und ihr ihm nicht zu warten befiehlt oder er angekettet ist – was er sein sollte –, so wird er euch folgen."

„Er wird mir für den Rest meines Lebens in den Nacken prusten?"

„Oder für den Rest seines Lebens. Wenn ihr in Gefahr seid, wird er im Notfall bei dem Versuch sterben, euch zu retten."

Na, wunderbar... Nein, schrecklich! Aber warum...? „Warum hat er Kommandant Taun nicht verteidigt?"

„Das hat er", antwortete Tsir Aun. „Erinnerst du dich? Er hat dich bedroht. Und er war kurz davor anzugreifen. Dennoch hielt er still, als du es ihm befohlen hast. Das ist der Grund, warum die Männer glauben, dass du eine Hexe bist. Zerstörer gehen niemals in die Verteidigungsstellung, wenn sie keinen direkten Befehl ihres Besitzers dazu erhalten haben. Und normalerweise muss der Besitzer sich die vollständige Ergebenheit seines Zerstörers über Monate verdienen."

„Der Ewige hatte Pony befohlen, still zu sein", warf Ela ein und war sich bewusst, dass Tal und Osko sie hören konnten. „Ich habe die Worte nur laut ausgesprochen."

„Nun, jetzt hast du einen dir ergebenen Zerstörer, Ela von Parne", meinte Tsir Aun trocken, als versuche er noch zu entscheiden, wie er mit dem Problem umzugehen habe.

„Heißt das, wir können ihn behalten?", jauchzte Tzana in Elas Armen.

„Was würdest du denn mit einem Zerstörer machen, Kleines?", fragte Tsir Aun mit erhobenen Augenbrauen.

„Mit ihm spielen!"

„Natürlich." Der Kommandant sah aus, als würde ihm gleich schlecht werden.

Als auch Tal und Osko stöhnten und die Stirn runzelten, lächelte Ela ihre Schwester an. „Was sollen wir denn nur mit einem Zerstörer anfangen?", fragte sie sich laut.

„Zuerst einmal müsst ihr diese Nacht überleben." Mit gleichgültiger Stimme fragte Tsir Aun: „Hast du Angst, Parnerin?"

„Immer." Sich der lauschenden Ohren ihrer Begleiter bewusst, fügte sie hinzu: „Obwohl der Richter die Anklagepunkte gegen mich ignorieren wird."

„Wie das?", verlangte Tsir Aun zu wissen, während seine Kameraden sie ungläubig anstarrten. „Jeder der Anklagepunkte gegen dich verlangt die Todesstrafe und du kannst deine Unschuld auf keinen Fall beweisen."

„Ich bin unschuldig. Und wenn der Ewige mich verteidigt – und das wird Er – kann ich gar nicht verurteilt werden." Sie dachte an das Ende ihrer Vision, erschauderte und küsste Tzanas Wange. „Wir werden heute Nacht weitaus schlimmere Sorgen haben, Kommandant. Auch wenn dir und deinen Männern alles friedlich erscheinen mag – haltet euch bereit."

* * *

Ela marschierte durch das hohe, gewölbte Steintor, begierig darauf, den Prozess hinter sich zu bringen und fürchtete dennoch, was danach geschehen würde. Ein pittoresker, von Bäumen und Sträuchern gesäumter Innenhof zog Elas Aufmerksamkeit auf sich. Doch sie hatte keine Gelegenheit, ihn ausführlich zu bestaunen. Sie folgte den Wachen, welche die Stufen zu Richter Ket Behls Gerichtssaal hinaufstiegen.

Pony hielt mitten im Tor an, wieherte unzufrieden und stampfte in eindeutiger Missbilligung mit dem Huf auf.

„Warte!", rief Ela dem unruhigen Tier zu. „Es wird nicht lange dauern."

Tzana spielte mit Elas feuchtem Zopf. „Was sollen wir tun?"

„Ich muss dem Richter erzählen, was passiert ist – warum die beiden Männer gestorben sind. Aber du darfst nichts sagen, außer, der Richter fragt dich etwas, in Ordnung?"

„In Ordnung. Aber ich mag es hier nicht", flüsterte Tzana. „Ich möchte wieder gehen."

„Ich auch." Als sie die prunkvoll gefliese Halle betraten, betete Ela und drückte Tzana an sich. Musste ihre Vision in der furchtbaren Dunkelheit enden, die sie gesehen hatte? „Ewiger, bitte."

Du bist vorerst sicher. Denke nicht an die Dunkelheit, bevor du es musst – und wisse, dass ich das Böse zum Guten nutzen werde.

„Böses zum Guten?", wiederholte Ela. „Was…? Oh, schon gut." Sie seufzte. Wollte sie wirklich wissen, was das Böse war?

Tsir Aun runzelte die Stirn, als stellte er ihren Verstand in Frage. Doch solch eine Verteidigungstaktik wollte sie nicht anwenden. Ela stellte Tzana auf ihre Füße und streckte sich leicht, lockerte ihre Schultern und nahm den Stab in die andere Hand.

Meister Piln, der die Würde eines Gelehrten wiedergefunden hatte, stieg auf ein steinernes Podest am Ende der Halle, humpelte darüber hinweg und klopfte kräftig an eine Tür. „Euer Ehren, sie sind hier."

Eine gedämpfte Stimme rief eine unverständliche Antwort, die der Schreiber aber scheinbar verstand. Er humpelte zu dem einzigen Möbelstück auf dem Podium – einem fein mit Schnitzereien verzierten und dick gepolsterten Stuhl – und klopfte die grünen Kissen zurecht. Ein schmales Lächeln hob die Ecken seiner Mundwinkel. Endlich zufrieden kletterte er mühsam von dem Podium herunter und setzte sich umständlich auf einen Stuhl, der hinter einem mit Schriftrollen übersäten Tisch stand.

Endlich öffnete sich die Tür und Ket, der Ela scheinbar besonders feindlich gesinnte Wächter, trat heraus, hochmütig wie immer, den polierten Helm in der Armbeuge. Tal und Osko traten von einem Fuß auf den anderen. Tsir Aun blickte finster drein. Ket ignorierte sie.

Ein Mann in einem prächtig dekorierten und drapierten grauen Umhang stolzierte Ket hinterher. Ela sah die Familienähnlichkeit sofort. Die Selbstgefälligkeit. Die Reizbarkeit.

Ela fragte sich, ob Ket seinem Richteronkel wohl die Wahrheit erzählt hatte.

Mit geschürzten Lippen in seinem aufgedunsenen, braunen Gesicht betrachtete der Richter Ela genau. „Du bist die Angeklagte?"

„Ich bin Ela von Parne. Dienerin des Ewigen."

„Pah", meinte der Richter abfällig. „Parne ist nichts."

Beinahe die gleiche Reaktion wie bei dem Plündererkommandanten Taun. Offensichtlich konnte sie kein faires Verfahren erwarten. Sie betete um Frieden und wartete, als der Richter sich auf seinem Stuhl niederließ.

An seinem kleinen Tisch klapperte Schreiber Piln mit Tintengläsern und kratzte mit einer Feder über die Schriftrolle. Ein wichtiger Mann. Während des Wartens begannen Elas Narben an den Beinen zu jucken – die Erinnerung an ihre Begegnung mit dem Skaln. Sie biss sich auf die Lippe, um dem Drang zu kratzen nicht nachzugeben. Das wäre wenig würdevoll.

Ket Behl starrte Ela so verächtlich an, als wäre sie bereits verurteilt. „Du leugnest die Ermordung unseres Generals Tek Juay?"

„Ja. Der General war bereits seit Tagen tot, als ich seine Leiche fand." Ela wurde schlecht, als sie sich erinnerte: „Die Luft, der Sand und die Sonne haben seine Haut ausgetrocknet. Sie gebacken." Sie wippte leicht mit dem Fuß und versuchte, das Jucken zu ignorieren, das sie beinahe wahnsinnig machte. „Außerdem erholte ich mich gerade von einer Skalnattacke zu dem Zeitpunkt, als General Tek Juay gestorben sein muss."

„Unmöglich!" Der Richter blickte finster. „Man erholt sich nicht von einer Skalnattacke!"

„Ich habe die Narben", antwortete Ela. „Der Ewige hat meine Wunden geheilt. Ansonsten wäre ich an dem Gift gestorben."

Jetzt starrten sie alle an. Selbst Tsir Aun. Ket Behl grinste. „Zeig uns die Narben."

Vor Verlegenheit lief Elas Gesicht rot an. Dennoch trat sie vor, drückte den Stab mit dem Ellenbogen an ihre Seite und hob vorsichtig ihre Tunika an, bis der Saum fast ihre Knie berührte. Die Narben auf beiden Seiten ihrer Beine leuchteten violett und rot und waren tief zerfurcht.

Der Richter räusperte sich. „Notiere, dass die Narben existieren, tief in die Beine der Angeklagten eingeschnitten sind und … ähm, kürzlich entstanden sind. Sie sind violett und rot gefärbt. Das Fleisch ist stark faltig zusammengewachsen und die Narben sind in einem Muster angeordnet, die man… ähm, bei einem Angriff durch einen Skaln erwarten würde."

Meister Pilns Feder kratzte und schabte wild über das Pergament. Niemand sagte ein Wort. Als er aufschaute, sprach Ket Behl mit mehr Respekt: „Diese Narben sind eindrucksvoll. Du müsstest ein Krüppel sein. Aber es können keine Narben von einem Skaln sein. Niemand hat jemals solch eine Verwundung überlebt."

„Der Skaln schlich sich in einer Schlucht an mich heran", beschrieb Ela. Sie ließ den Saum wieder sinken und ergriff den Stab mit beiden Händen. Sie schwitzte, als sie den Skaln wieder vor sich sah. „Zuerst hörte ich nur ein Gurgeln. Dann das Zischen. Sein Atem roch verfault. Sein Gesicht..."

Sie durchlebte den Angriff noch einmal, ihren Schrecken. Den Schmerz. Das Blut, das nicht aufhören wollte, aus der Wunde zu fließen. Ihre Halluzinationen und das Fieber. „Der Ewige hat mich in Seiner Gnade geheilt. Zu Seiner Ehre. Meine Narben sind eine Erinnerung an mein Versagen, Seinen Namen nicht sofort angerufen zu haben."

„Dein Ewiger muss hier nicht erwähnt werden."

„Doch, das muss Er. Er hat meine Wunden geheilt, obwohl ich hätte sterben müssen."

„Sie hat mich nicht einmal erkannt", hob Tzana in ihrer dünnen, klaren Stimme unerwartet an.

„Kind, sei still!", befahl der Richter und brachte Tzana dazu, sich keuchend in Elas Umhang zu verstecken. „Und du, Ela von Parne, wirst mir nicht widersprechen. Welche weiteren Beweise kannst du zu deiner Verteidigung vorbringen?"

„Nur mein Wissen, gegeben durch den Ewigen. Kommandant Taun hat General Tek Juay von hinten angegriffen und ihm die Kehle aufgeschlitzt, weil der General seine Bosheit und die Verweigerung von Befehlen während des Massakers in Ytar verurteilte." Ela nickte in Richtung Ket, Tal und Osko. „Sie haben ihren Kommandanten dabei beobachtet, wie er kurz vor dem Mord mit dem General stritt."

Tal nickte, als ob er sich an den Streit erinnerte. Ket starrte ihn an. Osko trat von einem Fuß auf den anderen und sah weg. Der Richter bemerkte ihr Unbehagen und sein Gesicht lief rot an. Er starrte seinen Neffen an, der den Blick senkte. Leise und abgehackt sagte der Richter: „Du wirst weder verurteilt noch von der Anklage des Mordes am General freigesprochen, Ela von Parne. Die Anklage wird zurückgezogen. Sag mir, mit welcher Waffe hast du Kommandant Taun getötet?"

Wie glatt er die Anklage um des guten Namens seines Neffens willen zurückgezogen hatte. Und um seines eigenen Namens willen. Als ob niemand es bemerken würde. Trotzdem dankte Ela dem Ewigen und bestritt den nächsten Vorwurf: „Ich habe Kommandant Taun nicht getötet. Ich habe ihn angefleht, dass er mich anhört – und lebt. Und sich zu seinen Verbrechen stellt. Stattdessen hat er mich geschlagen. Ich habe ihn gewarnt…" Ela schluckte. Die Erinnerung war noch zu frisch. Trotz der brennenden Tränen auf ihrer Haut fuhr sie fort: „Ich sagte ihm, wenn er mich noch einmal schlüge, würde der Ewige Seinen Atem des Lebens von ihm nehmen."

„Und wieder verteidigst du dich im Namen des Ewigen", betonte Ket Behl. „Er existiert nicht. Deine Aussage ist ungültig."

Ela wischte sich mit der Hand die Tränen von der Wange. „Ich bin die Dienerin des Ewigen. Spricht denn ein Diener von seiner Arbeit, ohne seinen Meister zu erwähnen?"

Unbewegt sagte der Richter: „Formuliere deine Antwort neu."

„Du hast den Ewigen verworfen."

„Ja. Formuliere deine Antwort neu."

Ewiger, wie? Nach einem kurzen Moment bekam sie die Antwort. Mit einem üblen Gefühl im Magen sagte Ela: „Nun gut. Ich habe Kommandant Taun gewarnt, nichts zu tun, was seinen Tod herbeiführen würde. Ich habe ihn angefleht, mir zuzuhören! Er tat es nicht. Er fiel, als er sein Schwert hob, um mich anzugreifen – obwohl ich keines gegen ihn erhoben hatte. Und als er starb, trauerte ich um ihn. Ich trauere immer noch. Bin ich verantwortlich für seinen Tod, Euer Ehren?"

„Stimmt das?", fragte der Richter Tal und Osko.

„Ziemlich nah dran, Euer Ehren", murmelte Osko, als Tal zustimmend nickte.

„Dann habe ich keine Wahl, als die Anklage zu ignorieren."

„Onkel", widersprach Ket. „Du kannst sie nicht laufen lassen! Wenn sie nicht dort gewesen wäre, würde Kommandant Taun noch leben. Sie hat seinen Tod mit einer Art Hexerei verursacht!"

„Ruhe!" Der Richter sah Ket streng an. „Gegen Hexerei gibt es kein Gesetz. Allein in dieser Straße betreiben fünf selbsternannte Hexen und Wahrsager ihr Geschäft! Ich kann dir zwanzig in diesem Stadtteil aufzählen. Die Hälfte der Einwohner Riyans bezahlt für Wahrsager und die andere Hälfte wünscht sich, sie könnten es sich leisten. Diesem Fall fehlt es an Grundlage und ich bin schwer enttäuscht von denen, die an diesem Abend meine Zeit verschwendet haben."

Ket knurrte und Ela wünschte, Pony würde nach ihm schnappen. Die Vision vom Nachmittag kam ihr wieder in den Sinn. Sie musste ihre Aufgabe hier beenden. „Darf ich sprechen?"

Gelangweilt winkte der Richter mit der Hand.

„Vielen Dank, Euer Ehren. Meine Worte kommen vom Ewigen und können geprüft werden, denn sie werden sich erfüllen. Immer! Nun, Richter Ket Behl, euer König hat nach mir geschickt. Seine Boten sind bereits an deinem Tor. Aber bevor ich gehe, muss ich dich noch warnen. Weil du den Ewigen verworfen hast, hat er dich verworfen."

„Was soll das bedeuten?" Ket Behl stand entrüstet und mit wehendem Umhang auf. „Drohst du mir?"

„Nein, das tue ich nicht. Aber heute Abend hat der Ewige über dich Gericht gesprochen und deine Familie verurteilt. Sein Urteil hängt von deinem eigenen Herzen ab. Deinen Entscheidungen."

„Du verlangst eine Bestechung!", beschuldigte Ket sie, die Augen nun hell und hart wie die eines Mannes, der seine Beute erkannt hat und sie zur Strecke bringen wird. „Wie viel Geld willst du, um diesen Fluch aufzuheben?"

Ela zitterte, als der Zorn des Ewigen ihren eigenen beiseite fegte. Dieser Mann war das lebende Beispiel für den Aberglauben und das Übel, die Istgard zerstörten. „Du Gestalt aus Staub! Der Ewige braucht kein Silber oder Gold! Er allein hat all den Reichtum erschaffen, der je existiert hat. Das Einzige, was du Ihm anbieten kannst, ist ehrliche Reue – tatsächliche, ehrliche Reue! Deine Zeit läuft ab, Ket. Wenn du dich nicht änderst!" Ihr Ankläger sank zurück auf seinen Stuhl und starrte sie stumm an. Ela schwang ihren Umhang nach hinten, bevor sie sich hinunterbeugte und Tzana auf den Arm nahm. „Ich muss nun gehen. Die Männer eures Königs haben mich gefunden."

Spitze Pfiffe erklangen von draußen. Die Tür zum Gerichtssaal sprang auf. Ein großer, grün gekleideter Beamter stürmte herein, gefolgt von vier Wachen, ebenfalls in grünen Kleidern und mit scheppernden Waffen. Der Beamte hätte nicht verächtlicher schauen können, als er Richter Ket Behl ansprach: „Wir suchen nach Ela von Parne. Sie wurde vor den König bestellt."

„Hier", meinte Ela zu dem Mann. Der blinzelte sie an. „Ich bin bereit zu gehen."

Tzana tippte Ela auf die Schulter und flüsterte: „Dein Haar sah richtig gut aus. Es sah aus wie der Stab!"

„Was?" Sie bemerkte, dass das Licht des Stabes verblasste. Hatte er wieder geleuchtet? „Oh!"

Kein Wunder, dass alle sie anstarrten. Sie brachte ein Lächeln zustande und drehte sich zur Tür um.

* * *

„Was ist hier passiert?" Ela traute ihren Augen nicht und wäre beinahe gestolpert. Sie stellte Tzana auf den Stufen vor Richter Ket Behls Gerichtssaal ab und eilte in den Hof hinunter. Der Ewige hatte sie nicht vorgewarnt.

Die Miniaturbäume und blühenden Sträucher, die sie zuvor im Hof des Gerichts bewundert hatte, waren nur noch Zweige und Stoppeln. Und alle dekorativen Steine um die nun zerstörten Blumenbeete lagen wild durcheinander. Als sie seine vertraute Gestalt sah, japste Ela: „Pony! Du hast den Garten des Richters zerstört! Er wird uns sicher dafür büßen lassen!"

Pony kaute ungerührt weiter an einer Pflanze herum. Ela war sich fast sicher, dass sie einen ‚Du hättest mich eben nicht allein lassen sollen'-Blick in seinen Augen erkannte. Wie konnte ein – zugegebenermaßen großes – Pferd in so kurzer Zeit solch einen Schaden anrichten? Kein Wunder, dass man sie Zerstörer nannte.

Tzana rief von den Stufen: „Oh, Pony! Du steckst in Schwierigkeiten!"

„Bleib sofort stehen!", rief der Beamte Ela zu. Er kam die Stufen herunter, gefolgt von seinen Kameraden, die sich eindeutig bereit machten, sich auf Ela zu stürzen. Pony legte die Ohren an und schnaubte schrecklich und drohend in Richtung der Männer des Königs, die sich sofort zurückzogen.

Tsir Aun übernahm das Kommando: „Ela, befiehl ihm, mit Tal und Osko zu gehen. Sie werden das Tier zu den Ställen bringen, ihn füttern und für die Nacht festbinden. Ket, du wirst als zusätzliche Wache mit mir kommen. Osko, du stößt später zu uns. Warte beim Eingang des Palastes, bis wir wieder rauskommen – nach der Audienz beim König."

„Ja, Herr", stimmten die Männer des Kommandanten wie aus einem Munde zu. Aber Pony sträubte sich.

Ela ging zu ihrem treuen Zerstörer und strich über sein glänzendes Fell, während sie ihm zumurmelte: „Geh mit ihnen, du Halunke. Ich werde es überleben, versprochen. Du wirst mich wiedersehen... später." Fast glaubte sie, dass Pony nickte. Tal und Osko führten ihn weg, auch wenn er sich immer wieder zu Ela umdrehte und schnaubte.

In dem Moment, in dem Pony außer Sichtweite war, umringten die Männer des Königs Ela. Der stämmige Beamte sagte: „Der König wünscht die Umstände von General Tek Juays Tod zu hören. Tsir Aun...", er drehte sich zu Elas Wache, „wir haben gehört, du und deine Männer haben den Tod des Generals gesehen."

„Nein", berichtigte Tsir Aun den Mann höflich. „Aber ich kann dem König die Umstände erklären, wenn er es wünscht."

„Das wird er." Der Beamte war so anmaßend, dass Ela das Gefühl hatte, Tsir Aun verdiente eine Entschuldigung.

Der Kommandant schien jedoch nicht beleidigt zu sein, als er Ela erneut ansprach: „Ich folge dir." Dann senkte er seine Stimme: „Ist dir bewusst, dass der General der nächste Cousin des Königs war?"

Ela rief sich die Vision von Tek Juay ins Gedächtnis und nickte: „Ja, das wusste ich."

Jetzt musste sie sich seiner trauernden Familie stellen.

Und der Dunkelheit dahinter.

8

Eingekesselt von ihren Wachen schob Ela Tzana vor sich her durch den langen, hallenden Marmorkorridor. Ohne Vorwarnung blieb Tzana plötzlich stehen und beugte sich vor, um vorsichtig die goldenen Adern zu berühren, die hier und dort den Boden durchliefen. Ela konnte es ihr nicht verübeln. Der Marmor, ja, der ganze Palast war so prachtvoll, dass Ela beinahe glaubte, sie hätten eine gigantische Schatztruhe betreten. Jedes noch so kleine Detail des Ganges blendete sie und lenkte sie ab. Sie konnte sich kaum vorstellen, wie atemberaubend diese Erfahrung für Tzana sein musste. Die Wachen jedoch wären beinahe über das kleine Mädchen gestolpert. Und Stolpern war kein Teil von Elas Vision gewesen. „Soll ich dich tragen?", fragte sie.

„Nein!" Tzana setzte sich unerwartet starrköpfig hin. „Ich will mir den Fußboden ansehen."

Ela hätte sich auch viel lieber den Fußboden angesehen. Oder ein Nickerchen darauf gemacht. Es war ein wirklich langer Tag gewesen und sie freute sich nicht auf das, was ihr bevorstand. Aber Pflicht war nun mal Pflicht. Sie kniete sich hin und flüsterte: „Tzana, du musst jetzt mit mir gehen. Bitte."

„Warum?" Sie klang so müde und gereizt wie Ela sich fühlte, jedoch ohne die Angst.

„Weil da jemand auf uns wartet und wir dürfen nicht unhöflich sein." Sie bot Tzana neckend ihre Hand an. „Hilfst du mir auf?"

„Na gut." Tzana stand auf und lächelte, als Ela sich bewusst umständlich von ihr auf die Füße helfen ließ. Beide genossen ihre kurze Sorglosigkeit. Eigentlich wünschte Ela sich einfach nur, Tzana auf den Arm nehmen und weglaufen zu können. Was würde heute Abend mit ihnen passieren? Der Ewige war natürlich bei ihr, aber ausgesprochen verschwiegen, was das unerklärliche Ende ihrer Vision anging. Ela vermutete deshalb, dass es besser für sie war, nichts über die schreckliche Dunkelheit zu wissen.

„Danke", sagte sie zu ihrer Schwester. „Du bist mir die liebste Hilfe."

„Mehr als Pony?"

„Mehr als Pony. Aber sag ihm das nicht. Wir wollen seine Gefühle nicht verletzen."

Ket stand hinter ihnen und gab ein leises, wütendes Geräusch von sich. Tsir Aun räusperte sich. Der hochnäsige, grüngekleidete Beamte des Königs wartete vor einer hohen, vergoldeten Tür. Seine Augenbrauen waren höher erhoben, als Ela es für je möglich gehalten hätte. Selbst Matrone Prill von Parne konnte mit der missbilligenden Ausstrahlung dieses Beamten nicht mithalten. Mit so nasaler Stimme, dass Ela sich schon fragte, ob er sich erkältet habe, meinte der Mann: „Man lässt den König nicht warten."

„Der König wartet nicht", informierte Ela ihn und dachte an ihre Vision zurück. „Einer deiner Untergebenen hat uns kommen sehen und ihm berichtet, dass wir hier sind. Er und seine Familie sind gerade auf dem Weg aus ihren Räumen hierher."

Der Mann schaute sie fassungslos an und schien sich zu fragen, wie Ela es wagen könnte, so direkt zu sein. Ohne ein weiteres Wort führte er sie, Tzana und ihre Wachen in den Raum und bedeutete ihnen zu warten. Er selbst verließ den Raum mit wehendem Umhang.

„Muss ich hier auch still sein?", wollte Tzana wissen.

„Wahrscheinlich", murmelte Ela. Sie fuhr mit der Hand durch die dünnen, zarten Locken ihrer Schwester. Während sie warteten, schaute sie sich um. Es war kein großer Raum, aber so prunkvoll wie Parnes Tempel mit goldenen Wandschirmen und Lampen, deren Licht schimmernd reflektiert wurde. Der Tempel hatte jedoch keine Metallspiegel an den Wänden. Ela runzelte die Stirn, als ihr Blick auf den Spiegel fiel, der ihr am nächsten war und vom Boden bis zur Decke reichte.

Eine braunhäutige Erscheinung mit zerfetzten Gewändern, riesigen, dunklen Augen und einem langen, schwarzen Haarzopf starrte sie an. War sie wirklich so hager? Und zerschunden? Ela hatte sich selbst nicht in der Vision gesehen, aber warum auch? Ihr

Aussehen war ohne Bedeutung im Vergleich zu den Seelen Istgards – und seines Königs. Dennoch sah sie erbärmlich aus.

Auf dem Gang ertönten Schritte. Als ihre Bewacher stramm wie Statuen standen, drehte Ela sich zur Tür um.

* * *

Der König, Tek An, trat zuerst ein, genau, wie Ela es vorhergesehen hatte. Ohne Krone und ohne Eile. Herrschaftlich in grünen Gewändern und Schuhen, die aufwendig mit goldenen Stickereien verziert worden waren. Sein breites, braunes Gesicht schien ruhig, doch kleine, faltige Tränensäcke hingen unter seinen Augen und verrieten seine Müdigkeit. Seine Trauer.

Eine elegante Frau folgte ihm in leise raschelnden Kleidern, das dunkle Haar hoch auf dem Kopf aufgesteckt und mit juwelenbesetzten Goldblumen verziert, während von ihren Schultern ein durchsichtiger Schleier wie ein nebliger Wasserfall hinter ihr her flatterte. Die Königin. Ihr Sohn, Tek Ans Erbe, direkt dahinter. Er war größer als sein Vater, hatte aber das gleiche quadratische Gesicht, die herrschaftliche Körperhaltung und trug ein ähnlich prachtvolles Gewand.

Er beäugte Ela so überheblich und intensiv, dass sie sich äußerst unwohl gefühlt hätte, wäre da nicht im Vorfeld die Vision gewesen. Stattdessen erwiderte sie seinen Blick so ruhig wie möglich, bevor sie an ihm vorbei auf die Person sah, die sie am meisten interessierte.

Anmutig und schlicht in eine weiche, blaue Tunika mit einem goldbesetzten Tuch gekleidet, trat eine junge Adlige in den Raum. Ihre dunklen Augen waren gerötet und leicht geschwollen. Natürlich hatte sie geweint. Trotz der Vorwarnung hielt Ela vor Mitleid einen Moment den Atem an, als sie sie sah.

König Tek An sprach zuerst: „Du bist Ela von Parne?"

„Ja, eine Dienerin des Ewigen." Sie betete still und trat vor. „Wenn Ihr es erlaubt, es gibt da etwas, das ich einem Mitglied Eurer Familie zurückgeben muss."

Der König machte eine zustimmende Geste, warf ihren Wachen jedoch einen Blick zu, als wollte er sie warnen, jede ihrer Bewegungen genau zu beobachten.

Bewusst langsam, um niemanden zu beunruhigen, nahm Ela den Stab in die andere Hand und hob das breite Wehrgehänge aus Leder von ihrer Schulter – vorsichtig darauf bedacht, dass es sich nicht mit Vaters Wasserschlauch verhedderte. Sie faltete das Wehrgehänge gegen das Schwert und näherte sich der jungen Adeligen mit den traurigen Augen.

„Tek Lara." Den Namen des Mädchens auch nur auszusprechen, machte Ela das Herz schwer. Sie zwang sich zur Ruhe und fuhr fort: „Es tut mir so leid. Der Ewige hat mich angewiesen, dieses Schwert vom Körper deines Vaters zu nehmen und es dir zu bringen. Ich weiß, dass du es als seines erkennst."

Tek Lara nickte schwach. Ungeweinte Tränen glitzerten in ihren dunklen Augen, aber sie sah Ela mit Würde an. Diese wünschte, sie wäre auch nur halb so tapfer wie diese junge Adlige. Und mutig.

Respektvoll sagte Ela: „Dein Vater, General Tek Juay, war der ehrenhafteste Mann in ganz Istgard. Der Ewige hat seine Rechtschaffenheit gesehen – und nun ruht er im unendlichen Frieden seines Schöpfers."

Lara nahm das Schwert ihres Vaters entgegen und drückte es an die Brust. Tränen glitten über ihre Wangen, aber sie lächelte zitternd. „Danke, Ela von Parne."

Ela nickte und trat zurück. Die königliche Familie beobachtete sie, offensichtlich erstaunt, dass sie – eine Fremde im Land – Tek Lara identifizieren und zudem die Seele ihres Vaters zu beurteilen vermochte. Die müden Augen des Königs waren nun weit geöffnet und er fragte erstaunt: „Du behauptest also, eine Dienerin des Ewigen Parnes zu sein?"

„Ich *bin* Seine Dienerin." Ela stellte den Stab mit einem leisen Pochen auf dem Boden ab und unterstrich damit ihre Aussage.

„Kann es wahr sein?" Tek An betrachtete Ela von Kopf bis Fuß. „Hat Parne endlich einen neuen Propheten hervorgebracht – *ein Mädchen?*"

„So scheint es", erwiderte Ela und freute sich über Tek Ans Wissen über die Vergangenheit, auch wenn er die Entscheidung des Ewigen missbilligte, eine junge Frau zu Seiner Prophetin erwählt zu haben. Sie hatte keine Angst vor dem König. Wie könnte sie auch? Ihre erste Aufgabe war es, diesen höchst realitätsfremden Mann zu beraten. Und ihn davon abzuhalten, sich selbst zu zerstören. Seine Dynastie zu retten. Und sein Königreich.

Tek An zögerte, strich sich mit der Hand über den dünnen Bart und fragte: „Du bist keine Nachfahrin von Eshtmoh, dem letzten Propheten?" Er klang beinahe ein wenig besorgt – eine Furcht, die Ela nachvollziehen konnte. Vor siebzig Jahren war einer seiner Vorfahren beim Anblick Eshtmohs tot umgefallen.

Ela unterdrückte ein wissendes Lächeln. War ihre Abstammung so wichtig? Halb Parne konnte sein Blut zu dem einen oder anderen Propheten der alten Tage zurückverfolgen. „Der Name meines Vaters – Roeh – stammt von einem der altehrwürdigen Propheten. Meine Mutter war zur Prophetin erwählt worden, doch sie lehnte ab. Soweit ich weiß, stamme ich nicht von Eshtmoh ab."

Tek An entspannte sich. Herrscherlich winkte er seine Familie zu den einzigen Sitzplätzen im Raum, einer Reihe gepolsterter Bänke, während er den einzelnstehenden, grünen Stuhl für sich nahm. Er zog seine glänzenden Roben zurecht, dann runzelte er die Stirn und meinte zu Ela: „Du bist vielleicht keine Nachfahrin Eshtmohs, aber es scheint, als wärst du Nachfahrin anderer Propheten auf beiden elterlichen Seiten. Vielleicht sollten wir uns doch fürchten."

Vielleicht? Er hatte tatsächlich Angst. Ela hoffte, dass Tek Ans Furcht ihn dazu bringen würde, auf die Warnung des Ewigen zu hören. Um ihn zu ermutigen, fragte Ela: „Gibt es Gründe für Eure Furcht?"

„Natürlich haben wir Gründe, uns zu fürchten!", erwiderte Tek An scharf. „Damit angefangen, dass siebzig Jahre eine bedrohliche Zahl ist, oder etwa nicht? Eine höchst bedeutsame und schicksalhafte Zahl in Istgard."

Auf der Bank zu seiner Rechten rutschte Tek Ans Erbe auf seinem Kissen hin und her, sichtlich aufgebracht durch das Gespräch. Sein

Vater brachte ihn mit einem Blick zur Ruhe, bevor er sich wieder Ela zuwandte: „Wir werden noch darüber sprechen, was du über den Tod unseres liebsten Cousins weißt. Doch wenn du wirklich eine Prophetin bist, kann das nicht der einzige Grund sein, warum du hierher gesandt wurdest. Sag uns ganz klar, warum du noch hier bist."

Besorgnis ließ Elas Kopfhaut kribbeln. In ihren Händen wurde der Stab ganz warm. „Der Ewige hat über Euer Königreich und Euer Volk Gericht gehalten. Eine Katastrophe wird Euch und Eure Familie überwältigen – und Euer Königreich. Wenn ihr Euch nicht ändert."

Tek An senkte das Kinn und starrte sie unter seinen dicken, schwarzen Augenbrauen an. „Inwiefern müssen wir uns ändern? Istgard wird von einem gerechten und mächtigen König regiert!"

„Ihr liegt falsch", widersprach Ela. „Istgard wird nicht länger von einem König regiert."

Tek Ans Erbe schnappte nach Luft und sprang auf die Füße. Seine rechte Hand griff auf der Suche nach einem Schwert an seine linke Seite. Glücklicherweise trug er keines.

Tek An sprang auf ihn zu und schlug seinem Sohn auf den Arm. „Setz dich! Unterbrich uns nicht!"

Der junge Mann setzte sich, aber er starrte Ela weiter böse an. Auch die Königin war beleidigt und aus ihren schönen, dunklen Augen sprühte die Wut. Tek Lara bewegte sich nicht, sondern saß still auf ihrer eigenen Bank und starrte auf das Schwert ihres Vaters.

„Erkläre uns diese Entsetzlichkeit", befahl Tek An Ela, als er sich wieder auf seinen Stuhl setzte. „Wie kann es sein, dass wir Istgard nicht mehr regieren?"

Sprachen alle Könige von sich selbst im Plural? Oder war Tek Ans Meinung von sich selbst so hoch, dass er den Plural brauchte, um seine Ansichten auszudrücken? „Angst und Aberglauben regieren Istgard", sagte Ela. „Wahrsager und selbsternannte Hexen spielen mit eurer Furcht vor dem Unbekannten und das ohne Grund. Ihr befehlt eure Seelen kleinen Nicht-Göttern aus Holz und Stein an, die über nutzlose, grausame Opfer herrschen – allesamt verabscheut vom Ewigen, eurem Schöpfer! Er ist der Einzige, der euch helfen und euer Königreich retten kann. Aber Ihn meidet ihr."

„Er existiert nicht!"

„Doch, das tut er. Er war einst geliebt in Istgard", verriet Ela dem entrüsteten König. „Ihr seid ein Gelehrter der Geschichte. Sucht den Namen des Ewigen in Istgards ältesten Schriften und Ihr werdet Ihn finden. Er segnete Istgards Anfänge. Nun hat Er sein Ende beschlossen. Es sei denn Ihr und Eure Leute wendet euch von der Liebe zum Bösen ab."

Der Stab glänzte nun heller als alles Gold und alle Edelsteine im Raum. Die Spiegel und die polierten Oberflächen aus Marmor reflektierten sein Licht – direkt in die Gesichter der königlichen Familie.

Tek An bedeckte seine Augen. „Ja! Wir werden deine Warnung überdenken."

Seine Aufrichtigkeit war unverkennbar, ebenso wie seine Angst. Ela atmete aus. Sie hatte ihn dies bereits in ihrer Vision sagen hören. Warum also sollte sie Erleichterung und Hoffnung zulassen? Nichts war sicher. „Bedenkt sie nicht nur", drängte Ela ihn. „Folgt dem Beispiel der ersten Bürger Istgards. Liebt und fürchtet den Ewigen."

Der Glanz des Stabes wurde weicher – zur offensichtlichen Erleichterung der königlichen Familie. Sie blinzelten Ela an. Lara betrachtete sie vollkommen ruhig, doch die Königin gab einen unverständlichen Ausruf von sich, als ihr Sohn aufstand und Richtung Tür floh.

„Du hast unsere Familie erschreckt." Tek An setzte sich auf und schaute sich misstrauisch um.

Ela verweigerte ihm eine Entschuldigung. „Der Ewige wünscht sich, dass Ihr seht, dass das Überleben Eures Königreiches von Euren Taten abhängt."

Die natürliche Angriffslust des Königs schien sich durchzusetzen, als er begriff, dass er nicht tot zu ihren Füßen niederfallen würde. „Welche Handlungen würdest du also vorschlagen? Du bist die Prophetin! Berate uns."

Tek Lara rutschte auf ihrem Sitz herum und schaute schnell weg, aber nicht schnell genug, als dass Ela nicht das Interesse auf ihrem Gesicht gesehen hätte – sichtbar trotz ihrer Trauer.

„Euch beraten?", fragte Ela. „Ich habe Euch bereits nach dem Willen des Ewigen beraten. Schaut in Euer Herz, oh König. Sucht nach den ältesten Schriften eures Königreiches. Ihr werdet den Ewigen und Seine Worte finden. Vertraut Seiner Weisheit, nicht Eurer eigenen."

„Also wirst du keine weiteren Fragen beantworten?"

„Natürlich werde ich das."

„Dann antworte uns. Was verlangt der Ewige von uns?"

„Ein reuevolles Herz. Und dass Ihr Ihn mit aller Kraft und Eurer ganzen Seele liebt."

Tek An lachte kurz auf. „Sodass keine Liebe mehr für meine Familie übrigbleibt?"

Wunderbar, dass er sich inmitten dieser unheilvollen Warnung amüsieren konnte. Ela seufzte. „Euer Herz, wenn Ihr es erlaubt, oh König, hat eine unendliche Fähigkeit zur Liebe für Eure Familie, Eure Freunde und Fremde gleichermaßen. Aber Eure Liebe für den Ewigen muss an erster Stelle stehen."

„Ist das bei dir so?"

„Ja." Ela erinnerte sich an die Qualen ihrer Seele, als sie vom Ewigen getrennt war und sagte: „Er ist der einzige Grund für meine Existenz. Nachdem ich einmal Seine Stimme gehört hatte, konnte ich den Gedanken nicht ertragen, ohne ihn zu leben."

Der König lehnte sich vor. „Nun sind wir wirklich interessiert. Woher weißt du, dass es der Ewige ist, der mit dir spricht?"

Glaubte Tek An etwa, sie wäre verwirrt? Wahrscheinlich. „Ich erkenne die Stimme des Ewigen, weil Er mir all das sagt, was ich nicht hören will, mich an Orte sendet, zu denen ich nicht gehen will, und mir Aufträge gibt, die ich für unmöglich halte. Darüber hinaus hat Er immer Recht."

„Und du gehorchst ihm immer?"

„Von ganzem Herzen. Warum sollte ich nicht?"

„Hmm." Die königlichen Finger klopften unruhig auf seinem Knie herum. Er lehnte sich zurück, runzelte die Stirn und wechselte abrupt das Thema. „Erzähle uns, was du über den Tod unseres lieben Cousins weißt."

Ela war sich bewusst, dass Tek Lara still zuhörte, als sie sagte: „Er wurde von einem seiner Kommandanten umgebracht. Taun, Führer des Überfalls auf Ytar, war von dem General für seine Grausamkeiten zurechtgewiesen worden. Er griff Tek Juay von hinten an. Der General hat nicht gelitten."

„Woher weißt du so viel darüber?" Tek An sah Ela aufmerksam an. „Warst du dort?"

„In einer Vision. Ja."

Der König spottete: „Du willst, dass wir nur einer Vision glauben?"

„Ja. Es ist die Wahrheit. Und weil es die Wahrheit ist, hat Kommandant Taun versucht, mich zu töten."

„Aber du hast ihn zuerst getötet?"

„Ich habe Kommandant Taun nicht getötet." Auf diesen Streit vorbereitet hielt Ela den Blick streng auf das ebenso ernste Gesicht des Königs gerichtet. „Ich habe Taun gewarnt, dass der Ewige den Atem seines Lebens wegnehmen würde, wenn er mich angriffe – und genau das ist geschehen."

„Du behauptest all diese Dinge aufgrund von Visionen." Tek An strich sich erneut über den Bart. „Woher sollen wir wissen, dass du nicht einfach eine Hexe bist?"

„Weil alles, was der Ewige mir sagt, erfüllt wird." Der Hauch einer Vision entfaltete sich in Elas Gedanken. Sie verstand und sagte laut: „Und weil der Ewige gnädig ist, gewährt er Euch ein Beispiel. Heute Abend, als ich gerade Euren Palast betrat, habt Ihr Soldaten losgeschickt, um den Körper Eures Cousins zu finden." Der König starrte sie verblüfft an. Ela fuhr fort: „General Tek Juays Leiche wird noch immer genau dort sein, wo ich sie gefunden habe, am Fuße eines Felsbrockens direkt hinter Istgards Grenze. In drei Tagen werden Eure Männer seinen Körper hier ablegen, wo ich gerade stehe. Ihr werdet benachrichtigt werden und wenn Ihr herkommt, werden Eure Männer Euch berichten, dass sie die Leiche und ihren

Fundort in einem Traum gesehen haben. Ihr werdet die tödliche Wunde Eures Cousins sehen und wissen, dass ich die Wahrheit gesagt habe."

„Das kannst du niemals sagen! Unsere Soldaten werden das Grenzgebiet sicher wochenlang durchsuchen müssen!"

„Drei Tage. Der Ewige sagt, dass Ihr Eure Männer hier auf Euch wartend finden werdet. Alle Bewohner Riyans werden um ihren guten General trauern. Aber sie werden nicht um Euch, ihren König, trauern, wenn Ihr den Ewigen nicht anruft und ihm vertraut."

Wie sie es in ihrer Vision vorausgesehen hatte, begann Tek An vor Empörung zu stottern: „Du... du sagst unseren Tod voraus? Das ist Verrat! Werden wir dich frei hier hinauslaufen lassen?"

„Nein, Ihr wolltet mir gerade sagen, dass ich für den Rest meines Lebens in Eurem Gefängnis sitzen werde."

Sein Gesicht verlor alle Farbe, bevor es puterrot anlief. Auch das hatte sie in ihrer Vision gesehen.

„Das wolltet Ihr doch gerade sagen, oder nicht?", forderte Ela den König heraus.

Die Königin zitterte vor Wut so sehr, dass die zarten, goldenen Blüten auf ihrem Kopf bebten. „Hexe! Wie kannst du es wagen... Schwindlerin!" Ihr Mann winkte ihr, still zu sein.

„Ja, Parnerin! Was du sagst, ist wahr! Du wirst für den Rest deines Lebens in unserem Gefängnis verrotten!"

„Ihr werdet zu viel Angst haben, um mich hierzubehalten. Selbst in Eurem Gefängnis", informierte Ela ihn. „In drei Monaten – wenn Ihr nicht beginnt, dem Ewigen zu folgen – werdet Ihr nach einem Weg suchen, mich töten zu lassen."

„Wenn wir das tun, werden wir Erfolg haben?", knurrte Tek An.

Sie antwortete mit Schweigen.

Der König schäumte: „Hast du nichts mehr zu sagen?"

Diese Frage musste sie beantworten. Tatsächlich freute sie sich auf diese Antwort: „Ich habe in der Tat noch etwas zu sagen. Alle Sklaven, die Euch aus Ytar geschickt wurden, müssen freigelassen werden. Der Ewige befiehlt es."

Sie beobachtete, wie der König schimpfte, brüllte und aus dem prunkvollen Raum stürmte.

Genau, wie sie es in ihrer Vision gesehen hatte.

* * *

Offensichtlich unbeeindruckt von dem ganzen Tumult, war Tzana auf dem Marmorboden eingeschlafen, während Ela noch mit dem König sprach. Jetzt hob sie den schlaffen Körper ihrer kleinen Schwester auf die Arme, küsste sie auf ihre kleine, schrumpelige Wange und wartete, während die Wachen sich um sie herum aufstellten. Sie alle strahlten Missbilligung aus, wie Hitze aus einem Ofen.

„Du hättest frei sein können!", schimpfte Tsir Aun mit Ela, als sie den Weg durch den Palast zurückliefen, den sie gekommen waren. „Warum hast du unseren König provoziert?"

„Er hat sich selbst provoziert. Ich habe ihm nur die Wahrheit gesagt." Ela spürte, wie sich kleine Schweißperlen auf ihrer Haut bildeten. Ein Schauder lief ihr über den Rücken und ließ sie erzittern. Das Ende ihrer Vision kam immer näher.

Ewiger?

Ich bin hier.

Mut. Ela atmete tief ein und erinnerte sich selbst daran, dass sie nicht sterben würde. Noch nicht. Warum hatte dann in ihrer Vision so viel Angst geherrscht? Sie drückte Tzana und den Stab an sich und schaute zu Tsir Aun auf. Sie schämte sich für die Furcht in ihrer Stimme, als sie sagte: „Herr, ich... ich habe dich gewarnt, erinnerst du dich? Dass, wenn alles für dich und deine Männer ruhig scheint, ihr bereit sein müsst."

„Ich erinnere mich", antwortete Tsir Aun und in seiner Stimme lag kalte Unzufriedenheit. „Was ist damit?"

„Es ist gleich soweit."

Er antwortete nicht. Osko wartete am großen Haupteingang des Palastes, wie Tsir Aun es ihm aufgetragen hatte. Als Tsir Aun den respektvollen Salut von Osko entgegennahm und sich dabei ein

Stück von ihr entfernte, näherte sich Ket, der feindselige Soldat, Ela. Genüsslich murmelte er: „Weißt du, wie glücklich es mich machen wird, dich für den Rest deines miserablen Lebens weggesperrt zu sehen?"

Sie bekam eine Vorahnung seines voraussichtlichen Schicksals und zitterte, den Tränen nahe. Ihre Kehle war vor Furcht wie zugeschnürt, als sie meinte: „Pass auf dich auf, Ket. Und bitte – ich flehe dich an! – rufe den Ewigen jetzt an oder du wirst es nicht mehr erleben, wie ich weggesperrt werde."

Er antwortete nicht, da Tsir Aun gerade zurückkehrte und seinen Platz an ihrer Seite wieder einnahm. Bevor sie den Hof vor dem Palast verlassen konnten, trat der Kommandant der königlichen Wache auf Tsir Aun zu, salutierte und sagte: „Wir übergeben die Gefangenen deiner Aufsicht. Bring sie zurück ins Gefängnis und informiere den Wärter über ihre neue Anklage."

„Natürlich", stimmte Tsir Aun zu.

Die Palastwachen lösten sich aus der Formation und gingen in verschiedene Richtungen davon – ohne Zweifel erleichtert, von ihren Pflichten entbunden zu sein. Tsir Aun bedeutete Ela loszugehen. „Komm." Als sie auf das Tor zuliefen, seufzte Tsir Aun: „Wir erledigen unsere letzte Pflicht für heute Abend, indem wir dich zum Gefängnis zurückbringen. Wenigstens wirst du dort in Sicherheit sein."

„Und alles ist in Ordnung?" Sie konnte sich die Frage nicht verkneifen.

„Ja", antwortete Tsir Aun, zögerte jedoch angesichts der dunkler werdenden Nacht. Als ob er beunruhigt sei. Ela war zutiefst dankbar, als sie sah, wie er seine Hand auf den Griff seines Schwertes legte – eindeutig in Alarmbereitschaft.

Wenigstens eine Person hatte ihr zugehört.

Sie bogen auf die Straße vor dem Palast ein und liefen in Richtung des Gefängnisses. Ihre gemeinsamen Schritte hallten zu laut auf dem Steinpflaster der Straße. Elas Mund wurde trocken. Die Palastmauer war zu ihrer Linken, die pechschwarze Straßenecke zu ihrer Rechten. Die letzten paar Schritte.

„Tsir Aun", bat sie. „Ich werde gleich der Dunkelheit ins Auge sehen müssen. Bitte bete für mich."

Bevor er antworten konnte, bogen sie um die finstere Straßenecke und wurden plötzlich von den Geräuschen rascher Schritte umzingelt. Maskierte Gesichter. Dunkle Umhänge.

Ela drückte Tzana und den Stab an sich und sog einen entsetzten Atemzug ein, um zu schreien, doch ihr Schrei wurde erstickt.

Von der Dunkelheit besiegt.

9

Ela kämpfte sich aus dem schwarzen Nichts nach oben zurück ins elende Bewusstsein.

Ihre ausgetrocknete Zunge schien an ihrem Gaumen wie festgeklebt. Durchdringende Trommelschläge hämmerten in ihrem schmerzenden Schädel. Und ihre Schultern brannten so stark, als hätte jemand versucht, ihr die Arme vom Leib zu reißen. Schlimmer war jedoch, dass ihre Arme leer waren. Kein Stab. Keine Tzana. Was war passiert?

Ewiger?

Ihre stumme Bitte und ihre verzweifelte Hoffnung, Seine Stimme zu hören, wurde mit abwartender Ruhe beantwortet. Sie spürte Seine Gegenwart und das war genug für den Moment. Aber…

Unfähig, ihre Augen zu öffnen, konnte Ela gerade genug Spucke aufbringen, um zu schlucken. Dann zwang sie ihre Zunge, sich zu bewegen: „Tzana?"

„Schh", erklang eine sanfte Stimme. „Ruh dich aus."

„Nein", murmelte Ela verängstigt, weil die Stimme nicht zu Tzana gehörte. „Wo ist meine Schwester?"

„Auch sie ruht sich aus."

War Tzana verletzt worden? Ela brachte ihre unwilligen Augenlider dazu, sich zu öffnen. Die Besitzerin dieser beruhigenden Stimme zu sehen. Große, ernste, braune Augen und ein ovales Gesicht, das von einem Schleier mit Goldstickereien eingerahmt wurde. „Tek Lara."

„Ja. Ich freue mich so, dass du dich an mich erinnerst!" Zu Elas verwirrtem Erstaunen begann die junge Adelige zu weinen.

Ela fand heraus, dass ihre Hände und Arme funktionierten, auch wenn sie so schwer waren, als wären sie aus Stein. Sie tätschelte Laras Arm ungeschickt und tröstend, während sie den Blick durch den Raum aus hartem Stein schweifen ließ. „Warum… weinst du? Wo ist meine Schwester? Wurde Tzana verletzt?"

„Ja, aber glaub mir, deine Schwester wird sich erholen. Sie wurde verletzt, als du zu Boden geschlagen wurdest. Sie hat einen Arm in einer Schlinge und ein paar beeindruckende, blaue Flecken, aber sonst nichts. Ich muss sagen, deine Schwester ist bemerkenswert gutmütig."

Elas Panik ließ nach. Lara wischte sich die Tränen von den Wangen und fuhr fort: „Die Frau des Wärters kümmert sich um sie. Der Wärter selbst scheint jedoch etwas verärgert über die Situation zu sein. Ich vermute, dass sie nie eigene Kinder hatten, wenn ich mir ansehe, wie vernarrt seine Frau in Tzana ist."

„Vernarrt in sie?" Ela versuchte, ihren Verstand zu sammeln. „Wie lange war ich bewusstlos?"

„Beinahe einen vollen Tag. Siehst du?" Lara wedelte mit der Hand in Richtung des einzigen, schmalen Fensters, durch welches das Licht des kaminroten Sonnenuntergangs fiel. „Vielleicht hat es bei dir so lange gedauert, wieder zu Bewusstsein zu kommen, weil du so erschöpft warst. Erinnerst du dich daran, was passiert ist?"

Ela befeuchtete ihre Lippen, bevor sie antwortete: „Ich habe Tsir Aun gewarnt, auf der Hut zu sein. Ich hatte die Dunkelheit vorausgesehen. Einige Männer griffen uns nicht weit vom Palast entfernt an. Ihre Gesichter waren maskiert. Mehr weiß ich nicht." Und sie verstand noch weniger. Warum hatte der Ewige sie nicht vor diesem Angriff beschützt?

War dies eine weitere Lektion, die sie verpatzt hatte?

Tek Lara sprach die nächsten Worte im Flüsterton, offensichtlich hatte sie Angst, belauscht zu werden. „Hör zu. Mir wurde heute Morgen berichtet, dass du beinahe gestorben wärst. Und dass eine der Wachen getötet wurde – obwohl die beiden, die überlebt haben, die Angreifer in die Flucht schlagen konnten. Du hast überall blaue Flecken und wahrscheinlich eine Gehirnerschütterung. Mein lieber Cousin hofft, dass sie dir deine prophetischen Fähigkeiten ausgeprügelt haben."

Haben sie nicht, verkündete der Ewige in ihren Gedanken.

Was für eine schnelle Antwort auf eine Frage, die sie noch nicht einmal in Worte gefasst hatte. Ela wollte den Kopf schütteln, aber er tat ihr zu sehr weh. „Dein königlicher Cousin wird enttäuscht sein. Wann kann ich meine Schwester sehen?"

Der Gedanke, dass ihre Schwester vielleicht Schmerzen hatte, ließ Ela versuchen, sich in eine aufrechte Position zu kämpfen.

Ihre edle Pflegerin hob eine Hand, um sie zurückzuhalten. „Nein. Bleib hier, bis mein Arzt dich untersucht hat. Ich werde Tzana herbringen lassen, aber erst müssen wir beide reden."

Ela widersetzte sich nicht. In ihrem Kopf drehte sich alles und sie konnte sich nicht vorstellen, irgendwohin zu gehen, ohne umzukippen. „Worüber möchtest du reden?"

„So viele Dinge… Ich hätte eine Liste machen sollen. Warte. Trink das hier." Sie bot Ela eine fein geschnitzte, weiße Steintasse an.

Immer noch schwindelig hielt Ela sich gerade lange genug aufrecht, um die Tasse mit Brühe auszutrinken. Dabei bemerkte sie, dass sie ein sauberes Gewand trug. Zweifellos auf Befehl Tek Laras hin. Erschöpft sank Ela ins Kissen zurück und kämpfte gegen den Drang an, ihre Augen zufallen zu lassen. „Danke für alles, was du getan hast. Die Brühe, das Gewand, Tzana…"

Tek Lara stellte die Tasse auf ein Tablett, das neben ihr stand. „Mein Dank wird es sein, dich bald genesen zu sehen."

„Das werde ich", versicherte Ela ihr. „Du sagtest, eine meiner Wachen wurde getötet? Es war Ket, oder?" Sie wusste, dass es nicht Tsir Aun gewesen sein konnte, doch allein bei dem Gedanken drehte sich ihr der Magen um.

„Also erinnerst du dich doch an etwas von dem Angriff", murmelte Tek Lara. „Ja, meine Diener meinen, der Soldat kam aus der Familie Ket."

„Tatsächlich erinnere ich mich nicht an viel. Der Ewige hatte mich gewarnt, dass Kets Tod nahe wäre." Und sie hatte ihn nicht erreichen können. Ela verdrängte den Gedanken, unfähig, ihn zu ertragen. „Die Männer, die versucht haben, mich zu töten… wurden sie gefasst?"

„Nein!" Lara fuhr in einem entrüsteten Flüsterton fort: „Schlimmer noch, es werden überhaupt keine Anstrengungen unternommen, sie zu finden. Ich kann nicht glauben, dass mein königlicher Cousin solch einen Angriff dulden würde, aber welche andere Erklärung gibt es? Versprich mir, dass du niemandem etwas von meinem Verdacht erzählst. Es würde keinem von uns helfen."

„Ich werde nichts sagen."

„Ich bin so ein Feigling." Die junge Frau seufzte. „Es tut mir leid, dass du angegriffen wurdest. Wenigstens haben mir meine Ängste um deine Sicherheit genügend Mut gegeben, um beim König die Erlaubnis zu erwirken, dich zu besuchen. Ich habe ihm gesagt, dass ich unwiderruflich in deiner Schuld stehe und nicht ruhen könnte, bis ich dir nicht gedankt hätte. Also ließ er mich gehen."

Sie griff nach Elas Hand. „Weißt du, ich wusste, dass mein Vater tot war. Ich wusste es! Wenn Vater unterwegs war, war es egal, wie weit weg er war, ich habe trotzdem jeden Tag einen Brief oder ein Geschenk von ihm bekommen. Und ich habe ihm immer etwas zurückgeschickt. Aber dann kamen keine Briefe mehr. Als seine Begleiter vor zwei Wochen nach Riyan zurückkehrten und berichteten, dass er von einem eigentlich kurzen Streifzug durch das Grenzgebiet nicht zurückgekehrt sei… wäre ich fast verrückt geworden vor Angst." Lara wischte sich neue Tränen von den Wangen und fügte hinzu: „Danke, dass du mir sein Schwert gebracht hast. Du weißt nicht, wie viel mir das bedeutet!"

„Der Ewige wusste es." Ela schloss die Augen und fürchtete sich vor Laras unvermeidlichem Unglauben, der in Istgard so weit verbreitet war.

„Ja", stimmte Tek Lara zu. „Ich bin berührt von Seiner mir erwiesenen Wertschätzung, indem er dich mit dem Schwert zu mir schickte." Sie kramte in einer kleinen Ledertasche, die an ihrer Seite hing, holte ein sauberes Tuch heraus und putzte sich die Nase. „Wie dumm von mir, überrascht zu sein. Ich hätte wissen sollen, dass Er mir Trost spenden würde."

Ela starrte sie verwirrt an. „Wie dumm von *mir*, überrascht zu sein. Du dienst dem Ewigen."

Lara steckte das Tuch weg und sah jetzt älter aus, ruhiger. „Ela, Prophetin Parnes, das hättest du doch wissen müssen. Wo dachtest du denn hat Eshtmoh gelebt, während er in Riyan war?"

„Bei der Familie deines Vaters?"

„Drei Jahre lang." Wehmütig sagte Tek Lara: „Als mir zum ersten Mal klar wurde, dass du eine Prophetin bist, hoffte ich, die Tradition meiner Familie fortführen und dir bei uns Unterkunft und Schutz gewähren zu können, solange du in Istgard bleiben würdest. Jetzt muss ich entweder eine Begnadigung für dich erwirken – was unmöglich sein dürfte – oder das Gesetz brechen und dich und deine Schwester von diesem Ort entführen."

„Brich das Gesetz nicht", bat Ela. „Wie auch immer, vielleicht will der Ewige, dass ich Ihm hier diene."

„Ich werde dich oft besuchen", versprach ihre Wohltäterin. „Aber zuerst werde ich dir meinen Arzt schicken, damit er bestätigen kann, dass du und deine Schwester gesund werdet. Ich werde auch dafür sorgen, dass ihr ein wenig aufgepäppelt werdet. Du bist so dünn wie der Stab, den du trägst."

„Der Stab!" Ela setzte sich ruckartig auf und wünschte sofort, sie hätte es nicht getan. Ihren schmerzenden Kopf umklammernd fragte sie: „Wo ist er?"

„Er liegt auf dem Boden neben deinem Wasserschlauch. Dort." Lara nickte zur anderen Seite von Elas behelfsmäßigem Bett. „Mein Großvater hat einmal gesagt, dass der Stab eines Propheten nicht verlorengehen kann. Das war sehr hilfreich, denn Eshtmoh war ein unglaublicher Tagträumer – hoffnungslos vergesslich."

Der Stab konnte nicht verlorengehen? Warum hatte ihr das niemand gesagt? Welche anderen kleinen Propheten-Geheimnisse wusste sie sonst noch nicht?

Ela griff nach dem leichten, zerbrechlich wirkenden Stab und fühlte sich sofort besser. Zumindest in ihrer Seele. Ihr Körper dagegen schien ein einziger, riesiger, blauer Fleck zu sein. Und ihr Kopf schmerzte gnadenlos, während Schwindel und Übelkeit in ihr wie zwei Spießgesellen ihre Sinne quälten.

„Du bist noch nicht sehr lange eine Prophetin, oder?", fragte Lara.

Ela sank zurück auf das Bett und schloss die Augen. „Noch nicht sehr lange, nein. Ein paar Wochen. Denke ich. Oder vielleicht etwas mehr als einen Monat." Sie hatte ihr Zeitgefühl verloren. Eshtmoh musste sich ähnlich gefühlt haben. Kein Wunder, dass der Ewige dafür gesorgt hat, dass der Stab nicht verlorengehen konnte – wenn Tek Laras Geschichte sich auf den gleichen Stab bezog.

„Ich wünschte, ich hätte deinen Mut", sagte Tek Lara gerade.

Ela öffnete ein Auge ein Stück weit und lächelte beinahe. „Gestern habe ich mir gewünscht, auch nur halb so mutig zu sein wie du."

„In zwei Tagen werde ich all unseren vereinten Mut brauchen. Bete für mich, Ela, wenn ich den Leichnam meines Vaters sehe." Bevor Ela antworten konnte, verzog Tek Lara das Gesicht und wechselte das Thema: „Du siehst furchtbar aus. Bist du sicher, dass ich dich und deine Schwester nicht hier herausschmuggeln soll?"

„Besonders du darfst das Gesetz nicht brechen", rügte Ela sie mit der gesamten Kraft, die sie aufbringen konnte. „Außerdem bin ich davon überzeugt, dass unser Schöpfer hier eine Aufgabe für mich hat – als Seine Dienerin."

„Wenn du deine Meinung ändern solltest, lass es mich wissen." Sie umarmte Ela kurz und verließ die Zelle.

* * *

Mit schmerzendem Kopf stützte sich Ela mit einer Hand an der Wand des schmalen Korridors zwischen den Zellen ab, während sie in der anderen Hand eine große Holzkelle trug. Es wäre hilfreicher, wenn sie sich beim Gehen auf den Stab stützen könnte, aber sie brauchte beide Hände frei, um die aktuelle Aufgabe zu erfüllen.

Als sie Tek Lara gesagt hatte, dass sie dem Ewigen im Gefängnis dienen würde, hatte sie tatsächlich keine Ahnung gehabt, dass es bedeuten könnte, den Gefangenen das Essen zu bringen. Nun, zumindest kam sie so aus ihrer Zelle heraus. Am Wichtigsten war, dass sie daran glaubte, durch ihre Arbeit würde der Wille des Ewigen ausgeführt.

In einer Tasche, die über ihrer schmerzenden Schulter hing und die schwer war wie ein Sack voller Steine, trug Ela die harten Brötchen, die zum Mittagessen ausgegeben wurden. Eine missmutige Wache trottete hinter ihr her und schob einen halb gefüllten Kessel mit lauwarmer Brühe auf einem knarzenden Wagen.

Sie hielten vor jeder schmalen Tür und Ela schob den Querriegel beiseite, um die kleine Luke öffnen zu können. Dann rief sie dem jeweiligen Gefangenen zu: „Bring deine Schüssel her!"

Jeder einzelne Gefangene stürzte schnellstens zur Tür und gab ihr seine Schüssel durch die Luke, während er sich die trockenen Lippen leckte und sie bat, besonders großzügig mit der Brühe zu sein. Die Gefangenen schienen zu wissen, dass es besser war, nicht mehr als ein paar Worte mit ihr zu wechseln. Kein einziger dankte ihr. Nicht, dass sie den Dank nötig gehabt hätte. Sie gab jede gefüllte Schale mit einem entschuldigenden Lächeln und einem steinharten Brötchen zurück, bevor sie sich freundlich verabschiedete und die Luke, durch die sie das Essen geschoben hatte, wieder verschloss.

„Beeil dich", knurrte die Wache. „Kein Grund, sich solche Mühe mit der Brühe und dem Brot zu geben. Und mach dir keine Sorgen um die Manieren. Nicht für diesen Abschaum."

„Es sind Männer mit Seelen, kein Abschaum", korrigierte ihn Ela. „Außerdem ist verschüttetes Essen eine Verschwendung und zieht Ungeziefer an."

„Beeil dich einfach!"

„Ich mach so schnell ich kann." Sie vermutete, dass Jahre der Arbeit in einem Gefängnis jeden Menschen aufbrausend werden ließen – vor allem, wenn man keinen Sinn für Humor hatte. „Lächeln", forderte sie die Wache auf.

Er bleckte seine verfaulten Zähne. Ela zuckte zusammen. Es war wohl besser, wenn er seinen Mund verschlossen hielt.

Am Ende des letzten Korridors und nach zahlreichen Nachfüllungen des Kessels und der Tasche mit den Brötchen seufzte sie: „Fertig."

„Nein, da ist noch einer oben im Turm." Seine Stimme wurde übertrieben süßlich. „Der Verwöhnte."

Wie konnte hier irgendjemand verwöhnt werden? Obwohl Ela zugeben musste, dass die Frau des Wärters Tzana sicherlich verwöhnte, während Ela arbeitete. „Also müssen wir die Stufen hinaufklettern?"

„Bist 'ne ganz Schlaue, was?", schnaubte die Wache. „Natürlich müssen wir die Stufen hinauf. Du nimmst die Brottasche und ich hieve das hoch, was noch im Kessel ist."

Allein der Gedanke daran, die gewundene Treppe im Eckturm hochsteigen zu müssen, ließ Ela schwindelig werden. Wann würde es ihr *endlich* besser gehen? Ja, seit dem Angriff waren erst drei Tage vergangen. Drei. Heute Abend würden die Männer des Königs mit dem Leichnam Tek Juays zurückkehren. Elas Herz schlug vor Aufregung schneller. Sie wusste, wie König Tek An reagieren würde. Aber was war mit Lara?

Ela lenkte sich von der schwindelerregenden Treppe ab, indem sie für Lara betete. Und für den König. Am Ende der Treppe blieb sie einen Moment stehen, um ihr Gleichgewicht zu finden, bevor sie auf die einzige Zelle dieses Flures zuging, die verschlossen und offensichtlich belegt war. Soweit Ela das beurteilen konnte, war der alleinige Unterschied in der Behandlung dieses Gefangenen, dass die wenigen Zellen im Turm größer und luftiger waren. Und vielleicht ruhiger, da sie ein Stück von den gelegentlichen Schreien und Stöhnlauten der anderen Gefangenen entfernt waren. Davon einmal abgesehen waren sie genauso blank und unangenehm wie alle.

Die Wache gestikulierte mit dem Kopf in Richtung der letzten Zelle. Ela klopfte an die Tür, bevor sie die Luke entriegelte und öffnete. „Bring deine Schüssel!"

Ein junger Mann studierte sie durch das Loch in der Tür. Seine Augen waren von einem bemerkenswert hellen Grau – nicht braun wie die Augen der Bewohner Parnes oder Istgards. „Du bist es!" Er klang überrascht und erfreut, als ob er einen lang vermissten Freund begrüßte.

Sie konnte nicht anders, als ihn anzulächeln. „Wer sonst sollte ich sein? Wo ist deine Schüssel?"

„Oh. Ja. Moment." Er grinste, seine Zähne hellweiß zwischen den dunklen Barthaaren. Charmant genug, um sie zum Blinzeln zu bringen. Besorgniserregend, dieser Charme. Er reichte Ela seine Schale und redete weiter, als genieße er einen geselligen Besuch: „Wenn ich so verwegen sein darf, aber ich fürchte ich habe ihn vergessen... Wie ist dein Name?"

„Ich bin Ela. Von Parne." Sie schöpfte die Brühe in die Schale und ignorierte den Blick der Wache.

Der freundliche, junge Gefangene nahm die gefüllte Schüssel entgegen, hielt dann aber noch einmal inne. „Parne? Also sind wir beide Fremde in Istgard. Hast du auch den König beleidigt?"

Sie hätte beinahe aufgelacht. „Herr..."

„Ich bin Kien Lantec, nicht akzeptierter Botschafter Tracelands. Bitte nenn mich Kien – es ist ja nicht so, als müssten wir hier irgendwelche Anstandsregeln beachten, oder?"

„Wahrscheinlich nicht", stimmte Ela zu. Benimmregeln oder nicht, es war ihr dennoch unangenehm, seinen Namen zu gebrauchen. „Aber glaub bitte nicht, ich würde vor dir den König kritisieren."

„Natürlich nicht. Und ich hatte auch nicht vor, ihn schlechtzumachen. Verzeih mir." Er grinste wieder, während er durch die Luke spähte. Charmanter, als gut für ihn war – oder für sie.

Um den Ausdruck auf ihrem Gesicht zu verbergen, stöberte Ela durch die schlaffen Falten ihrer Stofftasche, bis sie das letzte Brötchen gefunden hatte. Dabei bat sie den Ewigen um Willenskraft.

Auf eine Weiterführung ihres Gespräches aus, meinte Kien Lantec: „Du hast mich sehr beeindruckt, als ich dich vor einigen Tagen im Innenhof sah. Ist es dir und dem kleinen Unglückskind gut ergangen?"

„Unglückskind?" Ela erstarrte, das harte Brötchen in der Hand.

„Ja, das Kind bei dir. Ich habe..."

Unglückskind. Er nannte Tzana ein *Unglückskind*, als ob sie zu bedauern wäre! Ela schleuderte das Brötchen durch die Luke und hörte, wie es sein Gesicht traf.

„Au!" Er taumelte mehrere Schritte rückwärts, eine Hand auf das linke, offensichtlich schmerzende Auge gepresst.

„Wie kannst du es wagen!" Sie schlug die Luke zu und schloss den Riegel mit einem kräftigen Schlag – höchst erfreut, diesen

Ignoranten dahinter wegzuschließen. Warum schien jeder Tzana als bemitleidenswert zu betrachten? Sie waren die Unglücklichen! Narren!

Neben ihr gackerte die Wache erfreut. „Das war ein Anblick, für den ich sogar bezahlt hätte! Warte, bis die anderen das hören!"

Verwirrt und benommen setzte Ela sich auf die oberste Stufe der Wendeltreppe. „Ewiger, vergib mir."

Auf diese Weise sollte Seine Prophetin nicht reagieren. Wo war ihre Herzlichkeit? Ihr Geist der Vergebung?

Unglückskind.

„Argh!" Wenn sie noch ein weiteres Brötchen hätte, würde sie ihm auch das an den Kopf werfen!

Sie griff sich an die Stirn. Sie brauchte dringend Ruhe. Und Selbstvorwürfe, Reue und Gebet. Aber noch nicht jetzt.

Es hatte sich viel zu gut angefühlt, etwas nach ihm zu werfen.

* * *

Kien tauchte eine Ecke seines Umhangs in den letzten Rest seiner Wasserbrühe, lehnte sich gegen die Steinwand der Zelle und drückte die behelfsmäßige Kompresse auf sein Auge.

„Igitt!" Sein Umhang stank.

Aber was spielte das für eine Rolle? Sollte der Umhang verrotten, wie er hier verrotten würde. Er selbst stank wahrscheinlich schlimmer als sein Umhang. Und sein Bart... Was würde er nicht für ein Rasiermesser geben. Um seinen Bart zu schneiden, sein Haar, seine Pulsadern...

So schlimm, wie er aussah und roch, hätte diese Ela von Parne das Essen nach ihm werfen und kreischend davonlaufen sollen, *bevor* er nur ein Wort gesagt hatte. Stattdessen hatte sie ihm mit einem Brötchen ein blaues Auge verpasst, nur weil er ein Unglückskind als solches bezeichnet hatte. Das letzte Mal, als ein Mädchen so wütend auf ihn gewesen war, hatte er die Puppen seiner Schwester gerade für Schießübungen benutzt. Bekas Kreischen hallte Kien bis heute in den Ohren. Er kicherte über die schöne Erinnerung, aber die Freude schwand, als er wieder über Elas Zorn nachdachte.

Waren die Bräuche in Parne anders? Oder war das Mädchen einfach übermäßig empfindlich, wenn es um ihre kleine Schwester ging? Als Botschafter hätte er vermuten sollen, dass die beiläufige und in Traceland gebräuchliche Bezeichnung die Parnerin beleidigen könnte. Wie dumm von ihm.

Ein paar Wochen im Gefängnis hatten verheerende Auswirkungen auf jahrelanges höfisches Training gehabt. Doch der Schaden war angerichtet und ein unangenehmes Wissen nagte an Kien.

Er würde sich bei Ela von Parne entschuldigen müssen.

Bislang war sie seine einzige Hoffnung, um von diesem Ort zu entkommen. Oder um an irgendeine Waffe zu gelangen – obwohl sie gerade bewiesen hatte, dass er sich einfach mit den Gefängnisbrötchen bewaffnen könnte. Nun, vielleicht könnte sie ihm wenigstens zusätzliches Essen hineinschmuggeln. Kiens Magen knurrte wie aufs Stichwort. „Ekelhaft."

Jetzt sprach er schon mit sich selbst. Mit der Maus in seiner vorherigen Zelle zu sprechen war zumindest teilweise entschuldbar. Selbstgespräche jedoch mussten ein Symptom geistigen Verfalls sein. Bald würde er seinen Kopf gegen die Wand schlagen, da war Kien sich sicher.

Warum war er so dumm gewesen?

Seiner eigenen Gedanken müde, schloss Kien die Augen, um ein wenig zu schlafen. Zumindest seine Träume waren interessant. Vielleicht sah er sogar sein Zuhause. Vater, Mutter... Beka.

Das Geräusch klirrender Schlüssel riss Kien aus seinen Träumen. Mit verschlafenen Augen bemerkte er die länger gewordenen Schatten in seiner Zelle. War es schon Zeit fürs Abendessen? So furchtbar das Essen hier auch war, wünschte Kien doch, er könnte mehrere Portionen auf einmal bekommen. Wie sollte er einen zusammenhängenden Fluchtplan entwickeln, während er an Unterernährung litt?

„Traceländer! Steh auf!" Ein großer, hämisch grinsender Wachmann öffnete seine Zellentür. „Jetzt schau sich einer das Auge an – von einem kleinen Mädchen niedergeschlagen! Und von solch einem dürren."

„Es freut mich, dass du dich amüsierst." Kien stand auf, gähnte und schüttelte seinen Umhang aus. „Geh voraus. Ich bin bereit fürs Abendessen."

Die Wache schnaubte. „Du kriegst noch nichts zu essen – dafür ist es zu früh. Du wurdest vor den König gerufen."

* * *

Der Wachmann schob Kien durch den schwach beleuchteten Gang und gab ihm dabei immer wieder Stöße in die Rippen. Der Schmerz war erträglich, was ein gutes Zeichen war. In ein paar Wochen würde er sich vollständig von den Prügeln erholt haben, die ihm von den Palastwachen zugefügt worden waren. Er befürchtete jedoch, dass er bis dahin zu schwach vor Hunger war, um zu entkommen.

Wenn doch nur... Kien unterbrach sich inmitten des Gedankens und blieb stehen, als er gerade auf den vorderen Hof trat.

Ela von Parne wartete dort, in eine saubere Leinentunika und einen Mantel gekleidet – beides einfach, aber ordentlich gefertigt. Als Kien sie das erste Mal im kleineren, inneren Hof gesehen hatte, hatte sie nichts bei sich gehabt, bis auf den Wasserschlauch, ihren Stab und das nun fehlende Schwert. Wer hatte sie mit neuer Kleidung ausgestattet? Und wo war das Un-, äh, das Kind?

Als sie Kien sah, schloss sie die Augen, als wäre sie angewidert.

In Anbetracht seiner früheren Beleidigung und seiner abgerissenen Erscheinung konnte er es ihr nicht verübeln. Unabhängig davon beabsichtigte er, sich auf die höflichste und charmanteste Weise zu entschuldigen.

Es half, dass die Wache Kien bedeutete, sich neben das beleidigte Mädchen zu stellen. Um Himmels willen, es würde auch helfen, wenn diese Ela von Parne ihre Augen öffnen und seine Existenz anerkennen würde.

Er starrte sie an und wartete.

10

Ela ignorierte den Traceländer, behielt die Augen geschlossen und stütze sich auf den Stab. Sie hatte sich heute eindeutig überanstrengt. Stechender Schmerz durchzog all ihre Muskeln und ein schwindelerregender Kopfschmerz nahm ihr die Fähigkeit, klar zu denken. Und das Sonnenlicht – so schön die Wärme auch war – verschlimmerte ihre Kopfschmerzen noch weiter. Wenn sie sich doch nur in einem dunklen Raum zusammenrollen und den Ewigen um Erleichterung bitten könnte.

Ihre Leiden waren allerdings nur physischer Art und nichts im Vergleich zu den geistlichen Nöten der anderen. Entmutigt begann Ela zu beten.

Der König hatte sie rufen lassen, um seine Ängste zu zerstreuen. Ela sah ihn in ihren Gedanken vor sich, wie er über dem Körper seines Cousins weinte und wie der Gedanke an seinen eigenen Tod ihm solch grauenvolle Angst einjagte, dass seine Hände zitterten. Aber allein Tek An selbst konnte seine Ängste lindern…, wenn er nur seinen Stolz vergessen und auf den Ewigen hören würde.

In ihrem stummen Visionsfragment sah Ela Tek Lara neben der Leiche ihres Vaters knien. Wie der König weinte auch Lara, aber ohne Tek Ans Todesangst. Lara brauchte heute Abend Elas Gegenwart…

Elas Vision verblasste, als wäre sie durch Kien Lantecs Starren unterbrochen worden.

Der Mann war so dreist! Warum war er hier?

Sie warf Kien einen Seitenblick zu. Sofort wurden ihre Kopfschmerzen schlimmer. Er starrte sie an und sein Auge war rot und geschwollen. Es war das erste Mal gewesen, dass sie tatsächlich jemanden verletzt hatte, und sein Anblick erschreckte sie. Die Gefängnisbrötchen sollten der istgardischen Armee als Schleudersteine angeboten werden.

Natürlich war das lächerlich. Ihre Wut und nicht das Brötchen hatte Kien Lantecs Verwundung verursacht. „Ich versuche, Reue dafür zu empfinden, dich verletzt zu haben", ließ Ela den Traceländer wissen.

„Ich wünsche dir Erfolg." Er lächelte, kein bisschen sarkastisch. „Ich freue mich, dir mitteilen zu können, dass ich Reue dafür empfinde, dich beleidigt zu haben. Ich möchte mich in aller Aufrichtigkeit dafür entschuldigen und schwöre, niemals wieder so taktlos zu sein. Wünschst du, dass ich niederknie und öffentlich mein Vergehen und Bedauern bekunde?"

Trotz seines Lächelns meinte er es ernst. Mit den Worten war er wirklich geschickt. Ela murmelte: „Wage es ja nicht!"

„Bist du sicher?"

„Sehr sicher. Danke."

„Gern geschehen", grinste Kien. Das verletzte Auge tat seinem Charme dabei keinen Abbruch. „Hat der König dich auch rufen lassen?"

„Er hat *dich* rufen lassen?"

„Ja. Ohne Zweifel will er mich weiterer Verbrechen anklagen, weil er sich durch irgendein Vergehen bedroht fühlt, das mein Land in seiner Vorstellung verüben könnte."

„Ewiger", beschwerte Ela sich im Flüsterton und ihr Griff um den Stab wurde fester. „Hättest Du mich nicht warnen können?"

Kien lehnte sich näher zu ihr. „Entschuldige? Ich habe nicht verstanden, was du gesagt hast."

„Nichts", seufzte Ela. Es schien, dass der Ewige Pläne für diesen gesprächigen, jungen Mann hatte. Aber was auch immer diese Pläne waren, gerade waren sie ihr egal. Die Wachmänner öffneten das Tor und lenkten ihre Gedanken von dem lästigen Kien ab.

Eine Gruppe rotgekleideter Wachen marschierte in zwei Reihen in den vorderen Hof. Sie trugen große, rote Schilde, Harnische und Schwerter.

Tsir Aun ging ihnen voran. Seine Uniform sah heute anders aus, bemerkte Ela. Anstelle der gewöhnlichen Soldatenlederweste trug er eine glänzende, genau auf ihn angepasste Panzerung. Der Kamm auf seinem neuen Helm war länger und ein breiter, goldener Streifen umrahmte seinen roten Umhang. Sein Schwert war ebenfalls aufwändiger verziert. Ela bezweifelte, dass Kommandant Taun jemals so beeindruckend ausgesehen hatte.

Mit tiefer, durchdringender Stimme befahl er seinen Männern zu halten. Nachdem er die Reihen auf und ab geschaut hatte, wies er sie an, sich zum Eingangstor zu wenden. Dann trat er auf Ela zu und musterte sie mit strengem Blick.

Beinahe hätte sie salutiert. Trotz ihrer Kopfschmerzen zauberte der Gedanke Ela ein Lächeln aufs Gesicht. „Kommandant. Ich freue mich zu sehen, dass es dir gut geht."

„Vielen Dank." Mit einer Förmlichkeit, die ihr deutlich machte, dass er mehr als eine kurze, höfliche Antwort erwartete, fragte er: „Wie geht es dir?"

„Ich habe schlimme Kopfschmerzen, mir ist schwindelig und ich bin voller blauer Flecken."

„Das wundert mich nicht. Wird der Gang zum Palast zu viel für dich sein?"

„Ich denke nicht, wenn ich nicht zu schnell gehe."

„Gut." In seinen ernsten Augen glomm der Hauch eines Lächelns.

Leise fragte sie: „Wurdest du befördert?"

„Ja. Ich bin jetzt Oberbefehlshaber." Er verzog das Gesicht, als würde er etwas Bitteres essen. „Wie geht es deiner Schwester?"

„Sie erholt sich, danke. Sie bleibt heute Abend bei der Frau des Wärters."

„Wenn man die Situation bedenkt, ist es wohlmöglich besser so." Er betrachtete Kien abschätzig, als könnte man ihn für keinen Dienst gebrauchen. „Wer ist das?"

Der Traceländer verbeugte sich kurz und elegant. „Ich bin Kien Lantec, gebeutelter Botschafter des Tracelands und nun Gefangener des Königs. Ich wurde herzitiert, so scheint es mir, um mir weitere Vergehen anhängen zu lassen."

Nur schwach besänftigt nickte Tsir Aun in Richtung Ela und informierte Kien: „Sie wurde vor einigen Tagen während eines Straßengefechts verletzt. Du wirst sie stützen. Alarmiere mich, sobald es scheint, als könne sie nicht mehr weitergehen."

„Ja, Herr", stimmte Kien zu und klang dabei so respektvoll und soldatenhaft, dass Ela ihn nur anstarren konnte. Hatte der Botschafter eine militärische Ausbildung erhalten?

Der neue Oberbefehlshaber drehte sich auf der Hacke um und erhob die Stimme: „Wir brechen auf!" Er führte sie in die Mitte der Wachabordnung und bedeutete ihnen, dort stehen zu bleiben.

Während sie darauf warteten, dass die Wachen Tsir Auns Marschbefehlen zuhörten und diese befolgten, warf Kien Ela einen ernsten, fragenden Blick zu. „Du wurdest verletzt?"

„Bewusstlos geschlagen", gab Ela zu.

„Das hätte ich vorhin nie erraten." Die Beobachtung des Traceländers klang wie ein Kompliment. Obwohl Ela vermutete, dass alle seine Worte wie Komplimente klangen. Wie könnte jemand solch einem Menschen vertrauen?

Er bot ihr seinen Arm an. Ela runzelte die Stirn. „Danke, mein Herr, aber das ist nicht nötig."

Kien erwiderte ihr Stirnrunzeln. „Nimm meine Hilfe an und sei nicht so stur. Ich lasse nicht zu, dass dein Soldatenfreund mir noch ein paar meiner Rippen bricht, nur, weil du versuchst, tapfer zu sein."

„Hmm." In diesem Befehl lag kein Kompliment. Vielleicht war ihr vorheriges Urteil über seinen Charakter falsch gewesen. Vielleicht. Sie akzeptierte seinen Arm, stützte sich jedoch gleichzeitig auf den Stab.

Als ob sie nur einen ruhigen Spaziergang in Begleitung einiger Soldaten machten, sagte Kien leichthin: „Eine ganz schöne Reihe Wachen haben sie da für uns abgestellt. Ich frage mich, warum."

„Das willst du gar nicht wissen." Sie wünschte, er würde ruhig sein.

„Da liegst du falsch. Ich will es wissen."

Ela sammelte sich und sprach die folgenden Worte, während sie gegen die Erinnerung ankämpfte. „Vor einigen Tagen habe ich General Tek Juays Leiche im Grenzland gefunden. Er wurde ermordet. Heute Abend haben die Soldaten des Königs seinen Körper in den Palast gebracht – wie ich es gesagt habe. Der König ist außer sich und will nicht, dass ich getötet werde, bevor er mich zur Rede stellen kann."

Der Traceländer stolperte fast, antwortete aber nicht mehr.

* * *

„Du hast diese Katastrophe über uns gebracht!" Tek An stürmte auf Ela zu und seine Stimme hallte von den Wänden aus Marmor und Spiegeln wider. „Du bist der Grund für unseren Schmerz! Jetzt wirst du dich freuen, wenn du siehst, wie dein Plan sich erfüllt. Denke nicht, dass wir dir vergeben werden!"

Er schwitzte und zitterte. Eine Welle des Mitgefühls für ihn überrollte Ela und noch mehr für Lara, als sie auf den mumifizierten Leichnam des Generals hinunterblickte und Laras zusammengekauerte Gestalt neben dem Körper ihres Vaters sah. Tränen brannten in Elas Augen und liefen ungehindert über ihr Gesicht, als sie sich noch einmal dem wütenden König zuwandte. „Ich erwarte Eure Vergebung nicht und ich freue mich keineswegs. Glaubt Ihr, ich hätte noch nicht getrauert, oh König? Das habe ich! Istgard wird es schlecht ergehen, weil ein böser Mann das Leben Eures Cousins genommen hat!"

Bevor Tek An ein weiteres Wort sagen konnte, kniete Ela sich neben Tek Lara, nahm sie in den Arm und weinte mit ihr, als die Trauer des Ewigen durch ihre Seele strömte.

* * *

Sogar Kiens Kopfhaut kribbelte, als auch er sich auf den Marmorboden nahe dem Körper des Generals kniete. Wehklagen erhob sich um ihn, wie auf ein Signal hin, das man nicht hören konnte und das doch alle verstanden hatten.

General Tek Juay – immer lebendig, freundlich und schnell dabei, mit Kien zu lachen oder über Politik zu diskutieren – war wahrlich tot. Kien konnte es nicht ertragen, den ausgetrockneten Körper zu betrachten, der halb unter seinem Militärumhang verborgen in schlafgleichem Frieden dalag. Stattdessen starrte Kien das Mädchen an, das behauptete, den General im Grenzland gefunden zu haben.

Ela von Parne. Noch vor drei Tagen hatte niemand in Istgard je ihren Namen gehört.

Jetzt hatte er gesehen, wie sich diese Ela dem König widersetzte und Umarmungen mit Tek Lara austauschte, als wären sie Schwestern.

Unglaublich. Eine Bürgerin des niederen Parne hatte den königlichen Hof betreten und bewegte sich in der königlichen Familie, als hätte sie jahrelang unter ihnen gelebt. Wie könnte jemand etwas so Erstaunliches erklären?

Eine hektische Bewegung zog Kiens Aufmerksamkeit auf sich. Der König eilte mit seinen Wachen aus der Kammer, als könnte er es nicht länger ertragen, in der Nähe des Körpers seines Cousins zu bleiben. In der Türöffnung jedoch drehte er sich noch einmal um und zeigte mit dem Finger auf Ela von Parne: „Wir werden uns noch mit dir befassen! Und mit deinem erbärmlichen Mitverschwörer! Lan Tek, du wirst uns folgen."

Der Erbe des Königs tauchte aus der Gruppe der Trauernden auf. „Mein Herr, Vater, darf ich Euch begleiten?"

„Ja, aber du wirst still sein."

Mit zusammengepressten Lippen und rebellischem Gesichtsausdruck folgte der Erbe dem König.

Unter den Männern des Königs brach ein kurzer, geflüsterter Streit aus. Dann traten zwei grüngekleidete Wachen vor und bedeuteten Kien und Ela, ihnen voraus durch den Korridor zu gehen.

Kien bemerkte, dass das Mädchen hinkte. Ihr Gesicht wurde kreidebleich, als ob sie krank wäre. Er schlang einen Arm um ihre Schultern und half ihr weiter. In dem Moment jedoch, in dem sie in des Königs kleinste Vorkammer traten, stieß das kleine Biest ihren Ellenbogen Kien schmerzhaft in die Rippen. Er ließ sie los.

Er hätte genauso gut zuhause sein und sich mit Beka streiten können.

„Wir hatten Recht!" Der König schien wütend und dennoch seltsam triumphierend. „Ihr zwei habt eine Verschwörung gegen uns geplant."

Kien hätte beinahe gemurrt. Noch mehr königliche Verschwörungstheorien. „Vergebt mir, oh König, aber ich habe bis heute noch nie mit dieser jungen Dame gesprochen. Eine der Wachen im Gefängnis kann unser Gespräch bezeugen – und unser Missverständnis."

Der Erbe kicherte. „Hat sie dir das Auge blau geschlagen?"

„Ich hatte es verdient, junger Herr." Kien hoffte, dass er sich beherrschen könnte. Er hatte den Jungen nie gemocht, der noch weitaus arroganter war als der König.

Tek An fasste seinen Sohn am Arm. „Wenn du dich nicht beherrschen kannst, wirst du uns verlassen."

Der Erbe wandte sich schmollend ab.

Entschlossen, dieses dumme Verhör zu beschleunigen, warf Kien ein: „Welche Art Verschwörung wird uns vorgeworfen, oh König?"

„Gib nicht vor, unwissend zu sein!" Tek An griff in sein Gewand, zog eine Schriftrolle heraus, die mit zahlreichen Wachssiegeln versehen war und schleuderte sie Kien vor die Brust.

Kien fing die Rolle auf und erkannte die Siegel. Zwanzig kleinere Siegel waren dort neben dem seines Vaters angebracht worden – eines von jedem Traceländer der Großen Versammlung seines Landes. Der Anblick ließ Kien grinsen. Ohne um Erlaubnis zu fragen, öffnete er die Rolle und überflog sie. Ein Ultimatum.

... Unschuldige Leben wurden zerstört. Friedliche Bürger wurden aus ihren Häusern entführt und in Istgard versklavt. Als Reaktion auf diese Schandtat ist es der Wille des Volkes des Tracelands, dass wir uns nicht weiter solchen ungerechtfertigten und verabscheuungswürdigen Verletzungen unserer grundlegendsten Rechte unterwerfen. Das Traceland muss sich verteidigen.

Unsere Motivation ist nicht die Eroberung, sondern die Sorge um den Schutz und das Wohlergehen unseres Volkes... Lasst die Versklavten gehen... Lasst unversehrt zurückkehren, wen ihr gefangen genommen habt...

Kien hörte auf, das Dokument zu lesen und blickte den König an. „Wenn ihr mich wiedereinsetzt und aus dem Gefängnis lasst, können wir mit den Verhandlungen beginnen und einen Krieg verhindern."

„Warum?" Tek An tobte – eine defensive Handlung, wie Kien wusste. „Dein Land hat diese Invasion geplant! Ihr ergreift jede Ausrede, selbst wenn das bedeutet, unsere eigene Verteidigung gegen uns zu wenden."

Endlich ergriff das Mädchen aus Parne mit tiefer und strenger Stimme das Wort: „Istgards Rechtfertigung für Ytar ist eine Schande. Eine Lüge, um Eure Gier zu entschuldigen. Ich sah Ytar brennen. Es war keine Schlacht, sondern ein Gemetzel!"

Kien starrte sie fassungslos an. Sie hatte Ytar brennen sehen? Kein Zweifel, er sah die Tränen in ihren Augen. Kien hörte gut zu, als sie weitersprach: „Glaubt Ihr, Eure Taten werden einfach so entschuldigt und vergessen?"

„Du redest von einer weiteren Vision", beschuldigte sie der König.

„Welche die Wahrheit enthüllt!" Sie presste eine Hand auf ihre Stirn. Sie sah immer noch krank aus. „Vor drei Tagen habe ich Euch schon einmal gesagt, dass die Sklaven aus Ytar freigelassen werden müssen. Nichts hat sich geändert."

Tek An protestierte in einem eindeutigen Versuch, das Thema zu umgehen: „Du strapazierst unsere Nerven in höchstem Maße!"

„Ich bin dazu bestimmt, Euch die unliebsame Wahrheit zu sagen!" Ela runzelte die Stirn über den König. Ihr Mut raubte Kien den Atem. „Denkt Ihr, ich möchte Euch sterben oder Euer Königreich fallen sehen? Eure Sicherheit und Eure ewige Seele kümmern den Ewigen außerordentlich!"

Den Ewigen? Kiens Bewunderung wich einer Welle der Verwirrung. War dieser Ewige nicht der Gott Parnes?

Tek An jedoch klebte an Elas Worten – bis sein Erbe dazwischenfunkte: „Mein Herr, Vater, vergebt mir, aber warum sollten wir diese Ausländerin zur Kenntnis nehmen? Diese *Parnerin*. Sie bedeutet uns nichts!"

„Wir haben dir gesagt, du sollst ruhig sein!"

Der Erbe begann zu schnaufen. Sein Gesicht war ein jüngeres, listigeres Abbild seines Vaters. „Mein Herr Vater, vergebt mir. Ich werde ruhig sein. Ich konnte die Beleidigungen und Lügen nur nicht länger ertragen! Wie kann sie Eure Interessen so ernstnehmen wie ich?"

Tek An wandte sich seinem Sohn ein wenig mehr zu. „Wir wissen um deine Sorge um uns. Dennoch musst du unseren Wünschen Folge leisten – höre zu und lerne im Stillen. Hast du ihre Verschwörung nicht bemerkt? Der ehemalige Botschafter fordert die Freiheit unserer Sklaven. Die Traceländer drohen uns mit Krieg, wenn wir unsere Sklaven nicht freilassen. Diese kleine Prophetin behauptet, dass ihr Ewiger uns verfluchen wird, wenn wir die Sklaven nicht freigeben. Es ist klar erkennbar, dass sie sich gegen uns zusammengeschlossen haben, um uns unseres Sieges zu berauben!"

Prophetin? Kien atmete aus. Also behauptete diese Ela von Parne, etwas von Mystik zu verstehen und der König glaubte ihr offenbar. Interessant.

Ela richtete sich auf und sagte: „Wir haben uns nicht zusammengeschlossen, oh König. Die Freiheit der Gefangenen Ytars ist der Wille des Ewigen. Natürlich könnt Ihr selbst entscheiden, ob Ihr uns glaubt oder nicht. Wenn Ihr jedoch den Ewigen und Seine Wege ablehnt, werdet Ihr und Euer Sohn zusammen mit den Mördern Tek Juays sterben. Der Ewige wird neue und ehrbare Führer in Istgard an die Macht bringen."

Der Erbe schäumte: „Dein Ewiger unterschätzt mich und das ist ein Fehler! Vergebt mir, mein Herr Vater. Ich kann Euch nicht gehorchen, wenn ich bleibe. Bitte entschuldigt mich."

Zu Kiens Erleichterung winkte Tek An seinen Sohn aus dem Raum. „Ja, geh und lenke uns nicht weiter ab. Wann wirst du jemals lernen, was es bedeutet, ein König zu sein?"

„Ihr habt mehr gesagt, als Ihr denkt, oh König." Ela von Parne lehnte sich auf ihren Stab und schien auf die hastigen Schritte des Erben auf dem Flur zu horchen. Seine Schritte verklangen, als die Wachen die Tür zur Vorkammer schlossen.

Kien war froh, dass er die Unruhe des Erben los war, und wartete darauf, dass Tek Ans Wut nachließ. Vielleicht könnte er jetzt mit den Friedensverhandlungen beginnen und sich dabei aus dem Gefängnis befreien.

Der König lief schnaubend auf und ab, bis er plötzlich die Worte des Mädchens aus Parne zu begreifen schien. „Was? Erkläre, was du meinst – dass wir mehr gesagt haben, als wir denken."

„Ihr seid verzweifelt, weil Euer Sohn seine königlichen Pflichten nicht lernt. Zu Recht. Noch während wir hier sprechen, trifft er Entscheidungen, die seine Zukunft zerstören könnten."

„Wie kann seine Dummheit verhindert werden?" Tek Ans Frage ließ Kien die Kinnlade herunterfallen. Der König fragte dieses Mädchen um Rat? Tek Ans Berater würden einen Anfall bekommen, wenn sie das hören könnten.

„Sprecht mit Eurem Sohn", drängte Ela den König. „Schickt seine sogenannten Freunde und Berater aus dem Palast, gebt ihm offizielle Aufgaben und ermutigt ihn, beim Führen General Tek Juays Beispiel zu folgen."

Tek An schnaubte beleidigt. „Was ist mit unserem Beispiel? Sind wir nichts für unseren Sohn?"

„Ihr müsst für ihn erreichbar sein. Seid ein wahrer Vater für Euren Erben."

Der König winkte ab, die Lippen angeekelt verzogen. Stattdessen wandte er sich Kien zu: „Das war also deine Antwort, Lan Tek? Verhandlungen, um einen Krieg zu vermeiden?"

Verblüfft, obwohl er mittlerweile an die ungestümen Wendungen des Königs gewöhnt sein müsste, sammelte Kien sich schnell und lächelte. „Ja. Das ist mein Rat. Setzt mich wieder als Botschafter ein. Gebt mir angemessenere Räumlichkeiten und lasst uns die Verhandlungen mit Traceland aufnehmen."

Tek An spottete: „Es gibt keinen Grund, dass du für diese Aufgabe deinen derzeitigen Aufenthaltsort verlassen müsstest. Morgen werden wir dir Schreibmaterial und Anweisungen schicken lassen."

„Diktat ist keine Verhandlung." Kien wollte den Mann schütteln – König hin oder her. „Wenn Ihr denkt, dass ich mich für Eure Lügen und Verzögerungstaktik zur Verfügung stellen werde, während Ihr eine Armee aufbaut und mich im Gefängnis verrotten lasst, irrt Ihr Euch!"

Ela legte eine Hand auf Kiens Arm und ließ ihn dadurch beinahe vor Schreck zusammenfahren. Ihre Stimme war ruhig, als sie sagte: "Wir können heute Abend nichts mehr sagen, was ihn davon überzeugen würde, dass wir in seinem besten Interesse handeln. Herr…" Sie warf dem König einen warnenden Blick zu. "Es ist zu spät, um die wilden Pläne Eures Sohnes heute Abend noch zu verhindern. Bald werdet Ihr von seiner Leichtsinnigkeit hören und seine Verwundungen sehen. Ich bitte Euch, seine Genesungszeit weise zu nutzen. Beratet ihn. Freundet Euch mit ihm an. Wenn er auf Euch hört und wenn Ihr der Anweisung des Ewigen folgt und Euren Stolz ablegt, kann Euer Königreich gerettet werden."

"Was? Was!" Mit wehendem, grünem Gewand eilte der König aus dem Raum und bellte seinen Dienern den Befehl zu, seinen Sohn zu finden.

Kien sah ihm nach, immer noch die Kriegserklärung Tracelands mit Istgard in der Hand. Er lächelte, rollte das Dokument sorgfältig zusammen und schob es unter sein Obergewand.

Das Mädchen zupfte an Kiens Umhang, bis er hinab und ihr in die Augen sah. Hübsche Augen eigentlich, wenn auch genau so müde wie ihre Stimme: "Ich hoffe, du bist bereit für ein kleines Abenteuer, mein Herr. Ich bin es nicht."

11

Sich der Palastspione bewusst, lehnte Kien sich ein wenig zu dem Mädchen aus Parne hinüber, während sie mit den Wachen den Flur entlanggingen und flüsterte: „Was meintest du mit ‚ein kleines Abenteuer'?"

„Wir werden auf unserem Weg zurück zum Gefängnis angegriffen werden. Schon wieder."

Ihr offensichtlicher Kummer ließ Kien wünschen, er hätte sein Schwert. „Was für ein Angriff?"

„Der Erbe wartet mit seinen verkommenen Wachen darauf, uns zu überfallen."

„Oh." Kien schüttelte den Kopf, als seine Verwirrung sich legte. „Das ist Teil deiner mystischen Visionen über den Untergang des Erben, die vielleicht nicht wahr werden."

„Ja, ich bete, dass er umkehrt und sich dem Ewigen zuwendet."

„Du bist bewundernswert hartnäckig", sagte Kien so höflich, wie er konnte. Die Palastwachen führten sie nach draußen und die Marmorstufen hinunter in den öffentlichen Innenhof. Ela stolperte auf der letzten Stufe. Kien stützte das Mädchen, entschlossen, ihren Füßen und Gedanken Halt zu geben. Wenn sie seine einzig verfügbare Mitverschwörerin für einen möglichen Fluchtplan war, konnte er es ihr nicht erlauben, alles durch ihre wilden, parnischen Fantasien zu verderben.

Er beugte sich nach vorn und flüsterte: „Hör zu, Ela. Es ist offensichtlich, dass dich der König für eine Prophetin hält und das ist eine gute, nützliche Sache. Er ist ziemlich abergläubisch. Aber du kannst nicht einfach Ströme von Befehlen ausspucken, die auf deinen ‚Visionen' beruhen und von allen anderen erwarten, dass wir einfach Folge leisten."

Ela senkte das Kinn und warf ihm einen solchen Blick zu, dass er am liebsten überprüft hätte, ob sie sich mit einem weiteren Gefängnisbrötchen bewaffnet hatte. Sie nahm ihre Hand von seinem Arm.

„Du musst nicht mir gehorchen. Der Ewige zwingt niemanden – wir haben alle die Wahl."

„Gut. Darin sind wir uns einig." Jedenfalls so weit wie möglich. Vielleicht könnte er um ihre Wahnvorstellungen vom Ewigen Parnes herum planen. Kien zwang sich zu einem Lächeln und fuhr mit seiner nächsten Beschwerde fort: „Nun, verzeih mir, aber ich fühle mich verpflichtet, dich zu warnen. Du kannst dich nicht benehmen, als wäre der König dein Lehrling. Das ist er nicht. Er ist…"

„Obwohl Tek An ein König ist, hat er eine Seele", sagte Ela ungerührt. „Und andere Seelen sind von seinen Entscheidungen abhängig, also braucht er guten Rat."

Kien spürte, wie sein Geduldsfaden dünner wurde. Vielleicht war er der Wahnsinnige, wenn er glaubte, er könnte auf dieses Mädchen zurückgreifen, während er seine Flucht plante. „Du bist kaum alt genug, um irgendjemandem Rat geben zu können – schon gar nicht einem König."

Sie sah ihm fest in die Augen. „Alter hat nichts mit Vernunft zu tun oder mit dem Willen des Ewigen. Ich gebe keinen Rat. Das tut Er. Doch das sind nicht deine Sorgen, also warum bist du so verärgert?"

„Bin ich gar nicht. Tatsächlich…" Er entschied sich dazu, ungehörig ehrlich zu sein: „… bin ich es doch. Du gehst mit dieser Beraterrolle völlig falsch um. Deine Handlungen trotzen jedem Protokoll."

„Hmm. Nun, dem höfischen Protokoll Folge zu leisten hat sich für dich nicht sonderlich ausgezahlt, oder? Vergiss es."

Beleidigt verzog er das Gesicht. „Ich vermute, das hat dir dein Ewiger gesagt." „Ja. Und es stimmt. Vergiss die Etikette bis auf Weiteres. Folge der Ehre." Ihre Stimme bekam einen leicht spottenden Unterton: „Was soll der König denn noch tun, Lan Tek? Dich *töten*?"

Kien starrte sie an. Sie redete, als wäre sie bei der früheren Konfrontation mit dem König und seinen Männern dabei gewesen. Woher wusste sie davon?

Die grüngekleideten Palastwachen übergaben Kien und Ela den rotgekleideten Militärwachen. Während sich die Männer in den roten Umhängen zu ihrer Rechten und Linken aufstellten, fand Kien endlich seine Sprache wieder: „Woher weißt du davon?"

„Dass der König Angst davor hat, deinen Tod zu befehlen? Der Ewige hat es mir gesagt. Aber du willst ja nichts von Ihm hören." Sie lehnte die Stirn an ihren schlanken Stab und sah nicht mehr auf, bis ihr beförderter Soldatenfreund auf sie zukam. „Tsir Aun."

„Irgendwelche Warnungen?"

Kien begriff erst nicht, dass der Oberbefehlshaber das vollkommen ernst meinte, bis das Mädchen ihm genau so ernst antwortete: „Du hast geplant, eine längere, alternative Route auf dem Weg zurück zum Gefängnis zu nehmen, aber wir können uns die zusätzlichen Schritte sparen und den direkten Weg nehmen. Auf beiden Routen sind Angriffe auf uns geplant. Sag deinen Männern, dass sie ihre Schilde bereithalten sollen."

„Weißt du eigentlich alles?", fragte Kien sie, als der Kommandant sie stehen ließ und Befehle rief.

„Nein. Wenn ich das täte, hätte mich deine Beleidigung heute Morgen nicht so überrascht. Ich frage mich, ob das ein weiterer Test war."

„Ah. Lass es mich wissen, wenn du die Ergebnisse deines Tests hast."

Sie zuckte mit den Schultern und in ihren braunen Augen lag Wehmut. „Normalerweise versage ich."

„Wirklich?" Irgendwie stellte ihr Geständnis seine Hoffnung wieder her. Vielleicht war diese kleine Wanderin aus Parne doch nicht so unvernünftig, wie er gedacht hatte. Er konnte nicht widerstehen, sie noch ein wenig zu ärgern. „Dann bin ich wenigstens nicht allein. Im Versagen, meine ich."

Elas antwortendes Lächeln fiel enttäuschend schwach aus. Tatsächlich wirkte sie völlig erschöpft, was Kien an seine Pflicht erinnerte. Er strich seinen modrig riechenden Umhang glatt und bot dem Mädchen seinen Arm an. Sie nahm ihn und beide setzten sich in Bewegung, als Tsir Aun zum Aufbruch rief. „Sind wir bereit, in unser kleines Abenteuer einzutreten?"

„Ich eigentlich nicht, mein Herr. Aber wir haben nicht wirklich die Wahl."

Sie gingen schweigend eine Weile nebeneinander her, überquerten Kreuzungen und bogen um Ecken, während Ela immer unruhiger wurde. Schließlich versuchte Kien, sie mit ein wenig Konversation abzulenken und sagte: „Ich wünschte, ich hätte mein Schwert."

„Es würde dir überhaupt nichts nützen. Zumindest dieses Mal nicht."

„Was meinst du damit?"

„Du wirst es später verstehen."

Kien wäre beinahe stehengeblieben. „Du meinst, dass du jetzt schon mein ‚Später' kennst?"

„Ich habe ein paar Hinweise erhalten." Sie schaute zu den hohen, sie umgebenden Gebäuden auf, die von der Abendsonne beschienen wurden.

Kien folgte ihrem Blick und kniff die Augen zusammen, als er einen Schimmer in einem der höchsten Fenster eines Turmes entdeckte. War das ein…?

Kien griff nach Elas Hand, wand seinen Arm aus ihrem Griff und warf sich und das Mädchen genau in dem Moment auf das Kopfsteinpflaster, als ein Pfeil ein Loch in seinen Umhang riss.

* * *

„Au!" Ela sog scharf die Luft ein, als der Schmerz des Aufpralls auf den Steinen durch ihre Knie fuhr. Das Wissen, dass sie fallen würde, half nicht gegen den Schmerz.

Tsir Aun brüllte: „Schilde! Deckung!" Sofort drängten sich seine Männer zusammen und traten beinahe auf sie und Kien, während sie ihre Schilde gen Himmel hoben und ein provisorisches Dach bildeten. Eine Reihe von Schlägen hagelte auf die metallbeschlagenen Schilde. „Erste Reihe!", rief Tsir Aun. „Zum Turm!"

Die Hälfte der Soldaten lief los. Die zurückgebliebenen Wachen positionierten sich neu und bildeten ein kleineres, doch immer noch effektives Dach aus Schilden. „Bleibt, wo ihr seid!", befahl einer der Soldaten Ela und Kien, als weitere Pfeile auf die Schilde niederprasselten. „Bewegt euch nicht, bis wir es euch sagen."

„Wie könnten wir?", meinte Kien zu Ela. „Die stehen ja im Grunde genommen auf uns."

Sie antwortete nicht. Er drückte sie zu nah an sich und sie begann, sich unwohl zu fühlen. Nicht, dass sie nicht dankbar war für seine beschützenden Instinkte, aber... Um sich von den Gedanken an diesen charmanten, jungen Mann abzulenken, der sie festhielt, flüsterte sie ein Gebet und konzentrierte sich dann auf den modrigen, schimmeligen, abscheulichen Gestank, der aus seinem Umhang drang. Besser. Sie schaute auf, als Schreie aus dem Turm zu ihnen drangen.

Einige der Wachen schienen tatsächlich zu grinsen. Waren alle Istgardier so in den Gedanken an Krieg verliebt? Wenigstens Kien schaute finster umher und analysierte ihre Situation. Dann kamen keine Pfeile mehr.

Aus einiger Entfernung befahl Tsir Aun: „Zweite Reihe! Marsch!" „Steht auf!", befahl einer der Soldaten Ela und Kien. „Bewegung!"

Kien schnappte nach Luft, als er ihr beim Aufstehen half. „Autsch! Der Pfeil!"

„Du kannst nicht verletzt sein", sagte sie ihm. „Ich habe dich nicht verwundet gesehen."

„Was ist... mit... einem langen Kratzer?"

„Nun, ok, das geht. Du blutest ja nicht einmal richtig. Bald wirst du es nicht einmal mehr merken."

„Du bist ja nicht diejenige mit dem Kratzer."

Die Wachen ließen ihre Schilde sinken und drängten ihre Gefangenen voran. Während sie vorwärtshasteten, griff Kien in seinen Umhang und zog den Pfeil heraus. „Dieser Angriff schien fast eine gut durchdachte Attacke auf dich gewesen zu sein, meinst du nicht?"

„Glaub, was du willst." Ihr Kopf dröhnte kläglich, schlimmer als zuvor. Sie hoffte, dieser Traceländer hatte nicht vor, den ganzen Weg zurück zum Gefängnis mit ihr zu plaudern. Wenn sie Kiens Gegenwart schon hinnehmen musste, konnte der Ewige ihr dann nicht wenigstens einen soliden Einblick in seine Zukunft geben, um alles zu erklären?

Kien schien ihr Elend nicht zu bemerken und schwang den Pfeil wie ein Schwert. „Ich behalte ihn als Souvenir. Meinst du, sie lassen ihn mich mit ins Gefängnis nehmen? Sie lassen dir auch deinen Stock."

„Nein. Und es ist kein Stock. Der Stab ist meine Insignie." Versuchte er, einen Streit zu provozieren? Sie hatte wirklich nicht die Kraft, mehr Aufregung zu ertragen.

Die Wachen beschleunigten ihre Schritte. Ohne es zu wollen, packte Ela Kiens Arm, als ihr von den Kopfschmerzen schlecht wurde. Sie könnte nicht mehr lange so weiterlaufen. Ewiger...

Ein Dröhnen hallte in ihren Ohren. Ihre Kopfschmerzen. Nein, so schlimm die auch waren, ihre Kopfschmerzen würden nicht dafür sorgen, dass die Gebäude um sie herum im Takt donnernder Pferdehufe vibrierten. Ela murmelte: „Oh, Ewiger, danke!"

„Hör mal!" Kiens Stimme klang alarmiert. „Da muss ein Zerstörer auf uns zukommen."

„Das stimmt. Er kommt mich holen."

„Wir müssen aus dem Weg – !" Kien verstummte und starrte sie an. „Was meinst du damit, er kommt, um dich zu holen? Ela, jetzt ist nicht der richtige Zeitpunkt, sich einer neuen Vision hinzugeben. Wir müssen von der Straße runter!"

„Ich habe keine Vision." Ela klopfte auf den Arm ihres Begleiters. „Steh einfach still und vertrau mir. Du stirbst nicht. Nicht einmal, wenn du es immer noch willst."

„Ich wünschte, du würdest aufhören mir zu sagen, was ich tun soll."

„Ich kann nichts dafür. Wie auch immer, ich habe Recht, weißt du?"

Die Soldaten zogen sich zurück, die Blicke auf die vor ihnen liegende Straßenecke gerichtet. Ela wartete in der Mitte der Straße. Kien atmete tief ein und blieb neben ihr stehen. Sie freute sich über seinen Mut. Selbst bewaffnet war keine ihrer Wachen bereit, sich einem wütenden Zerstörer in den Weg zu stellen.

Pony schoss um die Straßenecke – gewaltig groß, schwarz und zweifellos bereit, jeden auf seinem Weg niederzutrampeln. Er schnaubte drohend und seine Augen rollten vor Wut. Bis er Ela erblickte.

Ihr Herz setzte bei seinem Anblick einen Schlag aus, doch sie hob den Stab und rief streng: „Langsam!"

Schwer atmend und ungeduldig verfiel der Zerstörer in eine langsamere Gangart. Als er direkt vor ihr stehen blieb, grüßte er Ela mit einem sanften Stupser an ihre Schulter und einem Schnauben, das ihren geflochtenen Zopf mit Tröpfchen befeuchtete. Sie rieb ihm die Stirn und meinte liebevoll: „Geliebter Schlingel. Du bist zu spät, um mich vor den Pfeilen zu schützen, aber ich bin so froh, dich zu sehen. Und Tzana wird sich ebenfalls freuen. Kien…" Sie warf ihrem gaffenden Begleiter einen bittenden Blick zu. „Hilfst du mir bitte rauf?"

„Auf… den Zerstörer?"

„Natürlich."

* * *

Kien sprang sofort einen Schritt zurück, nachdem er Ela auf den Rücken des Pferdes geholfen hatte und diese das Monstrum in einen Schritt trieb.

Unglaublich.

Nicht nur, dass dieses verblüffende Mädchen ein lebendes Desaster ritt, sondern auch die verfärbten, unübersehbaren Narben, die er auf ihren Unterschenkeln und Knöcheln entdeckt hatte. Kien hatte geschwungene Risse gesehen, die diesen identisch gewesen waren.

An einem Toten. Ela von Parne hatte kürzlich den Angriff eines Skaln überlebt. Nur wie?

Kien schob die Frage beiseite. Er wusste, was sie sagen würde. Ihr ‚Ewiger' hatte sie wahrscheinlich gerettet. Kien zog eher den Zerstörer in Betracht. Ein hilfreicher –

„Beweg dich, Traceländer!" Eine der Wachen schubste Kien aus seinen benommenen Überlegungen zurück in die gegenwärtige

Realität der Gefangenschaft. „Das Mädchen benimmt sich zwar jetzt, aber wenn sie versuchen sollte, auf dem Tier zu entkommen, müssen wir bereit sein."

Um sein Interesse an einer Flucht auf einem von Istgards preisgekrönten Kriegspferden zu verbergen, zuckte Kien mit den Schultern. „Sie wird nicht versuchen zu verschwinden. Da bin ich sicher. Wenn sie es jedoch versuchen sollte – wie könntet ihr sie noch erwischen, wenn sie einen Zerstörer reitet?"

„Wir würden sie auf unseren eigenen Zerstörern verfolgen." Der Soldat klang, als hoffte er fast, sie würde versuchen zu fliehen. „Aber du musst zuerst zurück in deine Zelle, also los."

Kien hoffte, sie kämen noch rechtzeitig zum Abendessen.

* * *

„Ich wünschte, Pony hätte gestern bei uns bleiben können", sagte Tzana, während sie neben Ela in der Gefängnisküche saß und an ihrer Armschlinge herumzupfte.

„Das wünschte ich auch." Ela griff nach einem weiteren braunen, knotigen Wurzelgemüse, tauchte es in eine Wanne mit schmutzigem Wasser vor ihr und schrubbte es mit einer Bürste. Etwas besser, aber immer noch nicht so, wie sie es gerne hätte. Sie warf es in einen großen, hölzernen Eimer und griff nach einem weiteren Stück.

Tzana zupfte an Elas aufgerolltem Ärmel. „Hör auf zu schrubben und spiel mit mir."

„Ich kann nicht. Du willst doch heute Abend etwas essen, oder?"

„Mh… ja. Aber ich bin wirklich traurig."

In diesem Augenblick betrat die Frau des Wärters die Küche, die Arme beladen mit einem riesigen Leinenbeutel voller Brötchen. „Weshalb ist mein Mädchen so traurig, mh?"

Mein Mädchen? Ela schluckte ihre aufkommende Angst hinunter. Ewiger, bitte, lass mich falsch liegen. Die Frau des Wärters, Syb, hatte Tzana beinahe komplett für sich eingenommen. Würde sie einen Aufstand machen und fordern, dass Tzana bei ihr blieb, wenn Ela endlich aus dem Gefängnis geholt wurde? Ela betete, dass der

Ewige sich eine Lösung überlegen würde, denn auch Tzana gewann Syb immer mehr lieb. Und überraschenderweise auch den Wärter.

„Ich möchte Pony wiedersehen." Tzana zog den Saum ihrer neuen, roten Tunika hoch und tapste zu Syb hinüber, als wüsste sie, dass sie in ihr eine Verbündete fände, die mehr tun würde, als sie nur zu bemitleiden.

„Natürlich willst du dein Pony wiedersehen." Syb stellte die Brötchen ab, auch wenn es sich eher so anhörte, als legte sie einen Stapel Holzscheite auf den Boden. Sie hob Tzana hoch und strich durch die dünnen Locken des kleinen Mädchens. „Ich vermute, dass dein Pony dich auch gern öfter sähe. Einer der Wächter hat mir erzählt, Pony ist in seinem Stall ganz unruhig ohne dich, also werden wir fragen, ob wir das arme Ding auf einen Besuch hierherbringen lassen können."

„Heute?" Tzana legte ihre unverletzte Hand an Sybs rote Wange.

„Ich sag dir was." Syb küsste Tzana auf die Wange. „Wenn du heute ein artiges Mädchen bist, spreche ich mit dem nächsten rotgekleideten Wächter, den ich treffe. Vielleicht kann Pony schon morgen herkommen, in Ordnung?"

„Oh. In Ordnung."

„Bis dahin sollten wir Ela in Ruhe lassen, damit sie ihre Arbeit fertig machen kann und wir die Suppe im Hof erhitzen können."

Gerade als die Frau des Wärters mit Tzana die Küche verlassen wollte, klopfte jemand laut an die Tür zum Hof.

„Lieferung!" Ein stämmiger Mann trat ein. Sein stoppeliges Gesicht und die kleinen, tränenden Augen waren so ansprechend wie das Gemüse, das Ela bereits geschrubbt hatte. „Salzfleisch und Mehl für euch, gnädige Frau."

„Wir haben kein Salzfleisch bestellt." Syb runzelte ihre gebräunte Stirn unter dem Tuch auf ihrem Kopf. „Und auch kein Mehl. Ich backe hier nicht. Du hast falsche Anweisungen bekommen."

„Hierher haben sie gesagt und hier bleibt es." Der Auslieferer verschränkte seine breiten Arme vor der Brust. „Frag halt den Wärter."

„Genau das werde ich tun." Mit Tzana auf dem Arm und wehendem Kopftuch fegte Syb aus der Küche.

Ela bekam eine Gänsehaut, als ein Bild durch ihre Gedanken glitt. Der Mann mit dem Stoppelbart trat näher, grinste und erfreute sich offensichtlich der Tatsache, dass sie allein waren. „Bist' die Köchin, Mädchen?"

„Fürs Erste." Sie wischte sich die Hände ab und stützte sich auf den Stab, als sie aufstand. Ela bemühte sich gar nicht, die Kälte aus ihrer Stimme zu vertreiben, als sie dem Bösewicht in die Augen sah und sagte: „Warum fragst du?"

„Sei nich' so eingebildet, Mädel. Ich hab' 'ne kleine Aufgabe für dich. Nichts Wildes und kriegst 'ne Belohnung am Ende. Für deine Mitgift, würd' ich sag'n. Hübsch wie du bist, wirst du bestimmt bald heiraten."

Seine schmierige Art ließ Ela wünschen, sie könnte ihm ein ähnlich blaues Auge verpassen wie Kien. Ein dummer Wunsch, da der Plan des Ewigen bereits vollkommen war. Natürlich. Sie zwang sich zu einem ruhigeren Gesichtsausdruck. „Was für eine Aufgabe?"

Offensichtlich siegessicher kniff der Mann seine kleinen Augen grinsend zusammen, was sie noch mehr tränen ließ. „Is' nix, wirklich. 'ne einfache Aufgabe, die kaum 'n Hauch deiner Zeit einnehmen wird. Die weibliche Gefang'ne – mir wurd' gesagt, es gibt nur eine – soll 'ne Kleinigkeit extra in ihr Essen bekomm' heut' Abend. Gib dies in ihr Essen und stell sicher, dass sie's isst. Mein Meister wird dich gut bezahl'n."

Er ließ einen kleinen Lederbeutel vor Elas Augen baumeln.

Ihr Herz klopfte, aber sie lächelte und griff nach dem Gift, das ihren Tod hervorrufen sollte.

12

Ela schob den Stab in ihre Armbeuge, zupfte an dem Band des Beutels und warf einen Blick auf das Pulver im Inneren. Wie merkwürdig, mit diesem Mann über ihren geplanten Tod zu diskutieren. „Wird die Gefangene davon krank werden?"

Der Auslieferer strahlte. „Quatsch, 's wird all' ihre Krankheiten heil'n. Mein Meister sorgt sich sehr wegen ihr."

„Das scheint er in der Tat." Einem spontanen Gedanken folgend fragte Ela: „Wie viel wirst du mir jetzt schon bezahlen?"

Der Schurke rieb sich über die Oberlippe und war deutlich überrascht. Ela wusste, dass er trotz seiner Zusicherung nicht die Absicht gehabt hatte, eine arme, betrogene Köchin für einen Mord zu bezahlen. „Ah. Einen Dram jetzt und drei, wenn klar is', dass sie geheilt is'." Er fummelte an einer Ledertasche herum, die an der Seite seiner Tunika befestigt war. „Hier."

Ela nahm die Münze. Mehr war sie nicht wert? Na wunderbar. „Danke. Ich werde es gut nutzen. Ich habe aber noch eine Bitte."

Der Kurier hatte sich bereits abgewandt, drehte sich jedoch noch einmal um und lächelte nachsichtig. Ela fragte: „Könntest du bitte deine Ärmel einmal hochziehen? Ich mache mir schreckliche Sorgen um deine Arme."

„Mit mein' Armen is' nix verkehrt, Mädel. Siehst'?" Er schob die Ärmel seiner Tunika hoch. Die Haut war übersät mit Ekzemen, die eiterten und die Arme mit einer weißen Kruste überzogen. Sie sahen schlimmer aus als gammelnde Früchte mit weißem, pelzigem Schimmel. Der Auslieferer schrie auf: „Bei all'n Göttern und Furien! Was is' das?"

Ela betrachtete die Ekzeme ungerührt und sagte: „Deine nichtexistierenden Götter und Furien haben nichts mit deinen Armen zu tun. Der Ewige, dein Schöpfer, hat beschlossen, dass dein Körper den Zustand deiner Seele widerspiegeln soll."

„Was meinst'e? Meine Arme werd'n taub!"

„Willst du geheilt werden?"

Mit weit aufgerissenen Augen gab er zurück: „Gnade! Ich hab' nur Befehle befolgt!"

„Vergiss deine Befehle. Der Ewige ist angewidert von deinem Verhalten und hat dich zu einem lebenden Zeichen der Korruption deines Meisters, dem Erben, gemacht."

„Du bist *sie*." Der Mann wimmerte leise.

„Ja. Wenn du geheilt werden willst, hörst du besser gut zu." Ela war sich sicher, dass er auf jedes ihrer Worte achtete, als sie sagte: „Du wirst zum Erben gehen und ihm erzählen, was passiert ist. Du darfst auf keinen Fall lügen oder übertreiben, um bei deinem Meister besser dazustehen. Sag die Wahrheit! Zeig ihm deine Ekzeme und dann sag ihm, dass der Ewige alle seine Gedanken hört und all seine Taten sieht. Warne deinen Erbprinzen, dass sein Leben auf dem Spiel steht, wenn er nicht bereut und seinen Schöpfer anruft."

„Dann werd' ich geheilt?" Echte Tränen strömten über das mit Bartstoppeln übersäte Gesicht des Betrügers.

„Sobald du dem Erben alles genau so erzählt hast, wie ich es dir gesagt habe, gehe nach draußen zum großen Springbrunnen im Hof des Palastes. Tauch sieben Mal unter und bete laut zum Ewigen um Vergebung, bevor du wieder aus dem Brunnen steigst. Er wird Gnade haben und dich heilen."

„Im Brunnen des Königs? Aber..."

„Willst du geheilt werden?"

„Ich fleh' dich an! Ich kann meine Arme nich' mehr spür'n."

„Dann beeil dich und gehorche deinem Schöpfer. Bevor die Ekzeme sich ausbreiten."

Der Möchtegern-Verschwörer floh mit von sich weggestreckten Armen... und ließ seinen kleinen Handkarren zurück, auf dem immer noch das Salzfleisch und das Mehl lagen.

Ein Segen für die Gefangenen, wenn die Lebensmittel nicht verdorben waren.

Ihre steifen und strapazierten Muskeln verlangsamten Elas Bewegungen, als sie den Beutel mit dem pulverisierten Gift in die Kohlen der großen Feuerstelle der Küche fallen ließ. Der Beutel brach in unnatürlich grüne Flammen aus. Ela erschauderte und verbarg die Münze in einer Falte ihres Umhangs direkt unter ihrem Gürtel. „Mehr bin ich nicht wert?", fragte sie den Ewigen.

Solltest du in ihren Augen mehr wert sein als ich?

Ein Bild von dem Salzfleisch und dem Mehl wirbelte durch ihre Gedanken und sie lachte. „Na gut! Eine mickrige Münze, etwas Fleisch und Mehl – ja, ich bin zufrieden!"

Ihre Prellungen und Schmerzen schienen jetzt unbedeutend zu sein. Sie nahm einen Holzlöffel und stieß den geschwärzten Beutel mit Gift an, um die Überreste in den Kohlen zu verteilen. Dann ging sie zurück an die Arbeit.

Syb wirbelte wieder in die Küche, Tzana immer noch auf dem Arm, und schaute selbstgefällig drein: „Habe ich nicht gesagt, dass wir kein Salzfleisch und Mehl bestellt haben? Jetzt…" Sie schaute verärgert. „Wo ist der idiotische Lieferant?"

„Er musste gehen. Das Salzfleisch und das Mehl sind vor der Tür, aber er wollte keine Bezahlung. Kann ich eine der Wachen bitten, die Säcke hineinzubringen?"

„Ich denke schon." Sybs Gesicht leuchtete auf. „Er hat keine Bezahlung verlangt? Ha! Wie dumm von ihm."

„Er war wirklich dumm, der arme Mann." Die Frau des Wärters war offensichtlich mehr als bereit, die Situation zu ihrem Vorteil auszunutzen. Ela lächelte ihrer kleinen Schwester zu. „Ich bringe die Brühe und die Brötchen bald zu den Gefangenen. Möchtest du mitkommen?"

Tzana rümpfte ihre winzige Nase. „Nee. Der Wärter hat versprochen, mit mir Könige und Bauern zu spielen, bevor ich mein Nickerchen mache."

„Das ist ein gutes Spiel", warf Syb erklärend ein. „Langweilt die Beiden so sehr, dass sie einschlafen."

„Da bin ich sicher." Ela ließ niedergeschlagen die Schultern sinken, aber sie lächelte ihre Schwester an: „Bekomme ich einen Kuss, bevor du gehst?"

„In Ordnung."

Ela nahm den Kuss ihrer kleinen, abgelenkten Schwester entgegen, bevor Syb zur Tür eilte und auf dem Weg nach draußen noch letzte Befehle gab: „Wenn du eine Wache rufst, um die Säcke reinzuholen, Ela, dann sag ihm, dass er danach den größten Kessel auf das Feuer im inneren Hof stellen soll. Dann füll ihn mit Wasser für dein Gemüse heute Abend."

„Ja, danke."

Sobald Syb mit Tzana gegangen war, bestürmte Ela den Ewigen mit ihren Beschwerden und Sorgen: „Sie stiehlt mir Tzana! Was, wenn Syb und der Wärter sie hierbehalten wollen? Was, wenn Tzana in Riyan bleiben will? Wie soll ich das jemals Vater und Mutter erklären?"

Nur Stille antwortete ihr.

* * *

Kien starrte auf die Schreibtafel, die Schriftrollen, Feder und Tinte und die niedergeschriebenen ‚Vorschläge', die ihm von einem Schreiber des Königs überbracht worden waren.

Glaubte Tek An wirklich, dass Kien einfach sklavisch die verzerrten Rechtfertigungen Istgards für das Massaker in Ytar kopieren würde? Falls ja, war der König wirklich wahnsinnig. Als Vertreter des Tracelands musste Kien die Wahrheit schreiben – und was die Reaktion auf diese sein sollte.

„Was kann der König dir denn noch antun?", fragte Kien sich laut. „Dich töten?"

Ela hatte fast dasselbe gesagt gestern Abend. Eine nützliche Erinnerung.

Er setzte sich im Schneidersitz auf seine Strohmatte und schrieb eine Beschreibung des Massakers nieder, gefolgt von einer sehr sarkastischen, formellen Entschuldigung Ytars mit der Versicherung, dass alle Gefangenen Ytars sofort freigelassen würden und eine Entschädigung für ihre Verluste und ihr Leid erhielten. Grinsend fügte er noch Istgards Angebot hinzu, Ytar wiederaufzubauen.

Allein der Gedanke an solch ein Wunder war absurd, aber warum nicht?

Fehlte nur noch seine Unterschrift. Kien rieb die Spitze des Schreibkiels an der Steinwand hinter ihm, um sie zu schärfen. Als er gerade fertig unterschrieben hatte, ratterte die Essensluke und klappte quietschend auf.

Elas niedergeschlagene Stimme sagte: „Bring deine Schale her."

Kien legte den Kiel nieder und stand auf. „Stimmt etwas nicht?"

„Nichts, was du ändern könntest. Bitte bring deine Schale her."

„Nur, weil du *bitte* gesagt hast." Er gab ihr seine Schale durch die Luke und bekam sie einen Moment später gefüllt mit Brühe zurück. Richtige Brühe, kein Wasser! Überrascht hätte Kien die Schale beinahe fallen gelassen. Das Brötchen war jedoch immer noch gleich – nur dazu geeignet, jemandem damit ein blaues Auge zu schlagen. Aus einem Impuls heraus rief Kien gerade, als Ela die Luke schließen wollte: „Warte, warte! Hast du noch mehr Brötchen?"

„Nein. Du darfst nur eins haben. Außerdem zählt die Frau des Wärters sie ab."

„Glaubst du wirklich, ich wollte noch einen von diesen Steinen? Ich wollte nur sichergehen, dass du unbewaffnet bist. Wenn ich dich noch einmal beleidige, möchte ich nicht, dass du mir das andere Auge auch noch blau schlägst." Als sie empört schnaubte, fragte er: „Kannst du lesen?"

„Natürlich. Was soll diese beleidigende Frage?" Sie spähte interessiert durch die Luke und ihre Stimmung schien aufzuhellen. „Was hast du für mich zum Lesen?"

„Nur dies. Was meinst du dazu?" Er widerstand dem Impuls, Ela sein eingerolltes Meisterwerk durch die Luke entgegenzuwerfen. Stattdessen bot er es ihr in solch vollendeter Anmut an, dass seine Mutter begeistert gewesen wäre.

„Jetzt aber Schluss!", protestierte die Wache, die für Kien unsichtbar zu Elas Rechten stand. „Ich steh' hier doch nich' rum, während du Zeit mit *Lesen* vergeudest."

„Dann geh und ruh dich aus", meinte Ela freundlich. „Ich gebe dir mein Wort, dass ich sofort hinunterkommen werde, sobald ich hier fertig bin."

„Das hoffe ich für dich! Wenn ich dich holen kommen muss, wirst du es bereuen!"

Kien beobachtete Ela so gut er konnte, während sie das Dokument überflog. Am Ende angekommen lächelte sie, was kleine Grübchen in ihren Wangen zum Vorschein brachte. Sie rollte das Schriftstück wieder zusammen und gab es ihm durch die Luke zurück. „Der König wird einen Anfall bekommen! Das weißt du, oder?"

„Ja, aber er wird mich nicht töten lassen. Ich muss mich doch irgendwie amüsieren, nicht wahr?"

„Du wirst nicht mehr so amüsiert sein, wenn du voller blauer Flecke bist", spottete sie.

„Wenn Tek An bereit für ehrliche Verhandlungen ist, werde ich ernst sein. Bis dahin…" Er schwang die Schriftrolle, „werde ich die schönsten Dinge für mein Volk schreiben."

„Dann bete ich, dass du mit so wenig blauen Flecken wie möglich davonkommst."

„Vielen Dank." Ihre Gebete konnten nicht schaden. Kien lächelte. „Übrigens hast du wunderschöne Augen."

Sie schaute ihn skeptisch an. Gleichzeitig überrascht und vorsichtig. Bevor sie verärgert reagieren konnte, meinte Kien: „Ich weiß ja nicht, wie das in Parne ist, aber wenn ein ehrenwerter Mann in Traceland einer Dame ein aufrichtiges Kompliment macht, dann ist es nur rechtens, wenn nicht gar lobenswert, wenn die Dame es akzeptiert."

Einen Moment lang schien es, als würde Ela jemand anderem zuhören. Ihr Stirnrunzeln glättete sich und sie erlaubte sich ein scheues Lächeln. „Nun… danke. Ich gehe besser, bevor die Wache entscheidet, dass sie zurückkommen muss. Er soll mir heute Abend bei der Essensausgabe helfen, also will ich nicht, dass er sauer wird."

Bevor Kien auch nur ein weiteres Wort sagen konnte, schloss Ela die Essensluke und ließ ihn zurück, während ihre sich entfernenden Schritte von draußen in seine Zelle hallten.

Gerade, als er sich wieder hinsetzen wollte, fiel ihm ein, dass er vergessen hatte, sie nach dem Zerstörer zu fragen. Gehörte das Biest ihr? „Dummkopf!" Er schlug sich selbst mit der Schriftrolle auf den Kopf und warf sie dann quer durch den Raum.

Während er sich mit der herzhaften Brühe tröstete, wurde Kien klar, dass Ela den Ewigen nicht einmal erwähnt hatte. Merkwürdig. War sie krank? Zumindest hatte sie Aufheiterung nötig gehabt.

Umso besser also, dass er sie mit seinem Geschreibsel amüsieren konnte.

Sie hatte ein schönes Lächeln.

* * *

Ela ging langsam und verwirrt die Treppe hinunter. Kiens Komplimente machten sie nervös. Und die Aufforderung des Ewigen – *Benimm dich. Sei höflich.* – hatten dabei nicht wirklich geholfen. Was sollte sie denken?

„Hmm." Schmeichler. Außerdem hatte Kiens imaginäre ‚Verhandlung' zwischen Istgard und Traceland in ihr den Wunsch geweckt, mehr zu lesen. Am liebsten die heiligen Schriften Parnes. Sie zu lesen würde sie sicherlich aufbauen und einen bestimmten, charmanten Botschafter vergessen machen. Ela dachte an die heiligen Worte und flüsterte: „Wer ist wie der Ewige...?"

Als sie am Ende der Treppe um die Ecke bog, stieß sie beinahe mit einem grüngekleideten Beamten zusammen.

Der Mann schob sie ohne einen Blick oder eine Entschuldigung beiseite und stampfte die Treppe zu Kiens Zelle hinauf. Ela hauchte ein Gebet: „Ewiger, bitte beschütze Kien!"

Ruhe strahlte in ihren missmutigen Gedanken auf wie ein Sonnenstrahl. Ermutigt kehrte Ela in die Küche zurück. Während sie einen Berg Salzfleisch und Gemüse kleinhackte, befragte sie den Ewigen: „Wenn Du bereit bist, auf Kiens Situation zu reagieren, kannst Du mir dann bitte auch bezüglich Tzana eine Antwort geben?"

Glaubst du, dass ich weiß, was das Beste für Tzana ist?

„Ja, aber…"

Beende deine Arbeit. Du bekommst Besuch.

Ela gehorchte. Während sie die zerkleinerten Lebensmittel mit beiden Händen in einen großen Kessel füllte, sah sie Fragmente des ihr bevorstehenden Nachmittages als würde ein Teppich in ihren Gedanken gewebt. Sie wünschte, der Ewige würde ihr das ganze Muster zeigen, damit sie alles direkt verstehen könnte.

Zweifellos wusste Er, dass sie unter einer solch massiven Vision überwältigt wie ein Stein zu Boden fiele.

Gerade, als sie fertig war, klopfte eine Wache an den Türpfosten. „Da ist Besuch für dich, Propheten-Mädchen. Kannst ja hier mit ihnen sprechen. Besser als in deiner Zelle."

„Wahrscheinlich." Ela wollte gerade ihren Stab aus der Ecke holen, als sie sich an ihre Vision erinnerte. Für diesen Besuch würde der Stab nicht erforderlich sein, auch wenn sie sich wünschte, ihn benutzen zu können.

Die Wache zog einen kleinen Stuhl aus dem saubersten Teil der Küche. Er sah nervös aus und schien, als würde er am liebsten weglaufen, und Ela, die wusste, wer gleich zur Tür hereinkommen würde, konnte es ihm nicht verübeln. Sie lächelte ihn an und bot ihm eine Chance zu entkommen: „Die Frau des Wärters hat mich gebeten, dieses Gemüse und das Fleisch in den größten Kessel im mittleren Hof zu geben – mit Wasser. Ich fühle mich noch nicht stark genug, um ihn zu heben. Könntest du…?"

Er nickte eifrig: „Willst 'n Deckel drauf?"

„Ja, danke." Mit einem Grunzen hob der Wachmann den vollen Kessel. „Schwerer als sonst."

Schritte erklangen im Gang. Die Wache schob sich den Kessel zurecht und stürzte durch die Hintertür wie ein verängstigtes Kaninchen. Kaum war er verschwunden, trat eine stolze Frau in einer hübschen rosa Tunika durch die Küchentür.

„Tek Sia", kündigte sie an, als müsste Ela allein durch den Namen beeindruckt sein.

Die herrschsüchtige Frau trat zur Seite, um einer noch hochmütigeren und eleganteren Dame Platz zu machen, die in eine hellgrüne Tunika und schimmernde, hauchdünne Tücher gehüllt war. Und ein dürres, schlicht gekleidetes Mädchen von fast elf Jahren, wie Ela wusste, schlüpfte nach ihr in die Küche und versteckte sich hinter Tek Sia und der höhergestellten Dienerin.

Die feine Tek Sia sah sich in der Küche um, die Lippen abschätzend geschürzt. Sie bemerkte den Stuhl und gab dem Mädchen ein Zeichen. Das Kind brachte den Stuhl eilends zu Tek Sia, stellte ihn ab und wischte mit ihrer kleinen Hand über die Sitzfläche, als wollte sie sicherstellen, dass diese sauber sei. Tek Sia verdrehte die Augen und seufzte übertrieben ungeduldig: „Mach schon, ungeschickter, kleiner Tölpel! Beweg dich!"

Das Dienstmädchen trat so verängstigt zurück, dass es Ela in der Seele wehtat, ihr Elend zu sehen.

Tek Sia setzte sich auf den Stuhl und verlor dabei einige ihrer Tücher wie ein Vogel in der Mauser seine Federn. Endlich ließ sie sich dazu herab, Ela anzuschauen. „Du weißt, warum ich hier bin."

„Der Ewige hat einen Plan für deinen Besuch, ja." Ela beobachtete die Adlige und ihre Dienerinnen. Und wartete.

Tek Sia zappelte. „Nun?"

Was ihre Reife anging, war die Frau noch ein Kind. Vollkommen verwöhnt. Ela betrachtete sie und ihr wurde schlecht. „Du hättest so viel erreichen können mit dem, was der Ewige dir gegeben hat, Tek Sia. Du bist die Schwester eines mächtigen Königs und hast Zugriff auf unbegrenzten Reichtum. Dennoch sitzt du hier, gelangweilt und untätig, und wartest darauf, dass dein Schöpfer zu deiner Erheiterung einen Trick vorführt und deine nichtigen Probleme löst, an denen du selbst schuld bist. Er weigert sich."

„Oh!" Die Adelige versteifte sich beleidigt. „Ich bin nicht für Schelte hergekommen!"

„Du verdienst sie aber."

Tek Sia stand auf, drapierte den längsten ihrer Schals um ihren Hals und war offensichtlich bereit, ihr beleidigtes Selbst aus der Küche zu geleiten. „Ist das alles, was du mir zu sagen hast?"

„Ja. Außer du willst die Wahrheit hören."

Die Adelige hielt begierig inne. „Die Wahrheit? Über meine Zukunft? Wird sich mein Leben verbessern?"

„Du meinst, ob du glücklicher sein wirst, als du es heute bist?" Ela schüttelte den Kopf. „Nur, wenn du dich veränderst. Folge Tek Laras Beispiel und…"

Tek Sia schnaubte. „Diese selbstgerechte, kleine Wohltäterin? Sie ist stumpf wie Brot!"

Wenn Ela in diesem Moment den Stab in der Hand gehabt hätte, hätte sie dieser Frau eins übergezogen. „Tek Lara ist glücklicher, als du es je sein wirst, selbst jetzt, während sie um ihren Vater trauert. Sie ist alles, was *du* sein solltest."

„Du kannst mich unmöglich mit ihr vergleichen!"

Tek Sia fühlte sich allen überlegen und großartig. Sie offen zu kritisieren, traute sich niemand. Ela beließ es dabei. „Hier ist die Wahrheit: Mit Ausnahme deines Lebens bist du dabei, alles zu verlieren, was du eh nie wertgeschätzt hast. Wenn du glücklicher werden willst, denke zuerst an die anderen, bevor du an dich selbst denkst. Geh nach Hause. Sei freundlich zu deinen Sklaven. Freunde dich mit deinem Ehemann an. Hör auf, dich mit der Königin zu streiten und bete für den König und Istgard."

„Du bist anmaßend! Wenn ich mit jemandem streite, hat derjenige es verdient!"

Ela verbiss sich eine unangemessene Antwort. „Wie dem auch sei. Ich habe dir nur die Wahrheit gesagt."

Mit rauschender Tunika und wehenden Schals fegte Tek Sia aus der Küche, gefolgt von ihrer eleganten Begleiterin, die einen angstvollen Blick zurückwarf. Die junge Dienerin blieb noch einen Moment stehen und in ihrem dünnen Gesicht stand Furcht, als sie einige Strohhalme von Tek Sias zurückgelassenen Schals pflückte. Ela trat auf das Kind zu, um ihm zu helfen, doch das Mädchen sprang erschrocken zurück.

„Meine Herrin wird s-so wütend sein", stammelte das Mädchen, als sie eines der weichen Tücher fallen ließ. „Sie wollte gute Nachrichten von dir hören, weil sich alle gegen sie verschworen haben."

„Ich kann ihr nur die Wahrheit sagen." Ela hob einen langen Schal aus hauchdünnem Stoff hoch und faltete ihn. „Du und deine Mutter wurdet in Ytar gefangengenommen und an die Schwester des Königs verkauft."

„Ja." Das Mädchen starrte Ela mit aufgerissenen, weichen braunen Augen an. „Woher weißt du das?"

„Ich habe dich in einer Vision gesehen." Ela wusste, dass sich das Mädchen beeilen musste, also gab sie ihm den zusammengefalteten Schal, bevor sie nach der Münze griff, die mit dem sie der Möchtegern-Mörder am Morgen bezahlt hatte. „Hier. Gib dies deiner Mutter, wenn du sie siehst. Es wird für den Arzt reichen. Und wenn du andere Gefangene aus Ytar triffst, sag ihnen, dass sie zu ihrem Schöpfer, dem Ewigen, beten sollen. Er arbeitet daran, ihnen und dir eure Freiheit zurückzugeben. Arbeitet gewissenhaft für eure Besitzer, ermutigt einander und bleibt stark!"

Mit Tränen in den Augen schniefte das Mädchen: „Woher wusstest du, dass meine Mutter Geld für einen Arzt braucht?"

„Der Ewige hat es mir gesagt." Ela beugte sich vor und schloss das Mädchen für einen kurzen Moment in die Arme. „Jetzt beeil dich. Erinnere dich an meine Worte. Bete zum Ewigen!"

Die kleine Dienerin rannte los.

„Danke!" Ela seufzte, froh, dass sie wenigstens einem der Gefangenen helfen konnte, die Last zu tragen.

Sie betete um ihre Freiheit.

* * *

Tsir Aun trat schwungvoll in die Küche und hielt erst kurz vor ihr an. Sein Gesichtsausdruck war so ernst, dass Ela zusammenzuckte. Sie warf ihren Putzlappen beiseite und griff nach dem Stab. Die Vorwarnung auf Tsir Auns strengen Blick in ihrer Vision schmälerte die Auswirkung seiner Missbilligung auf sie nicht.

Der verärgerte Soldat nahm Ela am Arm. „Ela Roeh, ich dachte, dich im Gefängnis einzusperren würde dich davon abhalten, dich selbst in Gefahr zu bringen oder dir Ärger einzuhandeln. Scheinbar lag ich falsch."

13

Ela bezweifelte, dass Sarkasmus für eine Dienerin des Ewigen angemessen war. Dennoch täuschte sie Überraschung vor, als sie Tsir Aun anblickte: „Ich bin in Schwierigkeiten, weil der Erbe versucht hat, mich vergiften zu lassen? Wunderbar!"

Die Stimme des Soldaten war tief und grimmig, als er sie durch die dunklen, muffigen Gänge des Gefängnisses begleitete. „Das ist nicht dein Vergehen und das weißt du genau. Unabhängig davon kannst du den Erben nicht öffentlich beschuldigen. Das wäre sinnlos. Seine bisherigen Handlungen wurden bereits entschuldigt."

„Nicht vom Ewigen."

In dem offensichtlichen Versuch, das Thema abzuschließen, sagte Tsir Aun: „Ich bete, dass dein Ewiger dich und deine Schwester beschützt."

„Danke, aber Er ist auch dein Schöpfer. Du musst nicht so tun, als gehöre Er mir allein." Ela blieb in dem düsteren Gang stehen. Tsir Aun folgte ihrem Beispiel bereitwillig. Ela vermutete, dass er reden wollte. Plötzlich bemerkte sie ein goldenes Abzeichen auf seinem Mantel, das selbst in dem schummrigen Licht schimmerte. „Du hast eine weitere Beförderung erhalten, nicht wahr?"

Tsir Aun seufzte und verriet damit, wie unruhig seine Seele war. „Ja. Und ich misstraue der Ehre. Ich vermute, es ist eine Bestechung, welche die Verbrechen des Erben verdecken soll. Er ist die Stufen hinuntergestürzt, als er versuchte, der Gefangennahme nach dem Anschlag auf dich und den ehemaligen Botschafter Lantec zu entkommen. Als wir erkannten, dass der Prinz schwer verletzt war, trug ich ihn zum König."

Fast knurrend fuhr der Soldat fort: „Bevor ich mich versah, lobte Tek An meine Fähigkeiten und ließ mich zum Kronkommandanten ernennen. Jetzt berichte ich nur noch dem König persönlich. Täglich. Ohne Zweifel, um mein Verhalten zu überwachen."

„Du wirst vollkommen sicher sein, wenn du dich als würdig erweist – wie der Ewige es beabsichtigt."

„Was meinst du damit?" Tsir Aun schaute Ela in dem dämmrigen Licht genau an.

„Hast du jemals gehört, dass ein anderer Soldat so schnell durch die Ränge erhoben wurde?"

„Nein. Deshalb misstraue ich der Situation ja und mir selbst auch."

„Tsir Aun, hast du den Tag vergessen, an dem du mich hierher brachtest? Ich habe dir gesagt, dass der Ewige möchte, dass du nach Seinem Willen fragst und dich deiner Zukunft als würdig erweist. Von dieser Beförderung habe ich gesprochen. Und sie ist nur der Anfang. Wenn du weiter ehrenhaft handelst. Und demütig bleibst."

„Warum ich? Ich bin nur ein einfacher Bürger. Ich hatte Hoffnung, ein höherer Kommandant zu werden und jahrelang treu dienen zu dürfen. Und nun dies!" Er zeigte mit dem Finger auf das goldene Abzeichen und war deutlich verwirrt. „Ich habe nichts getan, um solch eine Ehre zu verdienen."

„Ein perfektes Beispiel deiner Demut." Ela wartete kurz auf die richtigen Worte, bevor sie hinzufügte: „Der Ewige segnet, wen Er möchte. Es gefällt Ihm, dich mit dieser Ehre zu segnen. Aber warum solltest du nur auf mich hören? Suche selbst Seinen Willen. Bete zu Ihm."

Der Kronkommandant zögerte. Als er endlich antwortete, hörte man das Unbehagen in seiner Stimme: „Das wäre eine Rebellion gegen alles, was mir beigebracht wurde. Meine Landsleute wären entsetzt." Er bedeutete Ela, weiter durch den düsteren Gang zu gehen. „Komm. Der König wartet."

Wachen warteten ebenso auf dem öffentlichen Platz und umringten den scheinbar ebenfalls einberufenen Kien.

Trotz seines blauen Auges, das mittlerweile so schwarz war, dass Ela vor Schuldgefühlen schlecht wurde, schien Kien guter Dinge zu sein. Besonders, als er sie erblickte. „Ich weiß, was ich getan habe, um für eine Rüge vorgeladen zu werden, aber was hast du getan, Ela?"

„Oh, alles. Ich habe heute Morgen einen Mord vereitelt und heute Nachmittag die Schwester des Königs beleidigt. Der König hat sicher eine Fülle an Beschwerden. Außerdem werde ich mir heute Abend noch Schimpfe einhandeln, weil ich dem Eintopf extra Fleisch und Gemüse hinzugefügt habe. Stell dir vor, einmal genügend zu essen zu haben."

„Heute Abend gibt es Eintopf?" Er schien wirklich bestürzt zu sein. „Werden wir das Abendessen nicht verpassen?"

„Du kriegst schon noch was ab", versicherte Ela ihm. „Interessiert dich der Mord gar nicht? Oder dass ich die Schwester des Königs beleidigt habe?"

Kien erinnerte sich offensichtlich an Tek Sia, denn er verzog das Gesicht und meinte: „Sie verdient es, beleidigt zu werden. Und was den Mord angeht, so bin ich sicher, dass du das geregelt hast." Er berührte sein blaues Auge. „Du bist vorgewarnt gewesen, *oder?*"

„Ja." Ela beschloss, seinen freundlichen Spott zu ignorieren. „Du genießt das viel zu sehr."

„Was kann ich denn sonst tun? Was ist los mit dir? Ich bin von deinem mangelnden Vorwissen enttäuscht. Wusstest du nicht, dass ich heute fröhlich sein würde? Oder dass ich mir keine Sorgen über den Mörder machen würde, dem du offensichtlich entkommen bist?"

Ihre Kopfschmerzen kehrten zurück. „Ich weiß nicht alles."

„Sag mir wenigstens, warum wir hier warten. Das weißt du doch, oder?"

„Pony kommt. Und hör auf, mich zu ärgern, sonst sag ich ihm, dass er sich auf dich draufsetzen soll."

„Vergib mir. Der Gedanke an ein richtiges Abendessen hat mich ganz schwindelig vor Freude gemacht."

Pony kam mit zwei Begleitern durch das Tor, die ihn führten – oder es zumindest versuchten.

Ela erkannte ihre ehemaligen Wachen Tal und Osko. Ihrer Kehle entrann ein Keuchen, als sie sich an ihren toten Kameraden Ket erinnerte, der in dem ersten Anschlag des Erben auf ihr Leben getötet worden war. Die Erinnerung an den ihr feindlich gesinnten

Ket ließ sie an seinen Onkel denken, den Richter Ket Behl. Hastig schob Ela die Sorgen um den Richter beiseite und konzentrierte sich auf die Unsicherheiten des vor ihr liegenden Abends.

Pony ignorierte Tal und Oskos Versuche, ihn zurückzuhalten, stolzierte quer über den Hof und schnappte nach Kien. Ela schlug sachte mit ihrem Stab nach ihrem Zerstörer. „Nein! Er ist erst ein Feind, wenn ich das sage!"

Pony grummelte und Ela erwischte ihn dabei, wie er Kien einen Seitenblick samt angelegten Ohren zuwarf, der zukünftige blaue Flecke versprach.

Kien erwiderte den Blick des Zerstörers – ohne Ohrenanlegen und ohne Zurückweichen. „Was habe ich getan, um ihn zu beleidigen?"

„Ich weiß es nicht", meinte Ela unschuldig. „Wo du mich doch *nie* verspottest."

„Wo ist dein Sinn für Humor?", fragte Kien an Pony gerichtet.

Pony stampfte mit dem Huf. Eine der Wachen, Osko, verlor schließlich die Geduld. „Wir haben den Befehl, sofort aufzubrechen. Steig auf!"

Gehorsam stellte Ela einen Fuß in die gefalteten Hände des Wachmannes. Er hob sie so grob auf den Zerstörer, dass sie alle ihre Blessuren auf einmal spürte. Sie keuchte. Das tat weh! Und ihre Kopfschmerzen waren durch den Ruck auch verschlimmert worden.

Pony rächte sie, indem er Osko in die Schulter biss, was diesen fluchen ließ.

Sie griff in das Kriegsgeschirr ihres Zerstörers und schimpfte: „Nein! Ich verstehe, dass du verärgert bist, aber du kannst nicht einfach jeden beißen. Du musst dich benehmen."

Ein Gedanke zeitloser Ironie streifte durch Elas Gewissen und ließ sie zerknirscht zurück. Wie der Prophet so der Zerstörer. „Du hast Recht", sagte Ela dem Ewigen, benommen von der Anstrengung, gerade auf dem Pferd zu sitzen. „Bitte vergib mir."

Sie spürte die Vergebung sofort. Ermutigt fragte Ela ihren Schöpfer, ob Sarkasmus in bestimmten Situationen in Ordnung wäre.

Es schien Ihm zu gefallen, sie warten zu lassen. Ela gab es auf und betete stattdessen.

* * *

Sie sprach mit sich selbst. Oder mit ihrem Ewigen, aber das Ergebnis war das gleiche. Dennoch bewunderte Kien Elas Tapferkeit. Außerdem hatte er in letzter Zeit auch ein paar Mal Selbstgespräche geführt – wenn auch mit weniger Wahnvorstellungen?

Immerhin hatte Ela glaubhafte Wahnvorstellungen. Wobei für einen Verblendeten wohl alle Wahnvorstellungen glaubhaft waren.

„Traceländer." Einer der Betreuer des Zerstörers stand nun neben Kien. Nicht der Trottel, den der Zerstörer gerade gebissen hatte, sondern ein jüngerer und offensichtlich müder Soldat. „Du wirst neben mir laufen. Nicht hinter dem Zerstörer."

„Natürlich. Ich hatte nicht die Absicht, diesem Monstrum die Chance zu geben, mich zu treten."

„Weise Entscheidung", murmelte der Soldat.

Der Zerstörer schwang seinen riesigen Kopf herum und starrte Kien an, als hätte er seine herablassende Bezeichnung verstanden. Kien erwiderte den Blick des massiven Tieres mit äußerer Ruhe, während sein Herz schlug. Wie wild schlug. Waren alle Zerstörer so intelligent? Diese Kreatur sah aus, als ob sie gerade Kiens Gedanken gelesen hätte und Vergeltung plante.

Er durfte nicht zulassen, dass dieser Berg Pferdefleisch ihn so einschüchterte. Entschlossen, sich als würdiger Gegner zu erweisen, hob Kien sein Kinn und meinte zu dem Tier: „Ich benehme mich, wenn du es auch tust."

Der Zerstörer schnaubte und wandte den Kopf ab, als ob er sich entschlossen hätte, eine Mücke zu ignorieren.

„Guter Bluff", meinte der Soldat, dessen Augen nach vorn auf Tsir Aun fixiert waren.

„Danke." Kien ahmte die Haltung des Mannes nach, bereit, Richtung Palast zu marschieren.

Als sie durch das Tor des Gefängnisses traten, sah Kien zu Ela auf. Sie saß vornübergebeugt, während eine Hand den Zügel des riesigen Tieres umklammerte und die andere den Stab an ihre

Wange drückte – das Gesicht erstarrt, die Lippen farblos und sie hatte die Augen geschlossen.

Der Zerstörer veränderte seinen Gang ein wenig und bewegte sich so vorsichtig, als balancierte er etwas sehr Zerbrechliches.

Würde sie gleich in Ohnmacht fallen? Kien passte seine Schritte denen des Zerstörers an und beobachtete sie genau, in der Hoffnung, Elas möglichen Sturz aufhalten zu können.

* * *

Sie würde nicht schreien, auch wenn sie sich danach sehnte. Diese neue Vision war so schrecklich wie das Massaker in Ytar. Wenigstens war sie nicht in Ohnmacht gefallen.

„Ewiger", flehte Ela mit nun weit aufgerissenen Augen. „Gibt es noch Hoffnung?"

Bis zum letzten Moment.

Zerrissen zwischen ihrer Reaktion auf die Vision und dem Nachhall ihrer früheren Verletzungen wusste Ela, dass sie von Ponys Rücken hinunterfallen und für Aufruhr sorgen würde, wenn sie jetzt die Augen zum Gebet schloss. Stattdessen sagte sie sich selbst, sie solle Ruhe bewahren. Atme.

Ela blickte nach vorn auf die Straßen, Türme, Tempel und ansehnlichen Häuser von Riyan und fing trotzdem an zu beten. Eine Brise strich über ihr Gesicht und trocknete Tränen, von denen sie nicht gewusst hatte, dass sie sie weinte. Die Vision tauchte wieder in ihren Gedanken auf und brachte mehr Tränen mit sich. Und Schluchzer, die sie zu unterdrücken versuchte. Kein Verhalten, das einem Propheten des Ewigen würdig wäre. Warum konnte sie nicht würdevoller sein?

Kien lief neben Pony her und wandte sich ihr zu. In seinem Gesicht stand Sorge. „Bist du krank? Sollen wir darum bitten, ins Gefängnis zurückkehren zu dürfen?"

Ela schniefte und sah weg. „Nein, danke. Es geht mir schon besser."

Tsir Aun, der offensichtlich nichts von Elas Notlage bemerkt hatte, führte ihre Prozession durch die Straßen der Stadt. Die Palasttore wurden vor ihnen geöffnet und er bedeutete seinen Männern und den Gefangenen, im Hof anzuhalten. Eine grüne Wand aus Palastwachen wartete im Hof – die glänzenden Speere bereit.

Ein Beamter, in weißer Robe und mit einer goldenen Insignie, trat vor. Sein Mund war angespannt und seine Lippen zusammengepresst, als wollte ihn jemand zwingen, Schmutz zu essen. Er sah zu Ela auf: „*Du* wirst hier warten."

Tsir Aun ließ seine Männer abtreten und ließ Ela, Kien und den Zerstörer unter den wachsamen Blicken der Grünröcke zurück.

Höflinge strömten nun aus dem Palast auf den Hof. Alle trugen weiße Roben ohne die übliche Pracht, doch jede mit einem goldenen Abzeichen versehen, das scheinbar ihren Rang anzeigte. Ela wunderte sich über ihre Roben bis sie Tek Lara die Treppe hinuntergehen sah. Lara war ebenfalls in leuchtend weiße Kleider gehüllt und das Haar wurde von einem weißen Kapuzenmantel statt der üblichen Kopftücher bedeckt.

Ela verstand nun, dass es Trauerkleidung sein musste. Sie trauerten um Laras Vater. Neue Tränen bahnten sich an. Ela rieb sich über das Gesicht und wartete. Pony unter ihr verlagerte sein Gewicht auf ein anderes Bein. Halb unter ihrer Kapuze verborgen, warf Lara Ela ein trauriges und doch ermutigendes Lächeln zu.

Sie wünschte, sie hätte Laras Gemütsruhe.

Endlich erschien der König, majestätisch in Weiß und Gold, begleitet von der Königin und seiner Schwester. Die Königin sah teilnahmslos drein, doch Tek Sia warf Ela solch einen tödlichen Blick zu, dass Ela Angst bekam, Pony würde die Adelige angreifen.

Als Elas Blick den des Königs traf, erlaubte der Ewige ihr, Tek Ans Gedanken zu hören, als ob er diese laut ausgesprochen hätte. Die Verachtung des Tyrannen war so eindeutig, dass Ela beinahe ihre Vision vergessen hätte. Gut. Wut würde es ihr erlauben, den König zu konfrontieren, ohne dabei zu weinen. „Danke, Ewiger."

Tek An bedeutete Ela abzusteigen.

Ela dirigierte Pony zum Springbrunnen, aus dem in der Mitte Wasser nach oben sprudelte, sich in ein riesiges, rundes Becken ergoss und darin sammelte. Die klassische Gestaltung des

Springbrunnens wurde von einer angelaufenen Statue des Königs Tek An durchbrochen, der majestätisch auf einer kunstvollen, doch seltsam anmutenden Steintreppe posierte, welche die Rückseite des Brunnens umschloss. Zweifelsohne hatte der König die aufwändig, aber ungeschickt umgesetzte Mauer und die grandiose Statue als Ergänzung zum ursprünglichen Plan des Springbrunnens in Auftrag gegeben, um seiner eigenen Eitelkeit Genüge zu tun.

Ela stieg mithilfe einer der verzierten Steinsimse ab. Sie stützte sich auf den Stab und betete, sie würde nicht ruhmlos in den Brunnen fallen, während sie auf die unterste Steinstufe hinabstieg, die beinahe den ganzen Brunnen umschloss. Dann umarmte sie Pony für einen vorübergehenden Abschied. „Kein Beißen oder Austreten."

Pony schnaubte und lief in einem unruhigen Kreis um den Brunnen herum, während Kien sich nahe der unteren Mauer des Springbrunnens aufhielt. Beide hatten es sich offenbar in den Kopf gesetzt, Ela zu beschützen. Perfekt. Sie trat auf das Steinpflaster des Hofes und wartete.

Tek An kam auf sie zu. Seine übereinanderliegenden weißen und goldenen Roben glänzten im Sonnenlicht und standen in einem seltsamen Widerspruch zu seinem wutentbrannt geröteten Gesicht. Er sah seiner Statue nicht im Mindesten ähnlich. „Du hast einem leprakranken Bettler gesagt, er solle sich in unserem Brunnen waschen!"

„Er war kein Bettler!", gab Ela zurück. „Er wurde heute Morgen von seinem Meister gesandt, um meinen Tod in die Wege zu leiten, und *du* weißt genau, wer dieser Meister ist!"

Das ohnehin schon purpurrote Gesicht des Königs färbte sich lila. „Unverschämtes Mädchen! Du wirst unseren Brunnen reinigen! Dieser *Bettler* hat seine Krankheit in unserem Wasser gelassen!"

Ela hob die Stimme, sodass alle Höflinge sie hören konnten. „So wahr ich lebe, oh König – und das tue ich! – hat der Ewige meinen vermeintlichen Attentäter in diesem Brunnen geheilt und jede Spur der Krankheit daraus entfernt. Das Wasser ist rein."

Als ob er Elas Behauptung unterstützen wollte, beugte Pony sich über den Brunnen, schnaubte über das Wasser und ließ es dabei in alle Richtungen spritzen, bevor er laut zu trinken begann.

Tek An starrte zuerst den Zerstörer, dann Ela an. „Wir haben gesehen, dass unser Wasser verdorben wurde! Reinige den Brunnen. Jetzt!"

Ela betrachtete das schimmernde Wasser des Brunnens, seine rostfarbenen Steine und das durch das Wasser scheinende Moos am Boden des Beckens. „Wer wird darüber urteilen, ob der Brunnen sauber ist?"

„Wir sind der Richter." Der König straffte die Schultern.

„Und ich", fügte eine stolze, weibliche Stimme hinzu. Tek Sia trat vor und stellte sich neben ihren Bruder. Er widersprach nicht. Tatsächlich lächelte er verstohlen, als ob er die Absichten seiner Schwester erraten hätte.

„Ihr werdet natürlich ehrenhaft urteilen", sagte Ela. „Doch ich muss euch warnen, dass euer Schöpfer über euch beide urteilt."

„Du redest nur, um deine Arbeit zu verzögern." Tek An winkte einer Handvoll Diener, die mit Eimern, Scheuersteinen und Reinigungsmitteln bewaffnet waren. Offensichtlich gedachte das königliche Geschwisterpaar, Ela Tage damit verbringen zu lassen, hier zu arbeiten.

Sie hatten keine Ahnung.

Ela erinnerte sich an die Vision vom Morgen, griff ihren Stab fester und betete aus vollem Hals: „Ewiger, Schöpfer aller Könige, Du hast diese Steine am Anbeginn aller Zeiten geformt. Alles Wasser ist Dein, wie auch alles Leben von Deiner Gegenwart abhängt. Du allein kannst diesen Springbrunnen wirklich reinigen. Zeige diesen dummen, starrköpfigen Menschen Deinen Willen!"

Sie tauchte den Stab in das moosbewachsene Becken des Brunnens. Licht strahlte von dem schlanken Rebenholz in das Becken – so hell, dass Ela ihren Blick abwenden musste.

Der König und seine Schwester stolperten zurück und bedeckten ihre Augen. Auch Pony sprang rückwärts.

Innerhalb eines Atemzuges verblasste das Licht und hinterließ den Brunnen unbestreitbar perfekt von innen und außen. Goldene Adern und zarte Kristalle glitzerten in dem weißen Gestein. Jede Fuge war gereinigt und frei von Moos, Blättern und Steinchen. Kein Hauch von Schmutz war zu sehen.

Außer auf der Statue Tek Ans.

Ela wusste, dass der Springbrunnen nicht einmal so makellos und wunderschön wie ein Edelstein gewesen war, nachdem ihn Riyans königliche Steinmetze vollendet hatten. Der König starrte mit offenem Mund.

„Ihr seid der oberste Richter." Ela hob den Stab aus dem Wasser. „Ist der Brunnen rein?"

Er nickte stumm. Neben ihm stieß Tek Sia den angehaltenen Atem aus und schüttelte den Kopf. „Ich sage nein. *Du* solltest diesen Brunnen reinigen!"

„Widersprichst du dem Willen des Ewigen, Herrin?"

Tek Sia setzte noch einen drauf: „Es ist eine Illusion. Der Brunnen ist immer noch schmutzig und du bist deiner Arbeit entronnen."

Stolze, eigensinnige Adelige! Ela tippte mit dem Stab auf die Pflastersteine direkt vor Tek Sia. „Sei vorsichtig und sei ehrlich. Dein Schöpfer wird deine Antwort beurteilen. Er hat den Brunnen gereinigt. Behauptest du, der Schmutz sei immer noch da?"

„Natürlich ist er das! Du bist nicht mehr als eine Hexe!"

„Der Ewige ist anderer Meinung. Und um zu beweisen, dass der Schmutz aus diesem Springbrunnen entfernt wurde, gibt dein Schöpfer ihn an dich weiter."

Moos und verrottete Blätter bedeckten plötzlich Tek Sias Gewänder. Rost hing in ihren akribisch frisierten Haaren und ließ diese steif und stumpf wirken. Stinkender Dreck bedeckte ihre Haut wie getrockneter Schlamm. Tek Sia rang entsetzt nach Atem. Bevor sie etwas sagen konnte, meinte Ela: „Wenn du auch nur ein weiteres Wort gegen mich oder den Ewigen sagst, wird er dir auch die faulige Lepra geben, die von dem Mann gewaschen wurde, der heute Morgen versucht hat, mich umzubringen. Geh, wasche dich und bete zum Ewigen um Gnade für deine Seele."

Tek Sia brach in Tränen aus und floh. Die Menge der Höflinge in ihrem Weg teilte sich kreischend und befürchtete offenbar, die Schwester des Königs könnte sie durch eine Berührung verunreinigen.

Ela drehte sich zu dem schwankenden und schweißgebadeten Tek An um. „Auf dem Weg hierher sah ich Euren Tod, oh König." Tränen brannten in ihren Augen, als sie sich das Bild in Erinnerung rief. „Warum hört Ihr nicht auf mich?"

Tek An fiel bewusstlos zu Boden.

14

Palastwachen rannten auf Ela zu. Um sie niederzuschlagen, da war sie sich sicher. Bevor sie jedoch auf Armeslänge herankommen konnten, stürmte Pony mitten in die Gruppe der Wachen hinein und zerstreute sie wie feige, grüngeflügelte Vögel. Der Zerstörer schnaubte drohend und schützte Ela vor ihren potenziellen Angreifern.

Flüche und aufgeregte Rufe erklangen von den nun sich nicht länger in Elas Sichtfeld befindenden Wachen. Ela betete für Ponys Sicherheit und erinnerte sich selbst daran, dass Zerstörer in Istgard verehrt wurden. Außerdem hatte sie in keiner ihrer Visionen gesehen, wie Pony von fanatischen Wachen in Stücke gehackt wurde.

Ebenfalls außerhalb ihres Blickes konnte Ela das Schluchzen der Königin ausmachen, während Höflinge um sie herumschwirrten wie ein verzweifelter Bienenstock.

Plötzlich berührte jemand Ela an der Schulter. Kien. „Wir könnten fliehen. Das Tor ist offen."

„Das ist nicht der Wille des Ewigen und ich würde niemals ohne meine Schwester gehen. Außerdem – denk an den Skandal."

„Stimmt." Kiens Mundwinkel zuckten, als unterdrücke er ein Grinsen, bevor er bewusst einen Schritt von Ela zurücktrat. Gerade als Ela darüber nachdachte, ihn in den Brunnen zu schubsen, meinte er ernst: „Ist der König tot?"

„Nein. Er wird gleich die Augen öffnen, sich darüber beschweren, dass die Statue immer noch schmutzig ist und nach mir verlangen. Er glaubt, die beschmutzte Statue ist ein Omen seines Todes, was zum Teil wahr ist."

„Also wartest du einfach?"

„Ja." Ela streichelte Pony beruhigend über den Hals und die Schulter. Wie Kien schien auch der Zerstörer zu denken, dass Flucht Elas beste Option war. Pony signalisierte diesen Wunsch, indem er einige Male mit dem Kopf in Richtung des Tores nickte. Ela strich weiter über sein glänzendes Fell. „Geduld. Alles wird gut. Fürs Erste."

Ein unsichtbarer Chor aus Ohs und Ahs der Erleichterung erhob sich im ganzen Innenhof und sie vermutete, dass der König erwacht war. Kurz darauf erhob sich Tek Ans Stimme und er beschwerte sich: „Unsere Statue ist verdorben! Sollen wir diese Beleidigung einfach hinnehmen? Wo ist die Parnerin?"

„Ich wurde gerufen", murmelte Ela zu Kien. Sie versuchte, Pony zu beruhigen, indem sie seine angespannten, zuckenden Nackenmuskeln kraulte, als sie unter seinem Hals hindurchtauchte, um dem König gegenüberzutreten.

Tek An ähnelte seiner Statue nun mehr als zuvor. Die Haut in seinem Gesicht war fleckig, wo sie nicht bleich vor Angst war. Er knurrte: „Warum wurde unser Ebenbild beschmutzt?"

„Ihr kennt die Antwort. Warum soll ich noch mehr sagen, wenn Ihr meinen Worten keine Beachtung schenkt?"

„Bring das in Ordnung!"

„Der Ewige sagt, dass die Statue ihr Gegenstück angemessen widerspiegelt. Es wird der Tag kommen, an dem beide in tausend Stücke zerspringen werden – wenn Ihr nicht Eure Wege ändert, oh König!"

„Dein Ewiger liegt falsch!" Tek An winkte wütend nach seinen Dienern, die sich bemühten, ihm beim Aufstehen zu helfen. Der König versuchte, seine verlorene Würde durch Zorn zu überdecken und schrie seine Wachen an: „Bringt sie und diesen Lan Tek hinein!"

„Herr Gemahl", protestierte die Königin, während sie mit wehenden, weißen Gewändern hinter ihm hereilte. „Es geht Euch nicht gut. Ich flehe Euch an, ruht Euch aus, bevor Ihr mit diesen schrecklichen Leuten sprecht."

„Widersprich mir nicht! Geh und kümmere dich um unseren Sohn."

Die Königin blieb stehen. Ela sah, wie ihre Schultern sich hoben und dann herabsackten, als ob die Frau sich einer Niederlage im Kampf beugte. Doch dann drehte sie sich um und warf Ela einen solch bösartigen Blick zu, dass diese beinahe einen Schritt zurückgewichen wäre. Jeder Höfling wäre vor Schreck geflohen.

Ein einzelner Soldat näherte sich Ela, offensichtlich eingeschüchtert durch Pony, der hinter Ela aufragte. Flüsternd flehte der Soldat: „Hab Erbarmen. Ich möchte meine Hand nicht an deinen Zerstörer verlieren."

„Ich werde ruhig mit dir gehen", versprach sie. Ela umarmte Pony kurz. „Warte hier und mach dir keine Sorgen. Oh, und *bitte* iss nichts und niemanden!"

Als Ela sich von ihm abwandte, wieherte der Zerstörer so tief aus seiner Kehle, dass es beinahe wie ein Knurren klang.

Mehrere Wachen forderten Kien auf, sich von dem Zerstörer zu entfernen. Kien gehorchte nur langsam. Dachte er immer noch darüber nach zu fliehen? Als er endlich neben sie trat, warnte Ela ihn im Flüsterton: „Es ist nicht die richtige Zeit zu fliehen."

Kien bot ihr seinen Arm und einen leicht verärgerten Blick. „Ich vermute, dass du mir irgendwann sagen wirst, wenn die richtige Zeit kommt."

„Ja." Sie legte eine Hand auf seinen Arm. „Ich dachte, du hättest gute Laune."

„Hatte ich auch."

„Die Zeit der Flucht wird dann kommen, wenn du die besten Chancen zum Überleben hast."

Kiens dunkle Augenbrauen hoben sich. „Und wann wird –"

Eine Wache schnitt ihm die Frage ab: „Haltet den Mund!"

Flankiert von den Palastwachen stiegen Ela und Kien die Stufen hinauf und liefen durch die prächtigen, goldenen Gänge. Tek An lief in der kleinen, vergoldeten Kammer auf und ab – einen mit Edelsteinen besetzten Becher in der Hand. „Lasst uns allein!", befahl er den Wachen.

„Mein Herr…", raunte eine der Wachen offensichtlich entsetzt.

„Bleibt vor der Tür. Wenn sie uns hier töten, werdet ihr sie sofort zu Tode hacken und den Zerstörer abschlachten. Jetzt verschwindet!"

Der Wachmann schloss leise die riesige, goldbeschlagene Tür. Tek An kam vor Ela zum Stehen – so nah, dass sie seinen Atem spüren konnte. „Warum quälst du uns weiterhin? Selbst vom Gefängnis aus kontrollierst du unsere Untertanen, bis sie nur noch von dir sprechen! Du verhext die oberste Wache unseres Sohnes und befiehlst ihm, unseren Brunnen zu entehren. Dann beschämst du uns vor unseren bedeutendsten Untertanen! Wann wirst du endlich sterben?"

„Wenn mein Tod dem Willen des Ewigen dient." Ela studierte das bleiche Gesicht und die harten Augen des Königs verzweifelt. Er weigerte sich, die Wahrheit zu erkennen. Dennoch musste sie durchhalten. Und ihn davon überzeugen, Verantwortung für sein Handeln zu übernehmen. „Warum habt Ihr euren Sohn begnadigt?"

Tek An spottete: „Was sollten wir denn tun? Unseren Erben hinrichten lassen?"

„Nein! Weist ihn zurecht. Er plant Morde und Ihr entschuldigt sein Handeln. König, er hat kein Gewissen mehr. *Euer* Gewissen ist stark geschädigt, aber selbst Ihr merkt, dass er nicht regierungsfähig ist."

„Er ist ein Tek und das ist genug."

„Ihr werdet ihn im Kampf sterben sehen!"

„Wir haben ihm befohlen, in Istgard zu bleiben", gab der König zurück und war scheinbar stolz auf seine Klugheit.

Als ob der Erbe gehorchen würde. Ela ließ den Kopf gegen den Stab sinken und wollte einfach nur schreien. Weinen. Das Gefühl des Versagens wallte in ihr auf, bis der Ewige flüsterte: *Warum trauerst du? Der Erbe hat seine Entscheidung getroffen und ebenso Tek An. Deshalb habe ich andere erwählt, die ihren Platz einnehmen werden.*

Eine Rüge, doch sie war tröstend. Sie hörte ihm zu, bevor sie wieder zu Tek An aufsah. „Wie Ihr wünscht, oh König. Der Ewige übergibt Euch und Euren Sohn Euren eigenen Wünschen. Ich werde es nicht wieder ansprechen." Sie durfte nicht an ihre Ewigkeit denken.

„Gut." Der König lächelte, als hätte er gerade einen Sieg errungen. Er trank seinen Becher leer, bevor er einen spöttischen Seitenblick auf Kien warf. „Nun da wir uns darauf geeinigt haben, sag uns, warum du einen Mann tolerierst, dessen Nation sich gegen uns verschworen und unseren Botschafter in Schande zurückgeschickt hat."

„Entschuldigt." Kiens Stimme war eiskalt, genau wie seine Augen. „Zumindest durfte Istgards Botschafter sicher nach Hause zurückkehren. Und es gab keine Verschwörung. Euer Angriff auf Ytar, die Versklavung unschuldiger Traceländer, das Abschlachten meiner Dienerschaft und meine Gefangennahme sind alles … Fehleinschätzungen Eurerseits."

„Wir haben nicht mit dir gesprochen", schimpfte Tek An. „Du, der du immer wieder in dieser stinkenden Kleidung in der aggressiven und rebellischen Farbe Tracelands vor uns erscheinst!"

„Wenn meine schwarze Kleidung Euch missfällt, Cousin, solltet Ihr mir vielleicht alles zurückgeben, was Ihr habt konfiszieren lassen. Ich habe nichts anderes anzuziehen."

Der König drehte sich weg, als hätte er ihn nicht gehört. Stattdessen sprach er zu Ela: „Antworte. Warum unterstützt du diesen Mann, unseren Feind, in seinem Plan gegen uns?"

Warum verschwendete sie ihren Atem? „Ich unterstütze den Botschafter nicht und er plant nichts gegen Euch. Ich spreche den Willen des Ewigen. Er ist verärgert über Euer Verhalten."

„Warum sollte dein Ewiger sich darum kümmern, was wir sagen und tun?"

„Um Ehre, Gerechtigkeit und – wie ich bereits sagte – um Eurer Seele willen. Er ist Euer Schöpfer. Denkt Ihr nicht, dass Er sich um Euch sorgen sollte?"

Tek An stellte seinen leeren Becher mit einem Knall auf einem polierten Steintisch ab. „Wir werden unsere Götter nicht für deinen Ewigen betrügen, der uns beleidigt hat, indem er unsere Statue ruinierte."

Ela staunte über die plötzliche Ähnlichkeit des Königs mit seiner verwöhnten Schwester. „Ihr seid bereit, Euer Königreich dem Untergang zu weihen, weil Ihr die Warnungen Eures Schöpfers für Beleidigungen haltet?"

„Es sind Beleidigungen! Und wir werden nicht weiter mit dir sprechen, bis dein Ewiger diesen Beweis seiner Verachtung für uns entfernt hat."

„Euer Stolz wird Euer Tod sein." Angst kroch in Ela hoch, als eine Vorahnung sich in ihrem Kopf festsetzte. „Von heute Nacht an werdet Ihr von Albträumen heimgesucht werden. Der Palast wird von Euren Schreien erwachen. Ich kann nichts für Euch tun."

Tek Ans Augen weiteten sich und Unsicherheit flackerte darin. Doch dann blähte er seine Brust auf, als wollte er sich besonders tapfer zeigen. „Du kannst nichts tun? Warum sollten wir dann irgendetwas von dem glauben, was du sagst, wenn du so machtlos bist? Tatsächlich bist du jeder Frage ausgewichen, die wir heute Abend gestellt haben."

Sie würde sich nicht die Mühe machen zu antworten. Als Ela wegschaute, meinte Kien: „Vergebt mir, aber wie könnt Ihr glauben, dass diese Parnerin machtlos wäre? Sie hat den Angriff eines Skalns überlebt."

„Eine Lüge! Die Götter haben Skalne unbesiegbar gemacht. Unsere stärksten Soldaten können keinen Angriff überleben, trotz aller Bemühungen unserer Ärzte. Beweise deine Behauptung. Zeig uns deine Narben."

„Nichts wird ihn überzeugen", murmelte Ela zu Kien. „Nicht einmal meine Narben." Dennoch hob sie den Saum ihrer Tunika gerade hoch genug, um die eigentümlichen, geschwungenen und violett-roten Verunstaltungen zu enthüllen, die sich entlang ihrer Schienbeine und Waden zogen.

Tek An ging um Ela herum und starrte sie stumm an. Endlich blieb er wieder vor ihr stehen, sah ihr jedoch nicht in die Augen. „Wir gratulieren dir zu dieser detailgetreuen Fälschung." Dann eilte er mit wehenden Gewändern aus der Kammer.

Kien lachte. „Ich wusste es! Er ist so wütend, dass du offensichtlich einen Angriff von Istgards Wahrzeichen überlebt hast, dass er ganz vergessen hat, mich für meinen fiktiven Friedensvertrag zu bestrafen."

„Du hast meine Wunden benutzt, um ihn von deinen Beleidigungen abzulenken?" Ela tat so, als wollte sie die Schulter des Traceländers mit dem Stab schlagen. Er lachte und griff nach dem schimmernden Rebenholz, doch seine Finger glitten durch das Holz als wäre es Luft. Kiens Grinsen verblasste.

Die Wachen winkten sie aus der Kammer. Mit einem verwirrten Ausdruck auf dem Gesicht bot Kien Ela seinen Arm an. „Es gibt für alles eine Erklärung."

„Ja, gibt es", gab sie süß zurück, „Aber du willst sie nicht hören."

Im Innenhof begrüßte Pony Ela mit nassen Nüstern und stolzem Blick. Der Wasserstand im Brunnen des Königs war deutlich gesunken. Und das Pflaster war übersät mit bewusst gesetzten, gelblichen Pfützen.

Ela schloss die Augen und betete um Regen.

* * *

Zurück in der Küche formte Ela kleine, dünne Teigscheiben am Herd und freute sich an der Arbeit. Sie hatte bereits Pudding aus Trockenfrüchten gemacht und ein weiches Brot gebacken. Tzanas liebstes Frühstück – wie von Syb geordert. Trotzdem hatte sie ihre kleine Schwester an diesem Morgen noch nicht ein einziges Mal gesehen. Vergaß Tzana sie bereits?

Ein mädchenhaftes Kichern erklang aus dem Gang des Gefängnisses und machte Ela Hoffnungen. Tzana…

Doch anstelle von Tzana flatterte eine junge Adelige in weißen und goldenen Kleidern in die Küche, gefolgt von ihren Dienerinnen. Als sie Ela erblickte, quiekte sie auf und eilte auf sie zu, um sie stürmisch zu umarmen. „Oooh… ich kann dir gar nicht sagen, wie begeistert wir alle waren, als Tek Sia gestern ganz mit diesem Schleim bedeckt aus dem Hof rannte! Was für eine wunderbare Vergeltung! Danke!" Die junge Adelige umarmte Ela erneut, als ob sie alte Freunde wären.

Verblüfft blinzelte Ela das Mädchen an – eine zarte Jugendliche mit großen, braunen Augen, leicht geröteter, brauner Haut und Grübchen. Wer war das?

Ewiger?

Er antwortete nicht. Und Er hatte ihr nicht den Hauch einer Warnung oder eines Rates gegeben, wie sie mit dieser hübschen, flatterhaften kleinen Aristokratin umgehen sollte. Diese ließ sich gerade auf Elas geschlossenen Sack Mehl fallen und plapperte: „Königlich oder nicht, Tek Sia hat jede kleinste Demütigung verdient, mit der du dienen kannst! Sie hat meine Familie jahrelang mit Verachtung behandelt. Was kommt als Nächstes? Kannst du es mir verraten? Alle sterben vor Neugierde!"

War dies ein Test? Ela lächelte, während sie weiter Teigfladen formte. Sie musste das Essen vorbereiten und hatte keine Zeit für eine schadenfrohe, alberne Adelige. „Wie ist dein Name?"

„Oh! Wie unhöflich von mir. Jeder weiß, wer ich bin. Außer dir natürlich." Sie strich sich mit einer zierlichen, gepflegten Hand die langen, dunklen Locken aus dem Gesicht. „Ich bin Lan Isa. Und du bist Ela von Parne."

Hmm. Ela dachte, dass es sicher gut sei, ab und zu an den eigenen Namen erinnert zu werden. Trotz ihrer Frustration lachte sie kurz auf. „Lan Isa, es freut mich, dich kennenzulernen."

„Ich weiß." Isa zappelte auf dem großen Sack herum, als wollte sie es sich gemütlicher machen. Das Mehl würde zwei Mal gesiebt werden müssen, bevor Ela es benutzen konnte. Ohne einen Gedanken an die zusätzliche Arbeit zu verschwenden, die sie Ela bereitete, strahlte sie. „Also, erzähl es mir! Was wird Tek Sia noch passieren?"

„Bete für sie." Ela ließ einen weiteren weichen, körnig-gefleckten Fladen auf eine Grillplatte fallen. „Und bete für dich selbst. Tek Sia, die königliche Familie und jeder in Istgard wird unermessliche Verluste erleiden. Heute tragt ihr weiß und trauert um einen Adeligen. In drei Monaten wird es so viele ehrenvolle Männer zu betrauern geben, dass es keinen weißen Stoff mehr zu kaufen gibt."

„Was?" Lan Isa zögerte. Doch dann blitzte es in ihren Augen und zu Elas Bestürzung kicherte sie: „Oh! Du machst Witze! Na gut, dann nicht. Ich verstehe, wenn du nicht über Tek Sia reden willst, und ich kann es dir nicht verübeln. Sie ist bösartig. Dann sag mir stattdessen – denn ich weiß, dass du ihn kennengelernt hast – was denkst du von Botschafter Lantec?"

Erschrocken über die Frage hätte Ela sich beinahe die Finger verbrannt, als sie einen der Fladen auf der Grillplatte umdrehen wollte. Glücklicherweise erwartete Lan Isa gar keine Antwort. Sie plapperte, als wäre sie mit Kien verwandt. Was sie entfernt wahrscheinlich auch war.

„Hast du jemals jemanden gesehen, der so gut aussieht?" Das Mädchen fächelte sich selbst mit einer Ecke ihres Umhangs Luft zu, während ihre Mägde sich wissende Blicke zuwarfen. „Er hat im vergangenen Jahr alle Damen am Hof in Ohnmacht fallen lassen, obwohl ihm seine Pflichten wichtiger waren – es war fast beleidigend! Doch meine Freundinnen und ich haben ihm vergeben. Wir konnten gar nicht anders. Kannst du dir etwas Romantischeres vorstellen, als mitanzusehen, wie er ganz in Schwarz gekleidet aus dem Gefängnis gezerrt wurde...?"

Romantisch? Ela konnte sich noch gut an den Geruch von Kiens schwarzer Kleidung erinnern. Der Umhang. Pfui.

„...waren wir sicher, dass sie ihn töten würden. Oh, aber er war so tapfer!"

Die arme, junge Frau war ernsthaft in Kien vernarrt. Ela hörte ihr zu und versuchte, geduldig zu sein, während ihre Besucherin plauderte. Aber nach einer Weile ging ihr das Geplapper über Kiens – zugegebenermaßen ausgezeichneten – Eigenschaften auf die Nerven, während sie in einem endlosen Ansturm mädchenhafter Anbetung immer detaillierter auf sie einprasselten.

Ela formte weiter Teigfladen, während sie den Ewigen im Stillen anflehte, gnädig zu sein und ihr eine Vision zu senden – am besten eine so große wie die vom Massaker in Ytar, damit sie ihr das Bewusstsein rauben würde.

* * *

Jubelnd stöberte Kien durch seine Kleidertruhe. Bis auf seine Rasierklingen und seine Waffen – und natürlich sein Geld – war alles da. Stiefel, Hosen, Tuniken, Mäntel, leichte Umhänge, formelle Umhänge, Kapuzen, Gürtel...

Er erstarrte, als ihm ein besonders langer Schwertgürtel in die Hände fiel und seine Euphorie verblasste.

Erst vor ein paar Wochen hatte er sich nach genau diesem Gürtel gesehnt, um sich selbst eine Schlinge zu legen.

Er könnte ihn jetzt dafür verwenden, wenn er das wollte.

In dem Moment erklang ein Klopfen an der Tür und die Essensluke wurde geöffnet. Elas Stimme rief: *„Botschafter,* bring mir deine Schüssel."

Neckte sie ihn etwa? Grinsend schnappte Kien sich seine Schale und ging zur Tür. „Der König hat mir meine Sachen zurückbringen lassen. Du musst ihn gestern Abend wirklich zu Tode erschreckt haben."

„Das freut mich wirklich, Botschafter." Ihre Stimme war von echter Freude erfüllt. Er hörte, wie ihre Kelle gegen die Wand des fast leeren Kessels schlug. Das Plätschern einer Flüssigkeit, die in seine Schale gefüllt wurde. „Ich habe gerade den halben Morgen mit deiner glühendsten Verehrerin verbracht."

Sie neckte ihn tatsächlich. Kien lachte. „Wirklich? ... Mit wem?"

„Lan Isa."

Wer? Kien durchforstete seine Erinnerungen und fand schließlich das Bild eines errötenden kleinen Mädchens ohne Stimme. „Sie hat mit dir gesprochen? Sie hat nie auch nur ein Wort zu mir gesagt."

„Wie herzzerreißend." Ela schob die Schale durch die Luke. „Sie muss von deinen erstaunlichen Augen zu überwältigt gewesen sein. Oder waren es deine wunderbaren Wimpern? Sie spricht von nichts anderem als dir."

„Ist das denn nicht genug?" Er schaute in die Schüssel und vergaß, sich weiter über Elas Sticheleien zu beschweren. Fleisch in einer reichhaltigen Soße. Und perfekt gekochtes Gemüse. Mit Gerste. Kien stelle den pikanten Eintopf auf den Boden. Wenn eine Maus darauf zusteuerte, würde er das Tier zertrampeln.

Ela reichte ihm zwei dicke Fladen Brot. „Eigentlich will ich nicht weiter über dich reden. Ich habe dich satt."

Kien starrte ehrfürchtig auf das weiche Fladenbrot. „Ela, ich liebe dich."

„Nein, tust du nicht. Das ist nur das Essen. Iss und dann übe mit deinem Schwert."

Üben. Warum hatte er selbst nicht darüber nachgedacht? Großartige Idee, außer... „Sie haben mir meine Schwerter nicht zurückgebracht."

„Tu bitte so, als ob. Du musst üben."

„Warum? Hast du in einer Vision gesehen, wie ich mich erfolgreich duelliere?"

„Eigenlob stinkt." Ihre Stimme wurde ernst. „Übe einfach. Jeden Tag." Sie schloss die Essensluke und verriegelte sie.

Kien setzte sich ins Stroh, um zu essen. Dabei stieß er den Schwertgürtel mit dem Fuß beiseite und war dankbar, leben zu dürfen.

* * *

Ela trat die letzte Treppenstufe hinunter, während sie in Gedanken ihre Arbeit für den Nachmittag plante. Sie hoffe, Tzana zu sehen. Eine Wache polterte auf sie zu. Ohne ein Wort ergriff er Elas geflochtenen Zopf im Nacken, schwang sie herum und zog sie eilig durch den Gang.

„Lass los! Du reißt mir die Haare raus!" Ela wünschte, sie hätte den Stab bei sich. Dann könnte sie ihn damit schlagen. „Sag mir wenigstens, was ich getan habe! Wohin bringst du mich?" Ewiger? Was passiert hier?

Stumm öffnete der Wachmann eine Tür und schubste sie in eine Zelle, die unheilvoll mit Ketten, Stangen, Seilen und einem riesigen Rad ausgestattet war. Würden sie verhört werden?

Ela starrte den Mann in der Zelle an und fing an zu beten.

15

In Weiß gehüllt kam Richter Ket Behl auf Ela zu. Seine dunklen Augen blickten entschlossen, doch sie sah Tränen darin. „Du sollst das gleiche Elend erfahren, das du meiner Familie zugefügt hast!"

Mit sanfter Stimme sagte Ela: „Ich habe euer Elend nicht hervorgerufen." Sie schickte ein stummes Gebet mit einer Bitte nach oben. Wie konnte sie diesem stolzen Mann am besten trösten, der vor Trauer um seinen Neffen so gebrochen war? „Doch ich trauere, wann immer ich an euren Verlust denke, Herr. Ich hatte Ket gewarnt. Ich habe ihn angefleht, seine Wege zu ändern – und zu *leben*."

Alle Würde wich aus dem Richter. Er sackte gegen das massive Rad aus Holz und begann zu weinen, während er eine gepflegte Hand auf sein Gesicht drückte. „Das war nicht das, was ich sagen wollte. Vergib mir. Mein Neffe war nicht fehlerlos... auf keinen Fall! Dennoch war er mein Erbe..."

„Deine Zukunft ist nicht verloren", murmelte Ela. „Der Ewige möchte, dass du ein Erbe für neue Erben vorbereitest. Nicht nur Reichtum und Status, sondern ein würdiges Ansehen und eine rechtschaffende Seele."

Sie wartete, während der Richter sich sammelte und sich über die Augen wischte. Endlich atmete er tief durch. „In der Nacht, als Ket verlangte, dass ich dich vor mein Gericht zerrte... Ich bin nach draußen gegangen, nachdem du weggeführt worden warst und habe meinen Garten gesehen ... ruiniert."

Pony. Ela zuckte zusammen und erinnerte sich an die abgenagten, entwurzelten und zertrampelten Sträucher und Miniaturbäume. Bevor sie ihr Bedauern ausdrücken konnte, sagte Ket Behl: „Ich wusste sofort, dass ich mich geirrt hatte. Nicht, als ich dich begnadigte, sondern weil ich die falschen Motive dabei verfolgte. Ich hätte den Ewigen nicht ablehnen sollen."

Er hatte über ihre Worte nachgedacht. Sich selbst hinterfragt. Endlich hatte ihr jemand zugehört! Ela griff nach einem nahestehenden Eisenständer, um sich abzustützen.

Der Richter fuhr fort: „Du hast mich gewarnt, dass meine Entscheidungen meine Familie verdammen würden. Ich bin ein Mann des Gesetzes. Das Letzte, was ich mir wünsche, ist, dass meine Lieben durch meine Entscheidungen zerstört werden, wenn ich es eigentlich besser wissen sollte. Was kann ich tun?"

Warum konnte es nicht der König sein, den sie diese Worte sagen hörte? Ela schluckte. „Entschuldige, aber ich muss dich fragen: Als Richter weißt du, dass das Gesetz nur auf das eigene Fehlverhalten hinweist. Kannst du mit diesem Wissen sagen, dass du dein ganzes Leben fehlerlos gelebt hast?"

Der Richter schüttelte den Kopf. „Ich spüre das Gewicht von allem, was ich je getan habe – jedes Bestechungsgeld, das ich angenommen habe, jede Drohung, der ich mich gebeugt habe, jeden Schurken, den ich habe laufen lassen… jeden Unschuldigen… falsch verurteilt…"

„Setze dich dort für Entschädigung ein, wo es geht", drängte Ela. „Der Ewige wird dein Unrecht nicht aufheben, aber Er wird dich segnen."

Ket Behls Mund verzog sich. „Und dennoch verurteilt Er mich. Wie sehr ich meine Fehler bereue!"

„Der Ewige verurteilt uns alle", stimmte Ela zu. „Er vergleicht uns mit sich selbst und dabei versagen wir alle."

„Dann sag mir, was ich tun kann, um gerettet zu werden?"

„Nichts." Als der Richter noch weiter zusammensackte, fuhr Ela fort: „Allein dein Schöpfer kann dich erlösen. Und das wird Er. Er will es. Er wartet nur darauf, dass du Ihm vertraust. Ruf ihn an."

„Ich bin es nicht wert, mit Ihm zu sprechen."

„Das bin ich auch nicht. Und dennoch liebt Er uns. Darf ich für dich beten?"

Ihr Angebot schien den unglücklichen Mann zu ermutigen. „Du würdest für mich beten?"

„Ja." Sie zögerte einen Moment, angewidert von der nächsten Frage, doch sie musste die Wahrheit wissen. „Sag mir: Hast du Istgards Götter angebetet und ihnen geopfert?"

Ket Behl wurde rot. „Nein. Ich fürchte, ich war mein eigener Gott."

Ela streckte ihre Hand aus. „Wird deine Selbst-Anbetung nun ein Ende haben?"

Der Richter legte seine Hand auf ihre, als wolle er ein rechtsgültiges Gelöbnis abgeben und nickte.

Ela neigte den Kopf.

* * *

Ela kehrte glücklich und dankbar dafür, dass wenigstens eine Seele in Riyan auf den Ewigen gehört hatte, an ihre Arbeit zurück. Die Aufgaben dieses Nachmittages würden durch das Wissen um Ket Behls neugefundenen Frieden eine Freude sein.

Sie trat in die Küche und sah sich verblüfft um. Ledersäcke mit Getreide und Mehl lagen in den Ecken. Getrocknetes Fleisch, Gemüse und Früchte baumelten in Netzen von Haken in den Sparren, direkt neben Girlanden aus getrockneten Kräutern. Glasflaschen mit Essig und Öl standen in Reihen an der Wand gegenüber dem Herd, flankiert von verschlossenen Behältnissen, die weitere Lebensmittelvorräte versprachen. Und duftende Holzspäne füllten gebrauchsfertig den bisher leeren Hohlraum unter dem offenen, erhöhten Herd.

Während Ela noch versuchte, den Anblick all dieser Schätze zu verarbeiten, erklang eine sanfte Stimme aus der Türöffnung nach draußen. „Kann ich dir helfen?"

Tek Lara betrat lächelnd die Küche und schob sich die weich fallende, weiße Kapuze vom Kopf. „Ich sollte eigentlich bei meiner Familie sein, bis die offizielle Trauerzeit vorüber ist, aber sie streiten die ganze Zeit und ich konnte es einfach nicht mehr ertragen. Ich brauchte ein wenig Frieden. Vater wäre einverstanden gewesen."

„Hast du das alles hergeschickt?"

„Ja, auch wenn ich es schon viel eher hätte machen sollen."

„Danke!", rief Ela aus – an Lara und den Ewigen gewandt. „Einige der Gefangenen sind dem Hungertod nahe. Ich habe ihnen jeden Tag schon etwas mehr Essen gegeben, aber..."

„Von jetzt an werden sie genug zu essen haben", versprach Lara. „Genauso wie du. Also, was müssen wir zuerst machen?"

„Wir?" Ela starrte die junge Adelige an. Lara hängte ihren Kapuzenumhang an einen Haken an der Wand und stand dann abwartend in einer schlichten, braunen Tunika und zurückgebundenen Haaren wie eine einfache Dienerin vor Ela.

„Ja. Du wirst mich ertragen müssen." Lara näherte sich dem Herd und strich mit einem Finger nachdenklich über eine der Grillplatten. „Ich muss mit dir reden und ich muss mich beschäftigen. Was kochst du zuerst?"

„Oh." Ela sah sich um. „Ich wollte ein wenig Gemüse putzen und das letzte getrocknete Fleisch für den Eintopf heute Abend kleinschneiden. Das Wasser kocht schon im Hof. Ich hänge mit meiner Arbeit hinterher."

„Umso besser, dass ich hier bin. Bestimmt hat der Ewige mich geschickt."

„Ganz sicher!" Ela dankte dem Ewigen erneut für diese erstaunliche Überraschung, als sie nach draußen zum Wasserfass lief, um ein paar Eimer zu füllen. Dann setzten sie und Lara sich neben die offene Tür, um einen ganzen Berg Gemüse zu putzen und kleinzuschneiden. Nach einer kurzen Zeit des Schweigens fragte Lara: „Hast du eine Nachricht vom Ewigen erhalten? Ich meine, was geschehen wird? Ich bin seit einiger Zeit so unruhig."

Eine kurze Serie einiger Bilder und Erklärungen wirbelte durch Elas Gedanken und ließ sie atemlos zurück. „Du bist unruhig, weil du die Wahrheit kennst, sie jedoch nicht eingestehen willst. Das Königreich wird fallen."

Laras Gesicht wurde blass, aber sie schnippelte weiter das Gemüse. „Mein königlicher Cousin..."

„Wird sterben. Wenn er nicht auf dich hört. Es ist noch nicht zu spät." Während sie weiter Gemüse putzte, lehnte sich Ela zu der jungen Adeligen hinüber. „Hör zu. Bitte warne den König. Er soll in Istgard bleiben und die Istgardier zurück zum Ewigen bringen, dem sie einst vertrauten. Eine Kriegserklärung wäre katastrophal, besonders, wenn Tek An selbst in den Krieg zieht. Warne ihn ganz offen."

Lara hielt mit dem Schneiden inne und sah Ela an. „Warum offen?"

„Weil du den Willen des Ewigen in Istgard verkünden sollst. Bald, wenn Tek An nicht hören will, werde ich weg sein. Deine Pflichten – deine öffentlichen Pflichten – müssen jetzt beginnen."

Lara nahm ein neues Stück Gemüse und das Messer klackerte hart auf dem Schneidebrett. „Istgardische Frauen haben keine öffentlichen Pflichten."

„Und parnische Frauen werden keine Prophetinnen." Lara hielt erneut inne und Ela fuhr fort: „Ist für den Ewigen irgendetwas unmöglich?"

„Ich bin sicher, dass du Recht hast, aber…"

„Du bist die Tochter eines königlichen Generals, Lara. Ein Kind des Ewigen. Und wie der König sagen würde: Du bist eine Tek und das ist genug. Du wirst die einzig lebende Tek sein, der das Volk vertraut und du wirst sie nicht enttäuschen. *Wenn* der König in den Krieg zieht."

„Ich will nicht einmal darüber nachdenken!" Lara hackte auf eine Karotte ein. Die heftigen Bewegungen verrieten ihren inneren Aufruhr.

„Hör mir trotzdem zu." Ela stellte den Korb mit geputztem Gemüse zwischen sie, nahm sich ein Messer und ein Brett und begann, eine Zwiebel kleinzuschneiden. „Glaub mir, wenn das Schlimmste eintrifft, wirst du Verbündete sammeln und Istgard in wenigen Tagen wiederaufbauen."

„Tagen? Ein Königreich in wenigen Tagen wiederaufbauen? Ela…"

„Kein Königreich", korrigierte Ela. „Eine Nation. Zuerst musst du eine Nachricht an Richter Ket Behl schicken. Er verehrt jetzt den Ewigen und wird dich unterstützen."

„Was?" Die junge Adelige legte ihr Messer nieder und griff nach Elas Arm, während der leidende Ausdruck auf ihrem Gesicht der Freude wich. „Ich dachte, meine Dienerschaft und ich wären die einzigen Gläubigen in Istgard. Oh, wie wunderbar!" Sie nahm das Messer wieder in die Hand. „Ich werde den Richter noch heute Abend rufen lassen, sobald ich hier fertig bin."

„Nicht heute Abend." Ela griff nach einer weiteren Zwiebel. „Gib ihm eine Woche, um sich zu sammeln. Er ist im Moment voller Pläne und seine Familie ist in Aufruhr. Außerdem seid ihr beide noch in Trauer."

Das verpasste Laras Freude einen Dämpfer. „Für einen schönen Moment hatte ich das beinahe vergessen." Sie konzentrierte sich eine Weile auf das Gemüse, doch dann seufzte sie. „Wie kann ich meinen Cousin davon überzeugen, seine Entscheidung, in den Krieg zu ziehen, aufzugeben?"

„Sprich einfach mit ihm. Er muss dir einfach zuhören, solange noch Zeit ist. Ich werde für euch alle beten."

„Heute Morgen hat er uns geweckt, indem er in einem Albtraum gefangen laut heulend durch die Gänge gelaufen ist."

Ela erschauderte, während sie in ihrem Kopf ein stummes Bild Tek Ans sah, der zerzaust und mit verzerrtem Gesicht durch die goldenen Gänge des Palastes eilte. „Was hat er gerufen?"

„Er weinte um seinen Sohn."

Ela zwang die traurigen Bilder beiseite. „Er hat zwei Monate Zeit, um sich zu ändern."

* * *

Kien spürte seinen Feind an sich herantreten und hob das Schwert zum tödlichen Schlag…

… als ihn ein lebhaftes Klopfen zurück in die Realität holte. Angewidert schwang er die leeren Hände gegen seinen Feind, bevor er sich aufrichtete und zur Zellentür umwandte: „Herein!"

Es war lächerlich, jemandem die Erlaubnis zu geben, seine Zelle zu betreten. Jeder, der einen Schlüssel hatte, konnte eintreten. Das Schloss klackte und Kien hörte, wie der Riegel zur Seite geschoben wurde.

Das kam unerwartet. Es war nicht die Zeit, zu der er normalerweise hinausgelassen wurde und er hatte seit Wochen keine formellen Besuche mehr gehabt. Fast zwei Monate lang. Er hatte beinahe begonnen zu glauben, der König habe ihn freundlicherweise vergessen und Elas Visionen seien doch nichts anderes als parnische Verrücktheiten.

Elas Soldatenfreund, Tsir Aun, trat in die Zelle. „Du wurdest einberufen."

„Allein?"

„Ja. Ich werde dich nicht fesseln, wenn du dich nicht wehrst." Der Kronkommandant warf einen kalten, abschätzigen Blick auf Kiens schwarze Kleidung. „Dem König wird es gar nicht gefallen, dass du immer noch schwarz trägst. Wenigstens bist du sauber. Hast du den alten Umhang verbrannt?"

„Worin? In dem Feuer des nichtexistierenden Kamins?"

Kien lachte, als der Kronkommandant eine Grimasse zog und offensichtlich aufgab. Tsir Aun forderte Kien auf, die Zelle zu verlassen. „Wenn wir zurückkommen, Traceländer, wirst du mir diesen fauligen Umhang übergeben. Ich möchte zusehen, wie er im Hof verbrennt."

„Ich werde darüber nachdenken. Wer weiß, vielleicht fängt das Gefängnis ja Feuer." Kien hatte den alten Umhang in Wirklichkeit vor einigen Wochen schon in einem der Aborte draußen entsorgt, weil er den muffigen Gestank nicht länger ertragen hatte. Dieser Soldat Istgards musste solche Details jedoch nicht wissen. „Warum bin ich einberufen worden?"

„Es steht mir nicht zu, darüber zu sprechen."

Um den Kronkommandanten zu provozieren und einfach nur zum Spaß, begann Kien zu raten: „Hat der König endlich meine Bedingungen für Istgards Kapitulation vor Traceland akzeptiert?"

„Nein." Tsir Aun schob Kien zur Treppe. „Pass auf, wohin du trittst."

„Hat der König entschieden, mich freizulassen?"

„Ganz sicher nicht."

Sie stiegen die Treppe hinunter. Im Hauptkorridor des Gefängnisses angekommen, schnippte Kien mit den Fingern. „Du bist Teil einer wohlgesinnten Verschwörung und hast beschlossen, mich eigenhändig zu befreien?"

„Noch eine Frage und ich schlage dich bewusstlos." Der Soldat ließ der Drohung einen beeindruckend festen Blick folgen. Kein Wunder, dass seine Männer ihm folgten. Kien hoffte, dass Tsir Aun noch nicht die Befehlsgewalt über die ganze Armee innehatte. Das Militär Istgards wäre viel zu diszipliniert und organisiert.

„Bist du mittlerweile Kronkommandant?"

Tsir Aun stieß Kien gewaltsam gegen eine Wand. Nachdem er seine Sinne wieder gesammelt und sein Gesicht auf Beulen untersucht und keine gefunden hatte, meinte Kien: „Entschuldigung. Die Frage ist mir herausgerutscht."

Der Kronkommandant marschierte mit Kien nach draußen, wo vier weitere Soldaten warteten. Ohne Schilde. „Ein ziemlich kleines Aufgebot heute."

Mit zusammengekniffenen Augen sagte Tsir Aun: „Es besteht keine Veranlassung zu glauben, dass dich nach so vielen Wochen noch jemand töten will. Außerdem rechnen wir nicht damit, einen wütenden Zerstörer abwehren zu müssen."

Hieß das, dass er, Kien Lantec ein langweiliger Gefangener war?

Kien musste zugeben, dass der anschließende Gang eintönig war. Hatte Ela nicht genug Unheil anrichten können, um ihn für seine Rüge zu begleiten – oder was auch immer dieses Treffen mit sich bringen würde?

Innerhalb des Palastes wurde Kien in eine Kammer geführt, die bereits von etlichen Adeligen und ihren eigentümlichen Gerüchen erfüllt war. Und ihrer nervtötenden Art. Und ihren Spötteleien. Er konnte nur vermuten, dass er zur königlichen Unterhaltung aus dem Gefängnis geholt worden war.

Sein erster Blick auf Tek An war jedoch kaum amüsant zu nennen. Der Mann sah um zwanzig Jahre gealtert aus, obwohl nur zwei Monate vergangen waren, seit Kien ihn das letzte Mal gesehen hatte. Der König hatte Gewicht verloren. Seine Haut hing schlaff an den

Wangen herab und die Tränensäcke unter seinen Augen waren so groß, dass sie auf seinen Wangenknochen aufzuliegen schienen.

„Lan Tek." Der König runzelte die Stirn über Kiens schwarze Kleidung. „Besitzt du keine anderen Farben?"

„Hellere Kleidung schien mir ungeeignet für das Gefängnis. Oder für jemanden, der immer noch um die Opfer eines Massakers trauert."

Tek Ans Berater murmelten untereinander. Der König bedeutete ihnen, still zu sein. „Haben wir nicht entschieden, seine Rebellion zu beenden? Seid ruhig und lasst uns sprechen!"

Er wandte sich missmutig wieder Kien zu: „Dein anmaßendes Land hat uns den Krieg erklärt! Weil wir uns verteidigt haben! Und da du unser Verwandter bist, halten wir es für angemessen, dir unseren Plan mitzuteilen. Du wirst dich unserer Armee anschließen."

„Sehr unwahrscheinlich!", gab Kien erregt zurück.

„Unbewaffnet." Ein bösartiges Blitzen erhellte Tek Ans müde Augen. „Gekleidet wie ein Fußsoldat. Nicht zu unterscheiden für unsere Feinde."

Kien riss sich zusammen. „Ihr hofft also, dass meine eigenen Landsleute mich im Kampf abschlachten werden?"

„Das werden sie."

Der Erbe humpelte nach vorn und stellte sich neben seinen Vater. „Wenn ich dich nicht zuerst umbringe. Dich und die kleine Hexe."

Ela. Dieser Hund bedrohte Ela immer noch? Nicht, dass sie sich nicht selbst zu verteidigen wusste, aber die Boshaftigkeit des Erben gegenüber der jungen Frau war abscheulich. Kien lächelte und seine Stimme war zu süß und freundlich, um mit echter Sorge verwechselt zu werden: „Ich habe gehört, du bist unglücklich eine Treppe hinuntergefallen. Hast du dich von deinen Verletzungen erholt?"

„Genug, um dich in Stücke zu reißen", versprach der junge Narr.

Tek An schüttelte den Kopf über seinen Sohn. „Du wirst uns nicht begleiten. Haben wir dir nicht befohlen, dass du uns in dieser Sache gehorchst?"

„Mein Herr, Vater, ich kann nicht wie ein Feigling hierbleiben, während alle anderen die Ehre haben, Traceland zu erobern!"

„Du wirst hierbleiben! Wenn du streiten willst, wirst du diese Versammlung sofort verlassen."

Der Erbe schmollte. Sein Vater lächelte Kien an. Weder wohlwollend noch echt. „So werden dir die Götter deine Missetaten vergelten. Wenn du nicht auf dem Weg umkommst, wirst du sicherlich im Kampf sterben."

„Das werde ich bestimmt nicht." Wenn diese Narren annahmen, Kien würde einknicken, jammern und um Gnade flehen, würde er sie enttäuschen müssen. „Eure Götter existieren nicht. Aber selbst, wenn sie es täten, wären sie nichts im Vergleich zu Parnes Ewigem."

Zweifellos hätte Ela sich gefreut, wenn sie ihn gehört hätte. Kien fuhr mit klarem Blick fort: „Ich erinnere mich auch an eine bestimmte Vorhersage. Irgendetwas darüber, dass Ihr, oh König, gerade lange genug leben würdet, um Euren Sohn sterben zu sehen? Ich bin gespannt, wer die Oberhand behalten wird – die Götter Istgards oder Parnes Ewiger."

„Entfernt ihn aus unserer Gegenwart!", schrie Tek An wütend. „Das Gefängnis hat ihn verrückt gemacht."

Kien gönnte sich selbst einen betont freundlichen Abschied: „Mein Kompliment übrigens für die anhaltende Sauberkeit Eures Brunnens, oh König. Wunderschön, nicht wahr?"

Tsir Aun zerrte Kien bereits hinaus. Über seine Schulter spottete Kien noch: „Ich wünsche Euch einen ruhigen Schlaf, *Cousin!*" Der Kronkommandant schüttelte Kien an seinem Arm ernüchternd durch. „Du kannst von Glück reden, dass ich nicht den Befehl bekommen habe, dich verprügeln zu lassen!" Aber als sie die Treppen des Palastes hinunterstiegen, fragte er leise: „Hast du dich jetzt dem Ewigen Parnes verpflichtet?"

Der Mann war ein Istgardier. Warum sollte er ihm auch nur irgendetwas erzählen?

Kien stapfte durch den Innenhof. Er konnte nicht umhin, den Brunnen und seine juwelenartige Brillanz zu bewundern, die nur von Tek Ans Statue getrübt wurde.

Ohne Zweifel erschauderte der König jedes Mal, wenn er den Brunnen und seine Statue sah.

Kien grinste.

* * *

Zitternd versucht Ela, es sich auf ihrer Pritsche gemütlicher zu machen. Als der Schlaf sie endlich übermannte, nahm er ein Stück der Kälte und ihres Herzschmerzes mit sich. Sie hatte Tzana verloren…

Hohe, durchdringende Schreie erklangen in der Dunkelheit. Erschüttert öffnete Ela die Augen, setzte sich auf und lauschte.

Die verängstigten Schreie eines Kindes.

„Tzana!"

16

„Tzana!" Ela schlug mit beiden Fäusten auf die Tür ihrer Zelle ein. „Lasst mich hinaus! Ich muss zu meiner Schwester!"

Tzanas Schreie kamen näher, so schrill und verzweifelt, dass Ela dachte, ihre Knie würden vor Angst unter ihr nachgeben. „Tzana!"

Die Stimme eines Wachmannes knurrte rau und mürrisch: „Tritt zurück!"

Ela zog sich zurück. Die Tür schwang quietschend auf. Die Wache trat mit einer brennenden Fackel in der Hand ein und richtete sie auf Ela – ein stummer Befehl zu bleiben, wo sie war.

Tzanas Schreie verstummten. Ela hörte, wie ihre kleine Schwester im Flur schniefte und schluchzte. Sybs Stimme schimpfte sanft: „Ich kann nicht glauben, dass du so eine Szene veranstalten musstest! Hasst du mich denn so sehr?"

„N-nein", stotterte Tzana. „I-ich hab dich lieb. Aber ich m-muss E-Ela sehen!"

Syb eilte in Elas Zelle. Ihr Haar stand in zerzausten Zöpfen von ihrem Kopf ab. Ihre Tunika schleifte hinten auf dem Boden und ihr Umhang war nachlässig an der Schulter festgesteckt worden. Im Arm hielt sie die verstörte Tzana. Syb starrte Ela düster an. „Sie wollte sich nicht beruhigen lassen, bis sie dich sehen durfte."

Husten und Beschwerderufe erklangen im Flur von den anderen Gefangenen, die ohne Zweifel von Tzanas Schreien geweckt worden waren. Ela nahm ihre Schwester aus den Armen der empörten Frau des Wärters.

Tzana umschlang Elas Hals, während Ela ihr beruhigend auf den schmalen Rücken klopfte und an Syb gewandt murmelte: „Danke. Ich sorge dafür, dass sie jetzt ruhig ist."

„Tu das. Sie braucht ihren Schlaf." Syb strich über Tzanas Arm. „Ich hoffe, du bist jetzt glücklich. Schreist, als wolltest du Tote auferwecken. So ein Schrecken! Ich besuche dich morgen früh, Tzana."

„Ja, t-tut mir leid." Tzana klang reumütig.

Die Frau des Wärters eilte aus der Zelle und der Wachmann folgte ihr mit der Fackel. Er knallte die Tür zu und schob den Bolzen laut zurück in seine Position.

Ela stand in der nun stillen und dunklen Zelle und hielt ihre Schwester fest. Tzana sog einen zitternden Atemzug ein, bevor sie seufzte und den Kopf auf Elas Schulter legte. Sie war schwerer, als Ela in Erinnerung hatte. Und sie roch süß, so als hätte man sie mit Blumenölen eingerieben. Armes, verwöhntes, kleines Mädchen. Ela lächelte. „Warum hast du so schrecklich geschrien?"

„Du hast mich verlassen!"

„Ich war genau hier."

„Nein, du hast mich wirklich verlassen! Und du hast Pony mitgenommen."

„Ah, da ist das Problem. Du dachtest, ich hätte Pony mitgenommen."

„Und du bist weggegangen." Tzana schluckte. „Ich habe gesehen, wie du weggegangen bist und jemand sagte: ‚Du wirst sie nie wiedersehen.' Und du hast Pony mitgenommen..." Ihre Worte wurden zu einem Wimmern.

„Tzana." Ela wiegte das kleine Mädchen in ihren Armen, um sie zu beruhigen. „Hattest du einen schlechten Traum?"

„V-Vielleicht. Aber es war der allerschlimmste! Du kannst nicht ohne mich gehen!"

„Das werde ich nicht. Versprochen. Aber wir werden diesen Ort bald verlassen. Bist du sicher, dass du mit mir mitkommen willst? Du hättest es wärmer bei Syb und sie würde gut für dich sorgen."

„Es ist nicht dasselbe", protestierte Tzana. „Sie ist nicht du!"

Ela gab ihrer Schwester einen Kuss und kniete sich hin, um sie auf die Pritsche zu legen. „Beruhige dich und rutsch rüber. Dann ist genug Platz für uns beide. Geht es dir jetzt besser?"

Tzana zog die Nase hoch. „Mmm hmm. Du gehst nicht ohne mich?"

„Ich gehe nicht ohne dich." Ela breitete die Decke über sie beide aus und kuschelte Tzana an sich.

War dieser Traum Zufall? Ela lächelte, als sie die Fürsorge ihres Schöpfers erkannte. „Danke!"

„Gern geschehen", murmelte Tzana bereits im Halbschlaf.

Ela entspannte sich. Regentropfen prasselten von draußen gegen die Steine und der Geruch von feuchter Erde lag in der Luft. Ewiger? Du hast diese Trennungszeit von Tzana geplant. Warum?

Du hattest Pflichten zu erfüllen und sie musste sich ausruhen und von ihren Verletzungen erholen. Außerdem brauchten Syb und ihr Mann die Gesellschaft deiner Schwester.

Waren der Wärter und Syb so belastet, dass sie einen Grund zum Lachen gebraucht hatten? Das war ihr gar nicht aufgefallen. Aber dem Ewigen schon. Hatte Er das Paar durch Tzana näher zu sich gezogen?

Stille Zustimmung trieb durch Elas Gedanken.

Getröstet driftete Ela in den Schlaf und war sich nur am Rande bewusst, dass der Regen stärker wurde. Frühlingsregen. In ihren Träumen blühte das Land um Parne herum mit Pflanzen auf, die dort seit Jahren schon nicht mehr gesehen worden waren. Und Vater und Mutter wanderten Blumen pflückend durch die bunten Felder.

* * *

„Ich wurde verstoßen", flüsterte Tek Lara Ela zu, als sie neben dem Herd standen und kleine Brotfladen auf die Grillplatte legten. Zu Elas Bestürzung begann die junge Adelige zu weinen und Tränen rannen über ihr weiches Gesicht. „Ich habe offen zum König gesprochen, wie du es vorgeschlagen hast. Er hat mich aus seiner Gegenwart verbannt, weil ich es gewagt habe, den Namen des Ewigen laut zu preisen. Und… er hat das Schwert meines Vaters genommen und gemeint, ich wäre es nicht wert, solch einen Schatz zu besitzen!"

Ela blinzelte kurz, als sie in einer stummen Vision sah, wie das Schwert aus Tek Ans leblosen Händen genommen und zurück in Laras Hände gelegt wurde. Ein Bild, das sie gegenüber Lara nicht erwähnen konnte. Die implizierte Bedeutung der Vision wäre zu schockierend für sie. „Du wirst das Schwert von jemandem zurückbekommen, den du mit deinem Leben vertrauen kannst."

„Was meinst du damit?"

„Genau das, was ich gesagt habe. Also trauere nicht um das verlorene Schwert. Freu dich stattdessen, dass es mit dem Segen des Ewigen zu dir zurückkehren wird."

„Dann muss ich mich wohl damit begnügen, dem Ewigen zu vertrauen." Offenbar versuchte Tek Lara, sich von ihrer Verbannung und dem beschlagnahmten Schwert abzulenken, denn sie lächelte und sagte: „Apropos Segen, ich habe mich gestern mit Richter Ket Behl getroffen und mich mit ihm und seiner Familie angefreundet."

„Und?"

„Ela von Parne." An Laras Wimpern glänzten Tränen. „Warum fragst du mich etwas, was du wahrscheinlich schon weißt? Er und seine ganze Familie vertrauen jetzt dem Ewigen. Sie haben mich gebeten, sie morgen erneut zu besuchen."

„Ich wusste es", lachte Ela. „Ich freue mich, dass du andere zum Reden haben wirst, wenn ich gegangen bin."

Es würde schwierig werden, Lara zu verlassen und zu wissen, was die junge Frau bald zu bewältigen hätte. Ela hasste es, die junge Adelige mit noch einer Pflicht zu belasten, aber es war wichtig und so fragte sie: „Wirst du dich an die Gefangenen erinnern, wenn ich weg bin?"

Laras Freude verblasste ein wenig. „Ich gebe dir mein Wort, dass ich das werde, auch wenn ich wünschte, du müsstest nicht gehen."

„Weine nicht. So leicht wirst du mich nicht los. Wenn sich die Nation Istgard danebenbenimmt und ich noch lebe, wird der Ewige mich sicher senden, um euch zurechtzuweisen."

„Das freut mich!"

Ela lächelte. War es feige von ihr, Lara nicht zu erzählen, dass Parnes Prophetin im Kampf fallen würde?

* * *

Ela sah zu, als Syb Tzana im vorderen Hof des Gefängnisses umarmte und küsste. „Sei vorsichtig, mein Mädchen, und bleib gesund. Iss dein Essen – versprich es mir!"

„Ich verspreche es." Tzana blinzelte über Sybs Schulter zum Haupteingang des Gefängnisses und kicherte. Ela drehte sich um, um nach der Ursache ihrer Freude zu sehen. Der Wärter kam mithilfe eines Gehstockes nach draußen gehumpelt und blinzelte im Sonnenlicht. Tzana streckte die Arme nach ihm aus. „Wärter Tier! Ich muss dir auf Wiedersehen sagen."

Ela dachte schon, der Mann würde anfangen zu heulen, als er um Worte kämpfte: „Es heißt Wärter Ter, nicht Tier. Du hast es schon wieder vergessen."

Tzana küsste seine graue, bärtige Wange. „Ich werde mich immer an dich erinnern."

Der Wärter und seine Frau brachen in Tränen aus. Ela wandte sich schnell ab und sah Kien aus dem Haupteingang treten. Er war in das einfache, raue Gewand eines Fußsoldaten gehüllt und trug eine Weste aus Rindsleder, gebraucht aussehende Sandalen und einen blassen, roten Mantel. Als er Elas Blick bemerkte, stürmte er um die Wachen herum und auf sie zu. „Wusstest du, dass sie meinen Tod mit dieser Verkleidung herbeiführen wollen?"

„Ja. Du musst dir keine Sorgen machen. Du wirst den Kampf überleben."

„Ich überlebe diese Sandalen vielleicht nicht! Sie hätten mir wenigstens meine Stiefel lassen können."

„Ja, aber das Leder dieser Sandalen ist so gedehnt und weich, dass du keine Blasen bekommen wirst."

„Hör auf, so optimistisch zu sein. Ich will mich beschweren. Ich trage gebrauchte Sandalen!" Aber er grinste. Fasziniert von der Wärme seines Blickes und dem Charme seiner funkelnden Augen musste Ela einen Moment wegsehen. Die raue Kleidung hatte Kiens gutem Aussehen keinen Abbruch getan. Wenn sie nicht sterben würde, könnte sie sich Hals über Kopf in ihn verlieben, das wusste Ela. Würde Kien sich an sie erinnern, wenn sie weg war?

„Ist das alles, was du mitnimmst?" Kien lenkte ihre Aufmerksamkeit auf ihren prallen Wasserschlauch und den Stab in ihrer Hand.

„Fürs Erste. Ich habe Tzanas Sachen auf Pony verzurrt." Zahlreiche Geschenke von dem Wärter und Syb hatte sie sanft ablehnen müssen. Glücklicherweise hatte Tzana sich nicht beschwert und argumentiert, dass sie Platz bräuchte, um auf Pony zu reiten. Ela jedoch war genauso wie Kien dazu verurteilt worden, ihrem Tod entgegenzulaufen – eine Strafe des rachsüchtigen Tek An.

Kien warf dem Wärter einen Seitenblick zu, bevor er an Ela gewandt murmelte: „Ich sehe, er hat sich endlich erholt."

„Wofür dir wohl kein Dank gilt."

Er schmunzelte. „Und das von einem Mädchen, das Fremde begrüßt, indem sie ihnen ein blaues Auge verabreicht."

„Du hast nicht die Absicht, das zu vergessen, oder?"

Kien lehnte sich näher zu ihr hin und seine Stimme wurde weicher: „Wenn du das nicht weißt, warum sollte ich es dir dann erzählen und mir den Spaß verderben?"

Er flirtete mit ihr. Sie trat einen Schritt zurück und drehte sich um, um Tzana zu holen.

Der Wärter wischte sich die Tränen aus den Augen, bevor er Ela anknurrte: „Wegen dir sind die Gefangenen so fett und lebendig, dass ich ein Jahr lang Rebellionen und Fluchtversuche niederschlagen werden muss."

„Gern geschehen." Ela lächelte und beobachtete, wie Pony, begleitet von einer Abteilung Wachen, die von Elas ehemaligem Entführer Tal angeführt wurde, durch das Tor getrabt kam.

Tzana erblickte den Zerstörer und streckte ihre Arme nach Ela aus. „Ich möchte Pony reiten! Bitte, oh bitte!"

Während Syb erneut in Tränen ausbrach, ließ der neu ernannte Kommandant Tal einen Rucksack mit Ausrüstung zu Elas Füßen fallen. Darin fand sie getrocknete Lebensmittel, einen Kochtopf und einen leeren Wasserschlauch. Ein weiterer Soldat warf einen noch schwereren Sack vor Kiens Füße.

Der Traceländer hob fragend eine Augenbraue in Richtung Ela.

„Nein", antwortete sie, bevor er die Frage aussprechen konnte. „Der Ewige hat mir diese zugegebenermaßen größeren Details nicht vorher gezeigt, doch ich bin sicher, dass es uns nicht helfen wird, wenn wir uns beschweren. Außerdem ist der Umgang mit unerwarteten Lasten eine gute Charakterschule."

„Du klingst wie meine Mutter."

„Das tu ich nicht. Ich klinge wie meine."

* * *

Schweiß rann unter dem hölzernen Rahmen des Rucksacks Elas Hals hinunter, als sie sich inmitten einer endlosen Reihe von Soldaten, Pferden und Ausrüstungswagen vorwärts schleppte. Sie fühlte sich wie ein Packesel. Als Prophetin sollte sie wohl beten und es sich nicht erlauben, gereizt zu reagieren. Aber nach etlichen Tagen des Reisens auf diese Art, spürte sie, wie sich ihre Geduld in Reizbarkeit verwandelte. „Ewiger…"

Junge Wagenlenker rasten auf dem staubigen Weg an ihr vorbei und lachten, als ihre klappernden Wagenräder hohe Staubwolken aufwirbelten, die Elas Bitte erstickten. Dürfte sie wohl darum bitten, dass diese unverschämten jungen Männer die Pest traf?

Und könnte sie sich selbst vergeben, wenn sie beten würde und diese jungen Männer tatsächlich die Pest treffen würde?

Nein.

Ewiger? Sie hasste es zu jammern, aber… Sand knirschte zwischen Elas Zähnen. In dem Versuch, sich nicht selbst anzuspucken, bückte sie sich und spuckte in die Grasstoppeln entlang des Weges.

„Ist dir schlecht?"

„Danke, aber es ist nichts – nur ein Mund voller Staub." Ela blickte zu Kien auf, der neben ihr angehalten und sie in diesem so gar nicht anmutigen Moment beobachtet hatte. Schmutzige Schweißspuren durchzogen sein Gesicht und endeten in seinem ungepflegten Bart. Sie fühlte sich so dreckig, wie er aussah – bis auf den Bart, hoffte sie. „Ich glaube, dass die Wagenlenker absichtlich Staub aufwirbeln, wenn sie an uns vorbeifahren. Ist dir aufgefallen, dass sie langsamer werden, wenn sie an den anderen Soldaten vorbeifahren?"

„Der König hat ihnen möglicherweise aufgetragen, uns zu quälen."

Sie gingen weiter. Kien schmunzelte und nickte in Richtung Tzana, die direkt vor ihnen auf Pony ritt und mit jedem plauderte, der in ihre Nähe kam. „Wenigstens einer von uns hat Spaß."

„Pony scheint auch glücklich zu sein", stimmte Ela zu. In der Tat war der Gang des Zerstörers erstaunlich leichtfüßig. „Man könnte fast vermuten, dass er weiß, dass uns bald ein Kampf bevorsteht."

Ein weiterer Wagenlenker sauste vorbei, brüllte einen Kampfschrei und hinterließ einen Wirbelwind aus Staub. Ela bedeckte ihr Gesicht gegen den Sand und drängte mit zusammengebissenen Zähnen Wünsche nach der Pest beiseite.

* * *

„Woher weiß ich, dass du nicht verschwindest?", wollte der Wachmann von Ela wissen und runzelte die Stirn.

Sein feindseliger Ton provozierte Pony, der tief in seiner Kehle bedrohlich grummelte. In Anbetracht der Tatsache, dass Tzana immer noch auf dem Rücken des Zerstörers saß, streckte Ela die Hand aus und streichelte das riesige Pferd, um es wissen zu lassen, dass sie in Sicherheit war. Dennoch erwiderte sie den finsteren Blick der Wache. „Ich gebe dir mein Wort, dass ich nicht weglaufen werde. Ich möchte nur zum Fluss gehen und mich waschen, bevor die Sonne untergeht. Alle anderen haben die Erlaubnis dazu – warum ich nicht?"

Der Soldat knurrte: „Lass deine Ausrüstung und deinen Gehstock bei mir! Und trödle nicht herum. Ich habe Pläne für heute Abend."

Trinken und Spielen, wie Ela wusste.

Sie ließ ihren Rucksack auf den Boden sinken und legte ihren Stab daneben. Nach einem Moment des Überlegens nahm sie ihren kleinen Kochtopf aus Bronze, einen Kamm, Wechselkleidung für Tzana und einen langen Mantel für sich selbst aus dem Sack. Dann stand sie wieder auf und winkte Tzana und Pony zu. „Lasst uns flussaufwärts gehen."

„Zum Waschen?" Tzana klatschte in die Hände. „Wir müssen Pony auch waschen. Sein Fell ist ganz dreckig."

„Erst Pony, dann uns." Ela beruhigte sich, während sie hinunter zum Fluss gingen. Die zwitschernden Vögel in den Bäumen, das Rascheln der Gräser – die Pony mehrmals dazu verführten, anzuhalten und zu grasen – und das gurgelnde Rauschen der Strömung waren das perfekte Mittel gegen ihre schlechte Laune.

Als sie zum Fluss kamen, platschten Ponys Hufe auf dem feuchten Untergrund. Ela genoss die Kälte des Wassers an ihren Zehen. Sie musste Pony nicht erst in den Fluss locken. Er lief begierig in die Strömung hinein, versperrte Ela jedoch den Weg, als diese weiter als bis zur Hüfte ins Wasser waten wollte. „Keine Angst", murmelte sie. „Ich kann schwimmen." Nicht besonders gut zwar, aber das musste Pony ja nicht wissen.

Der Zerstörer rührte sich nicht.

Ela gab sich damit zufrieden, Wasser auf die bereits glitzernden Flanken des Zerstörers zu spritzen, bevor sie Tzana wiederholt den Topf hinaufreichte, bis das Wasser funkelnd und klar den gesamten Rücken des riesigen Pferdes hinunterlief. Ponys wunderschöne Mähne und Schweif waren ziemlich verknotet. Sollte sie ihn nicht besser kämmen? Sie musste später mit Tsir Aun oder Tal sprechen und sie fragen, wie man sich um einen Zerstörer kümmerte.

Vorerst zufrieden überredete sie Tzana, von Pony herunterzukommen und schrubbte das Mädchen sorgfältig vom Kopf bis zu den Füßen mit feinkörnigem Lehm vom Flussufer, bevor sie sie gründlich mit Wasser abspülte.

Aus Furcht, die Soldaten könnten sie sehen – ob versehentlich oder nicht – ließ Ela ihre Tunika an, während sie in den Fluss stieg, sich vorsichtig wusch und dann im Wasser untertauchte – bis Pony sie mit der Nase wieder an die Oberfläche stupste.

„Dummerchen!", schimpfte sie. „Es geht mir gut. Siehst du?" Der Zerstörer schnaubte ungeduldig. Ela seufzte. „Du hast Recht. Wir sollten besser zurückgehen."

Sie watete zum Flussufer und zog Tzana eine saubere Tunika an, bevor sie sich selbst in ihren Mantel wickelte. Sicherlich würde sie beim Feuer schnell trocken werden. Sie ließ den Blick ein letztes Mal über den Fluss schweifen und bemerkte eine Reihe toter Bäume zu ihrer Linken. Gräuliche Baumstümpfe, deren nackte Zweige sich zum Himmel reckten, als würden sie um Gnade flehen. Warum sahen diese Stümpfe so vertraut aus?

Eine Erinnerung an das raue Grenzgebiet zwischen Parne und Istgard tauchte ungebeten und unwillkommen in ihrem Kopf auf. Eine Schlucht mit rotem Gestein, das von gelb-grünen Streifen durchzogen war und wo die einzigen Schatten von toten Baumstümpfen erzeugt wurden. Bäume, die vergiftet worden waren von einem... „Skaln!"

Plötzlich sah sie die Bilder klar vor Augen. Nicht nur ein Skaln, sondern ein ganzer Hinterhalt von fünf. Flussabwärts. Leichtfüßig schlichen sie sich an. Kamen immer näher...

Elas Füße schienen im nassen Ufersand festzustecken. Ihre Fähigkeit zu denken erstarrte... bis der Ewige sie innerlich streng durchschüttelte. *Müssen Männer sterben, weil du Angst hast?*

„Pony!", schrie Ela über die Schulter. „Bleib bei Tzana!"
Lauf!

17

In einer Skalnattacke zu sterben, kurz nachdem sein Überlebenswille zu ihm zurückgekehrt war... das war... zum Verrücktwerden!

Eingekeilt zwischen dem Flussufer und fünf sabbernden Skalnen schwang Kien den Ast eines toten Baumes in dem Versuch, das größte und aggressivste Biest auf Abstand zu halten.

Der Skaln ließ das typische, kehlige Gurgeln hören und seine stumpfen, gelben Augen fokussierten sich auf Kien. Gift troff aus den Mundwinkeln der Kreatur und sein heißer, drückender und nach verrottetem Fleisch stinkender Atem strich über Kien wie eine giftige Wolke, die ihn zu ersticken drohte.

Kien hielt dem Raubtier seinen toten Ast entgegen und wartete darauf, dass es sich auf ihn stürzte. Er würde versuchen, dem Tier den Ast zwischen die Kiefer zu rammen und sich gleichzeitig die roten Klauen vom Leib zu halten. Vor allem hoffte Kien, dass eine seiner zwei Wachen ihm zur Hilfe kommen würde. Oder ihn wenigstens töten würde, bevor die ganze Gruppe sich auf ihn stürzte. „Gebt mir eine Waffe, ihr Feiglinge!"

„Schwimm!", drängte der Wachmann, der am weitesten von ihm entfernt stand. „Skalne können nicht schwimmen."

„Das ist eine Lüge!", brüllte Kien zurück. „Wenn sie mit mir fertig sind, werden sie sich euch holen!"

Obwohl er es nicht wagte, seinen Blick von dem führenden Skaln abzuwenden, nahm Kien aus dem Augenwinkel einen anderen Soldaten wahr, der sich vorsichtig mit erhobenem Schild und gezogenem Schwert von hinten an die Gruppe heranschlich.

Jemand anders kam von links auf ihn zu gerannt. Kien hörte, wie die Schritte entlang des Ufers das Wasser aufspritzen ließen. Dieser Möchtegern-Verteidiger jedoch glitt plötzlich aus und landete kopfüber im Sand – direkt vor dem vordersten Skaln. Entsetzen ergriff Kien, als er seinen gefallenen Retter erkannte. „Ela!"

Ihr Heranstürmen hatte alle fünf Skalne erschreckt zurückweichen lassen. Aber nur kurz. Schnell gruppierten sich die Tiere neu und kamen näher, während ihr kehliges Gurgeln neues Gift aus ihren Mündern laufen ließ. Verzweifelt schrie Kien: „Ela, rühr dich nicht! Ich versuche, sie abzulenken."

Ela antwortete nicht. Gerade, als der erste Skaln nahe genug herangekommen war, um sie anzuspringen, sog sie einen zitternden Atemzug ein und rief: „Im heiligen Namen des Ewigen befiehlt Er euch... zurückzuweichen!"

Die fünf Skalne drückten sich flach auf den Flusssand, als wären sie mit mächtiger Hand geschlagen worden. Doch im nächsten Moment erholten sie sich und sprangen alle gemeinsam in den Fluss, als versuchten sie, sich möglichst weit von Ela zu entfernen. Verwirrt sah Kien zu, wie die ganze Gruppe die stärkere Strömung in der Mitte des Flusses erreichte und gurgelnd und fauchend flussabwärts getrieben wurde. Wer würde ihnen das glauben? Niemand hat einen Skaln je vor einer Beute zurückweichen sehen – niemals.

Kien ließ den toten Ast sinken und kniete sich neben Ela. „Hat dich einer von ihnen erwischt?"

Sie schüttelte den Kopf, blieb jedoch still – bis auf ihren Atem, der hastig und stoßweise kam und ging. Außerdem zitterte sie, als ob sie in einen Wintersturm geraten wäre. Auch seine Finger waren alles andere als ruhig, als Kien seinen groben, roten Umhang löste und ihn um Elas Schultern legte. Ihr Haar und ihre Kleidung waren klatschnass. War sie in den Fluss gefallen?

Kiens anderer Möchtegern-Retter kam zu ihnen. Tsir Aun. Mit dem Schwert immer noch in der Hand, schwang er den Schild auf den Rücken, hockte sich hin und sah Ela direkt ins Gesicht. Mit leiser und ernster Stimme sagte er: „Danke. Ich bin sicher, dass du mehr als nur zwei Leben heute Abend gerettet hast."

Ela nickte und wandte den Blick vom Kronkommandanten ab. Als er sich zu ihr beugte, sah Kien, dass Ela Tränen in den Augen standen. Außerdem zitterte ihr Kinn, was ihr das Aussehen eines kleinen und verletzlichen Kindes gab. Offensichtlich hatte das

Mädchen Todesangst gehabt und hatte sich den Skalnen dennoch entgegengestellt. Hatte er jemals solchen Mut gesehen?

Kien unterdrückte den Impuls, Ela in seine Arme zu schließen und sie zu küssen. Es wäre sicherer – und weniger skandalös – wenn er sie durch Necken aus dem Schockzustand herausholte: „Ela, danke! Aber das war ein ganz schönes Risiko. Allein der Gestank eines Skalns reicht aus, um einen Menschen bei lebendigem Leibe verrotten zu lassen. Kein Wunder, dass deine Augen tränen. Kannst du aufstehen?"

„Noch nicht." Sie wischte sich über die Augen.

Kiens zwei Wachmänner traten nun beide beschämt näher. Tsir Aun wandte sich mit ernster Stimme an sie: „Wenn unsere ganze Armee euren Mut beweist, haben wir bereits verloren. Kehrt ins Lager zurück!"

„Ja, Herr." Sie rannten das Flussufer hinauf und warfen auf dem Weg mehrmals Blicke über die Schultern zurück. Kien konnte hören, dass sie einander scharfe, geflüsterte Worte zuzischten, während sie sich entfernten.

„Was dich angeht..." Tsir Aun lächelte Ela an. „Ich wünschte, jeder Soldat in dieser Armee hätte deinen Heldenmut."

Kien kicherte. „Ich bin froh, dass es nicht so ist."

„Vorsicht, Traceländer, oder ich schicke dich flussabwärts den Skalnen hinterher."

Aufregung zu seiner Linken lenkte Kiens Aufmerksamkeit von Tsir Aun und Ela ab. Neben lautem Geplansche beschwerte sich eine laut quiekende und hoch kreischende Kinderstimme. Pony trottete auf sie zu, während die beleidigte Tzana am Schlafittchen baumelnd in seinem Maul hing und wild mit ihren dünnen Beinchen ausschlug und mit den Armen ruderte wie ein gereiztes Vögelchen.

„Pony, hör auf zu spritzen! Außerdem sabberst du mich voll. Ela wird wütend sein, wenn ich dreckig bin!" Der Zerstörer hielt neben Ela an und ließ das zerzauste kleine Mädchen in ihren Schoß fallen, bevor er die Lippen zu einer Grimasse verzog und schnaubend den Kopf wegdrehte.

Schmollte das Monster etwa? Kien verkniff sich ein Lachen.

„Warum bist du weggelaufen?", verlangte Tzana zu wissen. Sie zog an einer langen, nassen, dunklen Haarlocke auf Elas Kopf. „Du hättest uns mitkommen lassen sollen!"

„Sei froh, dass ihr nicht hier wart", meinte Ela mit leiser Stimme. „Pony wäre an Skalnwunden gestorben."

„Du würdest ihn nicht sterben lassen", widersprach Tzana. „Du liebst ihn."

Interessante Perspektive. Kien wollte Ela oder Tzana um mehr Informationen bitten, dachte dann jedoch, dass es sicherer wäre, seine Neugierde für sich zu behalten. Es könnte sein, dass ihm die Antworten nicht gefallen würden.

Tsir Aun steckte sein Schwert weg und brach die plötzliche Stille: „Lasst uns zum Lager zurückkehren und sehen, dass wir trocken werden. Kind", er streckte Tzana seine Arme entgegen, „erlaubst du mir, dich zu tragen?"

„In Ordnung."

War das ein strategischer Rückzug auf Befehl des Kronkommandanten? Kien hoffte es. Er lehnte sich zu Ela und murmelte: „Wenn du nicht allein stehen kannst, werde ich dich tragen müssen."

Ela stand auf, schwankte jedoch merklich. Kien ergriff ihren Ellenbogen. „Na, geht doch", ermutigte er. „Wo ist dein Gehstock?"

„Es ist kein Stock!" Sie klang beinahe beleidigt.

Es schien ihr wirklich besser zu gehen.

Der Zerstörer schien dem jedoch nicht zuzustimmen. Kurz bevor sie oben auf der Anhöhe ankamen, schob das schwere Kriegsross sich zwischen Kien und Ela, was Kien dazu zwang, Elas Arm loszulassen.

Kien gab nach, starrte Pony jedoch böse an. Wenigstens hatte der schwarze Teufel nicht nach ihm geschnappt.

„Traceländer!" Ein Fußsoldat winkte ihn zu sich. „Komm her und fang an, die Zelte aufzubauen!"

Kien tat, als lächle er ehrerbietig, während er sich heimlich überlegte, wie er die Zelte sabotieren könnte.

* * *

Ela ließ Tzana nahe eines der Feuer ein wenig dösen. Pony stand Wache, während er, befreit von seinem Kriegsgeschirr, eine gewaltige Portion Futter vertilgte. Sie musste ihre Ausrüstung zurückholen. Wenn nur ihre Knie aufhören würden zu zittern. Man stelle sich vor! Eine Prophetin, die zu erschüttert war, um geradeaus zu laufen. Lächerlich.

Sie hatte jeden Grund zu feiern. Der Ewige hatte in seiner Gnade Kien und Tsir Aun bewahrt. Und die Skalne waren wahrscheinlich tot, vom Fluss weggetragen und unfähig, jemals wieder jemanden zu töten. Aber was, wenn sie nur einen Moment länger gezögert hätte? Ela erschauderte.

Vor ihr umringten einige Wachen lachend und einander schubsend Elas Rucksack und den Stab. Was machten sie da?

Ela duckte sich zwischen den Männern hindurch und sah, wie einer der Soldaten nach dem Stab trat. Als sein Fuß in der Ledersandale durch das Rebenholz wie durch Luft fuhr, lachten die Kumpane des Soldaten und Elas Wache schallend los. Sie machten sich einen Spaß daraus zu versuchen, Eshtmohs Stab zu zerbrechen!

Wut gab ihren zitternden Knien Halt. „Wenn ihr verstehen würdet, was ihr da tut, würde euch das Lachen im Halse stecken bleiben – euch allen! Anstatt euch wie eine Gruppe kleiner Jungen aufzuführen, solltet ihr lieber euren Schöpfer um Gnade für den kommenden Kampf bitten. Ihr werden sie brauchen."

„Wir sind doch nich' Soldaten geworden, um dem Gemecker einer Frau zuzuhören", höhnte einer der Soldaten. Die anderen gackerten und nickten zustimmend.

„Gut. Ihr seid auf euch allein gestellt. Vergesst euren Schöpfer." Ela hob den Rucksack mit ihrer Ausrüstung auf ihren Rücken und schnappte sich den Stab. Dann schob sie sich unter Zuhilfenahme ihrer Ellenbogen durch die grinsenden Soldaten und kehrte zu ihrem Kochfeuer zurück. Tzana hatte sich nicht gerührt. Gut. Ela füllte ihren kleinen Topf mit Wasser aus ihrer Ration, bevor sie einige Körner, getrocknete Früchte und Fleisch dazugab.

Elas Wache schlenderte heran und setzte sich offensichtlich amüsiert ans Feuer. Dachte er wirklich, sie würde auch noch für ihn kochen, nachdem er seinen Kameraden erlaubt hatte zu versuchen, den Stab zu zerstören? Bestimmt nicht.

Pony schien ihre Gefühle zu teilen, denn er ließ sein Futter stehen, trottete zu dem Wachmann hinüber und begann an seinen Haaren zu ziehen und ihn in die Schulter zu zwicken, bis der Mann verärgert aufstand. Dennoch war er klug genug, um seine Stimme freundlich klingen zu lassen, als er sagte: „Du musst deinen Zerstörer besser kontrollieren, Prophetenmädchen."

„Was, wenn ich sein Verhalten gutheiße?"

„Ich hoffe, das tust du nicht", knurrte der Wachmann, bevor er spottete. „Ich habe gehört, du hättest sieben Skalne verjagt."

„Sieben? Du und deine Landsleute seid wie immer bestens informiert."

„Du da!" Tsir Auns tiefe, autoritäre Stimme veranlasste Elas Wache, sich umzudrehen. „Ruf deine Kameraden zusammen, um die Abfallgrube für heute auszuheben und sorge dafür, dass sie sie vernünftig benutzen."

„Ja, Herr. Darf ich fragen, Herr, was mit meiner Gefangenen ist?"

Tsir Aun kam näher. „Ich werde sie solange übernehmen. Abmarsch!"

„Danke", murmelte Ela, als ihre Wache eilig davonging.

„Ich werde ihn versetzen lassen. Ich habe gesehen, was passiert ist." Tsir Aun runzelte die Stirn, während er dem Wachmann hinterher sah, der sich zusammen mit einigen Kameraden einige Spitzhacken und Schaufeln griff. „Es ist verständlich, dass sie dich als ihren Feind betrachten…"

„Oh, natürlich ist das verständlich!"

„Dennoch", fuhr Tsir Aun fort, als hätte Ela nichts gesagt, „müssen sie dich mit mehr Respekt behandeln."

Beschämt seufzte Ela. „Wenn alle Istgardier so ehrenhaft wären wie du, Herr, würden wir nicht auf diesen aussichtslosen Kampf zulaufen."

„Wird er aussichtslos sein?" Der Kronkommandant trat noch einen Schritt näher und seine Worte waren kaum mehr als ein Flüstern. „Kannst du es mir sagen?"

„Du wirst überleben. Ein paar Istgardier werden überleben."
„Was ist mit dir?"
Seine Freundlichkeit ließ Ela beinahe in Tränen ausbrechen. Doch sie schüttelte den Kopf. „Alles, was ich gesehen habe, lässt sich nur durch meinen Tod erklären." Bevor er eine weitere Frage stellen konnte, meinte sie: „Ich würde Pony gern ordentlich durchbürsten vor dem Kampf. Würdest du es mir zeigen, während die Suppe köchelt?"
„Ich denke, ich könnte ein paar Monate Training in ein paar Worten zusammenfassen. Zuerst einmal solltest du ihm einen würdevolleren Kampfnamen geben."
Ela schmunzelte. „Über seinen Namen wirst du dich mit Tzana streiten müssen – damit hatte ich nichts zu tun. Wie hat Kommandant Taun ihn genannt?"
„Sense. Im Kampf mäht dein Zerstörer alles nieder, was ihm in die Quere kommt."
„Das kann ich mir vorstellen." Leider mehr als nur vorstellen. Ela zuckte zusammen, als sie einen Blick auf Pony – Sense – bekam, der durch ein blutgetränktes Schlachtfeld galoppierte, so wutentbrannt wie sein Reiter. Ela keuchte. Wann würde dieser Kampf stattfinden? Offensichtlich war es noch nicht geschehen, aber...
Tsir Aun unterbrach ihren Gedankenfluss und die beunruhigende Vision: „Hör zu. Ich habe vielleicht nicht die Zeit, dir das noch einmal zu zeigen." Der Kronkommandant sprach schnell, während er Kämme, etwas, das aussah, wie eine kleine Spitzhacke, genoppte Lappen, Büschel aus Borsten und hölzerne Fläschchen aus Elas Ausrüstungsrucksack hervorkramte. „Wenn du einen Zerstörer – oder irgendein Pferd – striegelst, arbeitest du dich von oben nach unten und von vorn nach hinten. Vom Kopf zu den Hufen. Außerdem musst du mehrmals im Jahr seine Zähne kontrollieren. Der jeweilige Meister des Pferdes ist der einzige, dem das Tier dieses Privileg zugestehen wird."
Ela schreckte zusammen. „Niemand hat sich um seine Zähne gekümmert?"

„Nein. Aber er ist jung und er lässt kein Essen fallen oder verliert Gewicht, also ist er sicher in Ordnung. Wenn er aufhört zu essen, brauchst du einen mutigen Arzt, oder jemanden anderen, der sich um seine Zähne kümmern kann. Der jeweilige Meister sorgt dafür, dass er bei einem Eingriff stillhält." Tsir Aun reichte Ela ein hölzernes Fläschchen. „Dieses Öl entwirrt seine Mähne und seinen Schweif. Sei sparsam damit."

Ela bewaffnete sich mit einem Kamm und beäugte Ponys Mähne und seinen unglaublich hohen Rücken. Tsir Aun grinste. „Es wäre hilfreich, wenn du größer wärst."

„Es wäre hilfreich, wenn er helfen würde." Ela lehnte sich gegen ihren Zerstörer. „Pony, kannst du dich hinsetzen oder hinknien oder hinlegen oder so was?"

Der Zerstörer schnaubte, als wäre das eine beleidigende Frage. Beinahe hochmütig kniete er sich hin, bevor er sich auf dem Gras niederließ. Ela lachte. „Du Schlingel! Warum hast du mir diesen Trick nicht schon früher gezeigt?"

Tsir Auns Anweisungen folgend, verteilte Ela etwas Öl in den Haaren des Pferdes, bevor sie es striegelte und kämmte, bis sein Nacken und Rücken im Licht der untergehenden Sonne glänzten. Sein Schweif war wild verknotet – besonders unten drunter. Eine Geduldsübung, entschied Ela, als sie die Haarzotteln entwirrte. Sie wies ihn an aufzustehen, damit sie seine Seiten striegeln und seine Beine mit einem Liniment, einer salbenartigen Mischung mit Kräutern, einreiben konnte. Zum Schluss rieb Ela ihn mit einem feuchten, genoppten Lappen ab.

„Kontrollier seine Zähne", forderte Tsir Aun sie auf. „Schiebe deinen Daumen in eine Ecke seines Maules in die Lücke zwischen seinen Zähnen und drücke sie nach oben auf. Wenn er sein Maul öffnet, nimmst du seine Zunge und ziehst sie zur Seite."

„Seine Zunge? Bist du sicher?"

Der Kronkommandant hob eine Augenbraue. Zweifellos sicher.

Ela unterdrückte ihre Angst und drehte sich zu Pony um. „Wag es ja nicht, mich zu beißen. Und es wird nicht gerülpst."

Pony gefiel die ganze Prozedur offensichtlich genau so wenig wie Ela, aber er fügte sich und zuckte nur leicht mit seiner rauen, nassen Zunge. Amüsiert fragte Tsir Aun: „Siehst du irgendwelche Tiere, Baumstümpfe oder menschliche Gliedmaßen zwischen seinen Zähnen stecken?"

Ernst betrachtete Ela die Zähne des Zerstörers, bevor sie ihn die Zunge einziehen und den Mund wieder schließen ließ. „Nein. Nichts." Als sie sich an Pony... Sense... im zukünftigen Kampf erinnerte und an den Anblick ihres leblosen Körpers, fragte sie: „Wird er jemand anderem gehorchen? Wenn ich es ihm befehle?"

„Ja, aber er wird nicht glücklich darüber sein. Sein Lebenssinn besteht darin, sich um dich zu kümmern, solange er lebt."

„Was, wenn ich sterbe?"

„Dann – wenn er deinen Tod überlebt – wird er sich einem anderen Meister verschreiben. Am ehesten einem, dem zu gehorchen du ihm zuvor befohlen hattest."

„Oder vielleicht wird der Ewige ihm auch befehlen, jemandem zu gehorchen, der..." Sie hielt inne.

Tsir Aun runzelte die Stirn, während er sie ansah. „Erwartest du, in nächster Zeit zu sterben?"

„Ja. Also... wie befehle ich ihm, jemandem anders zu gehorchen?"

„Du fasst ihn an den Nüstern, drehst ihn zu dem zukünftigen Meister und befiehlst ihm, dieser Person zu gehorchen."

„Das ist alles? Einfach ‚Gehorche'?"

„Gehorche. Und sei streng dabei." Der Kronkommandant trat näher an sie heran. „Gibt es noch irgendetwas, wobei ich dir helfen kann?"

„Bete zum Ewigen für deine eigene Sicherheit... und für Istgard."

Er erlaubte sich die Andeutung eines Lächelns. „Das habe ich. Und das werde ich."

Sie konnte keine Spur Spott in seinem Gesichtsausdruck erkennen. Er sprach die Wahrheit. Ewiger, danke! Beinahe hätten ihre Knie vor Erleichterung unter ihr nachgegeben.

Als hätte er bereits zu viel gesagt, räusperte Tsir Aun sich. „Der König wird meinen Bericht erwarten. Mittlerweile wird er von den Skalnen gehört haben."

„Der König wird enttäuscht sein, wenn er hört, dass wir überlebt haben", meinte Ela. „Was mich daran erinnert..." Sie erhaschte einen flüchtigen Blick auf den Kampf zwischen Istgard und Traceland und hielt mitten im Satz inne. Tsir Aun dachte bestimmt, ihr Gehirn wäre verwirrt.

Der Kronkommandant runzelte die Stirn: „Ja?"

„Wenn der Kampf beginnt, musst du bei deinen Landsmännern bleiben. Kämpfe bis zum letzten Moment für den König und den Erben. Laufe nicht zu den Traceländern über."

Er starrte sie an: „Warum sollte ich so etwas tun? Ich bin kein Verräter!"

„Vertrau mir, mein Herr. Du wirst in Versuchung geraten. Aber der Wille des Ewigen ist, dass du für Istgard kämpfst."

Still beugte der Kommandant den Kopf und verließ sie sichtlich aufgebracht.

Er würde es später verstehen. Und ihr vergeben. Dennoch verspürte sie einen Schmerz, als hätte sie einen Freund verloren.

Als sie sich umwandte, stupste Pony gerade Tzana an, um sie zu wecken. Ihr Essen war fertig.

* * *

Beleidigt oder nicht, Tsir Aun hielt sein Wort, übertrug ihrem ehrlosen Wachmann andere Pflichten und ersetzte ihn mit dem vor Kurzem beförderten Kommandanten Tal. Dieser begrüßte sie respektvoll lächelnd und offensichtlich erfreut über seinen neuen Status: „Gib mir und meinen Männern dein Wort, dass du nicht zu fliehen versuchen wirst und wir werden dich heute Nacht nicht fesseln."

„Ich gebe dir mein Wort. Warum sollte ich denn auch fliehen? Meine Arbeit hier ist noch nicht getan."

Während seine Männer sich auf ihre Wachschicht vorbereiteten, ließ Tal seine Ausrüstung fallen und entfaltete seine Schlafdecke. Es schien ihn nicht im Geringsten zu stören, neben dem Feuer unter den Sternen zu schlafen. Er gähnte, streckte sich und schloss die Augen. „Erzähl mir von den Skalnen."

Lieber nicht. Aber so würde er zumindest die Wahrheit hören und vielleicht über den Willen des Ewigen nachdenken. Bevor sie jedoch zu Ende erzählt hatte, schnarchte Tal bereits. Ela kuschelte sich auf ihre Schlafmatte neben Tzana und sie suchten nach Bildern im Feuer, bis sie beide wegdösten.

Die Flammen waren zu glühenden Kohlen zusammengefallen, als Ela erwachte. Unzählige Insekten zirpten und raschelten in der Dunkelheit wie in einem wilden, strukturlosen Chor. Hatte sie tatsächlich trotz all dieser Geräusche schlafen können? Sie bewegte sich leise, als sie einige Scheite Holz auf die Kohlen legte und kurz nach Tzana und Pony sah. Beide lagen ruhig da und schliefen fest. Zufrieden, dass sie die beiden – und die erschöpften Wachen – nicht geweckt hatte, schwang Ela sich ihren Wasserschlauch über die Schulter und schlich in Richtung der Latrine, die ihnen zugewiesen worden war. Zum Glück lag der schmale Graben des Abtritts im Schatten.

Nachdem sie sich erleichtert hatte, wusch sie sich die Hände und trocknete sie ab. Statt jedoch direkt zum Feuer zurückzukehren, verweilte sie noch kurz unter den Bäumen und starrte in den nächtlichen Himmel. Wenn sie keine Gefangene auf dem Weg zu einem blutigen Krieg – und ihrem eigenen Tod – wäre, hätte es ihr vielleicht sogar gefallen, hier zu sein. Von den Skalnen einmal abgesehen, war dieses Flusstal ein hübscher Ort. Grüner als Istgard oder Parne mit hohen, üppigen Bäumen. Wunderschön. Auch der Himmel war großartig. Ela sah hinauf in die Sterne und dankte ihrem Schöpfer.

Gedämpfte Schritte erklangen hinter ihr. Bevor Ela sich umdrehen konnte, legten sich zwei große Hände in einem mörderischen Griff über ihre Nase, ihren Mund und um ihre Kehle. Nach dem vergeblichen Versuch zu schreien, kämpfte sie nur noch um Atem.

18

Ewiger! Bitte...

Ela versuchte, die riesigen Hände ihres Angreifers von ihrer Nase und ihrem Mund zu ziehen. Von ihrer Kehle. Aber sein Griff verstärkte sich und sie spürte, wie das Blut in ihren Schläfen zu pochen begann. Ihre Sinne verfinsterten sich. Schwanden. Gerade, als sie spürte, dass sie das Bewusstsein verlor, japste ihr Angreifer und ließ sie fallen. Ela stürzte ins Gras, zu schwach, um ihren Sturz abzufangen.

Als sie um Atem rang, pulsierten dumpfe Schläge durch Elas Kopf. Und durch den Erdboden. Riesige, dunkle Hufe donnerten am Rande von Elas getrübtem Sichtfeld entlang. Trotz schwarzer Punkte vor den Augen versuchte sie, sich zu konzentrieren. Pony?

Nein. Nicht Pony. Sense stürzte sich auf ihren Angreifer. Stampfte ihn in den Boden. Sie schüttelte die Verwirrung ab und versuchte, den Kopf zu heben. Sie hörte, wie etwas wie ein Ast brach. Ihr Angreifer schrie. Dann wurde es still. In seiner Raserei packte der Zerstörer den schlaffen Körper des Mannes mit den Zähnen, warf ihn zur Seite und trampelte dann weiter auf ihn ein.

Ela stemmte sich auf einen Ellenbogen und schaffte es zu flüstern: „Pony! Sense... Stopp!"

Obwohl ihre Stimme mitleiderregend schwach klang, hörte der Zerstörer sie. Er ließ von seinem Opfer ab, kam herüber und stupste Ela an, als wolle er sie auf die Füße bringen. Sie konnte nicht aufstehen, doch sie strich ihm übers Gesicht. „Danke."

Schwindel ergriff Ela und sie würgte im Gras. Pony schnüffelte an ihr, dann wieherte er leise. Inzwischen rannten Wachen auf sie zu und riefen: „Wer ist da?"

Pony wieherte noch einmal verhalten. Allem Anschein nach von seinen sanften Geräuschen ermutigt, kamen die Wachmänner mit gezogenen Schwertern auf Ela zu. Einer der Männer fluchte: „Es ist das Mädchen. Wir werden bestraft werden, weil wir sie haben entkommen lassen."

Angeekelt spuckte Ela aus, um ihren Mund zu säubern. Ihre Stimme war kaum mehr als ein kraftloses, schmerzhaftes Quietschen: „Ich bin nicht geflohen. Ich bin zum Abtritt gegangen."

„Tritt zurück!", befahl Kommandant Tal dem unflätigen Wachmann. Tal kniete sich neben Ela. „Was ist passiert?"

Ela versuchte, ihre Stimme über ein raues Flüstern hinaus zu drängen. „Ich wurde fast erwürgt."

„Von wem?"

Ela gab auf und machte nur eine Geste in Richtung des im Schatten liegenden, zertrampelten Körpers ihres Angreifers. Der Mann hatte sich nicht bewegt. Er hatte es nicht überlebt. Pony hatte ihn getötet. Für sie. Ein entsetzlicher, scheußlicher Gedanke. Schluchzer brachen sich durch Elas wunde Kehle. Ihre Schwäche beunruhigte Pony scheinbar so sehr, dass er Tal mit der Nase anstupste.

Der Soldat seufzte. „Könnt ihr zwei nicht einmal eine Woche kein Desaster verursachen?"

„Ich b-bin nicht diejenige, die versucht hat, mich zu erwürgen", protestierte Ela schwach und kämpfte gegen die aufwallenden Tränen. Ihr Kopf fühlte sich an, als wollte er gleich explodieren.

Ohne um Erlaubnis zu bitten, hob Tal Ela auf seine Arme und stand auf. Sie hoffte, dass ihr nicht wieder schlecht werden würde – der hilfsbereite Kommandant würde das Ergebnis ihrer Übelkeit ansonsten mit voller Wucht abbekommen. Tals Untergebene untersuchten den Körper des Angreifers. „Mausetot", verkündete einer.

„Bringt seinen Körper zum Feuer und bereitet die Untersuchung vor", ordnete der Kommandant an.

„Nein", bat Ela schwach flüsternd. „Dann sieht Tzana seinen Körper."

Unbewegt antwortete Tal: „Sie kann sich die Augen zuhalten."

Herzloser Mann! Um fair zu sein, musste man allerdings sagen, dass er sie sehr vorsichtig behandelte. Die meisten Istgardier hätten Elas Überleben bedauert. Aber vielleicht lag Tals Umsicht auch nur in seiner Angst vor Pony begründet, der direkt hinter ihm lauerte. Ela hörte ihn schnauben und spürte seine wachsame Präsenz.

Tal zog die Schultern hoch. „Wenn du dich wieder bewegen kannst, solltest du etwas Hafer für deinen Zerstörer suchen und ihn loben. Er hat dir das Leben gerettet."

Ja. Ihr Leben war gerettet. Und es hatte die auf ewig leidende Seele ihres Angreifers gekostet.

* * *

„Kann ich gucken?", wollte Tzana verborgen in ihrem improvisierten, kleinen Zelt wissen, das verhinderte, dass sie den toten Mann im Lichte der aufgehenden Sonne zu Gesicht bekam.

„Nein." Ela runzelte die Stirn und versuchte, trotz ihrer kratzigen Stimme streng zu klingen. „Du willst das nicht sehen, wirklich nicht." Wenn man Ela fragte, hatte Tzana bereits zu viel Tod auf dieser Reise gesehen.

„Aber was, wenn ich es will?"

„Nein." Ela zitterte, als sie die zerquetschte, blutige Leiche wieder vor ihrem inneren Auge sah. Sie flüsterte: „Ewiger? Hättest Du mich nicht warnen können?"

Das hättest du nicht wissen wollen.

Stimmt. Aber... „Dann wäre ich nicht zum Abtritt gegangen."

Du wärst ihm dennoch nicht entgangen. Er und sein Meister lieben das Böse zu sehr.

Ela sah das Gesicht ihres Angreifers. Und das seines Meisters. Sie seufzte. Natürlich war *er* es. Sie hätte wissen müssen, dass es so kommen würde. „Ewiger", flehte Ela in ihren Gedanken, „ich weiß, dass ich bald sterben werde und ich akzeptiere das... aber mehrmals *beinahe* zu sterben ist wirklich anstrengend! Müssen meine Feinde immer gleich versuchen, mich umzubringen?"

Es sind meine Feinde, die mich durch dich angreifen – ja.

Er sandte Ela einen Hauch seiner Wut gegen das Böse, das sie um Seinetwillen erlitt. Einen flüchtigen Blick auf sein Gericht. Sie zuckte zusammen und hätte sich am liebsten zu Tzana unter die Decke verkrochen. Nicht, dass es geholfen hätte.

Ein Schatten schob sich zwischen Ela und das rötliche Morgenlicht. Tsir Auns Schatten. Sie setzte sich auf, als er sich auf ein Bein neben sie kniete. Er betrachtete ihre Kehle und ihr Gesicht von allen Seiten. Als er fertig war, schaute der Kronkommandant Ela in die Augen: „Was kannst du mir sagen?"

„Der Erbe ist hier", krächzte Ela. „Gegen den Befehl seines Vaters, wie der Ewige es vorausgesagt hat."

„Wo genau?"

„Unter den Fußsoldaten. Aber es sind zu viele. Du wirst ihn erst kurz vor dem Kampf finden – in zwei Tagen."

„Wird er dich noch einmal angreifen?"

„Seine Männer sind zu verschreckt durch den Tod ihres Kameraden. Und er will seine Entdeckung nicht riskieren." Ela kratzte ihren Mut zusammen, um die nächste Frage zu stellen: „Bist du noch böse mit mir?"

Der Kronkommandant lehnte sich vor und flüsterte: „Ich war nicht böse auf dich. Ich mache mir Sorgen. Es ist kein Geheimnis, dass alle deine Vorhersagen wahr geworden sind. Und ich habe die Macht des Ewigen mit eigenen Augen gesehen. Deshalb vertraue ich Ihm. Aber als du mich gewarnt hast, dass ich es in Erwägung ziehen werde, mein eigenes Land zu verraten..." Er brach ab und schüttelte den Kopf.

„Aus gutem Grund, Tsir Aun. Ja, du wirst versucht sein. Aber ich bete, dass du die Stärke findest zu widerstehen."

„Aus welchem Grund?" Er sah wirklich verzweifelt aus.

„Weil du Ihm vertraust, wird der Ewige dir kurz vor dem Kampf alles zeigen, was auch ich über die Schlacht gesehen habe. Aber du musst beim König bleiben. Um Istgards Willen. Und um des Ewigen Willen."

„Wie du meinst." Trotz seiner offensichtlichen Sorge zuckte Tsir Aun mit den Schultern und wechselte das Thema: „Der König leidet immer noch unter Albträumen. Jede Nacht wacht er schreiend und wehklagend auf. Das wirkt sich auf alle Adeligen und die anderen

Kommandanten aus. Schon vorher haben die königlichen Ratgeber dumme und kostspielige Fehler gemacht, aber nun sind sie zudem übermüdet und berauscht. Ihre Trinkgelage werden sie den Krieg kosten."

„Ich weiß. Aber der Ewige hat den Sieg bereits den Traceländern gegeben. Wenn du den König nicht davon überzeugen kannst, sich dem Ewigen zuzuwenden, werden seine Albträume nicht aufhören und er wird den größten Teil seiner Armee in den Tod führen."

„Wenn ich ihn nicht davon überzeugen kann?"

„Ja. Der Ewige ist voller Gnade. Er wird das Königreich wieder aufrichten und bis zu Tek Ans letztem Atemzug erhalten... wenn der König auf Ihn hört."

Tsir Aun dachte einen Moment darüber nach, bevor er sagte: „Wenn ich zum König spreche und ihn dränge, sich dem Ewigen zuzuwenden... wird er mich dann auch fortschicken, wie er Tek Lara fortgeschickt hat?"

Ela zögerte für einen Moment, denn sie wusste, dass er nicht glücklich über ihre Antwort sein würde. „Ja. Du wirst aus der Gegenwart des Königs verbannt werden. Der König wird dich jedoch nicht deines Amtes entheben. Er ist stärker von dir abhängig, als es dir vielleicht bewusst ist. Und er wird deine Verbannung nicht lange überleben."

Der Kronkommandant strich mit den Fingerknöcheln über sein, mit dunklen Bartstoppeln übersätes Kinn – die Geste eines Mannes, der um eine Entscheidung rang. „Ich werde jetzt zum König gehen und mit ihm sprechen. Nachdem er mich fortgeschickt hat, werde ich nach dem Erben suchen. Wenn es auch nichts bringt, sollten Vater und Sohn zusammen sein, wenn sie in einen Kampf ziehen." Er warf Ela ein trauriges Lächeln zu. „Wenn er mich fortschickt, werde ich heute Nacht wenigstens etwas Schlaf bekommen."

* * *

„Ich habe den Tumult gestern Nacht mitbekommen." Kien passte seine Schritte Elas an, als er sie auf dem staubigen Weg einholte.

„Ich war mir sicher, dass es mit dir zu tun hatte, aber meine Wachen hatten mich an Händen und Füßen gefesselt, sodass ich nicht zu deiner Rettung eilen konnte."

Mit rauer Stimme murmelte Ela: „Danke für deine Fürsorge. Es war ein weiterer Mordanschlag des Erben. Sense hat mich gerettet."

„Sense?"

„Pony", korrigierte sie. „Sein Kampfname ist Sense."

Kien lachte. „Perfekt! Von jetzt an werde ich ihn Sense nennen. Er war zweifellos beeindruckend."

„Ich denke lieber nicht daran zurück."

Seine Belustigung verschwand. Wie Tsir Aun inspizierte Kien ihr Gesicht und ihren Hals. Sein Gesichtsausdruck wurde grimmig. „Tut mir leid. Augenscheinlich hatte der Angreifer beinahe Erfolg. Ich hoffe, du fühlst dich gut genug, um den Tag über zu laufen. Falls nicht, könnte ich deine Ausrüstung für dich tragen."

Warum sorgte sein Mitgefühl dafür, dass sie sich fühlte, als ob sie auseinanderfiele wie zwei Stücke Stoff, deren Naht aufgetrennt worden war? Unfähig zu sprechen, nickte Ela nur.

Kien atmete tief durch. Als er endlich wieder sprach, schien er verärgert: „Was soll das für ein liebender Schöpfer sein, der eine junge Frau dazu zwingt, alles zu ertragen, was du ertragen musst?"

Trotz ihres Elends machte Elas Seele einen kleinen, freudigen Satz. Kien Lantec fragte sie tatsächlich nach dem Ewigen! Sie zwang sich dazu, ruhig zu bleiben und ihm zu antworten: „Ich wurde nicht dazu gezwungen. Mein Schöpfer hat mich *gebeten*, Seine Prophetin zu werden. Und ich habe zugestimmt."

„Warum? Ich meine, wenn dein Ewiger der Schöpfer ist – der eine wahre Gott – warum kann er dann nicht einfach sagen: ‚Hört mal zu, Sterbliche, benehmt euch gefälligst!', und macht sie perfekt? Warum zieht er dich da mit rein?"

Ela betete zum Ewigen um Worte, bevor sie behutsam sprach: „Weil Er uns liebt. Und Liebe funktioniert nicht durch Sklaverei … Liebe wünscht sich eine Partnerschaft. Unser Schöpfer wünscht sich wahre Kommunikation zwischen uns und Ihm. Er würde niemanden zwingen, ihn zu lieben. Er möchte, dass wir uns selbst für Ihn entscheiden."

„Also ist deine Rolle die eines…" Er suchte nach dem richtigen Wort. Ela musste lachen.

Das Lachen tat weh. Sie hob ihre freie Hand an ihre Kehle. „Ausgerechnet du solltest das Wort kennen. Ich bin ein Botschafter. Seine Botschafterin. Ich informiere, verhandle und gewinne hoffentlich geistliche Friedensverträge. Ich spreche für meinen Herrn in fremden Ländern."

Die grauen Augen des Traceländers funkelten unwiderstehlich. „Das hatte ich verdient."

„Ja, stimmt."

„Nun gut." Er runzelte die Stirn. „Es ist nicht in Ordnung, wenn ich dir Fragen stelle, während dein Hals so sehr schmerzt, also werde ich heute mal still sein."

„Das kannst du?" Ela tat überrascht, lächelte dann aber.

Kiens Versuch, beleidigt zu gucken, wurde von einem Grinsen zunichtegemacht. „Haha."

Als der Tag voranschritt, veränderte sich die Landschaft und wurde üppiger. Ela konnte nicht anders, als das schöne Flusstal zu bewundern, das sich vor ihr ausbreitete. Sie war noch nie dort gewesen, aber die riesigen Bäume und herrlichen Klippen in der Ferne kamen ihr bekannt vor. Ihr stockte der Atem. „Wir nähern uns Ytar."

„Du hast Recht." Kien sah sich mit hochgezogenen Augenbrauen um.

Sein Profil war stark und trotz der Bartstoppeln klar umrissen – so anziehend…

Ela schaute weg und rief sich ganz bewusst ihre Vision von Ytar wieder ins Gedächtnis.

* * *

Kien starrte auf die verkohlten Ruinen Ytars. Auf die eingefallenen, schwarzen Gebäude aus Stein und Holz. Schlimmer noch waren die zerstreuten Knochen. Knochen von Traceländern. Der Anblick traf Kien ins Herz. Seine Landsmänner waren hier gestorben. Dieser Ort sollte heilig sein. Stattdessen hallten Jubelrufe von Ytars verbrannten Mauern.

Um ihn herum lachten und johlten istgardische Soldaten. Ein Wagenlenker ratterte auf der mit Unkraut übersäten Hauptstraße an Kien vorbei und spottete: „Mehr davon für dich und alle Traceländer!"

„Genieß das Gefühl!", zischte Ela dem Wagenlenker hinterher. „Dies ist die letzte Feier deines Lebens!"

Kien blinzelte, überrascht von der Schärfe in Elas Stimme. Sie begegnete seinem Blick mit solchem Schmerz und einer Wut in ihren Augen, dass jeder sie sofort für eine Traceländerin gehalten hätte. Sie wischte sich die Tränen von den Wangen und sagte: „Warte nur ab! Innerhalb eines Jahres wird Ytar wieder stehen."

Er wollte sie küssen. Sie so richtig küssen.

Eine Reihe wirklich unangebrachter Gedanken folgte Kiens Impuls und er wandte schnell den Blick ab. Die Gurte seines Rucksacks umklammernd zwang Kien sich dazu, ernsthaft nachzudenken. Er fühlte sich aufgrund ihrer Nähe von ihr angezogen. Er war monatelang in ihrer Nähe gewesen und hatte keinen Kontakt zu anderen jungen Frauen gehabt. Sie war ungeeignet. Sie war eine Parnerin. Sie war weder seinem Stand angemessen... noch bewundernswert... noch wunderschön... noch...

Er schimpfte mit sich selbst: Lügner!

* * *

„Hier ist noch ein Lappen", zwitscherte Tzana und hielt Ela ein dickes, mit Noppen versehenes Quadrat hin.

„Danke." Ela strich mit dem groben Tuch über Ponys schimmernde Flanke und Beine. Sie hoffte, dass sie genug geweint hatte, doch die Tatsache, dass die Istgardier ihr Lager in und um die zerstörte Stadt herum aufgeschlagen hatten, nahm sie mehr mit, als sie für möglich gehalten hatte. Jeder Winkel Ytars brachte die Vision zurück. Es wäre besser, wenn sie sich auf Ponys schimmerndes, schwarzes Fell und nichts anderes konzentrierte.

Außerdem verdiente Pony, dass sie ihn ein wenig verwöhnte. Morgen früh würde er in eine richtige Schlacht ziehen. „Pass auf dich auf", ermahnte sie ihn zärtlich und freute sich, dass ihre Stimme schon beinahe wieder normal klang. Vielleicht konnte der Zerstörer ihre Zuneigung darin hören. „Ich habe nicht gesehen, dass du tödlich verletzt wirst, aber..."

Tränen brannten in ihren ohnehin schon wunden Augen. Sie umarmte das Kriegspferd und versuchte, ihre Emotionen unter Kontrolle zu bekommen. Ein Pfeifen ertönte. Kien schleppte sich auf sie zu, die Arme und den Rücken mit Feuerholz beladen, als wäre er ein Packesel.

Das war ihre Chance, begriff Ela. Sie fasste mit ihren Händen um Ponys Maul herum und drehte seinen Kopf so, dass er Kien sah. Streng und mit aller Kraft sagte sie leise: „Gehorche! Verstehst du mich? Pony und Sense müssen ihm gehorchen!"

Der Zerstörer stöhnte.

Tzana sprang auf die Füße und in ihren braunen Augen stand Sorge: „Was stimmt mit Pony nicht? Das war ein großes Murren."

„Er glaubt, er hat Bauchschmerzen", vermutete Ela. „Aber er kommt besser schnell darüber hinweg." Es war schließlich der Wille des Ewigen.

Kien ließ etwas von dem Feuerholz in Elas Nähe fallen. Pony schloss die Augen und stöhnte erneut. Der Traceländer trat einen Schritt zurück, als fürchte er, der Zerstörer hätte vielleicht eine ansteckende Krankheit. „Was ist sein Problem?"

„Du." Ela lächelte und bürstete weiter. Bis das Schimmern von Licht und Schatten durch ihre Gedanken flackerte. Neue Bilder.

Sie war sich der herankommenden Wache Kiens bewusst, als sie flüsterte: „Morgen früh, direkt vor dem Kampf, werden wir fliehen."

„Was?" Kien schien bereit zu sein, die Ladung Holz von seinem Rücken zu werfen und sofort zu fliehen. „Wie?"

„Beweg dich, Traceländer!" Der Wachmann schob Kien vorwärts, bevor Ela noch etwas sagen konnte.

Pony schnaubte unverkennbar verächtlich.

19

Ela hatte das Kochgeschirr gereinigt und ihre Sachen gepackt. Nun setzte sie sich ans Feuer. Sie sollte sich neben Tzana zusammenrollen und ein wenig schlafen. Aber die Flammen lullten sie in einen Wachtraum. Ein Stück Holz knackte, schickte Funken in den dunklen Nachthimmel und ließ Asche auf den behelfsmäßigen Herd rieseln.

Asche aus Ytars zerfallenen Häusern.

Nimm die Asche, befahl der Ewige. *Lass sie ein Zeichen sein...*

Ehrfürchtig lehnte Ela sich nach vorn und zog ein verkohltes Stück Holz aus dem Feuer. Als das Holz weit genug abgekühlt war, dass sie es anfassen konnte, zerbröckelte sie die rußschwarzen Ecken zwischen ihren Fingern und streute sich die Asche auf die Haare. Danach fuhr sie sich mit den schwarzen Fingern über die Arme und schmierte sich Asche ins Gesicht und auf den Hals.

„Was machst du denn da?", wollte Tal wissen, der Ela über das Feuer hinweg anstarrte, als wäre sie verrückt geworden.

„Trauern." Aber die Tränen mussten warten. Heute Nacht musste sie ruhig bleiben. „Morgen werden du und deine Männer in den Kampf ziehen."

„Ach ja? Denkst du? Ich habe noch keinen einzigen Traceländer gesehen bis auf Botschafter Lantec. Geschweige denn eine ganze Armee."

„Sie sehen dich, Tal. Und sie sind bereit, Ytar zu rächen. Ich bete, dass du es überlebst." Tal war höflich ihr gegenüber gewesen und freundlich zu Tzana. Sie flehte den Ewigen an, ihn leben zu lassen.

Tal sah sich misstrauisch um. „Was meinst du damit, dass sie mich sehen?"

„Sie beobachten uns." Ela rieb Asche in ihre Haare und löste dabei den geflochtenen Zopf.

„Hör auf, mit der Asche herumzuspielen! Du machst mich ganz nervös."

„Gut. Du solltest auch nervös sein", kam Elas Antwort. „Jeder einzelne Mann sollte nervös sein, aber sie wollen nicht hören. Morgen früh werden Seelen verloren gehen und in Ewigkeit, fern der Gegenwart des Ewigen, unendlicher Qual ausgesetzt sein." Sie griff mit der Hand in die Asche und lies sie erneut auf ihr durchwühltes Haar rieseln wie dunklen, warmen Regen. „Heute Nacht trauere ich. Und ich bete, dass diese Seelen doch noch hören."

„Du siehst aus wie eine Wahnsinnige!", protestierte Tal.

Ela nahm den Stab und stand auf, während sie den metallischen Glanz des Rebenholzes bewunderte, das Licht in die Dunkelheit ausstrahlte. „Trauer verursacht Wahnsinn. Warne deine Männer, Tal, und sei selbst gewarnt. Morgen werdet ihr um eure Leben und eure Seelen kämpfen. Bete zum Ewigen, dass du überlebst."

Sie küsste Tzana auf die weiche, runzelige Wange und ließ sie unter Ponys wachsamen Blick zurück.

* * *

Kien knirschte mit den Zähnen, als er einen Brocken von dem groben Brot abbrach, das sich als sein Abendessen ausgab. Wenn er den trockenen Fladen seinem Wachmann an den Kopf werfen würde, würde dieser sofort tot umfallen. Es war klar, dass die istgardische Armee den gleichen Bäcker angeheuert hatte, der auch für das Gefängnis zuständig war, nur, dass er anstelle der Brötchen hier Fladen formte, damit man sie besser stapeln konnte.

Kien tunkte den Brocken Brot in seine Wasserration und wartete ab. Und wartete noch etwas länger. Dann ergab er sich seinem Schicksal und stopfte sich das Stück Brot in den Mund.

Es würde die ganze Nacht dauern, dieses Stück Brot zu essen.

Er bearbeitete das Stück in seinem Mund mit den Zähnen und hatte sich gerade dazu überwunden, zu schlucken, als eine Erscheinung auftauchte, deren Silhouette sich vor dem Feuer abzeichnete. Ein dunkles Gespenst, das einen Strahl kaltes, blauweißes Licht schwang. Kien würgte, blinzelte gegen die aufkommenden Tränen und keuchte, bis er wieder Luft bekam.

Eine Frau stand Kien und seinen Wächtern gegenüber. Ihr Haar fiel in Wellen über ihre dunklen Arme und ihr Gewand, während ihre wunderschönen und zugleich beängstigend großen Augen sie alle eindringlich anstarrten – Kien eingeschlossen. Sie sah aus wie die Personifikation des kurz bevorstehenden Todes.

Leise und mit einer überraschenden Verzweiflung in der Stimme sagte sie: „Morgen werdet ihr alle in den Kampf geschickt. Der Kampf wird nicht nur darin bestehen, eure Leben, sondern auch eure Seelen zu retten. Betet zum Ewigen, eurem Schöpfer. Vertraut Ihm, bitte, und entkommt ewiger Qual."

Ela. Kien stieß den angehaltenen Atem aus. Sie hatte ihm einen echten Schrecken eingejagt. Der Stab in ihrer Hand strahlte ein unheimliches Glühen aus und verlieh ihrer Warnung Nachdruck.

Sie verschwand, bevor er etwas sagen konnte. Nicht, dass er etwas zu sagen gehabt hätte. Er starrte seine Wachmänner an, die wie geschnitzte Figuren aus Holz dasaßen und scheinbar ebenso sprachlos waren wie er. Endlich sagte ihr Kommandant, ein gemeiner Schurke: „Jemand muss sie aufhalt'n."

Alle Köpfe drehten sich zu Kien um, doch der schüttelte nur den Kopf. Ela davon abhalten, die Istgardier halb zu Tode zu erschrecken? „Nein. Für nichts in der Welt."

Der Kommandant knurrte: „Wenn er sich nich' nützlich mach'n will, fess'lt ihn für die Nacht."

Die zwei Wachen, die Kien am nächsten saßen, banden ihm mit Seilen die Handgelenke und Knöchel zusammen.

Wenigstens musste er so das Brot nicht mehr aufessen.

Als die Wachen ihn gefesselt allein ließen, drehte Kien sich herum, bis er hinauf in die Sterne starren konnte. Ela wurde nicht jede Nacht festgebunden, oder? Hatten die Wachen solche Angst vor der Parnerin, dass sie sich nicht trauten, sie anzufassen? Wie unfair.

Tatsächlich verstand Kien ihre Angst beinahe, nachdem Ela auch ihn so erschreckt hatte. Als er an ihre Worte zurückdachte, kam ihm eine Erkenntnis. Ela hatte ihn in ihre Warnung eingeschlossen. Warum? Kien runzelte die Stirn. Sollte er nicht morgen früh mit ihr entkommen? War seine Flucht plötzlich von seiner Unterwerfung unter Parnes Ewigen abhängig?

Kien starrte in den Nachthimmel – ein dunkler, edelsteinbesetzter Umhang, der eines Königs würdig war. Oder eines Schöpfers. Wirklich? Kaum hörbar formte sein Mund Worte, als Kien flüsterte: „Wenn du wirklich existierst, dann zeig dich mir!"

Sein Herzschlag beschleunigte sich und wurde so heftig, dass er hustete, um ihn zu verlangsamen. Ein Traceländer, der den Schöpfer anrief? Unvorstellbar! Er hatte jede Bewegung Elas beobachtet und ihren Worten mit mehr als nur kleinen Zweifeln zugehört. Sogar mit Herablassung. Jetzt jedoch wurde ihm etwas klar, was sicherlich dafür sorgen würde, dass er kein Auge zubekam: Ela hatte möglicherweise Recht.

„Belüg dich nicht selbst", warnte er sich selbst stumm. Möglicherweise? Nein. Sie hatte Recht. Jede ihrer früheren Vorhersagen war entweder eingetroffen oder stand kurz davor.

Und er, ein arroganter Traceländer, stellte den Ewigen infrage. Diese Erkenntnis war beängstigender als Elas düstere Erscheinung an diesem Abend. Er war der Beachtung des Ewigen nicht wert! Er war, gestand er sich selbst ein, verkommen und unwürdig. Demütig versuchte er es erneut:

„Ewiger? Bist Du da?"

* * *

Ela betrachtete das Gesicht des Königs, als sie sich dem Feuer vor dem grünen, königlichen Pavillon näherte. Umgeben von seinen Beratern schrak Tek An auf seinem Stuhl zusammen, keuchte und starrte sie an. Er war alt geworden. Ein alter, hasserfüllter Mann. Mit wütendem Blick und aufgeblähten Nasenflügeln knurrte er: „Du, der Grund all unserer Probleme, wagst es, dich hier zu zeigen! Glaubst du, dass du uns Angst einjagen kannst?"

Offensichtlich *hatte* sie ihm und seinen Beratern Angst eingejagt, denn sie alle standen mit offenen Mündern da. Ela sagte: „Der Kampf beginnt morgen früh. Die heutige Nacht wird die letzte eures

Lebens sein und der Beginn eurer Trennung von jeglichem Frieden, wenn ihr den Ewigen nicht anruft."

Tek An sprang auf seine Füße. „Der Kampf beginnt erst, wenn wir entscheiden, dass er beginnt! Unsere Kundschafter haben keine Traceländer gesehen und du lügst uns nur an, um unseren Gehorsam deinem Ewigen gegenüber zu erzwingen!"

„Der Ewige warnt Euch, aber Er wird weder Euch noch sonst jemanden jemals dazu zwingen, Ihn anzunehmen."

„Verschwinde aus unseren Augen! Unser Schlaf wurde durch deine Flüche zerstört. Unsere Untertanen hassen dich und den Ewigen! Wir wünschen, dass du stirbst! Verschwinde!"

Die Worte schmerzten Ela mehr, als sie sollten, und sie sandte ein Flehen nach oben: Ewiger…

Warum setzt du dich für ihn ein? Er weigert sich zu hören. Schau dir seine Berater an. Sie sind nicht bereit, meine Warnungen zu hören, deshalb habe ich ihre Macht anderen gegeben und werde sie zu Staub verwandeln.

Ela beugte den Kopf. Als sie alles gehört hatte, warf sie Tek An einen letzten Blick zu, bevor sie ihn ein letztes Mal warnte: „Wie der Ewige es vorausgesagt hat, werdet ihr Euren Sohn direkt vor der Schlacht ein letztes Mal sehen. Versöhnt Euch wenigstens mit ihm, bevor ihr sterbt." Sie wandte sich an die Berater und Höflinge und sah sie ernst an. „Jeder von euch sollte zum Ewigen um seine Seele beten. Der Kampf steht kurz bevor."

Als sie davonging, verfolgte sie ihr Gelächter.

* * *

Kien drehte sich um, als Unbehagen ihn aus dem Schlaf holte. Seine Augenlider zuckten und er rieb sich darüber. Mit seinen ungebundenen Händen. Hellwach starrte er in den bewölkten, noch fast dunklen Himmel und setzte sich auf. Seine Hände und Füße waren frei. Wo waren die Seile? Ela stand neben ihm. Ihr Gesicht wurde vom Schein des Stabes beleuchtet. Sie hob einen Finger an die Lippe, bevor sie ihm bedeutete aufzustehen.

Kien nickte. Flucht! Er wagte kaum zu atmen, als er aufstand und seinen Umhang glattstrich. Ela zeigte auf den schnarchenden Kommandanten nicht weit von ihnen entfernt – auf das Schwert, das in seiner Scheide halb verdeckt von seinem Umhang an der Seite des Mannes ruhte. Sollte Kien das Schwert nehmen? Gerne! Er nahm dem Kommandanten das Schwert und seinen Gürtel ab und grinste. Endlich ein Schwert! Wenn er jetzt noch seine Ausrüstung finden und damit entkommen könnte. Wenigstens hatte er sein Leben. Und die Hoffnung darauf, einige seiner konfiszierten Habseligkeiten nach dem Kampf zurückzubekommen.

Er schlich leise über das niedergetrampelte Gras und folgte Ela zu ihrem wartenden Zerstörer und einem winzigen, schlaffen Bündel auf dem Boden. Eine tief schlafende Tzana, erkannte Kien. Ela kniete sich hin, hob ihre schlafende Schwester sanft auf die Arme, küsste sie und stand auf. Dann blickte sie sich kurz um und bedeutete Kien mit einem Kopfnicken, auf die schwarze Silhouette des Waldes zuzugehen, der im Osten Ytars begann.

Die Gruppe eilte an zahlreichen Soldatenlagern vorbei, die zwischen den ausgebrannten Fundamenten von Ytar verstreut waren. Während sie die östlichen Felder überquerten, hielt Kien das Schwert halb aus der Scheide gezogen in der Hand, um bereit zu sein, sollte sich ihnen jemand in den Weg stellen. Merkwürdig... der Griff des Schwertes fühlte sich vertraut an.

Kien schaute über die Schulter zurück, als sie in die Dunkelheit des Waldes eintauchten. Niemand folgte ihnen. Zufrieden hob er das Schwert an und inspizierte den Griff im Licht der Dämmerung. Neben ihm schob Ela sich Tzana auf die Hüfte, bevor sie den Stab nutzte, um die Waffe in Kiens Händen zu beleuchten. Die Scheide war die eines einfachen Soldaten, doch der Griff des Schwertes war mit Goldfäden versehen und der Knauf trug einen eingeschnitzten Turm.

„Mein eigenes Schwert!" Sein Kampfschwert. Kien grinste.

„Ja", flüstere Ela. „Der Ewige sagt, dass wir uns beeilen müssen. Die Istgardier wachen auf."

Sie bewegten sich durch die dunklen Bäume. Pony schien sie antreiben zu wollen, denn er ging ganz nah hinter ihnen und atmete ihnen in die Nacken. Kien hätte das Tier am liebsten geschlagen, fürchtete aber, dabei seine Hand zu verlieren. „Können wir nicht reiten? Pony könnte uns alle drei tragen."

„Wir wollen nicht reiten."

„Und warum nicht?"

„Darum."

„Und waruuum…?" Kien zog das letzte Wort in die Länge und wartete auf Elas Antwort. Die nicht kam. Na gut. Plötzlich war sie so geheimnisvoll wie der Ewige selbst.

Der Stab schimmerte, als sie sich zwischen den großen Bäumen hindurchschoben, durch Farne stapften und um moosbedeckte Stolpersteine herumgingen. Endlich traten sie auf eine mit Blättern bedeckte Lichtung, die groß genug war, um das schummrige Dämmerlicht bis auf den Waldboden durchzulassen. Kien versuchte es noch einmal: „Wo gehen wir hin?"

Ela hielt an und klopfte mit dem Stab auf die Erde. „Hierher."

„Warum hier?"

„Darum."

„Ela…"

Ein Bogenschütze trat hinter einem der Bäume hervor und sie konnten sehen, dass der Pfeil auf Kien zielte. „Leg dein Schwert nieder."

Mit langsamen Bewegungen hockte Kien sich hin und legte sein Schwert sanft auf den Teppich aus Blättern, bevor er wieder aufstand und die Hände hob. „Töte mich nicht. Ich bin ein Traceländer."

„Das sagst du." Der Bogenschütze ließ einen Pfiff ertönen, der wie ein Vogelgezwitscher klang. Zwei weitere Bogenschützen erschienen in den Schatten. Durch das Auftauchen seiner Kameraden ermutigt, fragte der erste Bogenschütze mit festerer Stimme: „Wer seid ihr Turteltäubchen und wohin soll es gehen?"

„Ich bin Kien Lantec. Ich beabsichtige, für Traceland zu kämpfen und danach zu meiner Familie zurückzukehren."

„Und ich bin Ela Roeh von Parne. Deine Landsleute planen, die Istgardier am Morgen anzugreifen, aber sie müssen ihre Pläne vorziehen. Ich muss mit euren Kommandanten sprechen."

„Warum? Bist du ein Spion? Und was ist das für ein Licht, das du da in der Hand hältst?"

„Nein, ich bin kein Spion. Ich bin die Prophetin des Ewigen und dieses ‚Licht' ist meine Insignie. Hör mir bitte zu! Sag deinen Kommandanten, dass wir weniger Zeit haben als sie glauben. Sie müssen jetzt angreifen und nicht erst später am Morgen. Während wir hier sprechen, wacht König Tek An gerade von einem Alptraum auf."

„Du, ein Mädchen aus Parne, erwartest, dass ich meine Kommandanten für deine wilden Ideen während ihres Treffens störe? Sehr unwahrscheinlich."

„Wenn dich der Gedanke nervös macht, dann hole nur einen! Hol…" Ela hielt inne, als würde sie lauschen, bevor sie sagte: „Jon Thel."

Jon! Kien starrte Ela an. Woher wusste sie den Namen seines besten Freundes? Er war sicher, dass er ihr gegenüber Jon nie erwähnt hatte. „Jon ist hier?"

„Ja." Ela strich Tzana über den Rücken, die anfing, sich zu rühren. „Der Ewige hat es mir gesagt. Jon Thel befiehlt seine eigene Truppe."

Jon? Befahl bereits eine Truppe?

„Hol?" Der Bogenschütze sah so ungläubig drein wie Kien sich fühlte. „Ich bin doch kein Hündchen. Und Kommandant Thel ist niemandes Laufbursche!"

Kien verlor die Geduld und knurrte: „Kannst du nicht sehen, dass wir einen Zerstörer haben, der uns in den Nacken atmet, du Hund? Willst du, dass er dich niedertrampelt, nur weil du dich mit uns streitest? Ich sag dir, das hier ist wichtig! Hol Jon Thel *und* jeden anderen Kommandanten, den du kriegen kannst!"

Zu Kiens Erstaunen stürmte der Zerstörer mit zurückgelegten Ohren vorwärts und schnaubte den Bogenschützen in einer Geste der Unterstützung von Kiens Worten an. Kien glaubte beinahe, das Monstrum wäre auf seiner Seite.

Der Bogenschütze trat einige Schritte zurück, bevor er seinen Kumpanen zurief: „Passt auf diese Gauner auf, während ich Kommandant Thel rufe." Dann drehte er sich um und rannte durch die Bäume davon.

Tzana wand sich in Elas Armen, gähnte und lächelte dann. „Pony! Wo sind wir?"

Ela stellte das kleine Mädchen auf die Füße. „Wir sind jetzt bei den Traceländern. Du hast unsere Flucht verschlafen."

„Oh! Warum hast du mich nicht geweckt?", schmollte Tzana.

„Weil du leiser bist, wenn du schläfst", zog Kien sie auf. Tzana warf ihm mit weit geöffneten Augen einen empörten Blick zu und sah dabei Ela sehr ähnlich, wenn sie schlechte Laune hatte. Er seufzte. Besser, er sagte nichts weiter. Stattdessen konzentrierte er sich darauf, seinen Schwertgürtel im Licht des Stabes fester zu zurren.

Wie Kien erwartete hatte, verlor Jon keine Zeit. Dem Bogenschützen direkt auf den Fuß folgend, trat er so eilig auf die Lichtung, dass sein schwarzer Umhang hinter ihm her wehte. Gekleidet in eine Tunika, Beinkleider und Stiefel – alles so schwarz wie sein Haar – trat er in den Schein des Stabes. In dieser ernsten Kleidung sah Jon Thel älter aus als dreiundzwanzig. Er schaute mit kaltem, misstrauischem Blick auf Ela und den Stab, doch als er Kien erblickte, lachte er: „Du bist es wirklich!"

Er ergriff Kien an den Schultern und schüttelte ihn grinsend.

Bis Pony ihn in den Arm zwickte.

Jon sprang zurück und zog sein Schwert halb aus der Scheide. „Ist die Bestie eine Bedrohung?"

„Nur, wenn er glaubt, dass du eine Bedrohung für uns bist", murmelte Ela. „Bitte, Herr, ziehe dein Schwert nicht."

„Uns?" Kien runzelte die Stirn. „Bin ich jetzt der Freund deines Zerstörers?"

Ela zuckte die Schultern und wich seinem Blick aus. „Könnte man so sagen. Ich denke, dass Pony... Sense... es nicht tolerieren würde, wenn Fremde ihre Fäuste gegen dich erheben würden. Und er wird nicht glücklich sein, wenn Kommandant Thel sein Schwert zieht."

Jon steckte sein Schwert wieder weg und starrte Ela an. Kien räusperte sich. „Jon, dies ist Ela Roeh von Parne. Ich schulde ihr mehr als einmal mein Leben. Und dies ist ihre kleine Schwester, Tzana."

Ela nickte Jon zu, der ebenfalls den Kopf beugte. „Wir stehen in deiner Schuld, Ela Roeh. Danke." Er lächelte Tzanas winzigen, im Schatten stehenden Körper zu. Kien bereitete sich darauf vor, Jon auf den Fuß zu treten, sollte er den Begriff ‚Unglückskind' verwenden, aber Jon sagte nur: „Willkommen. Ah! Hier ist der General. Und die anderen Kommandanten."

Weitere Soldaten versammelten sich um sie und ihre Haltungen drückten keine Freundlichkeit aus. Der General, dünn, mit silbernem Haar und einem golddurchwirkten Umhang, rief: „Thel!" Dann machte er mit seiner Hand eine ruckartige, auch im dämmrigen Licht unverkennbare Schnittbewegung mit der Hand. Jon zog eine Grimasse und verstummte.

Kien unterdrückte ein frustriertes Knurren. War dieser General nicht einer der Freunde seines Vaters? Ein Lantec-Unterstützer?

Der selbstherrliche Mann starrte sie an. „Wenigstens einer von euch ist ein Spion, also solltet ihr schnellstens reden, wenn ihr überleben wollt. Sag mir, Ela von Parne, woher weißt du von unseren Schlachtplänen?"

20

Ela betrachtete den schwarz gekleideten Tranceland-General und seine Kommandanten. Keine besonders gastfreundliche Schar, mit ihren Händen auf den Schwertgriffen und misstrauisch zusammengekniffenen Augen. Selbst Pony, der hinter ihr wie ein bedrohlicher Sturm aufragte, sorgte nicht dafür, dass sie ihre Feindseligkeit zu verbergen versuchten.

Waren alle Traceländer so leichtsinnig – oder mutig? Ela hob ihr Kinn. „Der Ewige, unser Schöpfer, hat mir gezeigt, was während dieses Kampfes geschehen wird."

Die Stimme des silberhaarigen Generals war gefährlich ruhig: „Wir glauben nicht an den Ewigen."

„Du musst nicht an Ihn glauben, Herr. Du musst Ihm nicht einmal gehorchen. Wenn ihr jedoch heute gehorcht, werdet ihr überleben. Und Istgard besiegen, obwohl ihre Truppen in der Überzahl sind."

„Wie?", fragte einer der jungen Kommandanten.

Sein General unterbrach ihn: „Ror, wir werden unsere Taktik nicht mit einem möglichen Spion besprechen!"

„Wenn ihr glaubt, dass ich ein Spion bin, dann erfüllt eure Pflicht", forderte Ela die Traceländer heraus. Ihre Worte waren dem General und seinen Männern sichtlich unangenehm. Kein einziger schaute sie an.

„Sie ist kein Spion!" Kien stellte sich seinen Landsleuten entgegen. „Und die Traceländer verurteilen keine Verdächtigen ohne eine Untersuchung. Das Gesetz befiehlt…"

„Wir sind im Krieg", unterbrach ihn der General und seine Stimme und sein Blick schienen in die Ferne gerichtet zu sein. „Verbrechen im Krieg sind getrennt von zivilen Verbrechen und wir können ihr nicht trauen. Unter solchen Umständen bin ich dazu verpflichtet, Spione sofort exekutieren zu lassen."

„Nein!" Kien trat einen weiteren Schritt auf seine Landsmänner zu und hob bittend seine Hände: „Sie hat mein Leben mehr als einmal gerettet und die Istgardier haben mindestens drei Mal versucht, sie umzubringen. Ihr dürft das nicht tun!"

Der General starrte ihn an. „Beherrsche dich, Lantec! Habe ich gesagt, dass wir sie jetzt gleich töten werden? Dies ist eine einzigartige Situation. Sie wird bis nach dem Kampf eine Gefangene sein. Wenn wir verlieren, müssen sich die Istgardier mit ihr herumschlagen. Sollten wir gewinnen, werden wir danach eine Untersuchung einleiten. Jetzt haben wir dafür keine Zeit."

„Danke", sagte Ela zum General. Seine silbernen Augenbrauen zuckten in offensichtlicher Überraschung nach oben. Ela beharrte: „Vergeudet keine Zeit damit, über mein Schicksal zu debattieren. Ihr müsst eure Truppen sammeln und die Istgardier jetzt angreifen, um sie zu überraschen. Dann werden sie Fehler machen. Die meisten ihrer Wagenlenker sind jung und werden gar nicht erst in die Schlacht ziehen, wenn ihr sie überrascht. Bitte, stellt mich unter Arrest und greift sofort an."

Der General antwortete nicht auf ihre Bitte. Stattdessen winkte er dem Trio, das zu Beginn bei Ela und Kien Wache gestanden hatte. „Bindet sie und lasst sie nicht aus den Augen."

Kien schüttelte den Kopf. „Sie ist kein Spion! Warum willst du denn nicht..."

„Kien", flehte Ela. „Argumentieren vergeudet nur Zeit und du musst die Verantwortung übernehmen für..." Sie versuchte, ihn mit einem fast nicht erkennbaren Nicken und einem Augenrollen auf Pony aufmerksam zu machen. Der Zerstörer grummelte und stampfte mit den Hufen, was ein kleines Beben durch den Boden sandte. Ela knurrte zurück und stampfte ebenfalls mit dem Fuß auf, als sie sich zu ihrem riesigen Beschützer umdrehte. „Gehorche! Geh mit ihm!"

Pony schnaubte und senkte seinen großen Kopf. Ela nahm ihn beim Halfter und zog ihn zu Kien. Sie musste den Zerstörer wegschicken, bevor man sie fesselte, damit der Anblick ihn nicht in eine mörderische Naturgewalt verwandelte. „Geht! Beeilt euch alle. Worauf wartet ihr noch?"

Ein Windstoß fegte mit einem Rauschen durch die Wipfel der Bäume und veranlasste alle, den Blick nach oben zu richten. Ela hörte, was die Traceländer nicht hören konnten.

Gehorcht.

Sie lächelte, als sie dabei zusah, wie sich die Gruppe der Kommandanten auflöste und, ohne es zu wissen, von einem ‚Obersten General' zerstreut wurde, von dem sie bisher nichts gehört und an den sie schon gar nicht geglaubt hatten.

Während der General Befehle bellte und Untergebene vor sich her scheuchte, die in den Schatten der Bäume gestanden hatten, starrte Kien Ela an. „Du wusstest, dass es so geschehen würde, oder?"

„Ja. Sorg dich nicht um mich. Was auch immer geschieht, es wird mir gut gehen. Bereite dich auf den Kampf vor. Dein Freund wartet auf dich." Sie nickte in Richtung Jon Thels, der sie aus kurzer Entfernung beobachtete.

Kien runzelte die Stirn. „Er hat sich gerade nicht wie ein Freund verhalten."

„Warum sollte er mich verteidigen, wenn er sich nicht sicher ist, ob er mir vertrauen kann? Du musst ihm vergeben", murmelte Ela. „Wie ich es getan habe."

Kien atmete aus und nickte. Dann nahm er ihre Hand, die immer noch mit Asche beschmiert war, und beugte sich über sie, um sie wie ein Gentleman zu küssen. So ehrenwert – so süß. Sie blinzelte die Tränen weg. Wenn es doch nur eine Hoffnung auf eine Zukunft mit ihm geben würde… Ela widersetzte sich dem Impuls, sein Gesicht mit den Bartstoppeln zu berühren oder ihn zu küssen, und lächelte. „Danke. Pass auf dich auf."

„Pass du auf dich auf", befahl er.

Pony stupste sie an und schnaubte in ihre Haare. Ela drehte sich zu ihrem trübseligen Zerstörer um und strich ihm sanft über die schwarzen Nüstern. „Mein lieber Schlingel, mach dir keine Sorgen um mich. Geh einfach." Flüsternd fügte sie hinzu: „Beschütze ihn immer! Selbst wenn es bedeutet, einem Befehl nicht zu gehorchen, um sein Leben zu retten."

Pony seufzte und blies ihr dabei seinen nach Getreide duftenden Atem ins Gesicht.

Sie beobachtete, wie Kien mit Kommandant Thel und ihrem unglücklichen Zerstörer davonging. Das Trio verärgerter Traceland-Soldaten blieb zurück und behielt sie im Auge, als hingen ihre Leben davon ab. Sie hatte ihre Feindseligkeit erwartet und doch zitterten ihre Knie so sehr, dass sie sich an ihrem Stab festhalten musste. Eine Reaktion auf ihre Konfrontation mit den Kommandanten? Oder auf die Schrecken der bevorstehenden Schlacht und die Unsicherheit, was ihren Tod anging? Oder auf Kiens Willen, sie zu beschützen und seinen ehrfürchtigen Kuss?

Sie ließ sich auf den dicken Laubteppich fallen und zog Tzana auf ihren Schoß, doch die Wachen kamen, um Elas Knöchel und Handgelenke hinter ihrem Rücken festzubinden, während sie den Stab weiterhin festhielt.

Mit riesigen Augen drückte Tzana ihre kleinen, knotigen Finger auf Elas Wangen und wollte mit flehender Stimme wissen: „Was passiert hier?"

„Der Wille des Ewigen." Mit festem Griff um den Stab begann Ela zu beten.

* * *

In seinem Zelt schob Jon Kien ein Bündel Kleidung zu. „Hier. Zieh die an. Ich habe einen zusätzlichen Helm, aber wir werden im Lager nachfragen müssen, wer einen zusätzlichen Harnisch hat."

Zu wütend, um zu sprechen, legte Kien sich einen dicken, schützenden Schal um seinen Hals, bevor er eine gepolsterte Weste über seiner schwarzen Tunika befestigte. Gerade als Kien den letzten Knoten band, kam Jons Begleiter zurück und bot Kien Beinschienen und einen schweren Brustpanzer an, der aus einzelnen Segmenten bestand. Ein wenig zu klein vielleicht, aber es würde schon gehen. Er nahm die Panzerung mit einem dankbaren Nicken an.

Kien befestigte die Schienen an seinen Beinen. Als er die Knoten des Panzers an seiner Brust und den Seiten befestigte, sagte Jon:

„Ich habe dich schon verstanden. Ich glaube nicht, dass du jemals in deinem Leben so lange am Stück nichts gesagt hast."

„Du warst die letzten paar Monate nicht mit mir im Gefängnis." Kien band sich den Schwertgurt um.

Während er sein eigenes Schwert umband, meinte Jon: „Du musst mir irgendwann vergeben."

„Das habe ich bereits gehört. Ela stimmt dir zu."

„Aber du nicht? Kien…"

„Was?!", brach es aus Kien heraus. „Du hättest doch wenigstens ein gutes Wort für sie einlegen können, Jon!"

„Ich wusste, dass es nutzlos sein würde! Keiner der anderen wollte, dass sie freikommt, hast du das nicht gemerkt? Wir waren überstimmt, bevor einer von uns auch nur ein Wort gesagt hatte. Wenigstens haben sie dich gehen lassen."

„Vielleicht haben deine Kameraden mich gehen lassen, aber sie vertrauen mir nicht, oder? Und obwohl *du* mir vertraust, vertraust du Ela nicht, obwohl ich mich für ihre ehrenwerten Absichten verbürgt habe. Sie hat mein Leben gerettet – auch wenn das scheinbar bedeutungslos ist."

„Ich habe sie heute zum ersten Mal getroffen!", gab Jon zurück. „Und sie kennt unsere Schlachtpläne. Was sollte ich denn davon halten, außer mich zu fragen, ob sie ein Spion sein könnte?"

„Sie sagte, dass du so reagieren würdest. Aber ich dachte, mein bester Freund hätte genug Mut, um seine Meinung zu sagen, selbst, wenn die Mehrheit gegen ihn steht."

Mit zu Fäusten geballten Händen drehte Jon sich weg. Im Zelt blieb es, bis auf das Klappern ihrer Ausrüstung, still, während sie ihre Dolche an ihren Gürteln befestigten und ihre Helme aufsetzten.

Endlich sagte Jon: „Du wirst mit deiner Wut fertig werden müssen, Kien. Ich bin nicht mehr nur dein Freund, sondern auch dein Bruder. Beka und ich haben letzten Monat geheiratet."

Jon und Beka? „Was?"

„Als ich Beka erzählt habe, dass ich mit der Armee mitziehen würde, sagte sie mir, dass sie nie wieder mit mir sprechen würde, wenn ich ginge, ohne sie vorher zu heiraten."

Vor einem Jahr hätte Kien diese Neuigkeiten gefeiert. Doch nicht jetzt. Er wandte sich ab und wollte das Zelt verlassen. „Ich frage mich, was Beka wohl heute Morgen von dir gehalten hätte." Bevor Jon protestieren konnte, fügte Kien hinzu: „Wir reden später darüber. Wenn wir überleben. Wenn Ela überlebt."

„Das ist deiner unwürdig!" Jon schnitt ihm den Weg zum Zelteingang ab. „Lass uns wenigstens einen Waffenstillstand beschließen, für den Fall, dass wir sterben."

Erinnerungen an seinen letzten Streit mit Wal kamen Kien in den Sinn. Sie waren wütend auseinandergegangen. Und Kien hatte sich bis heute nicht für diese Wut vergeben – was seine Trauer um Wals Tod nur verstärkt hatte.

Unwürdig, hatte Jon gesagt. Eine korrekte Bewertung. „Du hast Recht." Kien streckte seine Hand aus. „Ich habe übereilt gesprochen und es tut mir leid. Aber wir werden später darüber streiten. Und wenn eine Untersuchung gegen Ela geführt wird, *wirst* du dich für sie einsetzen. Wir werden darauf bestehen, dass sie vor der Großen Versammlung in Traceland verteidigt wird."

„Einverstanden."

Leise fragte Kien: „Wie geht es meiner Familie?"

Jon grinste. „*Uns* geht es gut. Jetzt, da wir wissen, dass du überlebt hast. Danke."

„Du bist hartnäckig, was diese Bruder-Geschichte angeht."

„Natürlich. Es ist im Moment in meinem besten Interesse."

„Bleib am Leben, Jon." Kien trat nach draußen und fand Pony, der gerade die letzten Blätter von einem jungen Schössling rupfte. Zahlreiche Bäumchen und Sträucher um sie herum hatten bereits ihre Blätter lassen müssen. Andere Soldaten standen gerüstet für den Kampf in respektvoller Distanz und bewunderten den Zerstörer. Kien grüßte sie, in dem er kurz an seinen Helm tippte, bevor er Pony am Halfter packte und murmelte: „Du magst mich nicht und ich mag dich nicht. Aber wir werden heute zusammenarbeiten. Hast du mich verstanden?"

Das schwarze Monstrum schnaubte und schnappte nach einem weiteren Zweig des Schösslings. Ihm dabei zuzusehen, wie er die Blätter zerkaute, ließ Kiens Magen knurren. Laut. Na klasse. Er würde halb verhungert in den Kampf ziehen. An den Ewigen gewandt murmelte er: „Wenn du da bist, dann beschütze mich und beschütze Ela, bitte."

Als ob er das Recht auf eine Erwiderung gehabt hätte. Warum auch? Er war nichts für den Ewigen. Wenigstens würden auch die meisten Istgardier heute Morgen mit leerem Magen kämpfen.

„Kien!" Jon warf ihm einen kleinen Stoffbeutel zu, sobald Kien sich umgedreht hatte. Als Kien den Beutel fing, meinte Jon: „Iss das, während wir warten. Es ist die Hälfte meiner Morgenration, also weißt du es hoffentlich zu schätzen. Bist du bereit?"

„Ja." Kien zog den Beutel auf und starrte auf ein Stück geräuchertes Trockenfleisch.

War das ein Zeichen? Eine bestätigende Antwort auf seine unausgesprochene Anfrage? „Danke."

Er biss ein Stück von dem Brocken Fleisch ab, kaute und blickte im grauen Dämmerlicht zu dem riesigen Zerstörer auf. Er hatte genügend istgardische Soldaten dabei beobachtet, wie sie diese Biester ritten, um zu wissen, wozu sie die ganzen Gurte und Griffe benutzten, die in das komplizierte Körpergeschirr des Zerstörers eingebaut worden waren.

Zuerst musste er jedoch auf den Rücken des Tieres klettern. Und dabei seinen Schild nicht verlieren. Er schluckte, bevor er rief: „Jon! Hilf mir mal mit meiner Ausrüstung."

„Natürlich." Jon nahm Kiens Schild. „Aber wenn er mich beißt, bist du auf dich allein gestellt."

* * *

Ihre gefesselten Arme brannten, während Ela immer noch unter den schützenden Bäumen saß, die an das große Feld östlich von Ytar grenzten. Schwarzgekleidete Soldaten versammelten sich nicht weit entfernt, ihre Rüstungen lagen im Schatten. Ela schloss ihre Augen und sah vor ihrem inneren Auge, wie der silberhaarige General den Traceländern bedeutete, ihre Positionen im Wald einzunehmen.

Schützenkontingente erklommen leise die Bäume, von denen sie eine freie Sicht auf das Lager hatten – wie sie es bereits am Abend zuvor getan hatten, wie Ela wusste. Sie hatte sie in ihren Gedanken gesehen. Hatte gespürt, wie sie sie beobachtet hatten. Nun betete sie für ihre Sicherheit.

In ihrem Schoß verlagerte Tzana ihr Gewicht. Ela öffnete die Augen und legte für einen Moment ihre Wange auf die Locken ihrer Schwester, bevor sie sie küsste. „Erinnerst du dich an die Gebete, die Mutter jeden Abend mit uns gebetet hat?"

Ein wenig mürrisch antwortete Tzana: „Natürlich erinnere ich mich!"

„Bete sie jetzt." Ela schubste Tzana von ihrem Schoß, nachdem sie ihr noch einen Kuss gegeben hatte. „Wenn du keine Gebete mehr weißt, sag all die Verse auf, an die du dich aus den alten Schriften erinnern kannst."

„Verse? Was, wenn ich mich nur an einen erinnern kann?"

„Bete einfach. Und…" Ela senkte ihre Stimme zu einem sanften Flüstern: „Ich liebe dich! Was auch immer geschieht – wenn ich gehe oder zurückkomme und… einschlafe… bleib einfach hier. Beobachte unsere Wachen und warte auf Kien. Versprichst du mir das?"

„Ich verspreche es", flüsterte Tzana. „Gehst du weg?"

„Ja. Warte hier. Ich liebe dich." Ela küsste Tzana noch einmal, bevor sie spürte, wie der Stab Feuer fing und ohne Zweifel in ihrer Hand so strahlend wurde wie weißglühendes Metall. In ihren Gedanken erhob der General sein Schwert und gab das Zeichen. Eine Trompete erklang. Alles in Ela spannte sich an. Sie verstand nicht, was geschehen würde – oder wie genau sie sterben würde. Trotzdem würde sie ihrem Schöpfer gehorchen. Schweiß kribbelte auf ihrer Haut. Das Licht des Stabes schimmerte durch Elas Körper und befreite sie von den immer noch fest geschnürten Seilen um ihre Handgelenke und Knöchel. Erstaunlich.

Mit dem strahlenden Stab immer noch in der Hand stand Ela auf und verließ die Bäume in Richtung Ytar. Über ihr türmten sich Wolken und ihre rußschwarze Dunkelheit unterstrich das gleißende

Licht des Stabes. Verstreut erklangen Rufe und Trompetenklänge in den Lagern der Istgardier, doch niemand achtete auf sie. Konnten sie sie nicht sehen?

Die ersten Ränge der traceländischen Armee stürzten auf das offene Feld und die Schreie der Istgardier vervielfachten sich.

Genau wie in ihrer Vision sah Ela den ersten grüngefiederten Pfeil durch die Luft auf sich zu fliegen. „Ewiger...!"

* * *

Tsir Aun stand in dem grünen, königlichen Pavillon und kämpfte gegen den Impuls an, den Erben und seinen Vater durchzuschütteln. Mit von der Ohrfeige Tek Ans geröteter Wange grinste der Erbe den König an. „Du hast doch nicht ernsthaft erwartet, dass ich wie ein Feigling in Riyan bleibe, oder? Wenn ich regiere, wird niemand sagen können, dass ich mein Land im Stich gelassen habe!"

Tek An fluchte und schlug seinen Sohn erneut. „Du wirst niemals regieren! Wie kann dieser ungehorsame Bengel mein Sohn sein? Du bist direkt in die Prophezeiung der Parnerin hineingerannt!"

Ein entfernter Trompetenschall zog Tsir Auns Aufmerksamkeit auf sich. Er trat aus dem Zelt und das Blut gefror in seinen Adern. „Es hat begonnen."

Weitere Trompeten erklangen von Ytars östlicher Grenze und bestätigten seine Angst. Dazu kamen ferne, panische Schreie: „Traceländer! Zu den Waffen!"

Tsir Aun winkte den Dienern des Königs, die aus dem Pavillon geworfen worden waren, als er den Erben zu Tek An geschleift hatte. „Geht hinein! Los! Bewaffnet euren König und den Erben – *sofort!*"

„Herr", protestierte der erste Diener, „wir wurden hinausgeschickt."

Tsir Aun zog sein Schwert und zielte damit auf den Mann und seine zitternden Kumpanen, um seinen Punkt deutlich zu machen. „Ich habe diesen Befehl soeben aufgehoben. Bewaffnet den König und euch selbst, bevor ich euch töte!"

Tek Ans Diener stürmten in den Pavillon.

Die Adeligen Istgards lugten aus ihren Zelten heraus. Einige von ihnen sahen aus, als hätte man sie gerade erst geweckt, während anderen benommener Schrecken im Gesicht stand. Tsir Aun brüllte: „Ihr Narren! Bewaffnet euch oder sterbt! Bewegt euch! Beeilung!"

Seine Landsleute konnten nichts, außer groß klingende Reden schwingen. Es beschämte ihn, ihre Angst und ihre wackeligen Knie zu sehen. Der Kronkommandant stampfte durch die Lager, bellte Befehle und band Zerstörer los in der Hoffnung, dass die Tiere ihre Meister dazu bewegen würden, ihr Leben zu retten.

Nutzlos. Hatte Ela ihn nicht vor Istgards Niederlage gewarnt?

„Ewiger", flehte Tsir Aun, „sei bei uns." Er spürte die Vergeblichkeit seines Gebetes bereits, als die Worte seine Lippen verließen. Mit gebrochenem Herzen schloss er seine Augen und formulierte seine Gedanken neu: „Sei mit denen, die dir vertrauen!"

Etwas wie eine unsichtbare Welle fegte über ihn. Tsir Aun öffnete die Augen und sah ein verändertes Lager. Riesige, unbekannte Soldaten, die scheinbar aus demselben Licht gemacht zu sein schienen, das auch von Elas Stab ausging, patrouillierten durch das Lager, beschützten einige der erschütterten Istgardier, aber behinderten schweigend die meisten anderen.

Schweißperlen rannen Tsir Auns Gesicht herab. Vor seinen Augen wurde die Armee Istgards gerichtet und verurteilt. Bei solch einer unehrenhaften Nation konnte er nicht bleiben.

Würde er nicht bleiben.

Er ging zurück zu seinem Zelt und band seinen Zerstörer los. Sofort scheute das Tier und floh in beispielloser Panik. „Zorn...!"

Er rannte seinem verängstigten Ross hinterher in dem vergeblichen Versuch, das Tier wieder einzufangen. Ein blauweißer Lichtstrahl erschien über Tsir Aun und passte sich seinen Bewegungen an. Entmutigt hielt der Kronkommandant an und schaute nach oben.

Mitten in das Gesicht eines unsterblichen, sonnenhellen Kriegers.

21

Der grüne istgardische Pfeil grub sich direkt neben dem weißblauen Licht des Stabes zu Elas Füßen in den Boden. Hatte der Stab den Pfeil angezogen? Selbst in ihrer Vision war sie verblüfft gewesen. „Ewiger?"

Er antwortete nicht. Dennoch spürte sie Seine allumfassende Gegenwart.

Die Krieger des Ewigen – Boten nannte Tzana sie – kontrollierten jetzt das Schlachtfeld. Jeder unsterbliche Soldat ragte erschreckend groß und leuchtend hell über dem Kampf auf – bewaffnet mit Schwertern, die ebenso in einem fast unerträglichen Feuer glühten wie der Stab. Die Zerstörer der Istgardier waren in Angst und Schrecken versetzt worden, denn sie spürten ihre Anwesenheit offenbar. Wenn Ela nicht gewusst hätte, dass die Himmelskrieger für den Ewigen kämpften, wäre sie in dem Moment vor Angst gestorben, als sie sie erblickte.

Aber die Krieger des Ewigen würden sie nicht töten. Offensichtlich würde das etwas anderes sein. Aber was? Ela versuchte, sich zu beruhigen und atmete tief ein, bevor sie einen Schritt vorwärts ging, doch der Ewige hielt sie auf.

Bleib hier stehen – als meine Dienerin.

Gehorsam stellte Ela den strahlenden Stab auf den feuchten Boden und straffte im Licht ihrer Insignie die Schultern – ohne Waffe, aber im Gebet und vollkommen abhängig von Ihm. Als Seine Dienerin.

Mehr Istgardier betraten das Feld und formten unkoordinierte Linien. Bogenschützen stellten sich ungeschickt vor Schwertkämpfer. Eine weitere Wolke Pfeile flog durch die Luft. Ela konnte nur erschrocken die Luft anhalten, als sie der Fluglinie der Pfeile folgte, die wie ein grüner, tödlicher Wasserfall herabregneten. Genau auf sie zu. Ihre Vision galt doch noch, oder? Als die Geschosse sich direkt vor dem Stab in den Boden gruben, atmete sie erleichtert aus. Kein Zweifel. Der Stab zog die Pfeile an und blockte sie ab. Ansonsten wäre sie schon längst tot. Worte aus den alten Schriften kamen ihr in den Sinn. Danket dem Ewigen, denn Er ist gut. Denn Seine Güte währet ewiglich...

Sie versuchte, sich voll und ganz auf Sein Lob zu konzentrieren. Um sich von dem Wissen abzulenken, dass sie, die Dienerin des Ewigen, das Ziel des Widersachers auf diesem Schlachtfeld war. Ein Vorteil für die jubelnden Schwertkämpfer des Tracelands, die rechts und links von ihr warteten.

Von keinem Soldaten auf beiden Seiten gesehen, schwang ein leuchtender Bote sein Schwert in einem schillernden Bogen und leitete damit den nächsten Schritt des Kampfes ein. Schwarze und rote traceländische Pfeile regneten aus den Baumwipfeln am nördlichen Ende des Feldes auf die ahnungslosen Istgardier. Zahlreiche Soldaten fielen. Auf seinem Zerstörer schrie ein Adeliger auf. Ela sah, wie er nach einem schwarzen Pfeilschaft griff, der ihm aus der Seite ragte. Er riss die Spitze aus seinem Fleisch und schrie erneut auf, als er von seinem stöhnenden Zerstörer fiel.

Ela betete weiter und wartete auf die nächste Attacke, obwohl sie sich danach sehnte, die Augen zu schließen, denn ihr war übel von der Gewalt und dem Blutbad.

Erneut gab der Bote den Bogenschützen Tracelands ein Zeichen, indem er sein Schwert hinabsausen ließ. Tödlicher, schwarzer Hagel segelte aus den Baumkronen und fällte die meisten der istgardischen Soldaten am nördlichen Ende des Schlachtfeldes. Qualvolle Schreie wehten von den Verwundeten herüber.

Ein Klagelaut erhob sich in Elas Kehle und sie schluckte schwer. Sie wollte, dass der Kampf aufhörte. Sofort. Lass diesen Moment so bleiben, wie er war, sodass keine weiteren Männer sterben mussten. „Ewiger? Bitte?"

Kind des Staubes, kannst du ihre Entscheidungen für sie treffen?

„Nein, aber..." Ela erstarrte und sah zu, wie ein weiteres Fragment ihrer Vision Wirklichkeit wurde.

Ein istgardischer Schwertkämpfer stürmte mit wehendem, grünem Umhang, erhobenen Schwert und einem Kampfschrei über das offene Feld auf sie zu. Schatten erschienen und wirbelten um den Mann herum und enthüllten ihre bösartigen, sich ständig wandelnden Geistergesichter, während sie ihn vorwärtstrieben. Die Täuscher des Widersachers. War sie, wie die Boten, unsichtbar für jeden auf diesem Schlachtfeld bis auf die Getäuschten?

Ela beobachtete entsetzt, wie der Mann näherkam. Er starrte ihr mit triumphaler Gewissheit ihres bevorstehenden Todes in die Augen. Sie hatte gesehen, wie die unsterblichen Täuscher des Widersachers ihn vorangedrängt hatten. Sie hatte gesehen... „Nein!"

Der Bote, der Ela am nächsten stand, hob seine mächtige Hand und zeigte auf Elas Angreifer. Gerade als der Schwertkämpfer in Reichweite kam, um Ela niederzustrecken, traf ihn ein rotschwarzer Pfeil in den Hals genau unter seinem Ohr. Die einzige verwundbare Stelle zwischen seinem Helm und der Körperpanzerung. Ein weiterer Pfeil traf ihn mit Wucht in die Seite und schleuderte ihn in das feuchte Gras. Mit aufgerissenen Augen, schockiertem Blick und rasselndem Atem tastete er nach der Waffe, die tödlich tief in seinem Hals steckte. Bis seine Augenlider schwer wurden und sein Blick verschwamm.

Nun würde er bald das ewige Feuer sehen, dem er niemals entkommen würde. Aller Tränen beraubt, trauerte Ela. Wenn sie zusammenbrechen dürfte, würde sie es tun.

Der Bote drängte sie: *Sei stark und bete.* Obwohl er ruhig klang, strahlte sein machtvolles Gesicht Kummer aus. Ela flüsterte weitere Gebete und spürte dabei die Liebe und die schmerzende Sorge ihres Schöpfers um sie und um die Männer, die vor ihren Augen gerade unter einer weiteren schwarzen Wolke traceländischer Pfeile fielen.

Schau, befahl der Ewige, als der Bote in Richtung der Istgardier nickte, die dem königlichen Banner folgten, das am Rande der Ruinen von Ytar gerade sichtbar wurde. *Selbst jetzt noch will ich sie retten, wenn sie bereuen und umkehren. Wie gerne ich Tek An retten würde! Doch in seinem Stolz wird er den Tod vorziehen.*

Ela beobachtete, wie das gold-grüne Banner im aufkommenden Wind flatterte. Majestätisch auf seinem Zerstörer sitzend betrat Tek An das Feld, den Erben auf einem weiteren Zerstörer neben sich.

Beide hoben ihre Schilde gegen die versteckten Bogenschützen des Tracelands.

Nicht alle Soldaten und Adeligen des Königs waren so vorsichtig. Der nächste Pfeilhagel dezimierte ihre Ränge beträchtlich. Mehrere Zerstörer fielen. Andere galoppierten reiterlos davon und zerstreuten sich, während sie in tiefer Not stöhnten, wie sie es bei Pony gehört hatte.

Die Erde bebte erschreckend vertraut und plötzlich stürmte Pony... nein, Sense an ihr vorbei. Mit Kien. Obwohl sie den Ausgang der Schlacht kannte, konnte Ela nicht hinsehen.

Sie senkte ihren Kopf, schloss die Augen und erfüllte ihre Pflicht. Sie betete. Und wartete auf ihren Tod.

* * *

Dankbar für den Befehl voranzurücken, drückte Kien seine bestiefelten Füße fest in die lederbezogenen Bügel des aufwändig konstruierten Kriegsgeschirrs des Zerstörers. „Ha! Vorwärts, du Monster!"

Jede Kampfübung, die er mit Jon während seiner Ausbildung für die Armeeverstärkung eingedrillt bekommen hatte, war ihm kristallklar vor Augen.

Jons Gesichtsausdruck war todernst gewesen, als er Kien die Schlachtanweisungen weitergegeben hatte:

Sie sollten sich in einer halbmondförmigen Formation aufstellen. Die Bogenschützen würden die feindlichen Reihen ausdünnen und schwächen und die Sonne würde den Istgardiern frontal ins Gesicht scheinen, sollten die Wolken sich verziehen. Auch Kien und die anderen Reiter würden frontal auf die Feinde zureiten. Sie mussten sie auf die Mitte des Feldes locken...

Kien hielt Sense mit so harter Hand direkt vor dem offenen Feld an, dass sich das Tier mit den Vorderbeinen aufbäumte.

Während Sense heftige Drohungen schnaubte, beobachtete Kien das Schlachtfeld. Die istgardischen Zerstörer – viele von ihnen jetzt ohne Reiter – liefen kopflos kreuz und quer über das Schlachtfeld.

Waren sie jemals gegen einen Feind in den Kampf gezogen, der selbst einen istgardischen Zerstörer ritt? Offensichtlich nicht. Die Tatsache, dass Sense ihnen im Kampf gegenüberstand, verstärkte die Verwirrung der Zerstörer auf istgardischer Seite.

Schadenfroh murmelte Kien zu seinem Reittier: „Sag es ihnen! Wir werden ihre Kräfte pulverisieren. Sie werden besiegt werden!"

Senses tierische Verspottungen verdoppelten sich, als er vor und zurück lief, immer wieder leicht stieg und seinen riesigen, schwarzen Kopf auf und ab warf. Seine lange Mähne wehte. Kien grinste. Offensichtlich ritt er den Meister der Zerstörer-Prahlerei.

Kien hielt seine eigene Herausforderung kurz und bündig. Während Sense weiter schnaubte, zog Kien sein Schwert und schrie: „Ytar!"

Mit Kien brüllten neben ihm die schwarz gekleideten Traceländer und nahmen seinen Kriegsruf auf: „Ytar!"

Ytar. Wal. Kiens abgeschlachtete Dienerschaft. Ela… Kien presste die Kiefer aufeinander, während er an all die Leben dachte, die Istgard genommen oder bedroht hatte.

Wie Jon es vorausgesehen hatte, hatten die Bogenschützen von Traceland ganze Arbeit geleistet und die istgardischen Reihen weit genug ausgedünnt, um die Kräfte auszugleichen. Aber sie hatten nicht damit gerechnet, dass die reiterlosen Zerstörer derart chaotisch umherrennen würden, als würden sie von unsichtbaren Peitschen getrieben. Aufruhr entstand in den Reihen Istgards, als ihre unbemannten Zerstörer wie im Herdentrieb flohen und nahestehende Fußsoldaten einfach niedertrampelten.

Seltsam. Waren Zerstörer so leicht zu verschrecken?

Sense schien begierig zu sein, sie zu verfolgen und sprang vorwärts. „Noch nicht", warnte Kien und hielt ihn zurück. „Lass den Feind zu uns kommen."

Um Kien herum grölten die Traceländer Verspottungen und lockten die Istgardier. Das Banner von König Tek An näherte sich ihnen, während es im aufkommenden Wind flatterte und schwankte. Zweifellos ging es Tek An wie seinem Banner – aufgewühlt und hin und her gerissen von seiner aufsteigenden Angst.

„Komm schon!", murmelte Kien leise.

Wie lange konnte er seinen Zerstörer noch unter Kontrolle halten? Senses Schnauben nahm zu und er stampfte unruhig mit den Hufen auf den Boden. Dann bäumte er sich erneut auf – höher diesmal. Kien grub seine Füße in die Bügel des Kampfgeschirrs und war selbst erstaunt, als er oben blieb. Das Schlachtross und sein Geschirr waren perfekt aufs Kämpfen abgestimmt – und leichter zu kontrollieren, als Kien es auf den ersten Blick vermutet hätte. „Ruhig", sagte Kien beruhigend.

Direkt hinter dem Banner des Königs sah Kien Fußsoldaten, die überstürzt einige kurze Türme montierten, die ihre Bolzenwerfer stützten – fest zusammengeschnürte Waffen, die an riesige Bögen erinnerten. Hatten Jon oder einer der anderen Kommandanten in ihrer Planung an diese riesigen Bolzenwerfer gedacht?

Während Kien noch darüber nachdachte, wie man die Geschütze am besten außer Gefecht setzen konnte, ritt der istgardische Erbe voran. Zweifellos ohne Erlaubnis des Königs. Er hob sein Schwert, brüllte einen Kampfschrei und gab seinen Landleuten das Signal zum Angreifen. Die Istgardier stimmten in den Schlachtruf des Erben ein und stürmten vorwärts – in ihrem Angriff durch die widerhallenden Trompeten ermutigt.

Kiens Puls beschleunigte sich, während er wartete und den Vormarsch des Feindes beobachtete.

Die istgardischen Reihen wirkten wie ausgefranst. Die wenigen, verbliebenen Adeligen auf Zerstörern gaben ihre Formationen auf, während die Fußsoldaten wie Individuen und nicht als Einheit handelten. Undisziplinierte Narren!

Die Traceländer und die Istgardier trafen mit krachenden Schilden und klingenden Schwertern aufeinander. Der Klang von Metall auf Metall wurde durch herausfordernde Rufe und Schmerzensschreie unterbrochen. Einige feindliche Zerstörer stürzten sich in den Kampf. Kien fasst den ins Auge, der ihm am nächsten war und presste seine Knie in Senses Seiten, um ihn auf den Adeligen und sein gewaltiges Schlachtross zuzubewegen. „Los!"

Der Zerstörer sprang mehr als willig vorwärts. Umgeben vom Kriegsgeschehen bewegten sich zwei istgardische Fußsoldaten auf sie zu. Sense beugte seinen riesigen Kopf, schloss die kraftvollen Kiefer um den Arm des einen unglücklichen Mannes und schleuderte diesen in den zweiten, um den Weg freizuräumen.

Von den fliegenden Körpern scheinbar alarmiert, drehte der Adelige seinen Zerstörer zu Sense um und schwang sein Langschwert nach Kien.

Während Sense den Zerstörer abwehrte, parierte Kien die Klinge des Istgardiers mit der flachen Seite seines Schwertes. Der Aufprall war so heftig, dass der Adelige in seinem Sattel beinahe das Gleichgewicht verlor. Kien nutzte diesen Vorteil, setzte sich fest hin und schwang sein Schwert gegen den Helm des Istgardiers. Verblüfft taumelte der Mann.

Für Wal.

Kien zog sein Schwert zurück und versenkte es zwischen die Segmente des Brustpanzers des Adeligen, gerade als Sense den feindlichen Zerstörer erneut angriff. Adeliger und Zerstörer schrien auf. Sense gab Kien keine Chance, den angerichteten Schaden zu beurteilen. Er trat rückwärts nach einem Fußsoldaten aus, bevor er sich umdrehte und mit Kien auf einen weiteren berittenen Istgardier zustürmte. Als Kien die goldene Schärpe sah, die diagonal über der Brust des Adeligen drapiert war, keuchte er.

Der Erbe.

„Stirb!", brüllte der junge Mann, dann schwang er sein Schwert gegen Kien. Schlecht gezielt. Die Klinge prallte von Kiens gepanzerter Schulter ab.

Ewiger! Mit diesem hektischen Gebet aus nur einem Wort stach Kien mit seiner Klinge auf die einzig sichtbare Stelle Haut des Erben ein: seine Kehle.

Das Schlachtross des Erben zog sich zurück. Sense stürzte hinterher und Kiens Schwert durchbohrte sein Ziel.

Ungläubig nach Luft schnappend ließ der junge Mann sein Schwert fallen, bevor er selbst still zu Boden ging.

Hinter ihm drang ein Schrei durch das Getümmel: „Nein!", jammerte Tek An. „Mein Sohn!"

Sense stürmte davon – weg vom König – und mähte weitere Fußsoldaten nieder, die aufschrien, als sie unter seine Hufe gerieten. Kien lehnte sich über das Geschirr des Zerstörers. Sicherlich würde ihm jemand folgen, um den Tod des Erben zu rächen. In dem Versuch, die nächste Konfrontation vorauszusehen, sah er sich auf dem Schlachtfeld um. Die Traceländer hatten ihre Halbmond-Formation um die uneinigen Kräfte Istgards zusammengezogen. Das gesamte Feld war eine brodelnde Masse von Fußsoldaten, kollidierenden Schilden und klingenden Schwertern.

Ein Speerschaft flog an Kien vorbei und erschreckte ihn. Wenn er sich nicht nach vorn gelehnt hätte...

Er fasste sich, griff sein Schwert fester und drängte Sense voran.

* * *

Sollten Propheten sich nicht ihren Visionen stellen?

Ela beobachtete, wie die Schlacht zu einem Massaker wurde. Bogenschützen saßen immer noch in den Bäumen und zielten auf jeden Mann, der es wagte zu versuchen, die istgardischen Bolzenwerfer zu bedienen. Die wenigen, verbliebenen Adeligen wurden wieder und wieder angegriffen, bis sie trotz der tapferen Versuche ihrer Zerstörer, sie zu retten, zusammenbrachen und fielen.

Am Ende umzingelte die traceländische Armee die istgardischen Fußsoldaten und begann, sie einen nach dem anderen niederzustrecken. Genauso, wie die Bürger Ytars abgeschlachtet worden waren. Tek Ans Banner schwankte. Dann fiel es.

„Tek An." Ela rief sich sein Gesicht in Erinnerung und trauerte. Wenn er doch nur seinen Stolz aufgegeben hätte.

Wenn er doch nur...

Eine Trompete ertönte. Als die Traceländer innehielten, knieten sich die überlebenden Istgardier auf den Boden und hoben die Hände im Zeichen ihrer Kapitulation. Eine erwartungsvolle Ruhe breitete sich über das Schlachtfeld aus. Dann hob der traceländische General Tek Ans zerrissenes Banner in Grün und Gold mit seiner schwarz behandschuhten Faust. „Sieg! Für Ytar!"

Ein einzelner Jubelruf hallte von der Stelle des gefallenen Königs wider, doch er breitete sich schnell aus, bis alle Traceländer jubelten und feierten. Unruhig sah Ela sich um. Und jetzt? Würde sie jetzt nicht mehr sterben? Die Boten des Ewigen schauten nach oben, bevor sie in einem Augenblick verschwanden und sie zurückließen.

„Ewiger? Ich verstehe das nicht. Ich sah mich selbst dort tot am Boden liegen und…"

Ela spürte, wie sie vom Feld gehoben und zurück zwischen die Bäume getragen wurde – zum Ende ihrer Vision, wo Tzana noch dort kniete, wo Ela sie verlassen hatte – zusammengesunken neben einer gefesselten, ruhig daliegenden Form. Einem Körper. Ela starrte hinab auf ihre leblose, sterbliche Hülle. So bleich, so zerbrechlich. War sie gestorben, ohne es zu merken? „Ewiger?"

In dem Moment, als sie seinen Namen flüsterte, überkam beruhigende Dunkelheit sie und nahm ihr die Sicht.

Eine tiefe Kälte und ein unerträgliches Gewicht holte sie zurück ins Bewusstsein. Vollkommen erschöpft und unfähig, auch nur einen Muskel zu bewegen, blieb Ela still liegen und atmete den Duft der getrockneten Blätter und des feuchten Bodens ein. Ihre Glieder brannten und die Fesseln hatten ihre Handgelenke und Knöchel wundgescheuert. Doch am Leben… Wie? War sie nur eine bloße Vision im Kampf gewesen? „Ewiger. Wer ist wie Du?"

Sie sehnte sich danach, seine Stimme zu hören, doch sie hörte nur die Traceländer, die ihren Sieg feierten, ohne denjenigen zu kennen, der ihnen diesen Triumph beschert hatte.

Tzana kuschelte sich an Ela und sah ihr bemerkenswert ruhig in die Augen. „Bist du wach?"

„Ja. Es ist schön, dich zu sehen." Ela wünschte sich, sie könnte ihre kleine Schwester in den Arm nehmen. Liebstes, kleines Mädchen. Scheinbar war sie Elas Anweisungen gefolgt. Aus dem Augenwinkel bemerkte Ela den Stab, der blass und sonnengebleicht dalag und so alt und zerbrechlich aussah, wie sie sich fühlte. Sich nähernde Hufschläge ließen sie den Kopf wenden.

Pony. Sense. Der den zerzaust aussehenden Kien auf sie zu trug. Bei seinem Anblick schien ihre Seele tief in ihr einen Freudensprung zu machen. Lieber Kien! Sicher... Sie sehnte sich danach, sich in seine Arme zu werfen und ihn festzuhalten. *Sehr* unangemessen für eine Prophetin. Glücklicherweise war sie noch gefesselt und konnte sich nicht zum Narren machen. Dennoch brannten Tränen der Erleichterung in ihren Augen.

Ela kämpfte sich in eine aufrechte Sitzposition, als Kien so hastig abstieg, dass seine Rüstung und seine Waffen klapperten. Er kniete sich neben Ela, zog seinen Dolch heraus und zerschnitt vorsichtig die Seile an ihren Füßen. „Der General scheint überzeugt zu sein, dass du Recht hattest. Ich habe die Erlaubnis erhalten, dich loszuschneiden. Geht es dir gut?"

„Nein." Ela schluckte den schmerzhaften Kloß in ihrem Hals hinunter. „Aber es hilft, euch beide unverletzt zu sehen."

„Nur weil man kein Blut sieht, heißt das nicht, dass es keine Wunden gibt", meinte Kien und ging um sie herum, um ihre Hände zu befreien.

Wenn er nur wüsste. Warum war sie immer noch am Leben?

Pony beugte seinen schwarzen Nacken und stupste Ela an. Offenbar beunruhigten ihn ihre wundgescheuerten Knöchel und Handgelenke. „Das ist nichts", flüsterte sie. „Ich bin so froh, dich zu sehen!" Sie legte ihre Stirn an seine, doch plötzlich hielt sie inne. Sein Maul war klebrig. Ihre Nase fing den scharfen, metallischen Geruch auf und beinahe hätte sie sich übergeben.

Tzana fing an zu weinen. „Pony! Du blutest..."

22

Als Pony sein lauwarmes Wasser ausgetrunken hatte, stupste er Ela mit seinem tropfenden Maul an und besprenkelte ihre Tunika dabei mit blutgefärbtem Wasser. Ein Gefühl von Schuld fuhr durch sie hindurch.

Sie sollte jetzt wirklich auf dem Schlachtfeld sein und sich um die Verwundeten kümmern oder helfen, Gruben für die Toten auszuheben. Aber die Traceländer hatten darauf bestanden, dass Ela zurück zum Lager ging, während sie die überlebenden Istgardier befragten.

Wenn es ihr schon nicht erlaubt war, den Verwundeten zu helfen, konnte sie sich wenigstens um Pony kümmern.

„Wird er sterben?", wimmerte Tzana. Sie klammerte sich an Elas Tunika und ihr kleines Gesicht war von einem Netz aus feinen Fältchen durchzogen.

„Nein." Ela strich mit den Handflächen über Ponys schwarzes Fell. Ihre Fingerspitzen erfühlten eine Reihe verkrusteter Stellen. Getrocknetes Blut aus einigen Kratzern. Über den Schnitt am Maul hinaus hatte er jedoch keine weiteren Wunden. Seine Beine waren weder geschwollen noch warm. Doch mit jeder Berührung traf sie auf geronnenes Blut. Istgardisches Blut. Ela erschauderte. „Wir müssen ihn waschen. Und sein Geschirr auch."

Sie zog an einer der großen Schnallen, mit denen das riesige, schwarze Zerstörergeschirr befestigt war. Mehr Blut. Die Lederbänder des Geschirrs waren vollgesogen. Eine Welle der Übelkeit zwang Ela, sich vorzubeugen und die Hände auf die Knie zu legen. Vielleicht war es doch besser, dass es ihr nicht erlaubt worden war, sich mit den anderen um die Verwundeten zu kümmern.

„Ela." Kiens Stimme wehte von den Bäumen am Rande der Lichtung zu ihr herüber. „Warte. Lass mich dir helfen."

Beim Klang seiner Stimme machte ihr Herz einen Satz. „Ja, bitte."

Sie richtete sich auf und betrachtete den Traceländer genau, während er näherkam. Kien hatte seine Panzerung abgelegt und sein Gesicht und Haar von jeglichem Anzeichen von Blut gereinigt. Ob seine schwarze Kleidung noch Blutflecken aufwies, konnte sie nicht sagen und war dankbar dafür.

In seinen grauen Augen spiegelte sich Müdigkeit wider. Und plötzliche Sorge. „Ist dir übel? Musst du dich übergeben?"

„Nicht, wenn ich an etwas anderes denken kann als an Tod und Schlachten." Ela kämpfte mit einer neuen Übelkeitswelle, als sie die Hand nach einer zweiten Schnalle ausstreckte.

Kien schob ihre Hände beiseite. „Ich mach das schon." Zuerst jedoch trat er kurz in das Blickfeld des Zerstörers und sah ihm fest in die Augen. „Wehe, du beißt mich."

Mit hochgezogener Lippe entblößte Pony seine großen Zähne, als wolle er sagen, dass Kien zu ekelhaft war, um ihn zu essen. Ela traute sich nicht, einen näheren Blick auf seine Zähne zu werfen. Wenn sie noch mehr Blut sah, müsste sie sich ganz sicher übergeben.

Unbeeindruckt von Elas Unbehagen kicherte Tzana: „Pony, was für ein witziges Gesicht!"

„Wir müssen das witzige Gesicht waschen." Ela strich mit der Hand über Ponys Fell, während sie um das riesige Pferd herumging und sich Kien gegenüber aufstellte. Als Kien die letzte Schnalle löste, griff sie nach Ponys Geschirr und hob es auf Kiens Kommando vom Zerstörer.

Gut trainiert senkte Pony seinen großen Kopf und trat ohne Aufforderung rückwärts. Ela und Kien ließen das Geschirr in das zertrampelte Gras sinken. Kien zog eine Grimasse. „Es wird Tage dauern, das zu reinigen."

Wenn es denn noch gereinigt werden konnte. „Ich muss mich zuerst um Pony kümmern."

„Jetzt ist er wieder ‚Pony', was?"

„Fürs Erste." Sie konnte nicht an Sense denken. An den Tod.

„Gehst du mit ihm zum Fluss?"

„Ja." Vorsichtig hob sie eine Ecke der dicken Reiterdecke auf Ponys Rücken an, bevor sie sie herunternahm. Kein Blut. Wenn Blut auf der Reiterdecke gewesen wäre, wäre es vermutlich Kiens gewesen. Ein furchtbarer Gedanke, der ihr den Magen umdrehte. Wenn Kien gestorben wäre, hätte sie sich ebenso nach dem Tod gesehnt. Sie liebte ihn zu sehr, um… „Oh nein."

Auf der gegenüberliegenden Seite des Schlachtrosses hob Kien den Kopf. „Was?"

„Nichts." Dumme, dumme Prophetin! Sie durfte es sich nicht erlauben, ihn zu lieben. Aber es war zu spät…

Kien half ihr, eine frische Decke über Ponys Rücken auszubreiten, bevor er um den Zerstörer herumging und sich vor Ela hinstellte. „Ich gehe mit dir. Der Oberkommandant hat mich fortgeschickt. Scheinbar sind wir gerade Diskussionsthema und sie entscheiden über unser weiteres Schicksal."

Sie wich seinem Blick aus, sammelte noch einige Lappen ein und hoffe, sie würde nicht rot anlaufen. Dummes, unprophetisches Verhalten. Denk nach! Denk lieber an die Schlacht als an Kien. Ela stieß den Stab in der Mitte des Lagers der Traceländer in die Erde und ließ ihn stehen, nahm Tzana auf den Arm und drehte sich zu Kien um. „Was auch immer die Kommandanten beschließen, wird nicht viel Auswirkung haben. Die Pläne des Ewigen stehen über den ihrigen."

„Sollte mich das beruhigen oder beunruhigen?"

„Vielleicht beides." *Sie* jedoch sollte gründlich beunruhigt sein. Sie lebte. Und sie liebte Kien Lantec. Dumme, unverantwortliche Prophetin! Glücklicherweise schien Kien vollauf damit beschäftigt zu sein, Pony zu führen und das Putzzeug zu tragen. Ela folgte ihm hinunter zum Fluss.

„Es ist noch zu früh nach der Schlacht, um ihn ganz ins Wasser zu führen", bemerkte Kien. „Er könnte eine Kolik bekommen. Natürlich nur, wenn man annimmt, dass er trotz seiner Größe tatsächlich ein Pferd ist."

Pony schnaubte und drehte sich schwungvoll um die eigene Achse, wobei er Kien mit seinem verknoteten Schweif direkt ins Gesicht traf. Kien und Tzana lachten. Ela lächelte, fühlte sich aber sofort schuldig. Wie konnte sie so kurz nach einem so schrecklichen Kampf lächeln oder an Liebe denken?

Sie setzte Tzana ab, nahm den Eimer und ging zum Flussufer. Eiskaltes Wasser schwappte an ihre, in Sandalen steckenden, Zehen und sie japste erschrocken. Gut. Die Kälte lenkte sie vielleicht von Kien ab.

Zitternd kehrte Ela zu Tzana, Pony und Kien zurück. Der Traceländer grub mit seinem bestiefelten Fuß gerade einen Stein aus der Erde. Nachdem er den Stein aufgehoben hatte, gab er ihn Ela und übernahm dafür den Eimer aus ihrer Hand. „Schau. Aus diesem Grund wollten die Istgardier Ytar. Es ist ein Hinweis auf die Erze, aus denen wir unsere Azurnitschwerter schmieden."

Froh, sich auf ein neues Thema konzentrieren zu können, untersuchte Ela die winzigen, blauen Edelmetallsplitter, die in dem dunklen blaugrauen Stein eingebettet waren. Sie erinnerten sie an die gelb-grün gestreiften Felsen bei Parne. Enthielt Parnes Boden wertvolle Erze? „Ich weiß, dass das Massaker durch Gier provoziert wurde, aber ich hatte die Kristalle noch nicht gesehen." Sie gab den blau gesprenkelten Stein schnell an die eifrige Tzana weiter.

Als sie Ponys Gesicht abwischte, sagte Kien: „Ytar wurde an dem Hauptweg von Istgard nach Traceland gegründet. Wenn du am Fluss entlanggehst, siehst du kleine Höhlen, die sich in das Flussufer gegraben haben. Und du findest blaue Spuren in den Felsen. Man nennt sie Traces."

„Traces? Daher hat das Traceland also seinen Namen", wurde Ela klar.

„Ja. Blaue Spuren im Felsen finden sich auch in den meisten unserer großen Flussarme, aus denen wir unsere Wasserversorgung beziehen." In diesem Moment drehte sich Pony von Kien weg – offensichtlich von den grünen Büschen entlang des Flussufers angelockt. Kien knurrte: „Du Trottel! Gut. Iss. Aber halt wenigstens still, sodass ich dich trockenreiben kann. Aber zuerst müssen wir dir die Decke abnehmen."

Als sie die Decke von Ponys Rücken gezogen und sie über einen kräftigen Strauch ausgebreitet hatten, sagte Ela: „Die Erze haben Istgard dazu verleitet, Ytar anzugreifen."

„Ganz genau", stimmte Kien zu. „Wir haben herausgefunden, dass diese Erze besser als alle anderen dazu geeignet sind, unsere Schwerter und andere Metallarbeiten zu stärken. Dieses neue Metall wird großen Wohlstand für unser Land bringen."

Schimmernde Bilder tauchten in Elas Gedanken auf. Als sie einen genoppten Lappen aufhob und begann, Ponys feuchten Hals zu bearbeiten, meinte Ela: „Zusätzlich zum Wohlstand werden die Erze Neid bei den benachbarten Ländern provozieren. Du musst alles in deiner Macht Stehende tun, um zu verhindern, dass deine Landsmänner ebenso stolz und korrupt werden, wie die Istgardier es waren."

Kien hielt inne und trat einen Schritt zurück, um Ponys Schulter zu betrachten. Dann warf er Ela einen Blick zu, bevor er Ponys Schulter mit Wasser übergoss. „Soll das ein Hinweis darauf sein, dass ich irgendwann genügend Macht haben werde, um meine Landsleute davon zu überzeugen, mir zuzuhören?"

„So etwas in der Art."

„Heißt das, dass ich ein Abgeordneter werde?" Er sah nicht sehr zufrieden aus.

Mit neuen Bildern gefüllt, hielt Ela inne, bevor sie lächelte und meinte: „Dein Vater wird deine Zukunft bald mit dir besprechen. Hör auf ihn."

„Wir sind nicht immer einer Meinung."

„Diesmal werdet ihr es sein."

Kien schüttelte den Kopf, während er Ponys Flanke abwischte und dann losging, um seinen Lappen auszuwaschen und den Eimer neu zu befüllen. Dann kam er zurück und schrubbte weiter an Pony herum. „Willst du damit sagen, dass ich meinen Vater bald sehen werde?"

„Deine Eltern und deine Schwester werden den Kuriervogel mit der Botschaft des Kommandanten heute Nachmittag bekommen. Sie werden sich noch vor Sonnenuntergang auf den Weg machen, weil sie so begierig sind, dich zu sehen." Ela wartete einen Moment und dachte über das nach, was sie gesehen hatte. „Sie waren natürlich furchtbar besorgt um dich. Du hast eine wunderbare Familie." Wenn auch mit ein paar lästigen Eigenschaften.

Kien hielt in seinen Wischbewegungen inne. „Das hast du alles gesehen?"

„In kleinen Stücken, ja."

„Warum in kleinen Stücken? Warum nicht alles auf einmal?"

Bei der Frage verzog Ela das Gesicht. „Weil der Ewige weiß, dass ich zu viele große Visionen nicht vertrage. Sie sind reine Qual. Besonders, wenn das Thema unangenehm ist."

„Aber du hast gesagt, dass ich eine wunderbare Familie habe."

„Die meisten meiner Visionen sind nicht so schön – wie zum Beispiel die von der Schlacht. Tzana!", rief Ela nach ihrer kleinen Schwester, die am Flussufer entlangspazierte und offensichtlich nach weiteren Kristallen suchte. „Geh nicht zu weit weg. Ich bin zu müde, um hinter dir herzulaufen."

„Pony wird mich finden", zwitscherte Tzana. „Oder einer der Boten." Sie blieb stehen, als ob ihr gerade etwas eingefallen wäre: „Was haben die Boten dir heute Morgen gesagt?"

„Nur, dass ich stark sein und beten soll."

Tzana ließ traurig die Schultern hängen. „Einer hat mit mir gewartet, während du geschlafen hast. Ich habe mir gewünscht, dass sie den Kampf beendeten. Ich habe es gehört."

Sich der hochgezogenen Augenbrauen Kiens bewusst, antwortete Ela: „Sie waren nicht dort, um den Kampf zu beenden. Nur, um Traceland zu helfen."

„Um Traceland zu helfen?", unterbrach Kien. „Vergebt mir, aber von wem sprecht ihr?"

Ela konnte auch ohne Vision voraussehen, dass dies ein wiederkehrendes Gesprächsthema sein würde. „Die Boten des Ewigen. Sie dienen auch als Seine Krieger. Du konntest sie nicht sehen, aber sie waren heute Morgen bei uns."

„Sie sind noch größer als Pony!" Tzana streckte eine kleine Hand nach oben, als wolle sie ihre Höhe beschreiben. Als Pony schnaubte, setzte sie hinzu: „Und sie reden manchmal mit mir. Zwei von ihnen haben in der Wüste auf mich aufgepasst, als Ela weg war und einer hat eine Tür für mich aufgebrochen."

„Eine Tür aufgebrochen?" Ela hielt in ihren Bewegungen inne. Tzana und eine Tür... „War das an dem Tag, als du den Stab aus Eshtmohs Grabhaus genommen hast?"

„Mhmh."

„Ich habe keinen Boten gesehen, der die Tür für dich aufgebrochen hat." Aber es ergab Sinn. Ewiger?

Du hast nicht genau genug hingesehen.

Offensichtlich. Nun, ihr Kopf war ja auch noch durch die Vision von Ytar ganz verwirrt gewesen. „Tzana, wie lange sprichst du schon mit den Boten?"

„Ähm... Tja, bevor ich wusste, dass es Boten sind, haben wir nie geredet."

Nicht besonders aussagekräftig. Ela fragte erneut nach: „Wie viele Jahre siehst du die Boten schon?"

„Ich weiß nicht", antworte Tzana mittlerweile leicht gereizt. „Sie warten immer."

„Sie sieht Boten vom Ewigen?", fragte Kien. „Ihr beide seht Boten – Krieger, die sonst niemand sehen kann?"

„Wage es ja nicht, es eine parnische Verrücktheit zu nennen", warnte Ela ihn. Dann öffnete sie erneut ihren Mund, um Tzana weiter zu befragen, doch in diesem Moment rannte Pony in den Fluss. Seine Geduld war unverkennbar aufgebraucht.

„Es ist ohnehin einfacher, ihn dort zu säubern – solange er sich nicht verkühlt", meinte Ela.

„Einverstanden." Kien watete in die Strömung. „Aber weich nicht vom Thema ab. Erzähl mir von den Boten."

„Eine Beschreibung der Boten kann ihnen niemals gerecht werden." Ela befestigte den Saum ihres Umhangs um ihren Hals und an ihren Schultern. Dann griff sie nach dem Eimer und einem Lappen und watete ebenfalls hüfttief ins Wasser und stellte sich auf der gegenüberliegenden Seite von Kien auf.

Während Ela sanft die Kratzer ihres Zerstörers auswusch, beschnüffelte Pony das Wasser, als wäre er sich nicht sicher, ob es trinkbar war. Ohne jede Vorwarnung hob er plötzlich zuerst den Kopf und dann einen seiner riesigen Hufe und schlug damit ein paar Mal mit solcher Kraft aufs Wasser, dass Ela in einem Sturm von schaumigen Wellen und gekräuselten Strudeln völlig durchnässt wurde. Von der anderen Seite des Zerstörers, rief Kien: „Du Schurke! Wir versuchen hier zu arbeiten."

Ela ergab sich der Tatsache, dass sie völlig durchnässt war, hob einen Eimer voll Wasser und leerte ihn mit Schwung über Ponys Rücken.

Kien antwortete prustend und hustend: „Prophetinnen können nicht zielen!"

„Scheinbar nicht!" Ela ließ einen weiteren Schwall Wasser über Ponys Rücken stürzen.

„Gib mir den Eimer!" Kien wollte um den Zerstörer herumwaten, doch Pony versperrte ihm den Weg; scheinbar war er auf Elas Seite.

Es folgte eine Wasserschlacht, bei der Pony als Anstifter je nach Ponyscher Laune immer wieder die Seiten wechselte und einen Meister gegen den anderen ausspielte. Ein sauberes Gefecht ohne Sieger.

„Ewiger." Ela lobte ihn, als sie nach Atem rang. „Danke!" Sie fühlte sich erfrischt – zumindest äußerlich. Warum konnten nicht alle Streitigkeiten auf solche Weise beigelegt werden? Und Kien hatte offensichtlich die Boten vergessen. Ein Segen. Sie war zu müde für ein Verhör.

„Ela!", schrie Tzana vom Ufer. Ela drehte sich um und sah, wie Tzana auf die Füße sprang, während sie ihre gesammelten Kristalle an die Brust drückte und flussabwärts starrte.

Ela stockte der Atem. Ein klagender Laut drang aus einem Dickicht schattiger Bäume an ihr Ohr. Riesige Körper traten aus dem Dunkel.

Zerstörer. Sie zogen als Herde am Flussufer entlang. Ihre dunklen Köpfe waren unterwürfig gesenkt, als sie sich näherten. Pony schwang seinen Kopf zur Herde herum und schnaubte kurz. Dann senkte er gelangweilt den Kopf und trank aus dem Fluss, als wäre die Herde seiner Aufmerksamkeit nicht wert.

Ela watete fasziniert auf die Zerstörer zu. Sie bettelten geradezu um ihre Aufmerksamkeit. Sie hatte noch nie gesehen, dass diese gigantischen Kreaturen eine solche Haltung der Sanftmut einnahmen.

Außer an dem Morgen, als Pony sich ihrem Dienst verpflichtet hatte. Könnte das…?

„Ewiger, nein", wimmerte Ela. Sie blieb im knietiefen Wasser stehen. „Nicht eine ganze Herde."

Hab Mitleid mit ihnen.

Eine vielschichtige Welle an Emotionen traf ihre Seele. Verlust. Schmerz. Verwirrung. Das Erkennen von unbestreitbarer Stärke in Ela. „Sie sehen Dich. Nicht mich", flüsterte Ela ihrem Schöpfer zu.

Ja.

Ela stolperte aus dem Fluss. Die Herde versammelte sich beschützend um sie und atmete ihr in den Nacken, ins Haar, entlang ihrer Arme.

Schweiß prickelte auf Elas Haut. Sie würde ersticken, erdrückt von einer Herde bedürftiger Zerstörer.

Bleib ruhig.

„Habe ich eine Wahl?"

23

Trotz seines Neids grinste Kien, als er aus dem Fluss watete. Ela gelang es, sich aus der Herde Zerstörer zu befreien, aber sie sah aus wie ein verlorenes Kind, das kurz vor einer Panik stand.

„Stopp!" Sie hob ihre Hände gegen die Herde. Wie ein Mann gehorchten die Zerstörer und beobachteten sie mit zielstrebiger Intensität. Ela schien eine Entscheidung zu fällen. Sie straffte die Schultern und zog ihren Umhang zurecht. „Folgt mir, ihr alle. Aber *kein* Lecken! Und kein Gezanke!"

„Ist Gezanke Teil des Vokabulars eines Zerstörers?", rief Kien zu ihr hinüber und freute sich, sie ein wenig aufziehen zu können. Sicherlich würde etwas Humor die Erinnerungen an den Kampf an den Rand seiner Gedanken verdrängen. Das hoffte er zumindest.

Ela starrte ihn an. „Ach, sei still! Sie atmen ja nicht in *deinen* Kragen, oder?"

Was für ein Temperament. Ihre Belastbarkeit war erstaunlich. Kien wollte gerade eine passende Antwort geben, als Pony – Sense – ihn an die Schulter stupste und in sein Haar schnaubte. Als nächstes, vermutete Kien, würde er ihn ansabbern. Also rief er Ela zu: „Ich verstehe, was du meinst!" An Sense gewandt murmelte er: „Machst du dir etwa Sorgen? Fühlst du dich von der Herde bedroht?"

Sense blinzelte. „Komm schon. Du hast keinen Grund zur Sorge. Sie liebt dich."

Der Zerstörer seufzte. Dann folgte er Kien aus dem Fluss und wartete geduldig, als Kien Tzana auf Senses breiten, dunklen Rücken hob. Nachdem sie sich bequem hingesetzt hatte, strahlte das kleine Mädchen auf Kien herunter. „Jetzt haben wir ganz viele Ponys!"

„Ich würde das nicht zu laut sagen, Tzana. Sense sieht ein wenig traurig aus."

„Freut er sich nicht, dass seine Freunde zum Spielen da sind?" Das Gesicht des Kindes spiegelte Verwirrung. „Ich liebe meine Freunde."

„Ja, das tust du. Aber ich fürchte, dass Senses Naturell nicht so großherzig ist wie deines, junge Dame."

„Sein Name ist Pony", erinnerte Tzana ihn.

„Natürlich ist er dein Pony." Aber er war Sense, wenn Tzana nicht zuhörte. Kien zog seine Stiefel aus und schüttete das Wasser daraus, bevor er die Putzsachen des Zerstörers einsammelte. Ela schien sie komplett vergessen zu haben. Sie lief davon und führte die Herde das Ufer hinauf in Richtung des Lagers. Kien stellte sich den Schock auf den Gesichtern seiner Landsleute vor, wenn das durchnässte kleine Mädchen aus Parne eine ganze Herde Zerstörer in ihre Mitte führte. „Wir sollten uns beeilen."

„Lauf, Pony!" Tzana griff fest in Ponys feuchte Mähne und jauchzte, als er neben Kien her trabte. Als der Zerstörer jedoch nach einigen Mitgliedern der Herde schnappte, schimpfte sie: „Nein! Das ist nicht nett!"

Kien bemerkte, dass nicht ein Mitglied der Herde Pony – Sense – Widerstand leistete. Stattdessen senkten sie ihre großen Köpfe und wichen vor ihm zurück. Sense fiel in einen selbstsicheren, stolzen Gang. Der Tyrann. Offensichtlich hielt er sich für den Anführer der Herde. Nach Ela.

„Was soll ich nur mit ihnen machen?", fragte Ela, als Kien sie eingeholt hatte.

Elas flehende, dunkle Augen machten ihre schmutzige Kleidung und die nassen, zerzausten Haare mehr als wett. War jemals ein anderer parnischer Prophet so bezaubernd gewesen? Wahrscheinlich nicht. Er grinste. „Ich nehme an, dass du den Ewigen bereits nach einer Lösung gefragt hast."

„Ja, aber es scheint, als wolle Er meine Geduld auf die Probe stellen. Scheinbar muss ich durchhalten, bis Er antwortet."

„Dann halt durch."

„Können wir sie behalten?" Tzana klang begeistert.

Elas Gesichtsausdruck wurde distanziert. Sie befragte den Ewigen, vermutete Kien. Ab und zu stieß der ein oder andere Zerstörer sie an, als ob er um ihr Wohlwollen bat. Sie strich über das Maul des einen. Später über den schwarzen Nacken eines anderen. Abgelenkt wie jemand, der versuchte, einem Gespräch zu folgen, während er jemand anderem zuhörte.

Sie war so zerstreut, dass Kien fürchtete, sie würde über ihre eigenen Füße stolpern und die Zerstörer dazu bringen, sie zu zertrampeln, weil sie nach vorne stürmten, um ihr zu helfen. Nun, er hatte genug Blutvergießen gesehen. Kien schob die Ausrüstung auf einen Arm und stützte das Mädchen mit einer Hand an ihrem Ellbogen, während sie gingen.

Ela bemerkte ihn nicht einmal. Aber die Zerstörer waren unzufrieden mit seiner Geste. Über Tzanas Proteste hinweg biss Sense einige zurück, die besonders verärgert mit Kien zu sein schienen. Sie zogen sich zurück, grummelten jedoch leise und besorgt vor sich hin.

Wie Kien heimlich gehofft hatte, sorgte ihre Ankunft im Lager der Traceländer für Chaos. Soldaten starrten sie an, zeigten mit Fingern auf sie, zogen sich in Alarmbereitschaft zurück und riefen anderen Warnungen zu. „Zerstörer!"

Kien ließ das Putzzeug fallen und täuschte Lässigkeit vor, während er seine nassen Stiefel mit trockenen Sandalen tauschte. Sobald er konnte, würde er nach Ytar zurückkehren und versuchen, seine beschlagnahmten Sachen zu finden.

Endlich schüttelte Ela ihre Zerstreutheit ab. Sie holte ihren Stab und drehte sich zu Kiens Kameraden um. „Ich gehe mich ausruhen, aber ruft mich bitte, wenn euer General zurückkommt. Ich werde bei den Zerstörern sein. Tzana..." Ela gab ihrer Schwester ein Zeichen. „Schlafenszeit."

„Oooh! Ich will mit unseren Ponys spielen!"

„Glaub mir, du wirst sie sehen, sobald du die Augen wieder aufschlägst."

Enttäuscht beobachtete Kien, wie Ela über die Lichtung ging. Sie plante offensichtlich, inmitten eines schützenden Ringes aus Zerstörern zu schlafen.

Keine schlechte Idee. Er gab Sense einen Schubs. „Bleib hier, du Tyrann, und pass auf, während ich mich ausruhe."

Sense grummelte.

* * *

„Ruf sie zurück", befahl der General Ela. Er und seine Begleiter schauten an ihr vorbei und waren deutlich verunsichert von der Herde Zerstörer, die in einem engen Halbkreis hinter ihr standen.

„Das kann ich nicht, Herr. Tut mir leid." Ela nahm den Stab von einer in die andere Hand. Es überraschte sie, dass sie seine innere Wärme überhaupt noch spüren konnte, denn die Zerstörer standen so nah um sie herum und strahlten eine solche Hitze aus, dass sie sich fühlte, als hätte man sie in einen schwülen Umhang gehüllt. „Sie sind sehr darauf bedacht, mich zu beschützen. Du wirst einfach freundlich sprechen und lächeln müssen. Andernfalls könnten sie unangenehm werden."

Der General lächelte. „Ist das eine Drohung?"

„Es ist die Wahrheit." Ela erwiderte das Lächeln nicht. Sein Blick glitt wieder zu den Zerstörern. Sie räusperte sich. „Du wolltest mir berichten, dass ich frei bin und gehen oder bleiben kann, wie ich möchte."

Mit erhobenen, silbernen Augenbrauen fragte der Traceländer: „Bist du sicher?"

„Leugnest du es?"

Er atmete aus. „Nein. Wir haben Zeugenaussagen gesammelt. Du bist von dem Vorwurf, eine Spionin zu sein, freigesprochen. Die überlebenden Kommandanten Istgards haben jedoch darum gebeten, mit dir und Botschafter Lantec sprechen zu können. Wenn du also deine Abreise – und die der Herde – planst, würde ich es vorziehen, wenn du sie noch verschieben könntest."

Istgards überlebende Kommandanten? Ela seufzte. Die Verluste der Schlacht lasteten wie schwere Steine auf ihrem Geist. Würden die Istgardier in den kommenden Jahren ihr die Schuld an all den Toten geben? Für die Zerstörung ihres Königreiches? Sie zwang ihre Gedanken zurück in die Gegenwart. „Ja, die Überlebenden... Der Kronkommandant, vier Großgrundbesitzer und drei niedere Kommandanten."

„Wer hat dir das gesagt?" Die nervöse Reaktion des Generals sorgte für Unruhe unter den Zerstörern.

Ela hob den Stab und rief über die Schulter nach hinten: „Seid still!" Gehorsam erstarrten die Zerstörer, doch sie konnte ihren kollektiven Atem spüren.

Vorsichtig bemerkte der traceländische Führer: „Sie haben dir gerade perfekt gehorcht. Erkläre mir also, warum du sie nicht wegschicken kannst. Ich bin davon überzeugt, dass du sie nur hierbehältst, um uns einzuschüchtern."

Sei geduldig, ermahnte sie sich selbst. Traceländer wissen beinahe nichts über Zerstörer. „Herr, wenn ich diese Herde wegschicke, werden sie glauben, dass sie keinen Meister mehr haben. Sie wurden geschaffen, um zu dienen. Wenn sie keinen Meister zum Beschützen haben, werden sie bald wild werden und ihrem Namen alle Ehre machen, indem sie alles, was ihnen in den Weg kommt, dem Erdboden gleichmachen werden. Mit diesem Wissen, Herr, sag mir... Was soll ich tun?"

Mit noch sanfterer Stimme antwortete der General: „Tu, was du in Weisheit zu tun beschlossen hast."

„Vielen Dank, mein Herr." Ela verlagerte ihr Gewicht und spürte, wie ihr der Schweiß von der Hitze der Zerstörer den Rücken hinunterlief. „Was deine Bitte angeht: Ich werde den Kommandanten Istgards zuhören, aber ich habe ihnen nicht viel zu sagen. Und zu deiner Frage, woher ich weiß, welche Istgardier um ein Treffen gebeten haben: Unser Schöpfer hat mich über ihre aktuellen Pläne informiert."

Das Lächeln des Anführers wurde zynisch. „Der Ewige. Mal wieder."

Ela beantwortete sein Lächeln mit einem Lächeln ihrerseits. „Ja. Der Ewige. Immer. Und da du bereits so guter Laune bist, General, wollte ich dich fragen... Wie viele Traceländer sind in der Schlacht gestorben?"

„Du behauptest doch, eine Prophetin zu sein. Weißt du es nicht?"

„Ich weiß, dass *du* es nicht weißt, mein Herr. Aber egal. Ich werde es dir sagen. Keiner. Nicht einer deiner Männer ist gestorben – auch wenn einige verwundet wurden und sich noch erholen müssen."

Der Traceländer warf einem seiner Begleiter einen Blick zu. Der Mann nickte. „Sie hat Recht, Herr."

Ela wartete nicht auf die Antwort des Generals: „Wie viele Istgardier sind gefallen, mein Herr?"

Der General blickte auf den Begleiter, der auf der anderen Seite neben ihm stand. „Mit Verlaub, General", antwortete dieser, „wir zählen noch."

„Also habt ihr einen unmöglichen Kampf gewonnen. Ihr wart deutlich unterlegen", erinnerte Ela den General. „Welche Chancen hättet ihr gehabt, General, wenn der Ewige euch den Kampf nicht geschenkt hätte?"

Der General blieb stumm, presste die Lippen aber zusammen, als hätte er am liebsten einige hundert Fragen auf ihre Aussagen hin gestellt. Ela seufzte. „Eines noch, Herr. Diese Zerstörer brauchen jeder einen Meister, der sich um sie kümmert. Meister, die sie im Gegenzug beschützen können. In drei Tagen wird der Ewige ihre neuen Besitzer aus den Reihen der Traceländer wählen."

Skepsis ließ die Gesichtszüge des Generals noch schärfer hervorstechen. „Dein Ewiger wird die neuen Meister für diese Zerstörer aussuchen?"

„Ja. Er wird wählen." Der Stab in Elas Hand glühte wie eine helle Warnung. „Ich lasse mich nicht bestechen oder bedrohen."

„Natürlich nicht." Er lächelte nicht mehr. „Drei Tage. Bis dahin wirst du unser Ehrengast sein, Ela von Parne."

Ela wusste, dass es ihm lieber wäre, wenn sie sofort verschwinden würde.

Aber wie Kien und jeder andere Traceländer, musste er vom Ewigen erfahren. Und geprüft werden.

* * *

Unter dem strengen Blick des Generals und sich der Beobachtung der gesamten, traceländischen Armee bewusst, stellte sich Kien den übriggebliebenen istgardischen Kommandanten. Warum stand Ela wie ein bloßer Zuschauer an der Seite? Sie war seit dem Tag, an dem sie einen Fuß in Riyan gesetzt hatte, der Mittelpunkt dieses Konfliktes gewesen.

Natürlich half es nicht sonderlich dabei, geordnete Zusammentreffen durchzuführen, wenn man von einundvierzig Zerstörern verfolgt wurde. Sense allein, der eifersüchtig über Elas Schulter thronte, war schon eine gewaltige Ablenkung.

Darüber hinaus hatte Ela diesen träumerischen, nachdenklichen Ausdruck auf dem Gesicht. Ein Zeichen dafür, dass sie wahrscheinlich mal wieder in einem Gespräch mit dem Ewigen war.

Der Überlebende mit dem höchsten Rang trat vor. Tsir Aun. Er sah abgekämpft und älter aus und wurde von seinem treuen Zerstörer begleitet. Erschöpft und sich klar seines besiegten Status bewusst. Vor Kien angelangt verbeugte er sich. „Botschafter."

„Tsir Aun." Kien bot ihm ein Lächeln an. „Es ist schön, dich lebend zu sehen."

„Danke, mein Herr." Der Ton des Kronkommandanten war staubtrocken. „Ich bin ebenso froh, dass du mich lebend siehst."

Gedämpftes Lächeln erklang unter den Zuschauern, die nahe genug standen, um sie zu verstehen. Selbst der General lächelte. Kien schätzte Tsir Auns Kampfgeist. Bitterkeit wäre für den stolzen Istgardier vollkommen verständlich gewesen. Sogar erwartet. Der Kronkommandant jedoch hatte offenbar beschlossen, der Demütigung in zivilisierter Weise zu begegnen.

Ehrfürchtig und würdevoll hielt Tsir Aun einen kunstvollen Schwertgurt mit Schwert in seinen Händen vor sich wie eine Gabe. „Istgard hat sich ergeben. Wir erkennen unsere Niederlage an. Außerdem bekennen wir, dass du und deine Dienerschaft durch unsere Hände gelitten habt. Bitte nehmt das Schwert des Königs mit unserer aufrichtigen Bitte um Entschuldigung an."

Kien starrte das Schwert an. Seine reichhaltigen, goldenen Verzierungen waren Kien nur zu vertraut. „Aber dies war General Tek Juays Waffe."

„Ja, Herr. Der König bestimmte sie vor der Schlacht zu seinem eigenen Gebrauch. Weil du die Sieger ebenso repräsentierst wie die, die unser König zu Opfern machte, haben wir beschlossen, dir dies anzubieten."

„Danke." Kien akzeptierte die Waffe mit einer Verbeugung. „Ich fühle mich geehrt. Ich habe General Tek Juay über allen anderen Männern Istgards respektiert."

„Er hätte sich gefreut." Tsir Auns Antwort war höflich, doch dann zögerte er. Trat von einem Fuß auf den anderen. Atmete tief ein.

Kien runzelte die Stirn. Warum war der Kronkommandant plötzlich so nervös? Hatte er nicht gerade erfolgreich die wohl erniedrigendste militärische Erfahrung seines Lebens gemeistert?

„Herr", setzte der Istgardier abrupt an. „Du bist ein Lan Tek. Ein direkter Nachfahre der Dynastie, welche die Teks hervorbrachte."

„Ja", stimmte Kien zu und unterdrückte den Impuls, einen Schritt zurückzutreten. Jeder Blick auf ihn wurde plötzlich scharf und hart – besonders der des Generals. „Aber das war vor sieben Generationen. Es hat keine Bedeutung mehr."

„Doch!", argumentierte Tsir Aun nervtötend respektvoll. „Die Lan Tek Familie ist für uns nun lebenswichtig. Unser König ist tot. Sein Sohn ist tot. Sein Bruder ist tot. Heute Morgen haben wir Tek Ans Cousins begraben. Jeder einzelne, direkte, männliche Nachfahre der königlichen Linie Istgards ist tot. Ausgenommen du. Und dein Vater."

Kien kämpfte gegen ein aufkeimendes Schwindelgefühl. Und gewann. „Was sagst du da, mein Herr?"

„Du bist unsere logische Wahl. Wir bitten dich, die Dynastie der Lan Tek wiederherzustellen."

Nein. Kien schloss die Augen. Ewiger, willst Du mir nichts raten? Seine stumme Bitte um göttlichen Rat wurde mit wartender Stille beantwortet. Ein schreckliches Gefühl der Schwere legte sich auf

Kien. Offensichtlich war dies seine eigene Entscheidung. Aber er wollte diese Entscheidung nicht treffen. Ewiger!

Kien nahm sich zusammen. Öffnete die Augen. Schüttelte den Kopf. „Ich kann und werde nicht euer König sein. Nach allem, was ich in Istgard erlitten habe, wäre ich unfähig, das Land unparteiisch zu regieren." Als der Kronkommandant protestieren wollte, schnitt Kien ihm das Wort mit erhobener Hand ab. „Ich spüre weder Liebe noch Loyalität eurem Land gegenüber, Tsir Aun. Bitte akzeptiert meine Entscheidung."

„Dann, Herr", erhob einer der niederen Kommandanten Istgards Einspruch, „sagt uns, was wir tun sollen. Wir haben keinen König!"

„Also habt ihr kein Königreich!" Kien wurde wütend. „Beginnt mit dieser neuen Perspektive und macht das Beste draus! Denn ich weigere mich, euer König zu werden. Und ich biete euch auch nicht den Namen meines Vaters – die Lantecs wollen nichts mit Istgard zu tun haben."

Elas klare, tiefe Stimme durchbrach die erschrockene Stille, die Kiens Ausbruch folgte: „Heute Morgen erwachte Riyan und fand die befleckte Statue des Königs zerbrochen und im Wasser des Brunnens des königlichen Hofes verstreut vor. Sie wissen, dass er tot ist. Ganz Riyan trägt weiße Trauergewänder."

Ein Raunen und Tuscheln ging durch die Reihen der überlebenden Istgardier. Ela sprach lauter: „Bei allem Respekt, Kommandant, Istgards Führer sollten eine Regierung bilden, die der Tracelands ähnelt. Richter und Ratsmitglieder haben bereits mit General Tek Juays Tochter gesprochen und ihr ihre Unterstützung zugesagt, um Anarchie zu vermeiden."

Kien ergriff die Gelegenheit: „Tek Lara ist keine Närrin. Und sie ist eine Tek, die von euren Königen abstammt. Vertraut ihr." Um seine Unterstützung für Lara zu untermauern, bot Kien Tsir Aun das Schwert Tek Juays an. „Bitte überbringe dies Tek Lara mit meinen liebsten Grüßen und Segenswünschen."

Segenswünsche? Kein Wort, das er zuvor in den Mund genommen hatte. Er schrieb es der Müdigkeit zu. Nein, dem Ewigen.

Tsir Auns abgekämpftes Gesicht entspannte sich und beinahe lächelte er. „Danke. Nachdem wir unsere Toten begraben haben, werden wir deine Nachricht übermitteln."

Obwohl Tsir Aun besänftigt war, erkannte Kien, dass die Traceländer untereinander flüsterten. Er, Kien Lantec, hatte die Krone Istgards abgelehnt. Nicht nur für sich selbst, sondern auch für Traceland und für seinen Vater – ein Mann, der für seine Liebe nach Macht bekannt war.

Er hatte einen Fehler begangen. Nein, nicht nur einen einfachen Fehler. Eine kolossale Dummheit.

Vater würde ihn enterben. Bevor er ihn zu Tode prügeln würde.

24

Kien blinzelte heftig bei dem Versuch, seinen Blick zu klären und die Müdigkeit abzuschütteln. Aber es war vergeudete Zeit. Missmutig starrte er auf die fachmännisch zusammengenähten Lederplanen des Zeltes. Er hatte letzte Nacht nur wenig Schlaf bekommen, und wenn er geschlafen hatte, waren verschiedene Variationen des gleichen Albtraumes vor seinen Augen vorbeigezogen.

Vater, wie er ihn von der Spitze des Lantec-Turms warf.

Vater, der ihn in die Fluten des Meeres stieß.

Vater, der Kien mit boshaftem Lächeln mit einem Schwert durchbohrte.

Jon trat in das Zelt und hob die Augenbrauen. „Hast du geschlafen?"

„Nicht genug." Kien zwang sich dazu, sich auf seiner Pritsche aufzusetzen. „Sie werden heute ankommen. Ich hätte nie gedacht, dass ich mich einmal davor fürchten würde, wieder mit meiner Familie vereint zu sein."

Während Jon etwas zwischen seinen Ausrüstungsgegenständen suchte, meinte er: „Nun, nach dem, was ich gehört habe, denkt die halbe Armee, du wärst ein Held, weil du Istgards Krone abgelehnt hat. Und alle sind sich sicher, dass dein Vater versuchen wird, dich zu töten."

„Was denkst du, Jon?"

„Du bist so gut wie tot. Es sei denn, du redest dich heraus – und rennst schneller als dein Vater." Jon war fündig geworden und schüttelte eine saubere Tunika aus, während er Kien angrinste. „Ach übrigens: Danke."

„Wofür?"

„Dafür, dass du deinem Vater die absolute Macht über ein ganzes Land verwehrt hast. Im Vergleich dazu hast du mich mit einem Schlag zum Lieblingssohn gemacht."

„Da hast du wahrscheinlich Recht."

Jon zupfte seine Tunika zurecht. „Steh auf. Wenn du schon sterben musst, solltest du wenigstens saubere Kleidung anziehen und dich frisch machen."

„Nicht, bevor ich Ela mit den Zerstörern geholfen habe."

„Hmm. Diese Monster zu bürsten und sie davon abzuhalten, Unfug zu treiben, kostet den größten Teil deiner Zeit."

„Die Arbeit hält mich davon ab, zu viel über die Konfrontation mit meinem Vater nachzudenken."

„Was für ein Argument kannst du haben, das – ah!" Jon stolperte und fiel auf seine Pritsche, als wäre er geschubst worden. Eine dunkle Form drückte sich in das Zelt und zog das Leder und die Holzkonstruktion beinahe aus der Verankerung.

Pony. Sense – wer auch immer er war – nahm plötzlich die Hälfte des Inneren des Zeltes ein. Kien starrte ihn an. „Raus!"

Der Zerstörer schnaubte Jon an, als hätte er Kien nicht gehört.

„Hast du diesem Monster keinen Gehorsam beigebracht?", wollte Jon wissen. Sense zupfte direkt neben Jons Kopf an einem Büschel Gras. Jon bedeckte seinen Kopf. „Er ist eine Bedrohung – ein Schläger auf Hufen!"

„Er weiß, wenn man ihn beleidigt", warnte Kien.

Aber zu spät. Sense beugte den Kopf, schloss seine großen Zähne um die Ecke von Jons Pritsche, hob sie gerade in die Luft und warf Jon auf den dreckigen Boden. „Hey!", rief Jon.

Kien schoss von seiner Pritsche hoch auf den Zerstörer zu. „Raus! Sofort! Hörst du mich? Gehorche!"

Schnaufend zog Sense sich zurück, während er Jons Pritsche immer noch zwischen seinen großen Pferdezähnen festhielt. Kien griff nach dem Holzrahmen. „Lass los! Willst du Streit? Du kannst das nicht essen – lass los!"

Sense gab den Holzrahmen frei, was Kien rückwärts auf den Boden schickte, mit der Pritsche auf seiner Brust. Bevor Kien genug Atem holen konnte, um das Pferd anzuschreien, war der Zerstörer rückwärts aus dem Zelt verschwunden. Sein großer Schatten aber blockierte weiterhin das Morgenlicht am Eingang.

Kien wollte etwas nach ihm werfen.

Das Pferd könnte dann jedoch etwas zurückwerfen. Jon zum Beispiel.

Das unwissende, potenzielle Geschoss stand auf, klopfte seine Tunika ab und schüttelte den Kopf. „Sind alle Zerstörer morgens so? In Zelte eindringen, Menschen erschrecken und Möbel stehlen?"

„Nicht nur morgens." Kien stellte Jons Pritsche wieder an ihren Platz und betrachtete Senses beeindruckende Zahnabdrücke. „Denk sorgsam darüber nach, bevor du eins der Biester aufnimmst."

Senses Grummeln ertönte durch die Plane am Zelteingang, die danach von einem beleidigten Zerstörerseufzen aufgebläht wurde. Jon lachte. „Alles klar! Ich werde um einen bitten. Hoffentlich hat deine Prophetenfreundin mir vergeben."

„Wenn sie sagt, dass sie dir vergeben hat, dann hat sie das auch." Kien langte nach seinen Stiefeln und begann, sich anzuziehen. „Aber das ist kein Garant dafür, dass du ausgewählt wirst." Er wühlte in seiner zurückgewonnenen Kleidertruhe nach einem Umhang und seinem Schwert. Senses hartnäckige Präsenz störte ihn. Warum lungerte die Bestie bei ihm herum, anstatt auf Ela aufzupassen? „Ich werde mal schauen, ob noch weitere Zerstörer frei im Lager herumlaufen."

„Alt kocht gerade Rationen. Hol dir jetzt deinen Anteil, sonst bekommst du nichts mehr ab."

„Grund zur Eile", murmelte Kien. Elas Gefängnisgerichte waren bei weitem besser. Er befestigte seinen Umhang, trat nach draußen und starrte dem mürrischen Zerstörer in die Augen. „Warum bist du hier?"

Sense schlug mit dem Schweif und schnaubte als wäre Kiens Frage lächerlich. Dann schubste er Kien auf das Feld zu, wo Elas Herde normalerweise die Nacht verbrachte.

„Machst du dir Sorgen um sie? Obwohl, wenn sie in echter Gefahr wäre, würdest du sie verteidigen und mich nicht nerven." Kien strich über den schwarzen Hals des Monstrums. „Du hast meine Aufmerksamkeit. Wir gehen, aber lass mich ihr was zu essen mitbringen."

Wenn man diese Rationen als Essen bezeichnen konnte. Jons Diener, Alt – magerer als ein Koch sein sollte – kauerte an einem Feuer und rührte in einem kleinen Kessel mit Brei. Zu servieren mit trockenem Brot und trockenem Fleisch. Welch Überraschung.

Alt grinste ihn an. „Bring's du Ess'n zu den Mädels?"

Nein. Kein Essen. Rationen. „Danke, Alt."

Der Mann pfiff eine fröhliche Melodie durch die Zähne, während er eine großzügige, doppelte Ration in eine metallene Schale füllte. Dann warf er etwas Brot und getrocknetes Fleisch in einen Beutel und gab Kien einen metallenen Löffel. „Du bringst den Löff'l zurück, ja? Die Zerstörer ham die aus Holz gefress'n."

„Entschuldigung. Ich werde dafür sorgen, dass du neue Löffel bekommst." Gefolgt von Sense durchquerte Kien das Lager und lief zum Feld der Zerstörer. Die Herde bewegte sich in zahlreichen kleinen Gruppen, die grob aussahen wie Blütenblätter, die um ein Zentrum herumwirbelten. Am äußeren Ring der Herde grasten die Zerstörer, rauften leise miteinander, erleichterten sich, knabberten an glücklosen Sträuchern, bevor sie zu ihrem unsichtbaren Zentrum in der Mitte des Ringes zurückkehrten. Ela?

„Warum kann ich sie nicht sehen?"

Sense schnaubte in deutlicher Verärgerung. Er bahnte sich mit Tritten und Bissen einen Weg durch die Herde und führte Kien zu Ela.

Ein kalter Hauch der Angst umschloss Kien. Warum lag sie auf dem Boden? War sie krank? Sich der Zerstörer bewusst, die ihn misstrauisch beobachteten, näherte Kien sich Ela. Sie lag zusammengerollt auf einer Pritsche unter einer Decke und einer Ölhautplane. Mit Tzana und dem Stab in ihren schlaffen Armen.

Beide Mädchen schliefen tief und fest trotz des Morgenlichts und der unglücklichen Herde. Kien lächelte bei dem Anblick.

Er sehnte sich danach, Ela aufzuwecken, aber die Zerstörer würden ihn ohne Zweifel angreifen, wenn er sie berührte, während sie offensichtlich so wehrlos war. Sie war definitiv das am besten behütete Mädchen in Traceland. Eine Schande. So konnte er es sich nur heimlich ausmalen, sie mit einem Kuss zu wecken. Einigen Küssen. Oder noch weiteren…

Sense stieß Kien an und holte ihn aus seiner verführerischen Träumerei. Die verwaisten Zerstörer rückten näher, einige beobachteten Kien, doch die meisten hielten ihren Blick auf Ela gerichtet. Wollten sie, dass er sie weckte? Das war es. Sie waren nervös, weil sie nicht wach und aufmerksam war und sich um sie kümmerte. Kien schüttelte den Kopf und flüsterte: „Lasst sie schlafen! Ihr habt sie erschöpft – ihr alle."

Ein frecher, junger Hengst stieß mit seinem dunklen Maul an die Metallschale in Kiens Händen. Kien stopfte die Ration unter seinen Umhang. „Sssst! Zurück!"

Sense fügte stille Drohungen seinerseits hinzu und vertrieb die Tiere, die Kien zu nahe kamen.

Die Zerstörer zogen sich mit tiefen Beschwerdelauten zurück und gaben genug Raum frei, dass Kien sich neben Ela und Tzana hinsetzen konnte. Er beneidete sie um ihren Schlaf. Ela sah so klein und süß unter der Decke aus. Kien bewunderte die zarten Linien ihres Gesichtes und ihres Halses. Ihr dunkles Haar bedeckte halb ihre glatte Wange. Ihr Atem rührte sanft an Tzanas dunklen, weichen Locken. Das Kind bewegte sich ein wenig, legte eine Hand mit den geschwollenen Knöcheln auf den Stab und beruhigte sich wieder.

Kien konzentrierte sich auf die Bewegung des Mädchens. War Tzana die einzige andere Person, die den Stab berühren durfte? Interessant.

Selbst jetzt noch konnte Kien den Schock spüren, den er verspürt hatte, als seine Finger einfach so durch den Stab hindurchgefahren waren, als Ela und er in Tek Ans glänzendem Empfangsraum gestanden hatten und als das Licht und die Wärme durch ihn hindurchgefahren waren und sich dennoch seinem Griff entzogen hatten.

War das der Moment gewesen, in dem er begonnen hatte, sich zu wundern? Still nach dem Ewigen zu fragen?

Ohne einen Ton zu sagen, formten seine Lippen die Frage: „Wirst Du jemals mit mir sprechen?"

Er horchte. Und hörte nur die Zerstörer, die sich um ihn herum bewegten, um am Rande der Gruppe frisches Gras und kleine Sträucher zu fressen. Eine Brise fuhr durch die frisch belaubten Bäume. Abseits dieser ruhigen Geräusche… nichts.
Leise. Ruhig.
Stille.

* * *

Ela sog einen langen Atemzug ein und erlaubte es sich nur widerstrebend, aus dem ersten tiefen Schlaf seit Wochen aufzuwachen. Tzanas Kopf lag auf Elas Arm und hatte das Blut so weit gestaut, dass er sich wie toter Ballast anfühlte. Eine Axt hätte hindurchfahren können und sie hätte es wohl nicht gespürt.

Ein erschreckender Gedanke. Wie der Schimmer aus einer Vision. Was hatte sie geträumt? Bilder lauerten am Rande ihrer Gedanken, weigerten sich jedoch, sich vollständig zu offenbaren. Beunruhigende Situationen. Vage Erinnerungen an Schmerz und Angst. Ihren eigenen Schmerz und ihre eigene Angst. Wohl zum hundertsten Mal fragte sie sich, warum sie die Schlacht bei Ytar überlebt hatte. Was würde als Nächstes kommen? Zweifellos eine weitere Aufgabe des Ewigen. Vielleicht diesmal eine tödliche. Was würde es sein? „Ewiger?"

Schau dich um.

Ela sammelte sich und zog vorsichtig ihren eingeschlafenen Arm unter Tzanas schlafendem Körper hervor. Dann setzte sie sich auf und rieb ihre Schulter, während sie sich umsah. Ein Körper! Sie fuhr erschrocken zusammen. Warte. Keine Leiche. Kien schlief etwa eine Armeslänge von ihrer Liege entfernt im Gras. Eine metallene Schale lugte halb verdeckt unter seinem dunklen Umhang hervor.

Hatte er etwas zu essen für sie und Tzana mitgebracht?

Großartiger Mann! Was für eine aufmerksame Geste. Sie lächelte über sein zerzaustes Haar, sein mit Bartstoppeln übersätes Gesicht und sein leichtes Stirnrunzeln. Konzentrierte er sich auf einen Traum? Seine Mundwinkel zuckten. Bezaubernd. Bis er keuchte und im Schlaf zusammenzuckte. Dann flogen seine Augen auf – aufgerissen, grau, schockiert.

Er bemerkte, dass sie ihn anstarrte. In der Hoffnung, ihn von ihrer beschämten Röte im Gesicht abzulenken, sagte sie: „Danke für das Essen."

Kien blinzelte, dann rieb er sich das Gesicht. „Du hast es noch nicht probiert."

Trotz des Witzes sah der junge Mann benommen aus. Ela sah ihn an. Ihr gefiel sein schlaftrunkener Blick. „Hattest du einen Albtraum?"

„Ja. Wenn ich auch nur kurz einschlafe, pulverisiert mich mein Vater mit einem Hammer, weil ich ihm Istgard verweigert habe."

„Er wird dich nicht umbringen."

„Aber er wird wütend sein."

„Du wirst es überleben. Und er auch."

„Das sagst du."

Ela kicherte. „Der Ewige sagt es. Nicht ich."

Sie sah, dass sie Kiens Interesse geweckt hatte. „Was hat Er dir noch gesagt?"

„Dass du *mit allem* ehrlich zu deinem Vater sein sollst. Respektiere ihn. Aber gib seinen Forderungen nicht nach, sonst wird der Ewige dich deine Feigheit bereuen lassen."

„Das ist nicht besonders beruhigend." Kien setzte sich auf und strich seinen Umhang glatt.

„Ich bin nicht hier, um dich zu beruhigen."

„Ich wünschte, du würdest es tun." Seine Antwort wurde von einem plötzlichen Glitzern in seinen Augen und diesem warmen Grinsen begleitet – definitiv gefährlich.

Propheten dürfen nicht in Versuchung geführt werden. Oder verführt. Ela warf dem Traceländer ihren strengsten Blick zu. „Sei nicht so charmant."

„Wirkt mein Charme denn?" Er lehnte sich näher zu ihr.

„Stopp!" Ela hob warnend eine Hand. Sie wollte sich die Antwort auf seine Frage nicht einmal im Stillen eingestehen. Sie würde verlieren. Was dachte sie sich eigentlich? Sie war doch längst verloren! Warum, oh, warum nur war sie ihm verfallen? Sie könnten niemals eine gemeinsame Zukunft haben. Oder könnten sie doch? Könnte sie eine Prophetin und ... Kiens Frau sein?

Allein der Gedanke trieb ihr wieder die Röte ins Gesicht und so drehte sie sich weg und stupste Tzana an, um sie zu wecken. Sie brauchte eine Verbündete, um Kien zu verjagen. *„Botschafter,* gib uns das Essen und geh, bevor es Gerede darüber gibt, dass du dich länger als nötig bei uns herumgetrieben hast. Deine Familie wird bald eintreffen."

„Spielverderberin." Seine schlechte Laune kehrte zurück, doch dann lächelte er und reichte ihr die Schale und einen kleinen Beutel.

Tzana setzte sich auf. „Was hast du uns mitgebracht?"

„Rationen, meine Kleine. Vergib mir." Er stand auf und verbeugte sich, bevor er davonging.

Ela hoffte, dass sie die Stärke besaß, um ihm zu widerstehen. *Wenn* sie ihm denn widerstehen sollte. Sie zögerte, doch traute sich nicht, dem Ewigen diese Frage zu stellen. Was, wenn ihr Seine Antwort nicht gefiel?

Mittlerweile umkreisten die Zerstörer sie und zeigten reges Interesse am Inhalt der Schale. Tzana runzelte die Stirn und wedelte mit ihrer winzigen, knorrigen Hand: „Bleibt weg! Das ist unsers!"

Die Herde gehorchte.

* * *

Es fühlte sich gut an, ausgeruht zu sein und nicht wie ein ausgewrungener Lappen, der zu nichts mehr taugte.

Ela summte ein fröhliches, parnisches Schlaflied, während sie den kleinsten Zerstörer bürstete – eine elegante Stute, die immer noch beeindruckend groß war. Als sie mit dem Summen und Bürsten fertig war, strich sie über die schimmernde, dunkle Mähne des Zerstörers. „Du bist wunderschön!"

Die Stute nickte mit dem Kopf und wirkte zufrieden. Gut. Ela hatte sich Sorgen um die anhaltende Trauer des Tieres nach der Schlacht gemacht. Scheinbar hatte sie ihren Besitzer wirklich geliebt. „Was war wohl dein Schlachtname?", fragte sich Ela laut.

Noch einmal nickte die Stute mit dem Kopf und ihre Mähne glitzerte und wogte wie Wellen im Meer. Es erinnerte Ela daran, ihre eigenen Haare zu bürsten, die nach ihrem Ausflug an den Fluss noch immer feucht waren.

Sie war gerade fertig, ihre Haare zu einem Zopf zu flechten, als Tzana, die auf Ponys Rücken saß, vom Rande des Feldes rief: „Ela! Besuch!"

Ela warf ihren Zopf über die Schulter, griff nach dem Stab und schob sich durch die Herde zum Feldrand. Der General. Und zwei seiner Begleiter, die ein Tablett trugen.

Was? Ein freundlicher Besuch des Generals? Ewiger?

Als Stille auf ihre Frage antwortete, betete sie um Würde. Und um Seine Worte, die zweifellos wichtiger wären als ihre eigenen, sarkastischen Bemerkungen. Der General blieb in Hörweite stehen, hielt jedoch einen Sicherheitsabstand zu den Zerstörern ein. Ela beugte den Kopf. „General."

Der General bot Ela im Gegenzug eine formelle Verbeugung. „Guten Morgen. Vergib mir mein Eindringen, doch ich würde gerne wissen, wie deine Pläne bezüglich der Zerstörer lauten. Heute ist der dritte Tag."

Er hatte es nicht vergessen. Nahm er sie doch ernster, als sie geglaubt hatte? Ela nickte. „Danke der Nachfrage, General. Ja. Heute Nachmittag dürfen die Traceländer sich hier versammeln und einer nach dem anderen um einen Zerstörer bitten. Der Ewige wird diejenigen auswählen, die es Seiner Meinung nach verdienen, solche Verantwortung zu übernehmen. Jeder darf sich bewerben." Ein Bild in ihrem Kopf zwang sie dazu hinzuzufügen: „Auch du."

Wirklich? Der General auch? Ewiger…

Benimm dich.

Ela seufzte in unausgesprochener Zustimmung. „Hast du noch eine Frage, General?"

„Meine Männer sind um dein Wohlergehen besorgt", sagte der General, dem merklich unbehaglich zumute war. „Auch ich war beunruhigt. Zugegeben, ich bin… streng… aber nicht ohne…"

„Ehre", beendete Ela seinen Satz nach einer göttlichen Eingebung. Ehre? Ernsthaft? Sie unterdrücke den Impuls der Rebellion. Natürlich sah der Ewige, was ihrem sterblichen Blick verborgen blieb.

Der General wurde rot. „Für jemanden, der noch so jung ist, Ela von Parne, bist du eine inspirierende Person."

Ela konnte nicht anders, als dem selbstbewussten Traceländer gegenüber ein wenig aufzutauen und sie schenkte ihm ein echtes Lächeln. „Danke, General. Dennoch bin ich nichts. Jede meiner Handlungen, die würdig oder inspirierend ist, kommt vom Ewigen."

„Meine Männer und ich sind anderer Meinung." Der General gab seinem Begleiter ein Zeichen und dieser trat mit dem Tablett in der Hand vor. „Wir hoffen, dass du… und deine Schwester… dieses Mittagessen annehmen werdet – das Beste, was wir im Lager zu bieten haben. Wir bedauern, dass wir euch nicht mehr anbieten können."

So viel zum Sarkasmus. „Danke, General."

* * *

Kien hatte über den Vormittag verteilt einige Blicke auf Ela erhascht. Wie sie mit Tzana und der Herde hinunter zum Fluss ging; wie sie einige der Zerstörer bürstete; wie sie ihr Haar kämmte. Und wie sie mit dem General sprach, der am Rand des Feldes stand und von den misstrauischen Zerstörern beobachtete wurde. Alles in Kien spannte sich an. Machte der General Ela Probleme?

Als er sich rasiert hatte, war er zumindest äußerlich bereit, seine Eltern wiederzusehen, und so beschloss Kien, seine Neugierde zu stillen. Wenn er dabei ein bisschen Zerstörer-Sabber auf seine Kleidung bekommen würde, dann wäre das eben so.

Er fand Ela und Tzana auf ihrer schützenden Plane sitzend vor, ein kunstvoll geschnitztes Tablett zwischen sich. Darauf waren

Delikatessen, die Kien seit Monaten nicht mehr gesehen hatte: glacierte Jungvögel, frische, grüne Kräuter und Gemüse, weiches Brot. Ein Früchtekuchen.

Folter.

Das Picknick ignorierend, fragte er: „Geht es euch gut? War der General höflich?"

„Ja, er war sehr höflich. Wir haben Komplimente ausgetauscht und er hat uns dieses Tablett als Entschuldigung angeboten." Ela sah aus, als fühle sie sich nicht ganz wohl in ihrer Haut. Als ob sie gerade erfahren hätte, dass ein Skaln freundlich sein könnte.

„Wir haben ganz viel Essen", meldete sich Tzana. „Möchtest du etwas?"

Manieren. „Danke, meine Kleine. Ich weiß dein Angebot zu schätzen, aber das Geschenk des Generals war für dich und deine Schwester bestimmt." Sicherlich hatte er gerade eine Art besonders gemeinen Test bestanden. Kien konzentrierte sich auf etwas anderes, um sich abzulenken – die Kriegspferde. „Wenn ich um einen Zerstörer bitte, welchen werde ich dann bekommen?"

„Du bist ihn schon geritten." Er zupfte am Flügel eines gebratenen Vogels. „Es gibt keinen Grund für dich, dich zu bewerben. Aber wir können jetzt nicht über ihn sprechen." Sie blickte zu Sense, der sich gerade durch die Herde auf sie zu schob. Der große Zerstörer begrüßte Kien mit einem kraftvollen Stoß, der Kien zwang, einen Schritt zurückzugehen.

Ela gab ihm Sense? Unmöglich. Warum? Er warf ihr einen fragenden Blick zu.

Den sie nicht bemerkte. Stattdessen war ihr Gesichtsausdruck distanziert, als lausche sie dem Ewigen.

Und dann wurden ihre Augen – ihre wunderschönen Augen – so traurig, dass Kien sie nur anstarren konnte.

25

Seine Mutter beschwerte sich immer darüber, dass ihr Vater seinen leichten Wagen viel zu schnell fuhr. Heute war keine Ausnahme. Tatsächlich schien Rade Lantec seinen eigenen Rekord noch überbieten zu wollen und wirbelte eine Staubwolke auf, die seine Ankunft besser ankündigte, als ein Banner es je vermocht hätte.

In Kien rangen Furcht und Stolz miteinander und er bewunderte die Fähigkeiten seines Vaters, als dieser seine zueinander passenden, grauen Pferde mitten in den Ruinen Ytars zum Stehen brachte.

Mit der Selbstsicherheit eines Mannes, der es gewohnt war, dass man ihm gehorchte, sprang Rade von seinem Wagen, ohne sich noch einmal umzusehen. Seine Pferde würden warten. Untergebene würden aus dem Nichts auftauchen, sich um die armen Tiere kümmern und sein Hab und Gut bewachen. Wehe dem, der es wagte, ihn zu enttäuschen.

Wie sein Sohn.

„Kien!" Rade strahlte und breitete die Arme aus, während ein Funkeln in seinen braunen Augen und ein warmes Lächeln sein Gesicht strahlen ließen.

Vielleicht zum letzten Mal trat Kien vor und umarmte seinen Vater, der ihm mit seinem heftigen, nicht enden wollenden Griff die Luft aus den Lungen presste. Endlich klopfte sein Vater Kien auf den Rücken und ließ ihn los. Kien konnte Spuren von Tränen in Rade Lantecs Augen erkennen. Der Anblick verschlug Kien den Atem.

„Du siehst gut aus für jemanden, den wir schon für tot erklärt hatten", witzelte sein Vater. Er wischte sich über die Augen.

Kien hoffte, dass die Geste aufrichtig war und nicht nur für die zuschauenden traceländischen Soldaten inszeniert wurde. „Ich freue mich, dich zu sehen, Vater."

Sein Vater gab ihm einen weiteren, scheinbar liebevollen Schlag auf die Schulter, bevor er sich umdrehte, um den General zu begrüßen: „Rol. Glückwunsch! Du hast einen großartigen Sieg errungen."

„Beglückwünsche mich nicht, bevor wie die Gefangenen nicht erfolgreich nach Ytar zurückbringen konnten", warnte der General. „Wir verlassen uns darauf, dass dein Sohn uns bei den Verhandlungen unterstützt."

Kien rang sich ein Lächeln ab. Nett vom General, die Verhandlungen vor seinem Vater zu erwähnen.

„Kien!" Eine helle, weibliche Stimme rief aus der Entfernung nach ihm. Beka, gekleidet in eine himmelblaue Tunika und einen schwarzen Mantel, winkte ihm aus einem großen Wagen heraus zu und lenkte die Pferde offenbar einhändig. Seine Mutter stand neben ihr, schlank und elegant in schwarz. Anscheinend sprachlos. Sie weinte echte Tränen. Kien eilte ihnen entgegen und überließ seinen Vater dem Gespräch mit General Rol.

In dem Moment, in dem der große Wagen zum Stillstand kam, half Kien seiner Mutter auszusteigen. Ara Lantec klammerte sich an ihn und schluchzte zitternd: „Oh, mein lieber Junge! Du lebst! Oh, du lebst!"

Hatte sein Vater doch nicht gescherzt? Hatten sie wirklich geglaubt, er wäre tot? Kien küsste seine Mutter aufs Haar. „Ja, Mutter, ich lebe. Weine doch nicht. Ich liebe dich." Er hatte genau das Falsche gesagt. Sie weinte noch heftiger.

„Was ist mit mir?", wollte Beka wissen, die ihm auf die Schulter klopfte. Er befreite einen seiner Arme und zog sie mit in die Umarmung. Sie drückte ihn ebenfalls, küsste ihn auf die Wange und meinte neckend: „Ich wusste, dass du lebst. Wo ist Jon?"

„Hier", erklang Jons Stimme hinter Kien. Beka drehte sich um. „Oh." Sie klang besorgt. „Warum ist Vater so aufgebracht?"

* * *

„Du... hast... eine Krone aufgegeben?" Sein Vater wirbelte so voller Zorn in Jons Zelt herum, dass Kien befürchtete, er würde einen Herzanfall bekommen. „Ohne die Sache vorher mit mir zu besprechen!?"

„Ja."

Rade Lantec ergriff die Vorderseite von Kiens Tunika und schüttelte ihn. „Bist du übergeschnappt?"

Kien widerstand dem Impuls, sich zu verteidigen und die Konfrontation damit wahrscheinlich noch weiter anzuheizen. Stattdessen antwortete er leise: „Nein. Ich wusste, dass es katastrophal würde, wenn ich die Krone angenommen hätte."

„Nicht, wenn ich dich beraten hätte!", knurrte sein Vater. „Es hätte …"

Einen Bürgerkrieg gegeben.

Kien zuckte zusammen. „Was?" Er sah sich um. Niemand sonst war im Zelt, aber er hatte eindeutig eine Stimme gehört. Als ob jemand direkt neben seiner Schulter stehen und ihm Rat anbieten würde. Weisen Rat. Ewiger?

„Ich gebe dir gleich ‚Was'!", wütete Rade. Er stieß Kien mehrere Schritte rückwärts, bevor er sich umdrehte – die wohlgepflegten Hände zu Fäusten geballt.

„Vater, wenn ich die Krone akzeptiert hätte, wäre Istgard in einen Bürgerkrieg gestürzt."

Mit hochrotem, beinahe violettem Gesicht brülle der ältere Lantec: „Das kannst du nicht wissen!"

„Ich weiß es aber. Der Ewige sagt, dass es passiert wäre." Warte. Er hatte den Ewigen erwähnt. Kien hielt die Luft an. Oh, warum nicht? Lass alles raus. Keine Geheimnisse. Wenn Rade Lantec seinen verkommenen Sohn töten würde, sollte er seinem Vater wenigstens genügend Grund dafür geben. „Und wenn der Ewige etwas sagt, ist es wahr."

„Der Ewige?" Sein Vater zögerte und sah sich verstohlen im Zelt um, als suche er nach versteckten Lauschern. Dann zischte er: „Dummkopf! Ich kann nicht glauben, was ich höre! Du folgst Parnes Ewigem wie ein einfacher Bauer?"

Die Wahrheit. Ela hatte ihn gewarnt, die Wahrheit zu sagen. Kien hob das Kinn. „Ja."

„Narr!" Sein Vater gab Kien einen Stoß, der ihn rückwärts auf eine Lagertruhe stürzen ließ. Als Kien sich abstützte, um wieder aufzustehen, brüllte Rade: „Nicht, solange ich lebe! Vergiss diese fixe Idee oder du bist nicht länger mein Sohn."

„Das kannst du nicht. Du kannst mich enterben, wenn –"

„Kien!" Jon kam in das Zelt gerannt und schleppte die geschockte Beka hinter sich her. Während er Beka weiter zu der Wand des Zeltes drängte, die am weitesten vom Eingang entfernt war, rief er: „Dein Zerstörer kommt!"

„Nein!" Kien sprang auf die Füße und eilte zu seinem Vater.

Das riesige Tier stürmte durch den Eingang des Zeltes. Sense riss das halbe Zelt aus der Verankerung, als er sich mit gebleckten Zähnen und zum Angriff bereit auf Rade stürzte.

Rade schrie. Beka kreischte. Kien rief: „Stopp!" Sense blieb stehen, aber er stampfte mit den Hufen, zitterte heftig und sehnte sich offensichtlich danach, Kiens Angreifer zu vernichten. Kien schlang die Arme um seinen mittlerweile auf dem Boden kauernden Vater und küsste dessen bärtige Wange. „Sense – ruhig! Schau!" Er streichelte den Kopf seines Vaters. „Es war nichts." Inspiration packte ihn und Kien sagte geradeheraus: „Töte ihn nicht. Er würde dir nicht schmecken. Außerdem sind wir Familie. Schau – er liebt mich." Kien schüttelte seinen Vater kurz. „Vater, erzähl dem Zerstörer, dass du mich liebst, bevor er deine Knochen zermalmt."

Sense schnaubte bedrohlich, kam noch näher heran und fixierte seinen Vater mit einem mörderischen Blick. Rade erschauderte und klammerte sich an Kien. „Ich liebe ihn! Er ist mein Sohn. Ich werde ihm nicht wehtun."

„Sense, schau…" Kien küsste seinen Vater noch einmal und war sich seines Sieges über den Zerstörer und Rade sicher. „Es geht uns gut. Lächle, Vater."

Rade bleckte die Zähne in einem verängstigten Grinsen. Sense schnaubte und schien nicht überzeugt.

In dem Versuch, die Aufmerksamkeit des Zerstörers von seinem Vater abzulenken, fragte Kien: „Wo ist Ela?"

Das riesige Pferd bewegte sich. Seine Ohren zuckten, als er Elas Namen hörte. Erleichtert fuhr Kien fort: „Ich bin sicher. Wir werden uns nicht weiter streiten. Geh. Finde Ela und ich bringe dir nachher einen Getreidekuchen. Geh schon!"

Sense wich widerwillig zurück und warf einen letzten Blick auf Rade. Bis auf die Stangen in der Mitte kollabierte das Zelt zu einem Haufen schmaler Stangen und blasser Lederplanen, als der Zerstörer hinaustrat. Jon lachte und beschwerte sich gleichzeitig: „Dein Biest hat mein Zelt ruiniert!"

„Vater wird dir ein neues Zelt kaufen."

Nachdem er Kien losgelassen hatte, setzte sich der ältere Lantec auf Jons halb vergrabenes Bett. „Er hätte mich umgebracht."

„Ja." Kien setzte sich neben seinen Vater. „Aber wir brauchen dich noch."

Aufgeregte Stimmen erhoben sich außerhalb des zusammengesunkenen Zeltes. Ara Lantec schrie: „Rade? Kien!? Seid ihr da? Antwortet mir!"

Kien rief: „Es geht uns gut, Mutter! Keine Sorge."

„Gut?" Sein Vater sah ihn unter den zusammengesackten Planen des Zeltes düster an und murmelte: „Das Gefängnis hat dich verrückt werden lassen."

„Nein, hat es nicht."

„Halt den Mund! Ich entscheide gerade, was wir allen erzählen werden. Das Gefängnis hat dich verändert, Kien. Die Schlacht hat dich verändert. Das werde ich sagen." Rade hielt inne, dann seufzte er schwer. „Nein, das wird nicht funktionieren. Sie würden dich für geistig instabil halten. Dein Ruf wäre ruiniert, wenn du versuchtest, dich für die Große Versammlung zu bewerben. Du könntest in der Politik niemals Fuß fassen. Widerstand. Ja… meine beste Taktik…"

Gut. Kien entspannte sich und ließ Vater vor sich hinmurmeln. Hinter ihnen schob Jon den Rahmen des Zeltes beiseite und beschwerte sich schwer atmend. Beka lachte: „Das war dein Zerstörer? Er ist unglaublich! Kien…"

„Still, Beka!", befahl Rade. „Ich denke nach. Kien, General Rol hat deine Fähigkeiten in der Schlacht gelobt. Mit deiner Ausbildung könntest du dem Militär beitreten. Als ein Vermittler. Ein Kampfdiplomat und Anwalt mit einer Art Offiziersrang. Ich kaufe dir ein Offizierspatent. Perfekt. Du wirst die meiste Zeit unterwegs sein, wir vermeiden einen Skandal und du hast eine respektable Karriere vor dir."

„Ein Anwalt beim Militär? Kien erkannte, dass dies die richtige Idee war. War es dies, wovon Ela gesprochen hatte? „Vater, das ist eine brillante Idee."

„Natürlich ist es das."

Jon stapfte Richtung Eingang, dabei hielt er das Zelt mit erhobenen Händen aus dem Weg. „Kien, es ist beinahe Zeit für die Bewerbung und ich werde sie nicht verpassen. Nicht einmal für dich."

„Bewerbung?" Beka folgte ihrem Mann und hob dabei ebenfalls die Zeltplanen über ihren Kopf. „Jon, worauf bewirbst du dich?" Sie verfolgte Jon nach draußen, während sie auf Antworten drängte.

Kien bot seinem Vater die Hand. „Vater, ich bedauere, dich beleidigt zu haben. Jetzt müssen wir uns jedoch draußen zeigen, sonst wird Mutter hereinkommen. Und ich muss Ela mit den Zerstörern helfen."

Rade schlug in die Hand seines Sohnes ein, ließ sich hochziehen und fragte. „Wer ist Ela?"

* * *

Mit dem Stab in der Hand wartete Ela. Das Rebenholz blieb kalt und unverändert. Ela schüttelte den Kopf in Richtung des stämmigen Traceländers und bot ihm ein bedauerndes Lächeln an. Seine Schultern sackten enttäuscht herab, doch er nickte und ging weiter. Ein Zerstörer hätte ihn beherrscht, wie Ela wusste.

Begleitet von seiner Frau trat Jon Thel als Nächstes vor. Sein Gesichtsausdruck war streng und seine Haltung strahlte die Autorität eines Kommandanten aus. Als ob er damit rechnete, abgewiesen zu werden. Aber der Stab glitzerte und strahlte Licht und Wärme aus. Ela hätte vor Erleichterung beinahe geseufzt. Sie sah über die Schulter, als einer der jüngeren Zerstörer genau hinter ihr den

Kopf senkte und ihr seinen Atem ins Gesicht blies. Ungeduldiger Schlingel. Bevor der Zerstörer ihr durchs Gesicht lecken konnte, griff Ela in das Halfter des Tieres und führte ihn nach vorn. Als sie sicher sein konnte, dass der junge Halunke Jon sah, knurrte Ela: „Gehorche! Geh!"

Der Zerstörer grummelte, doch er schlenderte vorwärts. Jon Thels soldatische Gelassenheit versagte. Er grinste wie ein kleiner Junge, der auf ein lange erwartetes Abenteuer gehen durfte. Der schelmische Zerstörer jedoch hielt an, als wollte er seinen neuen Meister herausfordern. Jon runzelte die Stirn. „Komm her. Sofort!"

Das junge Monsterpferd gehorchte. Jon Thels Frau ignorierte die beiden.

Ela hätte Kiens Schwester überall erkannt, selbst, wenn sie die junge Frau nicht bereits in einer Vision gesehen hätte. Funken tanzten in den dunklen Augen, als Beka Ela ein strahlendes Lächeln zuwarf, einen Schritt vortrat und das Kinn hob. Bewarb sie sich um einen Zerstörer?

Unruhiges Gemurmel erhob sich in den Reihen der Traceländer. Ela zögerte, bis der Stab Wellen der Hitze und strahlendes Licht durch ihre Finger sandte. „Danke!"

* * *

„Du hast meiner kleinen Schwester einen Zerstörer gegeben?" Kien konfrontierte Ela im Lager. Sich der kleinen Tzana auf Senses Rücken bewusst, hielt Kien seine Stimme leise und seinen Gesichtsausdruck so freundlich wie möglich, obwohl tiefe Missbilligung in ihm wühlte. Er konnte es schon vor sich sehen, wie Beka gebissen wurde. Abgeworfen. Zertrampelt. *„Warum?"*

Ela umarmte den Stab und wirkte so befreit wie ein Kindermädchen, dem gerade vierzig übergroße Kleinkinder abgenommen worden waren. „Ich weiß es nicht. Frag den Ewigen – es ist Sein Wille. Wahrscheinlich wird sie einen Zerstörer brauchen."

Beka brauchte einen Zerstörer? Kien war gerade im Begriff, eine Erklärung zu verlangen, als Ela an ihm vorbeiblickte. Ihr glücklicher

Ausdruck verblasste und wich einem Ausdruck der Sorge. Kien drehte sich um.

Tsir Aun und die wenigen, verbliebenen Istgardier traten heran – gefolgt von einer Gruppe niedergeschlagener Zerstörer. Der Kronkommandant verbeugte sich – offenbar war er auf offizieller Mission. „Botschafter. Ela. Ist der General in der Nähe?"

„Er kommt gleich", sagte Ela. Sie richtete den Stab auf die Istgardier. „Habt ihr eure armen Zerstörer noch nicht dafür gelobt, dass sie eure Leben retteten, indem sie dem Befehl des Ewigen folgten und flohen?"

„Haben sie das?", fragte einer der Überlebenden schockiert.

„Kommandant Tal!" Ela klang erfreut. Kien starrte ihn unzufrieden an. Sie fuhr fort: „Ja. Wenn eure Zerstörer gegen den Willen des Ewigen geblieben wären, wäre jeder von euch zu einem Ziel geworden. Ihr wäret in der Schlacht gestorben. Hört auf, sie zu behandeln, als hätten sie euch verraten."

„Danke für deinen Rat." Tsir Auns Zuneigung zu Ela war Kiens Meinung nach viel zu offensichtlich.

Ela lächelte traurig. „Du und deine Männer werden Morgen nach Istgard aufbrechen."

„Ja." Der Kronkommandant sah aus, als hätte man ihm plötzlich eine zentnerschwere Last auferlegt. „Wir haben unsere Toten identifiziert und beerdigt. Nun müssen wir uns unserem Volk stellen."

„Der Ewige wird euch alle segnen", meinte Ela.

Kien wünschte sich, sie würde den Mann nicht so freundlich ansehen. Er könnte es falsch verstehen. Eine Gruppe Traceländer näherte sich und der Aufruhr gab Kien die perfekte Entschuldigung, diese viel zu liebevolle Unterhaltung zu unterbrechen. „Der General kommt."

Mit seinem Vater, erkannte Kien. Rade Lantec schritt neben General Rol auf sie zu. Die beiden Männer waren nickend und gestikulierend in ein Gespräch vertieft. Kien befürchtete, sie sprächen über ihn. Sein Vater verschwendete niemals unnötig Zeit.

Tsir Aun nahm ein hölzernes Rohr von seinem Gürtel, öffnete es und holte eine schlanke Rolle Pergament hervor. Als der General vor ihm zum Stehen kam, übergab er ihm das Rohr und das Pergament. „Heute Morgen kam ein Kurier. Offensichtlich hat Botschafter Lantec heimlich mit König Tek An über eine mögliche Lösung zwischen unseren Ländern verhandelt. Das abschließende Dokument wurde gefunden und von Istgards neuer Regierung bewilligt."

„Was?" Kien versuchte, seine Überraschung zu verbergen. Sie hatten seinen sarkastischen Friedensvertrag angenommen?

Tsir Aun fügte ernst hinzu: „Die Gefangenen aus Ytar wurden freigelassen und entschädigt. Istgard wird die Stadt innerhalb eines Jahres wiederaufbauen."

„Danke!", seufzte Ela. Tränen glitzerten in ihren Augen und liefen ihr über die Wangen.

Sein Vater blickte misstrauisch zu ihr hinüber, bevor er sich gerade aufrichtete und den General anstrahlte, als hätte er selbst den Vertrag ausgehandelt. Der General streckte Kien die Hand hin. „Im Namen Tracelands möchte ich dir danken."

Kien akzeptierte die Glückwünsche fassungslos. Als sich das spontane Treffen in eine Feier verwandelte – zumindest auf Seiten der Traceländer – schlug Rade Lantec Kien hart auf die Schulter. Flüsternd sagte er: „Diese parnische Prophetin. Ela. Werd sie los – und ihr Unglückskind von Schwester."

26

Von den Zerstörern befreit und dankbar für einen ruhigen Nachmittag, kniete Ela in ihrem kleinen, von der Armee bereitgestellten Zelt.

Was würde nun aus ihr werden? Und aus Tzana?

Die Sache mit Istgard war geregelt. Ytars Gefangene waren frei. Der Frieden für Traceland war zumindest für eine Weile gesichert, hoffte sie. „Ewiger", flüsterte sie im Gebet, „nenn mir Deinen Willen. Sollen wir nach Parne zurückkehren? Haben wir unsere Pflichten erfüllt?"

Nein.

„Wohin sollen Tzana und ich dann gehen? Was wird geschehen?"

Kopfschmerzen. Sie hätte es wissen müssen. Blind vor Schmerz streckte Ela ihren Arm nach ihrer Pritsche aus und fiel darauf.

Und in eine Vision.

* * *

Ela stand vor ihrem Zelt und verzog das Gesicht. Die Kopfschmerzen machten ihr zu schaffen, ebenso wie Kiens Worte. Sie und Tzana wurden also von Kiens Vaters abgelehnt? Kein Wunder. Tatsächlich musste ein Prophet sich daran gewöhnen, ausgestoßen am Rande der Gesellschaft zu stehen. Hatten nicht alle Propheten Parnes Ablehnung erlitten? Dennoch schmerzten Kiens Worte.

Zu Kiens Gunsten musste man sagen, dass er beleidigt wirkte. Nachdem er die Zurückweisung seines Vaters übermittelt hatte, sagte er: „Ich kann seinen Wünschen natürlich nicht Folge leisten."

„Du musst ihn ehren", widersprach Ela. Vielleicht war dieser Abschied der beste Weg. Sie hatte nicht viel von Kiens Zukunft gesehen. Das bedeutete sicher, dass sie beide unterschiedliche Wege gehen würden, besonders jetzt, wo sie mehr darüber wusste, was ihr bevorstand. „Wie auch immer", fuhr sie laut denkend fort. „Ich habe Aufgaben zu erfüllen, also musst du dich nicht darüber ärgern."

Trotz seiner Frustration sah er sie interessiert an. „Was für Aufgaben?"

„Ich bringe Traceland zum Ewigen zurück. Und bald… soll ich Seine Treuen retten… woanders… bevor sie abgeschlachtet werden."

Kien spannte sich an und seine Augen verengten sich. „Abgeschlachtet? Wo? Wann?"

„Ich weiß es noch nicht genau. Aber ich habe sie gesehen. Sie warten."

„Geht es dir gut?"

„Ja." Fürs Erste.

* * *

Ela griff in Ponys ramponiertes Kriegsgeschirr, lehnte sich vor und inhalierte die salzige Luft. Sie näherten sich Tracelands Hauptstadt, East Guard. „Wir sind in der Nähe des Ozeans", bemerkte sie zu Tzana und gab ihr Bestes, um freudig zu klingen. „Wir können mit Pony noch ans Wasser gehen, bevor Kien mit ihm nach Hause reitet."

Genervt von der langen Reise, drehte Tzana sich im Sattel um, um Ela ansehen zu können. „Aber Pony gehört zu uns. Warum geht er mit Kien nach Hause?"

„Weil wir beschäftigt sein werden und Kien wird dafür sorgen, dass Pony sicher ist und genügend zu essen hat." Ela schluckte einen Kloß hinunter, bevor sie fortfuhr: „Mach dir keine Sorgen. Wir werden Pony wiedersehen." Es war die Wahrheit. Wie oft und für wie lange, wusste Ela jedoch nicht.

Tzana schmollte. „Na gut. Aber was werden wir dann tun?"

Laut genug, dass die Traceländer es hören konnte, verkündete Ela: „*Wir* gehen auf Schatzsuche!"

Beka Thel, die auf ihrer eleganten Zerstörerstute voranritt, hatte sie gehört und rief über die Schulter zurück: „Was für einen Schatz?"

„Komm und schau." Ela lenkte Pony von der Hauptstraße ab und einen Hügel hinauf, der an der Uferlinie lag. Rufe und neckende Pfiffe erhoben sich hinter ihr. Sie hatte Zeugen. Perfekt. Schade, dass Kien mit seinen Eltern und dem General an der Spitze der Reisegesellschaft ritt. Er würde nicht glücklich sein, wenn er hörte, dass er ihre Entdeckungsreise verpasst hatte.

Pony jedoch schien durchaus gerne dazu bereit zu sein, dieses Abenteuer zu verpassen, wenn er dafür essen durfte. Er mampfte sich einen Weg den Hügel hinauf und grummelte bei Elas wiederholtem Befehl, weiterzugehen.

Endlich ritten sie auf eine mit Blumen und Gräsern übersäte Wiese unterhalb des Hügelkamms. Ela stockte der Atem. Die Ruinen! Geisterhafte Steinsäulen, die zu einem dunklen Grau verwittert waren, wurden von der Spitze des Hügels geschützt. Einige der Säulen waren umgestürzt und hellgrünes Moos wuchs dicht auf ihren zerbrochenen Fundamenten. Wie traurig, diesen einst so wunderschönen Ort der Anbetung auf bloße Trümmer reduziert zu sehen. Würde Parnes Tempel eines Tages das gleiche Schicksal ereilen? Ela erschauderte.

Sie führte Pony zu dem Fundament einer zerbrochenen Säule, prüfte sie mit dem Stab und stieg ab. Als sie sich nach Tzana ausstreckte, fragte das kleine Mädchen: „Wo ist der Schatz?"

„Er ist versteckt. Aber der Ewige kennt alle Geheimnisse. Hüpf runter."

Jon und Beka Thel schlossen sich ihnen mit ihren Zerstörern an, folgten Elas Beispiel und nutzten die zerbrochene Säule, um abzusteigen. Jon runzelte die Stirn. „Dieser alte Tempel wurde von jeder Generation seit über einhundert Jahren geplündert – es gibt hier nichts mehr von Wert."

„Im Gegenteil. Deine Leute haben den wichtigsten aller Schätze übersehen." Ela hielt inne, schloss die Augen und rief sich ins Gedächtnis, was sie gesehen hatte. Bäume. Vernachlässigte Sträucher…

Freigestellte Soldaten und neugierige Traceländer kamen auf die Lichtung und waren begierig, an der versprochenen Schatzsuche teilzunehmen. Mit Tzana auf dem Arm führte Ela sie hinter den Tempel, dessen Dach eingestürzt war, und zu einem Hain uralter, knorriger und von Flechten überwucherter Obstbäume, die in der Nähe der Klippe gepflanzt worden waren.

Farne, Sträucher und zarte Bäumchen strichen an ihrem Umhang entlang, als sie den Hain betrat. Äste – viele davon blattlos und nur noch gut genug dafür, abgeschnitten und verbrannt zu werden – verfingen sich in ihren Haaren und zwangen sie, sich zu ducken.

Unbeeindruckt schob sich Pony in den Obstgarten zu ihrer Rechten und kostete von allen Blättern und Zweigen, die ihm in den Weg kamen. Hinter ihnen murmelten die Traceländer. Einige lachten leise und zweifelten an ihrer Vision.

Sollten sie doch.

Dort. Hinter dem kleinen Obstgarten, am Fuße eine Klippe, die mit Rebholz überwuchert war. „Pony! Komm her. Bring deine Freunde und euren Appetit mit."

Tzana zupfte an Elas Zopf. „Was sollen sie essen?"

„Alles, was uns im Weg ist." Ela zeigte mit ihrem silbern schimmernden Stab auf die miteinander verwobenen Ranken. Die Zerstörer beschnüffelten die Blätter der Ranken, schmatzten mit den Lippen und fraßen sich durch das Holz, bis nur noch duftende Stängel übrig waren. Bald hatten sie einen Haufen moosbedeckter Steine freigelegt, der vor einem Durchgang lag, der in die Klippe gemeißelt worden war.

„Wie konnten wir das übersehen?" Jon trat näher an den Steinhaufen, als die Zerstörer sich endlich zurückzogen. „Beka, geh und hol Kien!"

„Damit ich von den langweiligen Beamten und ihren Reden bei ihm festgehalten werde? Auf gar keinen Fall!" Sie warf ihren Mantel über einen Baumstumpf, griff sich einen der moosigen Steine vom Haufen und gab ihn an den nächsten Mann weiter. „Hier."

Ela setzte Tzana ab, legte ihren Stab beiseite und betete, während sie Stein um Stein beiseiteschafften und ihre Freude immer weiterwuchs. Das Licht des Stabes wurde heller und erleuchtete den

Eingang in den Felsen. Als der letzte Stein beiseitegeschafft worden war, hob Ela Tzana und den Stab wieder auf und trat in den Gang.

„Wir passen nicht alle hinein", rief Jon zur Menschenmenge. „Bildet eine Reihe und wartet, bis ihr dran seid."

Abgestandene, alte Luft begleitete Ela durch die Dunkelheit auf eine mit Metall verstärkte Holztür zu. Tzana schlang ihre Arme fester um Elas Hals und quiekte auf, als das Schloss der morschen Tür zerbrach und sie in die Kammer dahinter einließ. Goldenes Geschirr – ganz ähnlich dem, das in Parnes Tempel verwendet wurde – warf das Licht glänzend aus Nischen zurück, die in die Wände gehauen worden waren. Ela ignorierte das Edelmetall.

Vorsichtig setzte sie Tzana auf dem Steinboden der Kammer ab, bevor sie sich einer der Nischen näherte, in der ordentlich aufgereiht eine Reihe von edelsteinbesetzten Elfenbeintafeln stand. „Ewiger?"

Ich bin hier.

Überwältigt streckte sie ihre Hand nach der ersten Tafel aus. Sie musste die Augen zusammenkneifen, als die Edelsteine das Licht des Stabes zurückwarfen und sie blendeten, doch dann las Ela die ersten Verse in traditioneller Tempelschrift: „Gesegnet seid ihr, die ihr hört und gehorcht dem Ewigen, eurem Schöpfer…"

* * *

Kien schritt im Zimmer seiner Mutter auf und ab. „Die Historiker streiten mit den Anwälten über die Artefakte und die Zivilisten verlangen Zugang zu den geheimen Schriften. Und ich kann *immer noch nicht* glauben, dass ihr nicht nach mir geschickt habt." Er runzelte die Stirn über seine Schwester und seine Mutter, die auf einer sonnenbeschienenen Bank am Fenster saßen.

Beka schaute auf ihr Pergament, dann lehnte sie sich zu ihrer Mutter. „Ich fürchte, wir müssen die Siphrer einladen."

„Ich fürchte, du hast Recht." Ara drückte mit einem schlanken Griffel auf ihre Notiztafel aus Wachs. „Ich habe die Siphrer hinzugefügt. Halte sie nur von deinem Vater fern."

Kien ließ sich auf ein leeres Kissen fallen und knurrte: „Ihr ignoriert mich." „Blödsinn, mein Lieber", tadelte Ara ihn liebevoll. „Wir planen diesen Empfang für *dich*."

Mit der Spitze seines Stiefels stieß er Beka an. „Habt ihr Ela eingeladen?"

„Mein Empfang wäre ein Fehlschlag ohne sie." Beka zeigte ihm das Pergament. Elas Name stand ganz oben auf der Liste. „Sie ist jetzt die berühmteste und verehrteste Person in ganz East Guard. Im ganzen Traceland."

„Vater ist anderer Meinung." Kiens Worte waren eine bewusste Herausforderung.

Mutter begegnete seinem Blick mit ruhigen, grauen Augen. „Er wird sich schon einkriegen, Liebling. Vertrau mir. Sie hat zu viele Anhänger gesammelt, als dass man sie ignorieren könnte. Ein wirklich beeindruckendes Mädchen."

„Ich lade sie ein, nach dem Empfang bei uns zu übernachten", informierte Beka Kien. „Aber du wirst zu einer angemessenen Zeit gehen müssen, mein Herr."

Ela sollte in Jon und Bekas Haus schlafen? Kien grinste. „Du hast mein Wort, dass ich ein vorbildlicher Gast sein werde." Wann hatte er zuletzt mit Ela allein gesprochen? Nicht, seitdem sie in East Guard angekommen waren. Seine Gedanken flogen zu dem Empfang. Er würde…

„Kien." Mutters sanfte Stimme wurde ernst. „Dein Vater hofft, dass du auf dem Empfang einigen der infrage kommenden, jungen Damen deine Aufmerksamkeit schenken wirst. Wir würden uns freuen, wenn du in den nächsten ein oder zwei Jahren heiraten würdest." Ihre Worte waren ein Befehl.

„Natürlich." Entschlossen, dieses Gespräch zu beenden, stand Kien auf. „Ich gehe Sense bewegen."

„Du bist doch gerade erst von einem Ausritt zurück", protestierte Ara.

„Nun, dann gehen wir halt auf noch einen. Langeweile macht uns launisch."

Beka lachte. „Das haben wir bemerkt."

* * *

Umgeben von Lampenlicht und zänkischen Gelehrten saß Ela in der nicht länger geheimen Kammer und konzentrierte sich auf die Worte der Tafel in ihrer Hand. Diese Gelehrten, die auf Hockern um ihren behelfsmäßig aufgestellten Tisch saßen, waren unerträglich. Sie interessierten sich nicht für die Bücher des Ewigen, sondern einzig für den historischen Wert der Schriften. Je eher sie diese Tafel beendeten, desto schneller wäre sie die Gelehrten für heute los. Hoffte sie zumindest.

„Bist du sicher?", unterbrach sie der älteste von ihnen mit hochgezogenen, grauen Augenbrauen, während er mit einem Stift aus Schilf gegen ein kleines Quarzfläschchen mit Tinte klopfte. „Die Übersetzungen auf diesen Tafeln sind korrekt?"

„Diese Tafeln sind keine Übersetzungen", entgegnete Ela. „Dies ist die traditionelle Schrift, die nur in unseren Heiligen Schriften verwendet wird. Eine alte Form unserer heutigen Schriftzeichen. Was du schreibst, mein Herr, ist die Übersetzung und muss korrekt sein. Das Wort des Ewigen ist heilig. Würdest du nicht lieber die alten Schriftzeichen lernen?"

Einer der jüngeren Gelehrten ergriff leise das Wort: „Mit eurer Erlaubnis würde ich sie gern lernen." Er hatte den ganzen Morgen stumm die Tafeln in der alten Form kopiert.

Der Schilfklopfer verzog verächtlich das Gesicht. „Glaubst du, dass du besser bist als wir?"

„Überhaupt nicht, Herr. Bei allem Respekt, ich würde die alte Sprache gerne lernen, um –"

„Um anzugeben", schnauzte der Ältere, „wenn du dich besser darauf konzentrieren solltest, den Text abzuschreiben."

„Er hat den ganzen Morgen nichts anderes getan", schritt ein anderer ein. „Du missachtest seine Talente."

„Talente?"

Die feinsten Köpfe Tracelands begannen, wie Kinder in einer Sandkiste zu streiten. Wenn sie noch lauter würden, würden sie

Tzana erschrecken, die in einer lampenbeschienenen Ecke saß und Muster in eine Wachstafel drückte.

„Ewiger", betete Ela leise, „schenk mir Geduld! Und Weisheit." Sie nahm eine hölzerne Tafel, ihr Pergament, Tinte und einen Schilfstift und gesellte sich zu Tzana an der gegenüberliegenden Wand.

„Du hast mehr Spaß." Ela setzte sich zu ihr unter die Lampe. „Darf ich neben dir arbeiten?"

„In Ordnung." Tzana lächelte ihr kurz von ihrer gepolsterten Matte zu, bevor sie ihr Spiel wieder aufnahm.

Während die Gelehrten sich weiter stritten, vervollständigte Ela ihre Tabelle. Jeder alte Buchstabe war mit seinem Namen, seiner Bedeutung, phonetischen Aussprache und dem entsprechenden zeitgemäßem Buchstaben notiert worden. Als sie fertig war, ging sie zu dem jungen Gelehrten und wedelte mit dem Pergament vor seiner Nase. „Möge der Ewige dich mit Verständnis segnen."

Er war gelassen geblieben und schien fähig, die Seitenhiebe des ältesten Gelehrten parieren zu können. Als er die Tabelle sah, steckte er sich seinen Schilfstift in den Mundwinkel und kaute begeistert darauf herum. „Darf ich dich beim Übersetzen um Unterstützung bitten?"

„Nicht ohne unsere Erlaubnis", warf der Älteste ein und gestikulierte mit seinem eigenen Schilfstift.

Ihr Streit begann erneut. Ela kniff die Augen zusammen, rieb sich frustriert mit der flachen Hand über die Augen und wünschte, die Aufregung würde nachlassen. In ihren Gedanken wirbelten kleinkarierte Gelehrte, pingelige Anwälte und Einladungen zu Empfängen durcheinander, zu denen sie nicht gehen wollte, selbst, wenn Beka die Gastgeberin war. Ewiger? Hast du mich wirklich dafür nach Traceland gebracht?

Geduld.

„Bitte schenke mir Deine Geduld. Meine ist aufgebraucht."

* * *

Kien kämpfte gegen den Verdruss. Hatte er zwei Wochen ausgeharrt für das hier? Eine spießige Menge aufgeblasener Bürokraten, wichtigtuerischer Frauen der höheren Gesellschaft und keine Ela.

Konnte der Ehrengast verschwinden, nachdem der Empfang begonnen hatte?

Vater gab ihm heimlich einen Schubs. „Da ist General Rols Tochter. Geh und sprich mit ihr."

„Wir sind einander noch nicht vorgestellt worden." Kien weigerte sich, die fragliche, junge Frau anzusehen.

Rade Lantec wurde puterrot. „Du bist der Ehrengast. Du wurdest allen vorgestellt. Hör auf, Ausreden zu finden und sei kontaktfreudig!" Er führte Kien zu einer dünnen, jungen Frau, die aussah, als wäre sie lieber irgendwo anders. „Nia, du siehst reizend aus. Genießt du den Abend?"

„Oh", murmelte sie mit Worten so unbestimmt wie ihr Gesichtsausdruck, „danke, Herr. Wirklich. Ich bin nicht sicher, ob ich der Aussage zustimmen würde, dass ich reizend bin, aber…"

Kien verkniff sich ein Grinsen und genoss jede Silbe von Nia Rols herabregnendem Monolog, weil er sich an Vater richtete. Als das Mädchen endlich fertig war, verrieten Rade Lantecs Augen Apathie. General Rols Tochter hatte den Witz und die Ausstrahlung von trockenem Haferbrei in einer Tonschale.

Sie entschuldigten sich so schnell wie möglich. Kien meinte: „Vater, du hast deinen Standpunkt klar gemacht. Ich werde zumindest mit Bekas Freundinnen sprechen."

„Sieh zu, dass du das tust."

Ganz der pflichtbewusste Sohn, der seine Eltern ehrt, näherte er sich einer von Bekas Kindheitsfreundinnen, Xiana Iscove. Er hatte seit Jahren nicht mehr mit ihr gesprochen. Sie war ziemlich hübsch geworden… reine Haut, glänzendes Haar.

„Da bist du ja", bemerkte sie, als ob Kien ihr bereits früher seine Aufmerksamkeit hätte schenken sollen. Sie hob eine gebogene Augenbraue und neckte: „Ich habe gehört, dass du jetzt ein wahrer

Held bist. Das ist großartig. Sag mir nur, dass du es aufgegeben hast, Apfelkerne auf Menschen zu spucken."

„Apfelkerne?" Kien starrte sie an. „Wovon redest du?"

„Oh, Kien, um Himmels willen!" Sie klang trotz ihres koketten Lächelns ungeduldig. „Wie kannst du das vergessen haben? Die Erntefeier im Obstgarten von Meister Cam Wroth."

Meister Cam Wroth? Kien hatte seit – was? – sechzehn Jahren nicht mehr an seinen ersten Tutor gedacht.

Der Ausdruck in Xianas Augen wurde eine Spur härter. „Du saßt in einem Baum und hast Apfelkerne in mein Haar gespuckt."

„Oh." Er erinnerte sich daran, wie er in glückseligem Frieden gespuckt hatte, bis er plötzlich schreckliche Schreie von unten gehört hatte. „Ich war sieben. Und ich wusste nicht, dass du da warst. Du erinnerst dich an den Tag?"

„Natürlich. Ich erinnere mich an alles."

„Unglaublich." Er stellte sich vor, mit ihr verheiratet zu sein. Xiana würde ihm seine Fehler ewig vorhalten, während sie ihre eigenen vergaß. Sie hatte ihn einen dummen, hässlichen Jungen genannt. Nachdem er sich zwei Mal entschuldigt hatte. Kein Wunder, dass er seit Jahren nicht mehr mit ihr gesprochen hatte. „Und ich muss sagen, dass du schön wie eh und je bist."

Xiana lächelte gekünstelt.

Kien unterhielt sich noch einige Momente mit ihr, bevor er lächelte und sich entschuldigte. Er verdiente eine Medaille. Oder eine Schauspielermaske. Eine andere Freundin von Beka winkte ihm zu. Und bat ihn, sie einem von Jons Kommandantenkollegen vorzustellen. Kien hoffte, dass der Mann sie nicht heiratete und ihm nachher die Schuld daran gab.

„Kien!" Bekas neue Freundin Lil fing seinen Arm in einem Todesgriff ein. Er hatte das Mädchen bis zu diesem Abend noch nie gesehen. Er lächelte, während Lil ihn durch die Versammlung führte, als hätte sie eine Trophäe gewonnen.

Bis Beka ihn wegholte und strahlend fragte: „Amüsierst du dich gut?"

„Beka", zischte Kien leise, „du brauchst dringend neue Freunde."

„Ela zum Beispiel?" Auf Bekas Gesicht lag ein schelmisches Lächeln.

Ela. Endlich! „Wo ist sie?"

„Das ist es, was ich dir sagen wollte. Sie hat Tzana in ihr Zimmer gebracht und macht sich gerade frisch. Meine Magd wird mit Tzana spielen und heute Nacht bei ihr bleiben. Ich gehe jetzt und hole Ela. Falls jemand fragen sollte – ich bin gleich zurück." Und schon war sie weg.

„Lantec." Ein glatthaariger, goldverzierter Adeliger aus Siphra verbeugte sich vor Kien und räusperte sich. „Man hört, dass du Istgards Thron abgelehnt hast. Und dass du bald einen Ausbildungsplatz als Militäranwalt antreten wirst. Glückwunsch."

Wer auch immer ‚man' war, so war er oder sie gut informiert. Kien verbarg sein Unbehagen. „Danke. Wie kann ich helfen?"

„Ich bin Ruestock, Siphras Botschafter. Ein erfolgloser bisher."

Erfolglos. Kien verstand, was er meinte: Siphras Königin – denn ihren nutzlosen, königlichen Ehemann konnte man vergessen – war unzufrieden. Der Botschafter hatte offensichtlich Drohungen erhalten. „Was wird von dir erwartet, mein Herr?"

Der Siphrer seufzte. „Ich habe mich bereits im Namen meines Landes an deinen Vater und eure Große Versammlung gewandt. Unsere gemeinsame Grenze durch die Schlangenberge wird von Rebellen heimgesucht, die uns alle bedrohen. Wir bitten euch, militärische Hilfe zu senden, um dieses Problem bei der Wurzel zu packen und die Übeltäter zu vernichten."

„Und du kommst mit dieser Bitte zu mir, weil du von meinem Vater oder der Großen Versammlung keine Antwort bekommen hast?"

„Ganz genau. Du bist sehr scharfsinnig, Herr. Istgard hat einen großen König verloren."

Kien ignorierte das Kompliment, das keines war. „Du bittest eine Nation, die von einem Rudel Rebellen gegründet wurde, ein anderes Rudel Rebellen zu zerschlagen, die deinen König bedrohen?" Es wäre besser, die despotische Königin nicht zu erwähnen, welche die Rebellion in den Reihen des siphrischen Militärs provoziert hatte.

„Das ist in der Tat eine Schwierigkeit. Wirst du in meinem Namen mit deinem Vater sprechen?"

„Du solltest besser Asyl beantragen."

Die Antwort des Siphrers war ein dünnes Lächeln, das seine Mundwinkel kaum berührte. Glücklicherweise kam Beka in diesem Moment mit Ela zurück, die offenbar in die Hände von Bekas Magd geraten war.

Elas langes, dunkles Haar war zu glänzenden Locken frisiert worden, die ihr Gesicht und ihren Hals umrahmten. Ein weich fallender, goldbestickter, blauer Umhang und eine fließende Tunika in Gold und Blau war doppelt um ihre Taille gebunden worden und betonte ihre anmutige Form perfekt. Die bezauberndste Dame im Raum. Doch sie war blass und deutlich nervös. Kien sehnte sich danach, sie zu halten, sie zu necken und ihre Angst zu vertreiben. „Ela!" Er bot ihr seine Hand an. Ihre Finger legten sich kalt in seine.

„Ela", sagte Beka als die Gastgeberin, „hast du Botschafter Ruestock aus Siphra bereits kennengelernt?"

„Nein." Ela wich zurück, als wäre der Botschafter die letzte Person, die sie sehen wollte.

Botschafter Ruestock schien sich jedoch wirklich zu freuen. „Parnes schönste Prophetin und der Talisman Tracelands! Die Götter haben meine Gebete gesegnet."

Elas Griff wurde so fest, dass sie Kien das Blut in den Fingern abdrückte. Dann schloss sie die Augen. Fest. Kien gab ihr Halt. Das letzte Mal, als er sie auf diese Weise hatte reagieren sehen... hatte sie eine Vision gehabt.

27

Ela hätte Botschafter Ruestock am liebsten angeschrien. Abscheulicher Speichellecker. Seine Götter! Der Ewige wusste, wofür er betete. Und sie jetzt auch. Ela erschauderte und tat, als hätte sie nicht gerade eine Vision gehabt.

In dem Moment, in dem der siphrische Botschafter eine elegante Entschuldigung vorbrachte und verschwand, begann Kien, die Wärme wieder in Elas Hände zu rubbeln und wand sich ihr besorgt zu. „Geht es dir gut?"

„Ja." Ela befahl sich, ruhig zu bleiben.

Kien lehnte sich näher zu ihr und flüsterte: „Du hattest eine neue Vision?"

Ela zuckte mit den Schultern und weigerte sich, über das zu reden, was sie gesehen hatte. Beka war so lieb zu ihr – so begeistert über diesen ersten, offiziellen Empfang, den sie und Jon als Mann und Frau in ihrem hübschen, neuen Heim gaben – dass Ela sie nicht enttäuschen wollte. Was geschehen würde, war vermutlich unvermeidlich. Der Wille ihres Schöpfers musste geschehen. Bis die Vision sich jedoch *erfüllte*, wollte sie nicht darüber nachdenken.

„Lass uns den Abend genießen", entschied Ela laut. Sie lächelte Kien an und freute sich über das Grinsen, das sie als Antwort bekam. Mit Kien, der die meiste Zeit des Abends neben ihr aufragte, widmete sie sich ganz Bekas Gästen. Beantwortete Fragen zu dem Schatzfund. Der geheimen Kammer. Den Büchern des Ewigen. Und nur zu gerne zum Ewigen selbst.

Mehr als einmal bemerkte sie Rade Lantec, der sie durch die Menschenmenge hindurch grüblerisch beobachtete. Als sie endlich die kleinen Erfrischungen getrunken hatten, die von den Dienern der Thels serviert wurden, näherte sich Kiens Vater und winkte Kien zu sich. „Verschwinde für eine Weile. Geh und... sprich mit Jon über Zerstörer. Er will mit seinem Biest ein Rennen veranstalten und du musst ihm Rat geben. Ich kann ihm nichts dazu sagen, weil ich über die Monster nichts Gutes sagen kann."

„Jon will ein Zerstörerrennen veranstalten?" Kiens graue Augen begannen zu glänzen. Er lehnte sich zu Ela. „Lass dich nicht von meinem Vater verscheuchen. Ich bin gleich wieder da."

Ela nickte, dankbar für die Gelegenheit, mit Rade Lantec zu sprechen. Er studierte Ela, als wüsste er nicht, was er denken sollte. Sie lächelte ihn vorsichtig an.

„Wie soll ich dich ansprechen?", fragte er.

Spuren von Kien spiegelten sich in seinen Augen, in seiner Haltung und in seiner Stimme wider. Ela sagte: „Du darfst mich ansprechen, wie du es wünschst, Herr. Ich verstehe deine Bedenken gegen mich."

„Tust du das?" Auch sein fragender Gesichtsausdruck ähnelte Kiens.

Ela konnte nicht anders, als den Mann liebevoll anzusehen. „Dein Sohn ist so sehr wie du. Ich…" Sie hielt inne und fürchtete, etwas Dummes gesagt zu haben. „Ich bete, dass der Ewige dich und deine Familie über alle Maßen in dem segnet, was ihr tut." Wahrscheinlich ohne sie. Ela kämpfte um ihre Gelassenheit.

Rade Lantec entgegnete: „Du klingst, als würdest du uns verlassen. Wirst du?"

Sie wechselte das Thema: „Herr, wenn ihr erlaubt… Du hast Botschafter Ruestock seit Wochen gemieden. Das ist sehr weise von dir. Bitte, um das Wohl eures Landes willen, behaltet das Schweigen und die Untätigkeit bei. Siphras Königin ist eine Schlange. Bald wird ihr Militär sie im Stich lassen. Siphra wurde verurteilt und wird…"

Schock stand in den Augen des älteren Lantecs. „Wer hat dir all dies gesagt?"

„Der Ewige."

„Der Ewige." Ein spitzer Unterton mischte sich in seine Höflichkeit.

Eine vertraute Reaktion. „Herr, ich kenne deine Meinung über Parne und den Ewigen. Und du hast das Recht auf deine eigene Meinung. Aber wenn ich sage, dass der Ewige Siphra verurteilt hat und seinen König und seine Königin untergehen werden… dann wird es so geschehen. Ansonsten wäre ich eine falsche Prophetin und müsste bestraft werden."

Rade Lantec verzog das Gesicht und ein Mundwinkel hob sich spöttisch. Genau wie bei Kien. „Und wann wird diese Rebellion, dieses Wunder von Siphra, geschehen?"

„Noch in diesem Monat." Sie wollte jetzt nicht daran denken. „Spiel das Spiel mit Siphra einfach weiter wie bisher."

Sein Spott verblasste. „Für jemanden, der so jung ist, Ela von Parne, sprichst und benimmst du dich, als ob du seit Jahren in der Diplomatie tätig wärst."

„Es fühlt sich an, als wäre ich das."

Rade Lantec, verehrter Vertreter des Tracelands, bot Ela seinen Arm an. „Wir sind uns nicht in allem einig, junge Dame, aber du interessierst mich ungemein. Nun erzähl mir von Parne..."

* * *

Bald.

Während Jon und Beka die Türen schlossen und ihren Dienern letzte Anweisungen für den Abend gaben, schlich Ela sich in den riesigen Garten. Die frische Luft würde sicherlich helfen. Sie stieg die Stufen hinunter und bog auf einen der mit Steinen gesäumten Pfade. Kies drückte in die weichen Sohlen ihrer Sandalen, welche die entschlossene Beka ihr geliehen hatte. Sie schlenderte betend durch die kleinen Bäume und Sträucher und spürte, wie sie ruhiger wurde, was das Unbehagen durch den Kies wert war.

Jon und Bekas Garten war so schön wie ihr Heim. Die ersten blassen Lilien standen kurz vor dem Erblühen und ihr Duft erfüllte bereits die Luft. Andere Blumen, die Ela nicht kannte, schimmerten silbrig-weiß im Schein des Mondes. Überall um sie herum zirpten Insekten beruhigend in der Dunkelheit. Ihnen zuzuhören half ihr, sich besser zu fühlen.

„Ewiger", flüsterte sie zu den Sternen, „ich weiß, dass Du bei mir bist. Aber diese letzte Vision... kann ich nicht..."

Schritte knirschten im Kies und ließen sie verstummen. Eine tiefe Stimme sagte: „Ela?"

„Kien." Ihr Herz schlug schneller. Er würde mehr über die Vision wissen wollen und das durfte nicht sein. Er könnte sich verpflichtet fühlen, sie zu beschützen. Wenn Kien sich einmischte, könnte er verletzt werden und das war vollkommen inakzeptabel. Sie liebte ihn zu sehr. „Ich dachte, du bist mit deinen Eltern gegangen."

„Ich musste dir noch eine Gute Nacht wünschen." Er trat so nah an sie heran, dass sie seinen Atem spüren konnte.

Zu nah. Dann beugte er sich herunter und küsste Ela, schloss sie in seine Arme und hob sie beinahe vom Pfad. Das hätte sie nie zu träumen gewagt… Ein Kuss. Seine Lippen. Sein Duft. Der Zuspruch seiner Arme um ihren Körper. Sie erlaubte es sich, sich an ihm festzuklammern. Seinen Kuss zu erwidern. Oh, er war so warm – so verführerisch! Sie wollte für immer bei ihm bleiben. Es hatte keinen Hinweis hierauf in irgendeiner Vision gegeben. Ewiger…

„Heirate mich", drängte Kien in dem Moment, in dem der Kuss endete.

Ela keuchte und trat einen Schritt zurück. War das ein Test? Sollte sie solcher Versuchung widerstehen? Nun, dann hatte sie versagt. Sie brach in Tränen aus. „Das ist so ungerecht!"

„War mein Kuss so abstoßend?", neckte Kien sie mit einem Hauch von Schmerz in der Stimme.

„Nein!" Ela wischte sich über das tränenfeuchte Gesicht. „Es hat nichts mit dir zu tun. Zumindest nicht direkt." Um ihn zu beruhigen, erklärte sie: „Beichtete ich dir die Wahrheit über deinen Kuss, so würdest du unerträglich selbstgefällig werden. Oh, Kien, es gibt niemanden, den ich lieber heiraten würde. Ich liebe dich, aber…" Ewiger, wie konnte eine Prophetin nur so dumm sein? Sie plapperte und schluchzte!

Kien berührte ihre Wange und sah ihr in die Augen. „Wenn du mich liebst, warum weinst du dann?"

„Ein silberhaariger Prophet hat versagt."

„Was?"

„Ich kann dich nicht heiraten." Der Schmerz nahm ihr fast den Atem. Ela nahm sich zusammen und sprach schnell weiter: „So sehr ich dich auch liebe, wäre es unfair von mir – sogar grausam." Ganz zu schweigen von hoffnungslos, wenn man ihre letzten Visionen bedachte...

„Schh! Ich verstehe nicht, warum du so aufgebracht bist, Ela." Er legte ihre Hand in seine Armbeuge, tröstend wie immer. Aber sein Gesicht sah im Schein des Mondes blass aus. „Setzen wir uns."

Kien führte sie zu einer Bank und wartete, bis sie saß. Der kalte Stein ließ sie zittern. Wie seine plötzliche Förmlichkeit. Er zeigte auf den Platz neben ihr. „Darf ich mich zu dir setzen?"

Elend nickte Ela und wischte weitere Tränen weg. „Kien, Parnes Älteste sagen: ‚Ein silberhaariger Prophet hat versagt', weil alle unsere Propheten jung sterben." Und auf schreckliche Weise. Er zögerte, bevor er meinte: „Und deshalb nimmst du an..."

„Ich nehme nicht an. Ich *weiß*. Ich habe den Ewigen gefragt." Warum konnte sie nicht aufhören zu zittern? „Ich werde jung sterben. Es könnte jederzeit geschehen. Vielleicht bald."

„Aber vielleicht auch nicht so bald!" Kien klang verärgert. Trotzig. Er legte eine Seite seines Mantels um sie. „Du bist so aufgebracht, dass du zitterst. Du weißt nicht genau, wann, oder?"

„Nein. Aber das ist der Grund, aus dem du Sense nehmen musstest. Ich habe *gesehen*, dass er dich als Meister angenommen hat. Das muss bedeuten, dass mein Tod nahe ist."

„Noch einmal: Das weißt du nicht!"

„Aber was, wenn doch?" Sie begann wieder zu weinen. Dumme Tränen. „Bitte gib mir dein Wort, dass du Tzana zurück zu meinen Eltern bringen wirst."

„Was auch immer geschehen mag, ihr wird nichts passieren." Kien nahm Ela in den Arm. „Sie wird meine Schwägerin sein."

„Nein, das wird sie nicht!" Ela setzte sich in seinen Armen aufrecht hin. „Kien, ich kann dich nicht heiraten – oder irgendwen. Ich habe darüber nachgedacht, glaub mir. Propheten werden irgendwann gefürchtet. *Gehasst*. Ich würde solch ein Leid niemandem zufügen. Du weißt, was die meisten Traceländer von den Propheten Parnes und dem Ewigen halten. Außerdem… was, wenn wir heiraten und ein Kind bekommen? Wie könnte ich es ertragen zu wissen, dass ich früh sterben werde? Ich könnte es nicht!"

Als Kien endlich wieder sprach, klang seine Stimme verzweifelt: „*Warum* bist du unter solchen Umständen Prophetin geworden?"

„Weil ich wusste, dass ich ohne den Ewigen nicht leben könnte, nachdem ich einmal Seine Stimme gehört hatte."

Kien erwiderte nichts. Ela fuhr fort: „Ich kann meine Rolle als Prophetin nicht ablehnen. Ich werde es nicht. Ich liebe den Ewigen."

„Mehr, als du mich liebst." Es war keine Frage. Schmerz und Bitterkeit gaben seiner Stimme eine Schärfe, die tief in sie hineinschnitt.

„Ja." Ela wischte sich frische Tränen von den Wangen. „Aber wenn ich nicht zugestimmt hätte, Seine Prophetin zu werden, hätte ich dich niemals getroffen. Ich bin dankbar, dass ich dich kennenlernen durfte." Sie versuchte, ihn aufzumuntern. Und sich selbst auch. „Ich bedaure das blaue Auge…"

Stumm umarmte er Ela fest und küsste sie aufs Haar. Sie berührte sein Gesicht und wollte ihn um Verständnis anflehen.

Bevor sie jedoch etwas sagen konnte, stand Kien auf und ging davon. Seine Stiefel knirschten auf dem Kies.

Ihre Hand war feucht. Er weinte.

* * *

Nachdem sie nach der schlummernden Tzana geschaut hatte, lief Ela in dem Gästezimmer auf und ab und betete, dass Kien ihr vergeben möge. Zumindest konnte sie sicher sein, dass er überlebte. Hatte sie nicht gesehen, wie er unbesiegbar auf Sense in eine zukünftige Schlacht geritten war? Und er vertraute dem Ewigen. Sie würde sich mit diesem Wissen trösten. Jetzt musste sie sich auf das konzentrieren, was geschehen würde.

„Ewiger? Ich weiß, dass sich diese Vision heute Abend erfüllen muss. Aber kann ich nicht mit diesen Schurken reden und sie davon überzeugen zuzuhören?"

Du darfst es versuchen.
Ela rieb sich den schmerzenden Kopf. Sie würde auch hier versagen. Oh, es würde furchtbar werden.

Sie steckte den geliehenen Umhang fest und trat durch die äußeren Türen des Raumes nach draußen auf den steinernen Balkon. Das ganze Haus war unheimlich ruhig und dunkel. Als sie zu den Sternen aufsah, erstarrte Ela vor Entsetzen. Wie war so viel Zeit vergangen? Wann hatte der Mond sich so weit bewegt?

Sie eilte wieder hinein, küsste Tzana sanft, schnappte sich den Stab, ging wieder auf den Balkon und schloss die Tür hinter sich. Wenigstens würde Tzana sicher und ungestört sein.

Warum hatte sie sich nicht vorher Zeit genommen, um sich in passendere Kleidung … „Oh nein!" Sie war so von Kien abgelenkt gewesen, dass sie vergessen hatte, dass sie noch Bekas Sandalen trug. Ela stöhnte und wünschte sich ihre Stiefel herbei. Wenn sie nur ein Stück der Vision verändern könnte. Sie nur ein wenig verbessern könnte. Vielleicht würde sich das Resultat dann auch verändern. Hatte der Ewige nicht gesagt, dass sie es probieren könnte? Ela stellte den Stab beiseite und lehnte sich über die mauerartige Balustrade aus Stein, um mit den Händen nach etwas in den Weinreben unter ihr zu suchen.

Ihre Finger trafen auf ein kühles Stück Metall. Ja, da war es. Einer der Haken, die das Gitter festhielten. Mit einer sehr scharfen Spitze. Könnte sie nicht…?

Zwei Schatten erschienen auf einem der Wege unter ihr. Ela duckte sich hinter die feste Balustrade. Sie hatten sie ohne Zweifel gesehen. Mit wild klopfendem Herzen flüsterte sie: „Ewiger, sei bei mir!"

Wartende Stille antwortete auf ihre Bitte. Ela hielt sich die Augen zu. Es war dumm von ihr, sich zu verstecken. Aber sie wollte am liebsten weglaufen. Konnte sie diesen beiden Bösewichten nicht entgehen? Ewiger?

Gedämpfte Schritte erklangen auf dem Kies unterhalb des Balkons. War das ein schweres Atmen, das sie da hörte?

Ela schluckte schwer und lauschte auf das Rascheln der Reben an dem Gitter. Bitte lass die Eindringlinge törichterweise das Gitter als Halt benutzen. Lass sie auf ihre Hinterteile fallen und aufgeben. Lass – Ein dumpfer Schlag erklang direkt vor Ela auf den dekorativen Steinen des Balkonbodens. Sie öffnete ihre Augen. Der erste Schurke starrte sie mit vor Hass verzerrtem Gesicht im Mondlicht an.

„Hör zu", flüsterte Ela. „Ich bin Ela von Parne. Ich weiß, dass ihr nach mir sucht und ich werde ohne ein Geräusch mit euch gehen. Nur fesselt mich nicht. Ich muss euch warnen…"

Der Entführer kniete sich nieder, presste Ela eine Hand auf den Mund und stieß ihren Kopf gegen die Balustrade. „Befehl ist Befehl und wir lass'n nich' zu, dass du einen deiner Zaubersprüche aufsagst!" Er zog einen langen Stoffstreifen von seinem Hals.

Ela wand sich und kämpfte darum, etwas zu sagen: „Warte! Hör zu –"

Der Mann schlang ihr den Stoff über den Mund. Wolle. Ein Geschmack so faul wie in ihrer Vision. Er knotete den Streifen fest zusammen, bevor er ein Seil aus seinem Gürtel zog. Nachdem er ihre Handgelenke und Knöchel zusammengebunden hatte, sah er sich unruhig um: „Das is' viel zu leicht!"

Leicht tödlich! Ela stieß einen Laut des Protestes aus.

Der Schuft schüttelte sie und murmelte: „Still, oder ich schlag dich zu Brei!"

Ja, das war das Problem… Verzweifelt setzte Ela die Fragmente dessen zusammen, was sie aus ihrer Vision wusste. Wie konnte sie das Vertrauen ihrer Entführer gewinnen, sodass sie auf ihre Warnung hören würden?

Ihr Entführer stand auf und gab seinem Kameraden unter ihnen still ein Zeichen. Während Ela sich darauf konzentrierte, nicht zu tief durch den furchtbar stinkenden Lappen einzuatmen, der über ihrem Mund lag, bemerkte sie den Stab, der auf den Steinen des Balkonbodens lag – gerade außerhalb ihrer Reichweite. Panisch versuchte sie, nach dem kostbaren Stück Rebenholz zu greifen. Aber der Schurke zerrte sie auf die Füße und weg von dem Stab. Ewiger!

Das Rebenholz schimmerte, dann löste es sich in Luft auf. Bevor Ela sich auch nur wundern konnte, durchdrang eine Welle der Hitze ihre gebundenen Hände und der Stab nahm in ihrer Hand Gestalt an. Danke! Ela umfasse die Insignie fest und schloss ihre Augen. Als Nächstes...

Der erste Übertäter hob sie auf die Balkonbalustrade auf seinen wartenden Komplizen zu.

Elas linker Fuß stieß gegen die Steine der Balustrade. Als Schmerz durch sie hindurchfuhr, schrie sie in den Knebel. Der metallene Haken, der das dekorative Gitter des Balkons hielt, bohrte sich tief in ihren Fußballen – genau so, wie sie es vorausgesehen hatte. Sie hätte doch wenigstens dieses kleine Detail verändern können! Sie kämpfte darum, ihren Fuß in der Sandale von dem Haken zu befreien. Bevor der ungeduldige Mann –

Der zweite Schatten knurrte und zerrte sie herunter. Elas Fuß wurde von dem Haken gerissen und die Riemen der Sandale gaben nach. Schmerz zog ihr Bein hinauf. Ihr Schrei wurde durch den Knebel gedämpft. Jetzt wäre ein guter Zeitpunkt, um in Ohnmacht zu fallen. Aber würde sie? Dieser Teil der Vision endete hier – mit dem Blut, dass aus ihrem verwundeten Fuß tropfte und die Sandale verklebte. Ela wand sich. Der zweite Schatten fluchte leise und schüttelte sie an den Armen. „Stopp!"

Ein raschelndes Geräusch machte sie darauf aufmerksam, dass der Besitzer des abscheulichen Knebels von dem Balkon herunterstieg. Er bemerkte das gedämpfte Licht des Stabes und murmelte: „Was is' das?" Als seine Finger durch das Holz hindurchfuhren, schnappte er nach Luft. Beide Männer starrten sie an. Bis der erste Mann flüsterte: „Trag du sie, Claw."

Mit Wut in der Stimme zischte Claw: „Das 's dein Job!" Sein Kumpan floh, als hätte Ela eine tödliche, ansteckende Krankheit.

Sie eilten durch den Garten, der in einen Wald überging. Ela war sich sicher, dass sie Jon und Bekas Zerstörer in der Ferne wiehern hörte. Sie hoffte, dass die beiden sicher angebunden waren. Die Armen. Sie durften sich nicht einmischen. Sie bemerkte, dass ihr

Entführer zurückblieb. Er verlagerte ihr Gewicht in seinen Armen. „Hex?"

Hex blieb stehen, drehte sich und stampfte zurück. „Ich trag' die Zauberin des Ewigen nich'."

Jetzt war sie eine Zauberin? Wenn sie doch nur die Wahrheit wüssten.

„Ich lass' sie fall'n", drohte er seinem Kameraden.

Hex nahm ihm Ela ab und zischte durch die Zähne: „Keine Tricks, Mäd'l, oder ich zerquetsch' dich!"

Ela schrak zusammen. Zerquetschen? Ja, das war das Problem. Beider Männer. Ihre Gewaltbereitschaft und ihre angstvolle Feindschaft gegen den Ewigen und sie. Wie konnte sie verändern, was sie gesehen hatte? Sie musste es versuchen. Aber ohne zu sprechen? Ohne sich bewegen zu können?

Hex warf sich Ela über die Schulter wie einen Sack Mehl.

Ihre Arme baumelten mit dem Stab in ihren Händen hin und her. Sie könnte damit auf Hex' Rücken hauen, wenn sie wollte. Aber das würde ihn nur wütender machen – das Letzte, was sie wollte.

Gefolgt von Claw trug Hex Ela auf eine einsame Lichtung. Als er anhielt, stellte er sie auf die Füße. Schmerz fuhr durch Elas verletzten Fuß. Schwitzend griff sie fester nach dem Stab, um nicht die Balance zu verlieren.

Vier Pferde grasten wartend mit einem weiteren Mann auf der Wiese. Ein Adeliger mit goldenen Abzeichen auf seinem dunklen Umhang. Botschafter Ruestock.

Der Adelige trat näher und beugte sich vor, um Ela ins Ohr zu flüstern: „Du bist in der Tat die Antwort auf meine Gebete! Meine Königin hat von dir gehört, Parnerin, und verlangt nach deiner Gegenwart." Der Botschafter strich ihr übers Gesicht. Als Ela versuchte, sich von ihm abzuwenden, meinte Ruestock mit schmalziger Stimme: „Meine Ehre, mein Ruf und mein Leben hängen davon ab, dich zum siphrischen Hof zu bringen. Du tust besser, was dir gesagt wird. Dein Unglückskind von Schwester wird den Preis bezahlen, wenn du uns enttäuschst."

Tzana! Er benutzte Tzana als Druckmittel. Bevor Ela den Adelsmann mit dem Stab schlagen konnte, gab er seinen Männern ein Zeichen. Hex hob Ela auf seine Arme. Ihre Füße strichen an Ruestocks Umhang vorbei und sie bekam die Chance, nach ihm zu treten. Schmerz erinnerte sie an ihren aufgerissenen Fuß. Ruestock kicherte. Claw stieg auf eines der Pferde. Hex warf Ela über den Rücken eines anderen. Ela keuchte in den fauligen Stoffstreifen, als ihr der Aufprall die Luft aus den Lungen presste. Claw beruhigte ihr Pferd, während Hex ein drittes Tier bestieg. Ela wand sich, bis sie ihre Arme mit dem Stab vor sich hatte. Der Stab verblasste zu einfachem Rebholz, als die Pferde sich auf Hex' leisen Befehl von der Lichtung bewegten.

Ela beobachtete, wie der schattige Boden unter ihr dahinglitt. Sie betete, dass Kien ihr das ihm bereitete Leid vergeben würde – gerade lange genug, um Tzana zu beschützen.

28

An Kiens Zimmertür erklang ein Kratzen und weckte ihn. Dann hörte er ein gedämpftes Rufen: „Herr?"
War es schon Morgen? Gräuliches Licht drang durch die Läden der Turmfenster und bestätigte seinen Verdacht. Kien zwang sich dazu nachzudenken. Warum war er komplett angezogen und lag ausgestreckt auf den Laken, anstatt darunter? Oh. Stimmt... Ela. Er dachte besser nicht an sie.
Das Kratzen ertönte erneut. Genervt sagte er laut: „Herein!"
Einer der Stallburschen lehnte sich durch die Tür: „Herr? Dein Zerstörer is' völlig durchgedreht. Er hat die halbe Nacht versucht, dem Stall zu entkomm'. Wenn die Wände nich' aus solidem Stein wär'n, wär' er schon längst weg, würd' ich sag'n."
Sense? Kien setzte sich auf. „Warum habt ihr mich nicht geweckt?"
„Nun, Herr, die Familie zu weck'n weg'n 'nem verrückt'n Tier is' doch nich' nötig."
Kien sprang aus dem Bett. Wenn Sense verrücktspielte, konnte das nur bedeuten, dass sein Meister in Gefahr war. Und offensichtlich war es nicht Kien. Hektisch stieg er in seine Stiefel, griff nach seinem Schwert und stürzte auf die Tür zu. Ela... Was war geschehen?
Aus der Ferne rief Jons Stimme: „Kien! Wo bist du?"
„Ich bin auf dem Weg!"
Er zog seinen Schwertgürtel an, schnallte das Schwert fest und stapfte die Steinstufen aus seinem Zimmer im Turm herunter. Jon wartete am Fuße der Treppe mit Vater und Mutter, die beide dort verschlafen und zerzaust in ihren Morgengewändern standen. Als Kien die letzte Stufe erreichte, ließ Jon eine schmale, zerrissene Sandale von seiner Hand baumeln. Sie war voller Blut.
Bevor Jon auch nur ein Wort sagen konnte, fragte Kien: „Ela?"
„Ja. Wir sind uns sicher, dass sie entführt wurde. Sträucher und Reben waren abgebrochen und unsere Stallburschen sagten

uns, dass unsere Zerstörer lange vor Sonnenaufgang Wutanfälle bekommen haben. Dies hing an einem der Gitterhaken."

Kien nahm die Sandale. Blut an der inneren Sohle bedeutete nicht, dass Ela tot war. Aber was, wenn... Er zerdrückte die Sandale in seiner Faust. Er würde denjenigen töten, der sie verwundet hatte. Bleib ruhig. Denk nach. „Wo ist Tzana?"

„Sie ist bei Beka", antwortete Jon. „Vollkommen sicher – und ein wirklich tapferes, kleines Ding."

Kien erwiderte wütend: „Sie ist ein Mädchen, kein Ding!"

Mutter warf ihm einen zurechtweisenden Blick zu. „Kien."

„Ich wollte sie nicht beleidigen", warf Jon ein. „Und Kien ist zurecht aufgebracht. Genauso wie Beka und ich. Ela wurde aus unserem Haus entführt und es ist eine Frage der Ehre, dass wir sie finden. Wer sind ihre Feinde?"

„Propheten haben viele Feinde." Obwohl Kien nicht einen Traceländer kannte, der Ela hasste. Vielleicht ein Istgardier, der auf Rache aus war?

Rade Lantec rieb sich das stoppelige Kinn. „Armes Mädchen. Wurde Lösegeld verlangt?"

„Nein. Wir haben keinen Hinweis auf eine Nachricht gefunden. Im Zimmer wurde nichts angerührt und Tzana ist während der Nacht nicht durch ein Geräusch geweckt worden."

Kien konnte nicht länger stillstehen. „Entschuldigt mich. Ich muss nachdenken. Ich werde nach Sense sehen."

Lange bevor er die verbarrikadierte Metalltür erreichte, hörte er Sense hinter den festen, alten Steinmauern wüten. „Ganz ruhig, Sense!" Die Unruhe im Inneren beruhigte sich zu einer Flut von gegrummelten Beschwerden des Zerstörers. „Still jetzt!"

Bis auf die mühsamen Atemzüge des Zerstörers kehrte Ruhe ein. Kien schob die metallenen Stäbe zurück und bereitete sich innerlich darauf vor, aus dem Weg zu springen, wenn das Monstrum auf ihn zustürmen sollte. Aber Sense blieb wie befohlen ruhig. Er war schweißgebadet und seine großen Augen rollten hin und her.

Kien sah sich im Stall um und zuckte zusammen. Der Zerstörer hatte jede einzelne Box in dem alten Stall abgerissen. Glücklicherweise war keines von Vaters Pferden hier gewesen. Kien war sich nicht sicher, ob sie das überlebt hätten. „Du hast dich genug für uns beide aufgeregt. Keine Sorge. Wir werden sie finden."

Der Zerstörer stieß mit seinem großen Kopf gegen Kiens Hand. Genau genommen gegen die blutige Sandale. Schnüffelnd stöhnte das Tier.

„Wer würde so etwas tun?", fragte Kien laut denkend. „Wer hasst sie? Wen hat sie gefürchtet?"

Eine Erinnerung tauchte auf. Ela auf Bekas Empfang. Blass und widerstrebend, als sie Botschafter Ruestock treffen sollte. Und die Vision, als der Mann mit ihr gesprochen hat.

„Sense, wir sollten uns auf einen Besuch beim Botschafter Siphras vorbereiten."

* * *

Der dunkle Umhang wehte hinter ihm her, als Ruestock in den kunstvoll gepflasterten Innenhof der Botschaft stolzierte. Selbstgefällig, fand Kien.

Der Adelige hob das Kinn. „Was ist so wichtig, dass du mich nicht in meinem eigenen Haus besuchen kannst wie jeder zivilisierte Mann?"

„Die Sache ist dringend und mein Zerstörer ist aufgebracht." Kien weigerte sich, das höfliche Vorgeplänkel voranzustellen. „Ela von Parne wird vermisst. Hat dein Netzwerk von Spionen irgendwelche nützlichen Informationen übermittelt, mein Herr?"

„Ich weiß nichts von der entzückenden Parnerin." Ruestock warf einen unbehaglichen Blick auf Sense, der ihm die Nüstern entgegenstreckte.

Der Zerstörer schnaubte, als er am Umhang des Botschafters schnüffelte. Ein unheilvolles Grummeln ertönte in Senses Kehle, kurz bevor er den Adelsmann am Arm packte und zu Boden warf.

Kien hob eine Hand. „Sense, hör auf!"

Das schwarze Pferd gehorchte, doch es zitterte am ganzen Körper und schnaubte drohend – zweifellos überzeugt, dass der Botschafter Ela auf irgendeine Weise Schaden zugefügt hatte.

Ruestock schrie: „Du hast mich bewusst angegriffen! Ich bin ein Botschafter! Geschützt durch –"

Kien kniete sich auf Ruestocks Brustkorb, ergriff den Ausschnitt des Mantels des Mannes und drehte ihn eng um seine Kehle. Er wollte den Mann zu Tode prügeln. „Du wendest dich mit deinem ‚Botschafterschutz' an den falschen Mann! Rede! Sofort, oder ich erlaube diesem Zerstörer, dich zu zerquetschen!"

* * *

„Liebling", protestierte seine Mutter, „die Grenze zu Siphra wird von Dieben und Plünderern beherrscht, die dich in Stücke schlagen könnten!"

„Dann müssen sie zuerst an Sense vorbei." Kien beugte sich vor, um seine Mutter zu küssen.

Neben Ara stand Rade Lantec und schäumte vor Wut. „Ruestock wird des Landes verwiesen werden. Aber Kien, wenn du einen internationalen Vorfall auslöst, kann ich nichts tun, um dir zu helfen. Wir haben dir nach dem Vorfall in Ytar eine Armee hinterhergeschickt. Sieg hin oder her, ich werde die Große Versammlung nicht davon überzeugen können, eine solche Abstimmung in so kurzer Zeit zu wiederholen. Ist deine Karriere nicht wertvoller, als dass du diesem Mädchen hinterherjagst?"

„Stell dir den Aufruhr vor, wenn wir nicht versuchen würden, sie zu finden, Vater", gab Kien zurück. „Jon und Beka würden beschuldigt werden, ihren Tod zu vertuschen oder Teil einer Verschwörung zu sein. Außerdem", er blickte seinen Vater trotzig an, „würdest du Mutter hinterherjagen, sollte sie entführt werden."

Sein Vater stotterte: „Nein! Ich meine, ja, aber das ist etwas ganz anderes! Deine Mutter ist meine Frau!"

„Ich bin froh, dass sie das ist, Vater", meinte Kien. Er warf sich seinen Rucksack über die Schulter.

„Rade, mein Lieber", beschwerte sich seine Mutter, „für einen Politiker zeigst du erstaunlich wenig Taktgefühl."

„Ara, meine Liebe, du weißt, dass ich kommen würde, um dich zu retten."

„Du würdest höchstens versuchen, mich durch *Verhandlungen* aus der Gefahr zu holen und das weißt du genau!"

„Siehst du den Schlamassel, den du verursacht hast?" Sein Vater sah Kien düster an. „Es wird mich den ganzen Tag kosten, mich hier wieder herauszumanövrieren. Und dann muss ich entscheiden, was ich den Befehlshabenden zu dem Verschwinden deiner Parnerin sagen soll!"

Ela, seine Parnerin? Wohl kaum. Kien nahm seinen Vater zum Abschied in den Arm.

Rade ergriff seinen Arm. „Du willst sie heiraten, oder?"

„Sie wird weder mich noch sonst irgendjemanden heiraten, Vater. Mach dir keine Sorgen."

Unruhe draußen erregte ihre Aufmerksamkeit. Kien streckte seine Hand nach der Tür aus. „Das werden Jon und sein Biest sein. Und Sense." Er hoffte, dass Sense nicht gerade den Vorgarten fraß.

„Pass auf dich auf!", bat seine Mutter.

Seine Eltern folgten ihm nach draußen. Kien blieb mitten auf den Stufen stehen. Jon wartete in der Tat. Mit Sense. Und Beka, die auf ihrem Zerstörer saß und sehr selbstzufrieden dreinblickte – mit Tzana vor ihr im Sattel.

Das kleine Mädchen entdeckte Kien und strahlte. „Wir werden Ela finden!"

Rade brüllte: „Nein, das werdet ihr nicht! Beka, wir haben gerade erst Kien nach Hause gebracht. Wir werden *nicht* euch beide verlieren!"

Alle drei Zerstörer fühlten sich von seinem Tonfall angegriffen. Sense begann, die Stufen zu erklimmen.

Hastig zerrte sein Vater seine Mutter ins Haus und schlug die Tür hinter ihnen zu.

„Danke", rief Jon ihnen nach. An Kien gerichtet, meckerte er: „Mir ist aufgefallen, dass es ihn nicht interessiert, ob er mich verliert. Soviel zum liebsten Schwiegersohn."

„Sie lieben dich, Liebster", beruhigte Beka ihn.

Kien hob Senses Zügel auf. „Runter von den Stufen. Du darfst Vater nicht fressen."

Der Zerstörer zog die Oberlippe hoch.

* * *

Von ihren Fesseln befreit humpelte Ela neben Hex auf das Lagerfeuer zu und stützte sich dabei auf ihren Stab.

Ihre Hände und Füße waren geschwollen. Genauso wie ihr Gesicht, das ganz aufgedunsen war, weil sie so lange wie ein Sack Mehl kopfüber auf dem Rücken des Pferdes gehangen hatte. Sie ließ sich in das feuchte, raue Gras fallen, legte den Stab beiseite und sah sich um. Übelkeit rumorte in ihrem Magen.

Dies war *die* Lichtung. Noch nicht genau so, wie sie sie gesehen hatte – die Schatten waren zu kurz und die Sonne stand noch nicht tief genug. Sie hatte noch etwas Zeit. Aber wagte sie es, zu sprechen oder sich zu bewegen?

Beide Männer beobachteten jede ihrer Bewegungen und in ihren Augen stand Misstrauen. Da sie die beiden verzweifelt warnen wollte, sagte sie: „Habt keine…"

Bevor sie ‚Angst vor mir' sagen konnte, schlug Hex ihr mit der Hand auf den Mund. „Still, oder ich schlag dir die Zähne aus!"

Ela verkrampfte sich und verstummte. Beinahe hätte sie die Szene ausgelöst, vor der sie solche Angst hatte. Mit einem Schubs gab Hex sie frei. Um ihre Nerven zu beruhigen – und möglicherweise die Männer ebenfalls – untersuchte Ela die blutige und entzündete Wunde in ihrem Fuß. Eine hässliche Schnittwunde.

Claw warf ihr das Abendessen vor die Füße. Getrocknetes Fleisch, dampfendes Wasser und ein konservierter Getreidekuchen. Sie kaute auf dem Fleisch und aß den halben Kuchen, während sie ihren Fuß in dem salzigen Wasser badete. Nachdem ihr Fuß sauber war, verarbeitete Ela den Rest des Kuchens und das Wasser zu einer groben Paste und drückte sie in die Wunde. Der ekelerregende Knebel würde als Verband herhalten müssen. Ela fürchtete, dass er dafür sorgen würde, dass ihr Fuß anfing zu faulen. Sollte sie überleben.

Während sie die letzten Knoten band, wiederholten sich die Bilder in ihrem Kopf. Voller Entsetzen konzentrierte sie sich darauf zu atmen. Die Augen zu schließen, war selbstverständlich nutzlos. Wie konnte sie die Visionen aussperren, wenn sie sich in ihren Gedanken abspielten?

Ewiger, ist es unvermeidlich?

Kind des Staubes, kannst du ihre bösen Herzen für sie ändern?

„Ewiger..." Instinktiv griff sie nach dem Stab.

„Das wirst du nicht!" Claw schlug Ela auf das Handgelenk, sodass sie den Stab losließ. „Keine Zaubersprüche!"

„Ich spreche keine –" Hex stieß Ela von dem Stab weg und Claw rief: „Schlag sie bewusstlos!"

„Du darfst mich nicht schlagen!"

Doch Hex schlug fluchend auf Ela ein und drohte ihr mit jedem bösartigen Schlag: „Ich bring' dich um!"

Plötzlich stürzte eine gewaltige Schlange, ein Lindwurm, auf die Lichtung. Fauchend, mit weit aufgerissenem Rachen und entblößten Fängen ergriff er den schreienden Claw und schlug die gewaltigen Zähne in dessen Nacken, während seine Schuppen in allen möglichen Grün- und Brauntönen schimmerten. Ela hörte ein Knacken. Die Pferde, die nicht weit entfernt angepflockt waren, wieherten schrill vor Angst.

Hex ließ Ela los und hechtete in Richtung seines Schwertes, das neben Claw auf dem Boden lag. Der gewaltige Schlangenwurm peitschte mit dem Schwanz und traf Claw an der Schulter. Er stieß den qualvollen Schrei eines Todgeweihten aus.

Ela kroch auf den Stab zu, obwohl sie wusste, dass es sinnlos war. Als sie das kalte Rebholz endlich erreicht hatte, krampfte Hex ein letztes Mal. Claw lag unbewegt da und seine Augen starrten ins Leere. Das monströse Reptil schien seine Freude zu haben und ergötzte sich an dem Tod seiner Opfer. Ela schluchzte und schaute weg, als sie sich erschaudernd an das unauslöschbare Feuer erinnerte. An die Qual der Trennung vom Ewigen und seiner fürsorglichen Nähe.

Plötzlich bemerkte sie aus dem Augenwinkel einen ungepflegten Krieger, der auf die Lichtung schlich. Mit Schild und Axt bewaffnet war sein Blick fest auf den fressenden Lindwurm gerichtet. Kurz hob er die Axt und bedeutete Ela damit, ruhig zu sein. Eine bunt gemischte Gruppe Kämpfer folgte ihm ebenso schleichend. Sie alle trugen Äxte und näherten sich dem Lindwurm.

Der führende Krieger zielte und schleuderte seine Axt auf den Lindwurm. Das Blatt der Axt sank tief in dessen Kopf. Die riesige Schlange schlug mit dem Kopf wild hin und her, doch jede weitere, fliegende Klinge in ihrem Fleisch rief eine schwächere Reaktion hervor, bis die giftige Kreatur schlaff wurde und starb und ihre bisher leuchtenden Schuppen zu mattem Grau verblassten. Die Männer jubelten und schlugen sich gegenseitig gratulierend auf die Schultern. Die Freude des Anführers verschwand, als er nach Claw und Hex sah.

Sinnlos, wie Ela wusste. Sie erhob sich auf die Knie und schloss die Augen. Wenn ihr Tod – und die ewige Pein ihrer Seelen – nicht ihr Fehler war, warum spürte sie dann eine so schreckliche Last des Scheiterns auf ihren Schultern? Wie konnte sie vom Ende dieser Vision bis zum Beginn der nächsten weitermachen? Sie hatte keine Kraft mehr. Sie lehnte die Stirn gegen den Stab in ihren Händen und flüsterte unter Tränen: „Ewiger, hilf mir!"

„Akabe?", rief einer der Männer.

Ela sah auf. Der Mann wiederholte den Ruf und klang viel zu fröhlich für Elas Geschmack: „Hey, Akabe!"

Der Anführer bedeutete dem Mann zu warten und näherte sich stattdessen Ela. Sein schmutziges, bärtiges Gesicht und seine hellbraunen Augen drückten Bedauern aus. Mit leiser, angenehmer Stimme, fragte er: „Waren dies deine Verwandten?"

„Nein, ich war ihre Gefangene."

Er lächelte und unter seinem Bart konnte sie ein Grübchen erkennen. „Nun, dann bist du jetzt frei. Wie ist dein Name? Wir müssen dich zu deiner Familie zurückbringen."

Wahrlich ein Ehrenmann. Wenn ihre Seele nicht so traurig und erschlagen gewesen wäre, hätte Ela gelächelt. „Ich bin die Dienerin des Ewigen – Ela von Parne. Und du kannst mich nicht zu meiner Familie zurückbringen. Meine Arbeit ist noch nicht getan."

Der Stab glühte. Spiralen aus Licht breiteten sich aus, hüllten Ela ein und legten sich tröstend um sie wie ein Mantel. Für einen Moment ruhte sie in dem Licht. Dieser Moment reichte aus. Neue Kraft durchströmte sie. Ela stand auf und sah dem schmutzigen Krieger ins Gesicht, der sie mit offenem Mund anstarrte.

Lauf!

Was spielte es für eine Rolle, ob diese Wälder voller bösartiger Lindwürmer und umherziehender Räuber war?

Sollten sie doch versuchen, sie aufzuhalten!

Angetrieben von ihrem Schöpfer, drehte Ela sich um und rannte los.

29

Ela stand am Rande einer Klippe an der Küste Siphras und bewunderte die schimmernden Wellen und das tiefe Violettblau des weiten Horizonts. So viel Wasser! Siphras Küstenlinien wirkten ebenso wie die Tracelands beruhigend auf sie. Der Ewige wusste, dass sie diese kurze Pause gebraucht hatte – Sein tröstendes Geschenk der Schönheit. Das trockene, landumschlossene Parne konnte solch einen faszinierenden Anblick nicht bieten.

Die Erinnerung an Parne brachte einen bisher versunkenen Schmerz an die Oberfläche von Elas Gedanken. Würde sie Parne jemals wiedersehen? Oder ihre Eltern und ihren noch nicht geborenen kleinen Bruder? Selbst Matrone Prills säuerliches Gesicht würde ihr Freude bereiten. „Ewiger, werde ich Siphra überleben? Werde ich Parne wiedersehen?"

Die Stimme ihres Schöpfers war eine sanfte Aufforderung. *Sie warten auf dich.*

„Ja." Sie. Die Gläubigen Siphras. Aber der Ewige hatte ihre Frage bezüglich Parne nicht beantwortet. Wusste Er – natürlich zurecht –, dass sie nicht in der Lage sein würde, die Antwort zu ertragen?

Verunsichert folgte Ela dem schmalen Pfad zuerst nach unten und dann entlang der Klippen. Sie hielt sich eng an der verwitterten Felswand, die hoch zu ihrer Rechten aufragte, während sie mit der linken Hand den Stab umklammerte, als könnte dieser sie davor bewahren, auf den zerklüfteten Felsen unter ihr zu zerschellen.

Eine besonders enge Wendung des schmalen Klippenpfades veranlasste sie aufzusehen. Wenn sie die vor ihr liegende, steile und in den Stein gehauene Treppe nicht in einer kurzen Vision gesehen hätte, hätte sie nicht gewusst, dass sie existierte – so versteckt war sie. Ela hob ihre Tunika hoch und steckte sie in ihrem Gürtel fest, damit sie sich nicht an einem Felsen verfangen konnte. Dann erst stellte sie ihre Zehen auf die erste, schmale Stufe. „Wie viele Deiner

Diener sind gestorben, während sie versucht haben, diese Stufen hinaufzusteigen?", verlangte Ela zu wissen.

Heiterkeit schwang in Seiner Antwort mit. *Wenn Ich meine Diener zu diesem Ort leite, werde ich dann nicht auch jeden ihrer Schritte bewahren – wie ich jetzt die deinen bewahre?* Diese kleine Zurechtweisung hatte sie verdient. „Ich weiß, dass Du es tust. Vergib mir."

Seine Barmherzigkeit berührte Ela, noch bevor sie den Satz zu Ende gesprochen hatte. Sie nahm einen tiefen Atemzug, hob den Stab und stellte ihn auf die nächste Stufe. Plötzlich jedoch brachen Bilder und Vorstellungen von Steinschlägen, unvorhersehbaren Winden und Fehltritten über sie herein. Angst schlang sich um ihr Herz. Die kleinste Unachtsamkeit konnte sie über die Klippe stürzen lassen.

Unglaublich, dass ihr Fuß nicht mehr schmerzte. War er geheilt? Sie hatte auf ihrer Reise nicht angehalten, um nachzusehen. Sie war zu schnell unterwegs gewesen und die Wunde war unwichtig im Vergleich zu ihrem Auftrag. Sie stellte den verbundenen Fuß in die nächste, kaum erkennbare Nische. Dann machte sie den Fehler und sah nach unten. Felsen... ein langer Fall... Sie konnte den Aufprall ihres Körpers auf den Steinen beinahe spüren. Schwitzend schloss sie die Augen. Atme. Schau nach oben. Du weißt doch, dass der Ewige jeden deiner Schritte behütet. „Vorwärts!"

Die Sonne war ein ganzes Stück weitergewandert, bis sie ihr Ziel endlich erreichte: ein ebener und breiterer Teil des Pfades. Dort fand sie eine Öffnung in der Klippe, die von windgekrümmten Bäumen verdeckt wurde. Sie ruhte sich aus, bis der Stab zu glühen begann, in der Mittagssonne glänzte und sie an ihre Pflicht erinnerte.

Ela strich ihr geliehenes Gewand glatt und näherte sich der Öffnung der versteckten Höhle. „Priester Siphras, der Ewige ruft euch! Kommt heraus!"

Einer nach dem anderen stolperten zwölf Männer aus der Höhle und kniffen die Augen gegen das Tageslicht zusammen. Ihre priesterlichen Gewänder waren zerfetzt und grau, ihre Haare und Bärte lang und verknotet, ihre Gesichter eingefallen vor Hunger und Furcht. Der älteste Priester trug eine goldene Kette und das Diadem des verstoßenen Hohepriesters von Siphra. Er blinzelte Ela verwundert an. „Du bist der parnische Prophet? Der Ewige sagte uns, dass du gesandt werden würdest, aber Er hat nie gesagt..."

„Er hat euch nicht gesagt, dass ich ein Mädchen sein würde?" Die verlegenen Blicke verrieten Ela, dass sie richtig lag. Unfähig, ihre Belustigung zu verbergen, meinte Ela: „Hmm! Nun, ich bin der Beweis, dass der Ewige auf das Herz und nicht auf die äußere Erscheinung schaut. Habt ihr das Fläschchen mit dem Öl?"

Der Älteste wies mit einem von Arthrose gekrümmten Finger auf einen seiner hageren Untergebenen. Unsicher löste der Mann ein Päckchen von seinem Gürtel, öffnete es und hielt Ela ein kleines, in Gold gefasstes Kästchen hin. Sie sprach ein wortloses, ehrfurchterfülltes Gebet, stellte den Stab beiseite und befestigte das Kästchen an dem hübschen Gürtel ihrer Tunika. Das kaum spürbare Gewicht ließ sie zittern. So eine heilige, gefährliche Last.

Der Hohepriester atmete tief ein und Erleichterung glättete die tiefen Furchen auf seinem alten Gesicht. Er hob seine Hände über Elas Kopf und murmelte: „Ewiger, segne Deine Dienerin. Mögest Du verherrlicht werden, wenn sie Deinen Willen erfüllt!" Dann sah er Ela in die Augen. „Unser Schöpfer sagte uns, dass du uns Weisung geben würdest. Wie lautet Sein Plan?"

„Verlasst diesen Ort", verkündete sie den Priestern. „Die ersten Bürger, denen ihr begegnen werdet, werden euch mit Essen versorgen. Wenn ihr euch ausgeruht habt, reist nach Norden, bis ihr die Rebellen findet. Fragt nach ihrem Anführer, Akabe. Er wird euch alle beschützen."

Einer der jüngeren Priester stöhnte und protestierte: „Aber bevor wir das Lager erreichen, werden wir sicher erkannt und von den Männern der Königin getötet werden!"

„Die Königin und ihre Anhänger werden zu beschäftigt damit sein, sich vor dem Ewigen in Sicherheit zu bringen, als dass sie euch jagen könnten. Stattdessen werden sie hinter mir her sein. Habt keine Angst. Hat der Ewige euch, Seine treuen Priester, nicht bis hierher behütet?"

Der Hohepriester nickte. Dann jedoch wurde sein vor Hunger ausgehöhltes Gesicht wehmütig. „Sie hat alle unsere wahren Propheten töten lassen."

Angst ließ Ela innehalten. Würde die Königin Elas Namen auf die Liste ihrer abgeschlachteten Propheten setzen? Wie üblich schwieg der Ewige zu Elas Tod. In Bezug auf die Propheten Siphras jedoch... Ela versicherte dem unglücklichen Hohepriester: „Unser Schöpfer hat neue Propheten berufen, um Siphra zu sich zu ziehen. Bis dahin gehorcht dem Ewigen und verlasst diesen Ort."

Um mit gutem Beispiel voranzugehen, schluckte sie ihre Angst hinunter und begann den mühsamen Abstieg zum steinigen Strand am unteren Ende der Klippen.

Als sie den ersten Fuß auf den Strand setzte, sah Ela, wie sich der nächste Teil ihrer Vision vor ihr entfaltete. Einen Moment lang wünschte sie sich, Kien könnte mit ihr durch diese Vision hindurchgehen. Sicherlich würde er einen Grund zum Lachen darin finden und sie ermutigen. In dem Wissen, dass sie sich auf ihren möglichen Tod zubewegte, drehte sie sich um und folgte der Küstenlinie nach Süden.

* * *

Zu Kiens Ärger grummelten und wieherten die Zerstörer auf dem ganzen Weg durch die Wälder, als ob sie sich gegenseitig ihre Meinung zu ihrem Futter – den Blättern und Sprösslingen, die sie auf dem Weg abrissen – mitteilen wollten. Gut zu wissen, dass wenigstens drei Mitglieder ihrer müden Gruppe nicht hungrig waren.

Kien zügelte Sense und studierte den mit Farn bewachsenen Wald. Sah die Lücke zwischen diesen Bäumen vor ihnen heller aus?

Zwei Bäume links von Kien trat Beka mit ihrem eleganten Stiefel gegen einen moosbewachsenen Baumstumpf und hinterließ eine Scharte. „Wir haben uns verlaufen, oder? Ich bin sicher, dass ich diesen Baum schon einmal gesehen habe. Das nächste Mal, wenn wir hier vorbeikommen, wirst du erkennen, dass ich Recht habe."

Kien runzelte die Stirn über seine Schwester. „Bist du fertig mit deinem Gemecker?"

„Ich meckere nicht. Ich habe nur meine Meinung ausgesprochen – und du weißt, dass ich Recht habe, auch wenn du es nicht zugeben willst."

„Ich fühle mich nicht verloren", verkündete Tzana von Bekas Ross. Ihr kleines Gesicht, das wie das einer alten Frau aussah, wirkte noch zerknitterter, als sie konzentriert zu den Baumkronen aufblickte. „Wir müssen sowieso bald anhalten."

„Hast du schon wieder Hunger, Tzana?", rief Jon neckend von Bekas linker Seite. „Du isst mehr als ich! Aber sie hat Recht, Kien. Es wird bald Abend."

„Habt Geduld, Leute", meinte Kien. „Ich glaube, da vorn kommt eine Lichtung."

„Ich habe nicht gesagt, dass ich Hunger habe", erklärte Tzana und klang dabei, als würde sie mit jemandem viel Jüngeres sprechen. „Aber die Männer in den Bäumen wollen, dass wir anhalten."

Männer in den Bäumen? Vorsichtig sah Kien auf.

Ein dunkelbärtiger Mann mit Pfeil und Bogen starrte ihn aus dem nächstgelegenen Baum an. Als ihre Blicke sich trafen, brüllte er eine Warnung zu den Bäumen um sie herum: „Sie haben uns gesehen! Und ihr hattet Recht! Sie haben Zerstörer!"

„Töten wir sie?"

Kiens Herzschlag setzte einen Moment aus. „Mir wäre es lieber, wenn ihr es nicht tätet! Außer, ihr wollt einen Krieg lostreten. Wir sind Traceländer."

Egal, was sein Vater behauptete, Kien war sich sicher, dass Chaos ausbrechen würde, wenn er und Jon bei dem Versuch, Ela zu retten, getötet würden. Noch dazu Beka, Tzana und die drei Zerstörer.

Ein dritter Mann rief aus der Ferne: „Verschont sie vorerst. Ich mag eigentlich keinen Zerstörerbraten. Zu sehnig."

Bekas Zerstörer wieherte schrill. Jons schnaubte. Sense drehte sich abrupt um seine eigene Achse, sodass Kien sich ducken musste, um nicht von einem Ast aus dem Sattel geworfen zu werden. „Sense!" Hatten die Tiere verstanden, was die Männer gesagt hatten? Oder mochten sie es einfach nicht, wenn unsichtbare, potenzielle Feinde Drohungen aussprachen?

Sense stürzte durch das Unterholz direkt auf den Baum mit dem Anführer zu. Dann umkreiste er den Stamm und schnaubte so drohend, wie er konnte. Der unsichtbare Anführer rief hinunter: „Ruf deinen Zerstörer zurück und wir teilen unser Abendbrot mit euch – Wildfleisch und Linsen!"

„Das reicht nicht! Ich will dein Wort, dass ihr uns nichts Böses wollt, wie wir euch nichts Böses wollen."

Sense bäumte sich auf, stieß mit seinen riesigen Hufen gegen den Stamm und zwang Kien dazu, sich an seinem Kriegsgeschirr festzuklammern. Der Baum erzitterte und schwankte.

Kien erwartete schon, einen fallenden Körper zu sehen, doch der Anführer hielt bewundernswert hartnäckig durch und sprach dann mit leicht zitternder, doch angenehmer Stimme direkt zu Sense: „Zerstörer, sei versichert, dass ich keine Traceländer töte!" Als Sense sich ein wenig beruhigt hatte, warf der Mann einen Getreidekuchen nach unten. „Schau, ich sage die Wahrheit – ich füttere dich sogar."

Der Zerstörer schnappte sich den Getreidekuchen, wich jedoch nicht von dem Baum zurück.

Obwohl er immer noch nicht von der Aufrichtigkeit des Anführers überzeugt war, entschied Kien, dass es besser wäre, diese Pattsituation zu beenden, bevor die Männer in den Bäumen verzweifelt genug waren, um ihre Pfeile zu benutzen. „Sense, zurück!"

„Wird dein Zerstörer mich angreifen, wenn ich hinuntersteige?", wollte der Anführer wissen.

„Nein." Als Sense sich widerwillig zurückzog, klopfte Kien ihm auf die Schulter und flüsterte: „Gut gemacht! Hier…" Er warf einen Getreidekuchen aus seinem Vorrat in die Luft, den Sense mitten in Flug auffing.

Als der Anführer endlich am Boden ankam, erwies er sich als ebenso angenehm anzusehen, wie es seine Stimme hatte vermuten lassen – auch wenn er zerzaust und verlaust aussah. Kien vermutete, dass er ungefähr in Jons Alter sein musste. Der Mann rief seinen Kameraden zu: „Schaut! Ich lebe noch und die Zerstörer sind ruhig!

Kommt herunter!" Er grinste Kien an. „Ich gab dir mein Wort, dass wir unser Abendbrot mit euch teilen würden, also werden wir das auch tun. Und wir werden euch freundlich gesinnt sein, solange ihr nicht versucht, uns zu täuschen."

Sein gutmütiger Gesichtsausdruck und seine entspannte Haltung beruhigten Kiens Nerven. „Ich werde meine Familie nicht in Gefahr bringen, indem ich versuche, dich zu täuschen, Herr …?"

„Akabe, ohne weiteren Namen." Der Anführer bot ihm seine Hand.

Offensichtlich war er einer von Siphras Rebellen, die so sehr vom Botschafter verabscheut wurden. Kien kicherte. „Akabe ohne weiteren Namen, danke für deine Gastfreundlichkeit, trotz des überraschenden Empfangs."

„Vergebt uns, aber wir sind vorsichtige Männer. Wir haben euch wie ein unkontrolliertes Rudel Wölfe näherkommen gehört und entschieden, uns in den Bäumen zu verstecken. Nehmt uns die Wahrheit nicht übel, ich bitte euch. Hätte uns die Kleine nicht bemerkt, hätten wir diesen Ort sofort verlassen." Akabe zwinkerte Tzana zu. „Nun jedoch wissen wir, dass es sicher ist, heute Nacht hierzubleiben. Ein Mann, der mit seiner Familie reist, wünscht sich in der Regel Frieden."

Mittlerweile waren die anderen Männer von den Bäumen heruntergekommen und hatten ihre Waffen über die Schultern gehängt. Sie blieben jedoch still und ihnen weniger zugewandt als ihr Anführer. Kien entschied, dass es gut wäre, das friedliche Bild zu verstärken und stellte zuerst sich, Jon, Beka und Tzana vor, bevor er erklärte: „Wir suchen Tzanas ältere Schwester, die vor einigen Tagen aus Jon und Bekas Haus entführt wurde. Sobald wir sie finden, werden wir nach Traceland zurückkehren."

Kien erkannte, dass er ihre Aufmerksamkeit gewonnen hatte und stieg ab. Jon und Beka taten es ihm gleich. Wie ein Mann starrten die Rebellen ihn an. Kien räusperte sich: „Ihr Name ist Ela von Parne. Habt ihr von ihr gehört?"

Akabe bedeutete seinen Männern, zurück ins Camp zu gehen. Die anderen schlossen sich ihnen an. „Wir haben sie gesehen. Vor zwei

Tagen haben wir ihre Entführer begraben. Sie wurden von einem Lindwurm getötet."

„Ein Lindwurm!" Beka keuchte und griff nach Jons Hand.

„Habt keine Angst", sagte Akabe. „Wir haben ihn mehr als einen Tagesmarsch von hier entfernt getötet. Würdet ihr gerne die Haut des Lindwurms sehen? Nicht besonders hübsch, aber es beweist unseren Sieg."

Kien bemerkte, dass er den Atem angehalten hatte. „Hat Ela überlebt?"

Der Rebellenführer blieb gerade lange genug still, um Kien in Sorge zu versetzen. Mit einem Blick auf Tzana wählte er seine Worte mit Bedacht: „Sie hat überlebt. Sagt mir… diese Ela von Parne… ist sie irgendwie besonders?"

„Sie ist Parnes Prophetin und dient dem Ewigen", erwiderte Kien. „Warum?"

„Eine Prophetin!" Akabe blieb stehen und hob beide Arme in die Luft. „Und ich habe schon an meinem Verstand gezweifelt!"

„Was ist geschehen?", wollte Kien wissen. Sie warteten am Rande der Lichtung.

Akabe tanzte beinahe vor Freude. „Wir haben gesehen, was wir gesehen haben! Meine Freunde", rief er seinen Männern zu, „wir haben es uns nicht eingebildet! Wir haben die Wahrheit gesehen!"

„Und wer soll uns das glauben?", beschwerte sich der Mann mit dem dunklen Bart. „Die halten uns doch für verrückt, wenn wir sagen, dass sie geleuchtet hat und dann verschwunden ist wie ein Sonnenstrahl!"

„Haben Elas Haare aufgeleuchtet?", fragte Tzana interessiert nach. „Wurde der Stab zu einem Baum?" Akabe verbeugte sich vor Tzana. „Kind, Schwester der Prophetin, würdest du mir die Ehre erweisen und mir erlauben, dich zu unserem Ehrenplatz zu tragen? Dies ist eine Geschichte, die ich später meinen Kindern erzählen kann – vorausgesetzt, ich lebe lange genug, um Kinder zu haben."

Um zu verhindern, dass die Zerstörer sich aufregten, hob Kien Tzana hastig von dem Zerstörer und gab sie an Akabe weiter. Die Rebellen fachten ihr Feuer wieder an und lauschten eifrig, während sie die Vorbereitungen fürs Abendbrot trafen. Mitten in ihren Erzählungen verbarg Akabe sein Gesicht in den Händen. Als er wieder aufblickte, sagte er: „Vergebt mir. Ich habe den Namen des Ewigen nicht mehr gehört, seit ich ein kleiner Junge war. Nun können wir wieder hoffen, wenn Er, dessen Name wir nicht auszusprechen wagen, Seinen Propheten... Verzeihung, Seine Prophetin nach Siphra gesandt hat..." Er schüttelte unverkennbar überwältigt den Kopf.

Kien lachte. „Glaub mir, wenn der Ewige Ela von Parne nach Siphra gesandt hat, sollten sich dein König und seine Königin vorsehen."

Inmitten der darauffolgenden Feierlichkeiten erkundigte Beka sich leise bei Kien: „Ela war in East Guard. Sollten Vater und das Traceland sich vorsehen?"

Einen Moment lang bliebt Kien still, bevor er antwortete: „Ich weiß es nicht."

* * *

Ela blieb auf dem hellen Sand stehen und ein kalter Schauer lief ihr über den Rücken, als sie Munra erkannte. Siphras Hauptstadt erstrahlte im Licht des Morgens vor ihr und ihre makellosen, weißen Gebäude hoben sich scharf von dem tiefen Blau des Ozeans auf der einen und dem üppigen Grün der Bäume und Büsche auf der anderen Seite ab. Offene Terrassen mit aufwendig gestalteten, weißen Altären betonten die höhergelegenen Teile der Stadt und das Areal um den Palast. Ebenso kunstvoll waren die verzierten, weißen Türme und Arkaden aus Spitzenmauerwerk, umrahmt von üppig blühenden Reben. Duftende Reben, die bei den Ritualen zur Ehre falscher Götter verwendet wurden.

Die Götter der Königin. Das glaubte die Königin zumindest. Ela erschauderte und wünschte sich, die Vision würde verblassen und niemals wieder in ihren Gedanken oder gar in der Wirklichkeit auftauchen.

Sie wollte einfach nur wieder schlicht Ela sein. In Parne. Wasser und Holz für Mutter holen, während sie Amars suchende Hände abwehrte.

Amar? Bah! Was dachte sie denn? Ela schloss ihre Augen und zwang ihre Gedanken zurück in das karge Grenzgebiet zwischen Parne und Istgard. Zu den quälenden, seelenzerreißenden Momenten ihrer Existenz ohne ihren Schöpfer. Von Feuer umgeben. Unfähig zu atmen und unfähig zu sterben.

Als die Erinnerung ihre Haut mit Schweiß überzog, beugte Ela den Kopf. „Ewiger, Dein Wille soll geschehen. Und wenn ich sterben muss, um Dein Ziel hier zu erreichen..." Sie nickte in stummem Einverständnis. Alles, was ihr fehlte, war der Mut, auf den Beginn ihrer Vision zuzugehen.

„Geh schon!", befahl sie sich.

Von Angst niedergedrückt, ging Ela. Während sie ging, sah sie sich genau um. Aus dem Augenwinkel nahm sie eine verstohlene Gestalt war, die aus einem Dickicht aus Sträuchern und hohen Gräsern hervortrat, die den Strand begrenzten. Der wild aussehende Mann folgte Ela. Seine Haut war von der Sonne ledrig geworden, seine Kleider waren zerschlissen und sein Gesichtsausdruck war düster wie der Tod selbst. In einer schwieligen Hand hielt er ein Schwert – bereit zu töten.

Ela ging weiter.

30

Hör zu!
Die Stimme weckte Kien aus tiefem Schlaf. Er spähte durch das frühe Morgenlicht auf die immer noch schlafenden Gestalten von Jon und Beka. Hinter ihnen wachte Sense über Tzana, die eingekuschelt in ihren Decken dalag. Auf der anderen Seite der noch glimmenden Feuerstelle schnarchten Akabes Männer, während dieser selbst Wache hielt – eine dunkle Silhouette gegen die Morgendämmerung. Eine Silhouette, die zu weit weg war, um die Quelle dieser dominanten Stimme gewesen zu sein.

Kien runzelte die Stirn. Er hatte geträumt. Als er sich umdrehte, um wieder einzuschlafen, schnitt die Stimme noch einmal in seine Gedanken – so streng, dass er sie nicht ignorieren konnte, selbst, wenn er gewollt hätte.

Ihr bleibt hier.
Kien erstarrte. Könnte das sein…?
Ich bin dein Schöpfer. Ihr werdet hierbleiben.
Kien holte tief Atem und starrte zu den Sternen hinauf. „Natürlich!" Was sagte er da? Er wollte Ela finden. Und doch… der Ewige *sprach.* Zu ihm. Er wartete mit klopfendem Herzen.

Ich führe aus, was ich geplant habe.
Das bedeutete, dass er, Kien Lantec, ein einfacher Sterblicher, nichts erreichen würde, wenn er diesen Ort verließ? Gut. Aber wenn er den Ewigen jetzt hörte, würde er auch Visionen haben? Würde er ein Prophet werden wie Ela? „Ich höre zu."

* * *

Der schäbig aussehende Schwertkämpfer folgte Ela über den Strand und die Stufen nach Munra hinauf. Er machte sie wirklich nervös. Warum enthüllte ihre Vision die Absicht dieses

Mannes nicht? Still bat sie: „Ewiger, ich weiß, dass dieser Mann hier sein soll, aber warum folgt er mir?"
Kind des Staubes, Ich habe es ihm befohlen und er gehorcht.
„Oh!" Der Schwertkämpfer war also ein Diener des Ewigen. Sah sie genauso verrufen aus, wie dieser Mann? Wahrscheinlich – mit ihren verheddderten Haaren, den sandigen, mit Salzwasser besprühten Kleidern und der fehlenden Sandale. „Woher wusste er, wo er auf mich warten sollte?"
Ich habe ihm diesen Ort in einer Vision gezeigt.
Elas Herzschlag setzte für einen Moment aus. Während sie durch die Straßen der äußeren Stadtteile Munras ging, flüsterte sie: „Soll er ein siphrischer Prophet werden?!"
Ja. Sag aber noch nichts. Weder zu ihm noch den anderen.
Andere. Natürlich hatte sie andere gesehen. Und sie sah sie jetzt. Weitere Männer, einige reich, andere arm, alle still und mit Schwertern bewaffnet, traten aus Hauseingängen und hinter Säulen hervor. Während sie einander misstrauisch beäugten, reihten sie sich hinter Ela ein. Ela zwang sich weiterzugehen. Sich umzudrehen und sie anzustarren, wäre höchst unprophetisch gewesen. Sollten alle diese Männer Propheten werden? „Warum hat Parne nur mich?"
Parne braucht nur eine.
Und doch war sie nicht in Parne. Ela zitterte und verdrängte den Gedanken an den nächsten Teil der Vision. Das Geräusch der Schritte hinter ihr wurde lauter. Eine Vielzahl von Schritten von Sandalen und Stiefeln hallte durch Munras wunderschöne, glatte, aus weißen Steinblöcken geformte Straßen. Alles passte genau zu ihrer Vision: jedes verwunderte Kindergesicht, die Gebäude, die Verkäufer.
Sie folgte der Route, die sie gesehen hatte und bog nach links auf Munras breite Hauptstraße ein. Strahlende, weiße Pflastersteine schimmerten unter ihren Füßen. Die Gehwege waren gesäumt mit Skulpturen hochmütig dreinschauender, spärlich bekleideter Götter und sich windender Wesen, die an Lindwürmer, Skalne und schuppige Leviathane erinnerten. Sie alle blickten mit wildem Blick ins Leere und entblößten dabei Reißzähne und Krallen. Mit

rauchender Asche bedeckte Altäre standen vor diesen grotesken Statuen. Auf einigen brannten noch die letzten Opfergaben der in hellen Farben gekleideten Bürger Munras.

Opfergaben, die offene Anbetung symbolisierten und die die Verehrung der Götter der Königin und die Einhaltung ihrer Lehren forderten. Um diese hoffnungslosen Demonstrationen spiritueller Versklavung ungestört durchführen zu können, hatte die Frau jegliche Anbetung des Ewigen verboten und sowohl alle treuen Propheten Siphras als auch beinahe alle siphrischen Priester töten lassen.

In Ela brodelte es. Gut. Zorn war besser als Angst.

Der Palast stand auf einem Hügel am Ende der Straße. Ela ging darauf zu und ignorierte die Blicke. Der Lautstärke der Schritte hinter ihr nach zu urteilen, folgte ihr mittlerweile eine kleine Armee Siphrer. Würden diese sie bis in den Palast begleiten? War sie während der Konfrontation in ihrer Vision nicht allein gewesen?

Als sie den riesigen, öffentlichen Platz überquerte, der mit Brunnen und Blumen und Sitzbänken gesäumt war, hörte Ela, wie die Schritte der Propheten hinter ihr verstummten. Offensichtlich hatte ihr Schöpfer-General ihnen befohlen anzuhalten.

Genau, wie sie es gesehen hatte, trat Ela allein an den riesigen, gewölbten, steinernen Eingang des Palastes. Der Stab in ihrer Hand strahlte hell und silbrig weiß. Eine Wache rief ihr durch das kunstvoll gewebte Metalltor zu: „Wer bist du? Warum bist du hergekommen?"

Ela hob ihr Kinn: „Ich bin Ela von Parne. Deine Königin und dein König warten begierig darauf, mit mir zu sprechen! Haben eure Propheten euch nicht gewarnt?" Sollte sie so sarkastisch klingen?

Nach einem Blick auf den außergewöhnlichen Glanz des Stabs, senkte der Wachmann das Visier seines vergoldeten Helmes und trat zurück. „Warte hier."

Bald darauf erschien sein Kommandant in einer schmalen Seitentür und rammte einen breiten L-förmigen Schlüssel in das schwere Schloss. „Komm herein. Sie sitzen noch beim Frühstücksmahl, also wirst du warten müssen. Wo sind deine Wachen?"

Wachen? Er sprach von ihren Entführern. „Ich habe keine Wachen außer dem Ewigen."

Der Kommandant machte sich gar nicht erst die Mühe, sein spöttisches Grinsen zu verbergen.

Ela stürmte an ihm vorbei.

„Bleib hier!", protestierte der Mann. „Du kannst nicht ohne Wache in die königlichen Gemächer!"

„Dann beeil dich. Vielleicht kannst du das königliche Pärchen vor der Wahrheit schützen."

Wertvolle Steine waren in Form von Bäumen, Reben und Blumen im weißen Marmor eingelassen worden und glitzerten Ela an. Der Fußboden, über den Ela mit einer Sandale an einem und einer groben Bandage an ihrem anderen Fuß lief, war poliert und eben. Verglichen mit der juwelenbesetzten Perfektion des Palastes, wirkte ihr hübsches, goldbesticktes Gewand schlicht. Zumindest der Stab war prächtig und eindrucksvoll.

Humpelnd trat sie in einen großen Bankettsaal und fixierte ihren Blick auf die beiden Gestalten am anderen Ende des Saales auf dem Podium – König Segere und Königin Raenna.

Elegant und glitzernd gekleidet saßen die beiden auf mit Reb- und Blumenmustern verzierten Thronen aus Marmor und stocherten so gelangweilt in ihrem Morgenmahl herum, als wären sie zu gut für ihr Essen.

Ihre Höflinge saßen unter dem Podium an langen Tischen und waren ebenfalls stilvoll in aufwändig bestickte Gewänder und Tuniken gekleidet. Während Ela auf das Podium zuging, warfen die Höflinge wie eine Person ihr und ihrer Wache gelangweilte und betont missbilligende Blicke zu, bevor sie sich wieder ihren Mahlzeiten zuwandten. Inmitten der Höflinge nahm Ela die flüchtigen Schatten der feindlichen spirituellen Kräfte war, die flüsternd den Palast beherrschten. Wenn doch nur die Höflinge und das königliche Paar diese Schatten rebellischer Täuscher sehen und erkennen könnten. Und zwar als Diener des Feindes und nicht, wie sie meinten, als Hinweise auf Siphras Götter.

Die Täuscher sammelten sich besonders dicht um einige dunkel gekleidete Höflinge, die goldene Ketten und imposante Gold- und Ebenholzstäbe trugen und von Sklaven bedient wurden. Raennas Propheten. Genauso aufgeblasen, wie sie sie sich vorgestellt hatte.

Der König betrachtete Ela verwirrt und sein verschwommener Blick verriet seinen abschweifenden, undisziplinierten Verstand. „Das ist die Parnerin?", fragte er niemanden Bestimmtes.

Er schien sich nicht sonderlich für sie zu interessieren. Ela hoffte, diesen Zustand ändern zu können. „Ich bin die Parnerin. Aber das wusstet ihr sicher. Eure Propheten haben euch doch sicherlich von mir berichtet?"

Segere zuckte mit den schmalen Schultern und faltete die wohlgepflegten Hände über seinem beeindruckenden Bauch. „Wir sind nur um unserer lieben Königin willen interessiert." Seine Worte drifteten in ein Gähnen ab.

Die ‚liebe' Königin Raenna runzelte die Stirn, sodass eine Falte zwischen ihren bemalten, mit Edelsteinen besetzten Augenbrauen entstand. Beim Anblick ihrer mit Goldstaub bedeckten und mit Edelsteinen besetzten Haut vermutete Ela, dass sie versuchte, die Göttin Atea zu imitieren oder sogar darzustellen. Mit kühler, bedachter Stimme sagte die Königin: „Ela von Parne. Wie angenehm. Wo sind deine Wachen?"

„Meine Wachen, wie Ihr sie nennt, sind tot. Der Ewige hat einen Lindwurm geschickt, um sie anzugreifen, als sie mein Leben bedrohten."

Raenna kräuselte ihre rot bemalten Lippen. Amüsiert. „Ist das eine Warnung?"

„Es ist die Wahrheit."

„Die Wahrheit! Wir sind sehr an deinen Varianten der Wahrheit interessiert. Bitte fahre fort. Sag uns unsere Zukunft voraus."

„Der Ewige ist die Wahrheit. Jegliche Variante ist menschengemacht. Was Eure Zukunft angeht, oh Königin, wenn Eure Propheten wahre Propheten wären, hätten sie Euch bereits erzählt, was geschehen wird."

Die Königin stand auf und stieg anmutig und mit raschelnden Kleidern von dem Podest herunter, bis sie vor Ela stand – auf sie herabsah, um genau zu sein. Ela hatte noch nie jemanden so Schönes mit solch seelenlosen, bernsteinfarbenen Augen gesehen. Mit gedämpfter Stimme und ohne jegliche Emotion fragte sie: „Was wird geschehen?"

„Fragt Eure Nicht-Propheten."

Einer der Propheten der Königin machte mit wutentbranntem Gesichtsausdruck einen Satz vorwärts. „Du – ein Kind – *wagst* es zu behaupten, wir wären falsche Propheten?"

Ela nahm die Schultern zurück und hob ihr Kinn. „Ich behaupte nichts. Ich sage allen offen, dass du und dein Gefolge von Wahrsagern die Wahrheit verlassen habt und die Täuscher verehrt – die Diener des Feindes. Deshalb wird der Ewige euch eures Amtes entheben."

Wie sie erwartet hatte, schlug der falsche Prophet sie hart genug, um sie ins Taumeln zu bringen. Der Aufprall hatte ihre Wange und Lippe getroffen, aber dennoch lächelte sie: „Wird das einen blauen Fleck geben?"

Bevor der Heuchler antworten konnte, hob Raenna eine Hand. Sie verzog das Gesicht und feine Linien umrahmten ihren Mund und die Winkel ihrer Augen. „Du behauptest, die Pläne deines Ewigen zu kennen. Aber was sind meine Pläne, kleine Prophetin Parnes?"

„Ihr haltet mich für einen lebenden Talisman, aber das ist nicht wahr. Und Ihr beabsichtigt, mich durch Überredung oder Tod nutzlos zu machen, damit Ihr Eure geplante Invasion in Traceland durchführen könnt."

Elas Ankündigung dieser bisher geheim gehaltenen Information sorgte für Unruhe im Saal.

Raenna lachte – zur Schau, wie Ela wusste. Ihre vergoldeten Lippen trugen ein steifes Lächeln, als sie die Stimme hob: „*Ich* plane? Oh, Prophetin, du liegst so falsch! Mein geliebter König, mein eigener Ehemann, entscheidet über Siphras Pläne. Und er hat nichts von einer Invasion gesagt." Sie nickte dem König zu.

„Stimmt... stimmt..." Segere warf seiner Frau einen vernarrten Blick zu, den sie mit betonter Zuneigung erwiderte.

Ela fuhr fort: „Ihr fürchtet außerdem, dass der Ewige Euch von Eurem Thron stößt. Ihr hasst Ihn, weil Er wie ein vollkommener und liebender Vater Gehorsam fordert – auch wenn dieses nur zu Eurem Besten ist. Er kann nicht kontrolliert werden, wie ihr Eure kleinen Götter und Euren Ehemann kontrolliert."

Die Augen der Königin weiteten sich. Sie atmete tief ein und lachte erneut. Herzhaft. Als die Höflinge kicherten, murmelte Raenna Ela zu: „Du hast soeben dein Todesurteil unterschrieben."

„Ihr hattet es doch bereits besiegelt." Ela kämpfte gegen die Furcht, die ihr prickelnd über die Haut fuhr. Ohne Zweifel war Raennas geplante Hinrichtung mit anhaltenden Qualen und Erniedrigungen verbunden, die das königliche Selbst natürlich persönlich überwachen würde. Ela erwiderte den eingebildeten, verschleierten Blick der Frau. „Vielleicht tötet ihr mich wirklich. Aber der Ewige wird es euch zurückzahlen. Ach, übrigens plant Er, Eure Hingabe an Eure Götter auf die Probe zu stellen."

Die Selbstgefälligkeit der Königin wurde noch härter. „Meine Hingabe an meine Götter ist unermesslich."

„Nicht, wenn der Ewige die Messung durchführt. Liebt ihr Eure Götter mehr als Euer Leben?"

„Mit meinem ganzen Sein." Raennas Stimme hallte rebellisch von den Wänden des Saales wider. Mit ehrlicher Leidenschaft. „Meine Seele ist meinen Göttern ergeben. Niemals werde ich sie aufgeben."

Ela zuckte zusammen. Jede Qual, die sie auf Befehl der Königin erleiden müsste, würde Raenna auf ewig erleiden, weil sie sich den unsterblichen Täuschern hingegeben hatte. „Ihr habt gewählt. Doch selbst jetzt würde der Ewige Euch Gnade gewähren, wenn Ihr bereuen würdet."

„Herablassendes Kind! Ich habe nichts zu bereuen. Behalte deinen arroganten, selbstgerechten, egoistischen Ewigen!"

Jedes der hasserfüllten und beleidigenden Worte stach Ela mitten ins Herz. „Womit hat der Ewige solch eine Schmähung verdient? Er hat euch von jeher geliebt. Er hat euch alles gegeben, was ihr euch in diesem Leben gewünscht habt, aber ihr ignoriert Seinen Segen. Ihr betrübt Ihn beständig! Ihr erschafft eure eigenen Probleme und gebt Ihm die Schuld. Ihr wollt Er sein!"

Die bernsteinfarbenen Augen der Königin schimmerten. „Er verdient es, ersetzt zu werden."

„Ihr – und auch jeder andere – würdet die gesamte Schöpfung innerhalb von zwei Atemzügen zerstören, wenn Ihr zu Gott würdet. Aber das ist nun unerheblich. Der Ewige hat Eure Verdorbenheit beurteilt und sich für Eure Nachfolger entschieden."

„Unsere Nachfolger?" Sie sah Ela ungläubig von Kopf bis Fuß an. Dann blieb ihr Blick an Elas Hüfte hängen. An dem goldenen Kästchen, das traditionell nur von Siphras höchsten Priestern getragen wurde und in dem das kleine Fläschchen mit dem Salböl ruhte. Die Königin zog scharf die Luft ein. „Woher hast du *das?*"

„Aus der Hand des Ewigen." Ela wartete und unterdrückte ein Schaudern. Betete um Kraft.

Schweiß glänzte auf dem königlichen Gesicht und rann zwischen der Farbe und den Edelsteinen herab. „Tötet sie!"

Hier endete die Vision.

Ela schloss ihre Augen.

31

Verlasse diesen Ort jetzt.
Die Worte des Ewigen klangen ruhig in Elas Gedanken. Sie öffnete ihre Augen und sah den erschrockenen Ausdruck in den Augen ihrer Wache – seine lähmende Angst. Wie betäubt wandte Ela sich von der empörten Königin ab und verließ den Saal. Der Stab glühte sanft und leuchtete ihr den Weg. Sollte sie überleben? Warum? „Ewiger, ich war bereit."
Wie von einer Strömung getrieben verließ sie den Palast. Niemand stellte sich ihr in den Weg, als sie durch die mit Edelsteinen besetzten, weißen Säulengänge ging. Es war, als könnte niemand sie berühren. Oder auch nur sehen. Unglaublich!
„Warum rettest du mich? War das ein Test?"
Deine Arbeit ist noch nicht getan.
Trotz Seiner Worte, oder gerade wegen Seiner Worte, wurden Ela die Knie weich. Als ob sie unter Schock stünde. Sie erreichte das kleine, seitliche Tor des Palastes, merkte, dass es offenstand und trat hindurch.
Schließ das Tor.
Sie gehorchte. Das Schloss verriegelte sich laut, als ob es ihr verspräche, dass ihre Feinde im Inneren eingeschlossen bleiben würden, bis sie entkommen war. Ela starrte das solide aussehende Schloss benommen an. Es war, als würde sie gerade aus einem Traum erwachen. Orientierungslos. Ela gab sich innerlich einen Ruck und eilte von dem Tor, dem Palast und allen darin davon.
Die Steine des riesigen, weißgetünchten und sonnenbeschienenen, öffentlichen Platzes reflektierten das Licht und blendeten sie. Inmitten dieser Pracht schlenderten etliche hellgekleidete Bürger Munras umher, sprachen miteinander und lachten. Einige warfen ihr kurze Blicke zu, doch die meisten nahmen ihre Anwesenheit nicht wahr. Siphras neu ernannte Propheten traten aus der Menschenmenge hervor und näherten sich ihr mit eifrigen

Gesichtsausdrücken aus allen Richtungen, als warteten sie nur auf das Abenteuer. Offensichtlich hatten sie Ausschau nach ihr gehalten, sicher, dass sie zurückkehren würde.

„Ewiger? Sie wussten, dass ich überleben würde und ich nicht?" Sie würde jeden Moment anfangen zu lachen. Oder zu schreien. Ela schimpfte mit sich selbst in scharfem Flüsterton: „Bleib ruhig!" Hysterie war überhaupt nicht prophetenhaft und sie war zweifellos immer noch in Gefahr – genauso wie Seine siphrischen Propheten. „Ewiger? Was jetzt?"

Eine Vision entfaltete sich mit solcher Macht, dass Ela anhalten und den Stab umklammern musste, um nicht zu Boden zu fallen. Die Bilder umschlossen Ela. Verschlangen sie wie ein wildes Tier, bevor sie sie wieder freigaben und keuchend zurückließen.

Ela fand ihr Gleichgewicht wieder, öffnete die Augen und wandte sich an Siphras neue Propheten: „Wir dürfen keine Zeit verlieren."

* * *

Auf einer breiten Klippe am Meer unweit des Palastes beteten sie und bereiteten Siphras Opfer für den Ewigen vor – das erste seit fast zwanzig Jahren.

„Darauf steht die Todesstrafe", warnte einer der zukünftigen Propheten Ela und legte dabei eine grobe Hand auf sein Schwert, als erwarte er einen Angriff. „Niemand darf den Ewigen anerkennen. Der König und die Königin haben unsere Priester hingerichtet, weil sie uns in der Anbetung angeleitet haben."

„Ich bin bereit zu sterben", erwiderte Ela. „Deshalb bin ich hierher gesandt worden. Euer Hohepriester und eine Handvoll weiterer Priester haben jedoch überlebt."

Die Augen des Siphrers leuchteten auf und in seinem verwitterten Gesicht erschien ein Lächeln. „Sie leben? Sie leben! Wie kann das sein? Wir dachten, sie wären alle umgekommen! Wir haben jahrelang um sie getrauert!"

Ela lachte, obwohl ihr ein Schauer über den Rücken lief. Viel zu oft waren Priester und Propheten Rivalen. War Eshtmoh nicht aus

Parne verbannt worden, nachdem er die ungläubigen Gläubigen angegriffen hatte? Auch sie war höflich dazu aufgefordert worden, Parne zu verlassen. „Ja, eure Priester leben, aber sie haben gelitten. Der Ewige hat sie jedoch all die Jahre bewahrt."

„Aber sie sind nicht hier, um das Opfer anzuleiten. Wirst du…?" Bat er sie, das Opfer darzubringen? Ela schüttelte den Kopf.

Einige andere, die ihnen zugehört hatten, nickten. Der wild aussehende Mann, der erste Siphrer, der ihr nach Munra gefolgt war, sagte: „Du musst."

Du wirst es darbringen.

„Ewiger?" Ela kniete nieder und bedeckte ihr Gesicht mit dem Saum ihres Umhangs. Wie konnte sie, die Jüngste auf der Klippe, das Opfer darbringen? „Ich bin keine Priesterin!", flehte Ela verzweifelt zum Ewigen. „Wie könnte ich es wert sein, das Opfer darzubringen?"

Der Stab glühte in ihren Händen und die Gegenwart des Ewigen schien sie zu umarmen.

Dein Schöpfer hat dich würdig gemacht, weil du für treu befunden wurdest.

Entschlossen, ihm zu gehorchen, begann Ela, nicht mehr über ihre Angst und eigene Unfähigkeit nachzudenken und betete stattdessen für diese Männer und ihre Sicherheit – ihre Zukunft als Propheten. Endlich stand sie auf und sah sich um.

Nicht weit entfernt standen Höflinge auf den prächtigen Terrassen des Palastes, lehnten sich gegen die Balustraden und beobachteten sie. Einige betraten und verließen den Palast wiederholt. Sicherlich, um der Königin und ihrem zweifellos gelangweilten König Nachricht zu überbringen.

Segere wäre nicht so träge und gelangweilt, wenn er sich dazu durchringen könnte, die Wahrheit zu erkennen.

Am späten Nachmittag, als die Siphrer ein Lamm und ein Kalb als Opfergabe auf das Holz legten, näherte Ela sich dem Rand der Klippe. Sie drehte sich zum Palast und rief allen Höflingen und Siphrern in Hörweite zu: „Ich bin Parnes Prophetin des Ewigen und stehe hier mit den Gläubigen Siphras – bereit für das heutige Opfer. Kommt und betet den einen wahren Gott an – den Ewigen!"

Noch mehr Höflinge sammelten sich auf den königlichen Terrassen. Auf den offenen Hügeln um den Palast beobachteten Bürger Munras sie neugierig.

Königin Raenna und ihre falschen Propheten traten in diesem Moment auf die königliche Terrasse hinaus. Die meisten von ihnen guckten betont gleichgültig. Die Königin sah jedoch aus, als sehnte sie sich danach, Ela persönlich den Hals umzudrehen.

Um sie zu reizen, rief Ela noch lauter: „Hört zu, ihr stolzen, dummen Leute! Wie lange wollt ihr den Lügen dieser Schwindler noch Glauben schenken? Der Ewige ist euer Schöpfer! Er ist der Grund für eure Existenz und doch habt ihr euch von Ihm abgewandt, um euren eigenen Wünschen zu folgen. Bald wird Er eure falschen Götter vertreiben, eure falschen Anführer und eure Wahnvorstellungen!"

Auf den unteren Hügeln hörten Munras Bürger ihr zu und klangen in ihrer Unruhe wie ein summender Bienenschwarm, der sich auf einen Angriff vorbereitete. Einzelne traten aus der Menge heraus und näherten sich Ela. Einer der ältesten sagte: „Wir haben für diesen Tag gebetet!"

„Euer Schöpfer hört euch", murmelte Ela. Ihre Angst nahm zu.

Der falsche Prophet, der Ela geschlagen hatte, schrie schrill von der königlichen Terrasse: „Unsere Herrscherin des Lichtes, Atea, verurteilt dich! Mögest du in der Dunkelheit verrotten! Mögen die Götter Seibo, Nemane und Dagar dich für immer im Nachtland quälen!"

„Wer sind diese kleinen Götter?", verlangte Ela zu wissen. „Der Ewige hat sie in Seiner Gegenwart nie gesehen!" Zu sich selbst flüsterte sie: „Ewiger, öffne ihre Augen!"

Die Königin lehnte sich mit zu Fäusten geballten Händen über die Balustrade. „Parnerin! Wenn du dieses Opfer darbringst, wirst du den Sonnenuntergang nicht mehr erleben!"

„Komm doch und halt mich auf!", spottete Ela. „Komm und stelle dich dem Ewigen entgegen!"

Die Königin und ihre Propheten traten von der Balustrade zurück und schienen angeregt zu diskutieren, obwohl sie ihre Stimmen gedämpft hielten.

Ela sah auf die sinkende Sonne. Um diese Zeit brachten die Priester in Parne immer die Opfer für den Ewigen dar. Sie trat an den Steinaltar mit den Holzscheiten. Den Stab erhebend betete sie laut: „Ewiger, zeige allen, dass Du der eine wahre Gott bist und dass ich Deine Dienerin bin und dass wir, Deine treuen Gläubigen, dieses Opfer auf Deinen Befehl hin vorbereitet haben. Antworte uns, Ewiger, damit diese Menschen wissen, dass Du allein ihr Gott bist und dass Du ihre Herzen zu Dir ziehen willst!"

Wie ein gewaltiger Blitzschlag fiel Feuer vom klaren, blauen Himmel und die Klippe erbebte. Schreie ertönten von allen Seiten, als das Opfer des Ewigen aufflammte und unter dem Feuer des Himmels verschwand. Das Holz auf dem Altar, die Steine des provisorischen Altars und die Erde drumherum zerbröckelten – verzehrt von dem tosenden Feuer.

Jeder auf den Terrassen fiel auf seine Knie – sogar der empörte König Segere und Königin Raenna. Die Bewohner Munras auf den Hügeln darunter fielen zu Boden. Anders als der König und die Königin schrien sie: „Der Ewige ist Gott! Er ist Gott!"

Als die Flammen verschwanden, drehte Ela sich zum Palast um. Auf der königlichen Terrasse, umschwärmt von ihren Beratern und dem stummen König, stemmte Raenna sich auf die Füße. „Ela von Parne, mögen meine Götter mich töten, wenn ich dich nicht umbringe!"

Ela stand aufrecht da und hob den Stab. „Du wirst sterben. Der Ewige übergibt dich deinen Täuschern – den ‚Göttern', die du an Seiner statt erwählt hast."

Bevor Ela zu Ende gesprochen hatte, erhob sich Dunkelheit wie Rauch aus allen Fenstern und Türen des Palastes, bevor sie wie Wasser zusammenfloss, sich zu einer Säule vereinte und um die Königin wand.

König Segere schrie auf und rannte auf die gegenüberliegende Seite des Balkons. Raennas Berater stoben auseinander, als sie kreischte und ihre Hände in vergeblichem Flehen zu den „Göttern" erhob, die sie zu lieben glaubte. Die dunkle Wolke umschloss Siphras Königin ganz, schleuderte sie hin und her, riss an ihren Haaren, entriss ihr die Krone und warf sie auf die Steine des Balkons. Ela hörte das Klirren, als das Metall den Stein traf. Königin Raenna floh und stieß dabei heisere Flüche aus.

Segere dagegen eilte zum Rande des Balkons und deutete mit dem Finger auf Ela, während er seinen Dienern zurief: „T-tötet sie! R-reißt ihr jedes Glied einzeln aus!"

Jedes Glied einzeln? Nein! „Ewiger!" Von schrecklicher Furcht angetrieben rannte Ela den Hügel hinunter ins Tal.

* * *

Kien beobachtete Akabe dabei, wie er alle zusammenrief, Befehle brüllte, den Tod des Lindwurms und Elas unglaubliche Wandlung und ihr Verschwinden rühmte und eine Bande Boten zu den bewusst zerstreuten Kohorten schickte. Obwohl seine Methoden als Führer weitaus weniger strukturiert waren als Tsir Auns in Istgard, war Akabe sich offensichtlich der Loyalität seiner Anhänger sicher. Und warum sollte er auch nicht? Kien hatte noch nie einen Anführer gesehen, der so fröhlich und so sehr bereit war, jede Schwierigkeit mit seinen Männern zu teilen. Außerdem war er es gewohnt, Befehle zu geben und zu sehen, wie diese befolgt wurden. War Akabe ein rebellierender Edelmann? Während Kien ihm zuhörte, war er immer mehr davon überzeugt.

„Sagt den anderen, dass sie sich freuen sollen. Wir sind davon überzeugt, dass der Ewige – gelobt sei Sein heiliger Name – Siphra von den Tyrannen befreien wird! Ich warte mit euch darauf, dass wir alle zu unseren Familien zurückkehren können." Er legte seine Hand auf die Schulter eines jungen Boten und fügte hinzu: „Jeder von euch nimmt ein Stück von der Haut des Lindwurms mit und erzählt den anderen von dessen Tötung und alle weiteren Neuigkeiten."

Die Boten nahmen jeder ein kleines Viereck der fahlgrauen Haut und rollten es ehrfürchtig in ein Stück Leder, bevor sie es einsteckten. Der jüngste Bote grinste und seine Zähne strahlten überraschend weiß aus dem fleckigen Bart. „Das Töten eines Lindwurms verkündet großes Glück!"

„Segen", korrigierte Akabe ihn. „Es war ein Zeichen des Segens vom Ewigen. Sagt es so den anderen."

Auf diesen Befehl hin stürmten die Boten wie selbstverständlich durch das Dickicht davon. Zufriedenheit lag auf dem Gesicht des jungen Mannes, als er Kien mit der Faust in die Schulter boxte. „Wir brauchen mehr Fleisch. Würde dein Zerstörer bei der Jagd helfen?"

„Die Jagd anführen, meinst du?" Kien zuckte mit den Achseln. „Solange was für ihn dabei herausspringt."

Akabe zog einen Wetzstein aus einem Sack mit Ausrüstung und begann, sein Schwert mit schnellen, routinierten Bewegungen zu schärfen. „Wir haben von neuen Metallarbeiten in Traceland gehört. Es heißt, eure führenden Bürger tragen unzerstörbare Schwerter mit Klingen in der Farbe der Wellen des Ozeans. Erzähl mir davon."

Kien grinste. „Nein."

„Hmm. Ich werde dich schon dazu bringen, keine Sorge."

Tzana kam zu ihnen herübergeschlendert, gefolgt von Sense, der sich grasend hinter ihr herbewegte. Das kleine Mädchen lehnte sich an Kiens Arm. „Uns ist langweilig. Was machen wir heute?"

„Das Gleiche wie gestern: Wir sammeln Essen und passen auf, ob sich ein Feind nähert." Kien hob das Kind schwungvoll hoch und steckte es sich unter den Arm. Als er sie hin und her schwang und sie hüpfend durchschüttelte, kicherte und quietschte sie laut. Und beunruhigte Sense damit. Aus dem Augenwinkel beobachtete Kien, wie das riesige Tier unstet von einem Huf auf den anderen trat und scheinbar überlegte, wie er Tzana beschützen könnte, ohne Kien zu verletzen.

Jon und Beka kamen auf ihren schnaubenden Zerstörern auf sie zu. Als Jon Beka beim Absteigen half, rief er über die Schulter zu ihnen hinüber: „Da kommt eine Gruppe auf uns zu. Es scheint, als ob sie einen Körper transportieren."

Einen Körper. Voller Angst war Kiens Kehle plötzlich wie zugeschnürt. „Ela…"

32

Steine bohrten sich in Elas Fußsohlen und rissen ihr die Haut auf, als sie hinunter ins Tal stolperte. Durch ihre rasende Panik hatte sie bereits Seitenstechen. Heute Morgen noch war sie bereit gewesen zu sterben, sollte es nötig sein, um den Willen des Ewigen zu erfüllen. Aber jedes Glied einzeln herausgerissen zu bekommen? Bestimmte Umstände erforderten Widerstand.

Es schien, als ob die Hälfte von Munras Bevölkerung durch dieses kleine, offene Tal lief und dabei lachte und einander zurief, als hätten sie einen Sieg errungen. Die andere Hälfte Munras verstopfte die Straßen und Wege in der Stadt. Männer, Frauen. Wunderschöne Kinder mit großen Augen. Sie alle trugen einfache Tuniken in Purpur, Blau, Grün... Ela blieb inmitten der Menschenmenge stehen. Was machte sie denn da?

Wenn sie hierblieb, würden die Wachen des Königs möglicherweise unschuldige Siphrer niedermetzeln.

Rechts von Ela rief ein Mann: „Hier ist die Prophetin! Sie hat uns von den Tyrannen befreit!"

Jemand anders – eine ältere Frau in einer weißen Robe – zog Ela in eine Umarmung und begann zu schluchzen. Ela versuchte, sich zu befreien. „Bitte lasst mich gehen! Die Wachen des Königs bringen euch um, wenn ihr ihnen auf dem Weg zu mir in die Quere kommt."

„Das sollen sie mal versuchen!", rief die Frau. „Ich habe genug von den Unholden und ihren Lügen. Sie haben meinen Mann und meinen Sohn umgebracht, weil sie sich geweigert haben, der Göttin Atea zu opfern. Ich will Rache!"

„Was für eine Rache wäre das, wenn du sie nicht mehr miterlebst?", warnte Ela sie. Dann sah sie ihr fest in die Augen. „Ich will nicht, dass du mit mir stirbst."

Die Augen der älteren Frau leuchteten mit beinahe schelmischer Inspiration auf. „Warum sollte eine von uns sterben?" Plötzlich schrie sie so laut, dass Elas Ohren klingelten: „Rettet die Prophetin!

Bewohner Munras, greift zu den Waffen. Beschützt unsere Prophetin und die Diener des Ewigen!"

Ihr Schrei wurde von anderen aufgenommen, bis er zu einem wahren Aufruhr wurde. Ela beobachtete, wie nur ein Stückchen von ihr entfernt einer der neuen siphrischen Propheten auf einen Felsen kletterte und triumphal sein Schwert erhob. „Jetzt ist die Zeit des Widerstandes! Zeigt eure Waffen! Besiegt die Tyrannen, die uns in der Angst festgehalten haben. Für den Ewigen!"

Die Wachen des Königs kamen mit ihren Schwertern und Schilden aus dem Palast zu ihnen herab... bis sie die zahllosen Schwerter und Dolche sahen, die von der Meute über ihren Köpfen geschwungen wurden. Etliche zogen sich zurück und rannten wieder in Richtung Palast.

Die übriggebliebenen Wachen drehten sich um, schlossen sich der Menschenmenge an und fügten dem Geschrei ihren eigenen Kampfjubel zu. Als ob sie auf diesen Tag gewartet hätten. „Nehmt den Palast ein!"

Ela umklammerte fassungslos den Stab, während sie dabei zusah, wie sich eine Revolution entfaltete. „Oh, Ewiger..."

Die alte Frau lachte und umarmte sie erneut – aufgedreht und fröhlich wie ein Kind. „Wir haben so lange auf dich gewartet!"

* * *

Kien half Akabe dabei, ein Fass mit Mehl aus dem Wagen eines Händlers zu heben. Jubilierend meinte Akabe: „Gestern Olivenöl und getrocknete Früchte. Heute Mehl. Welches Geschenk wird der morgige Tag wohl bringen?"

„Wir wollen hoffen, dass die Großzügigkeit der Menschen anhält", sagte Kien zustimmend.

Ihre Gäste, die lang verloren geglaubten Priester Siphras, hatten mit ihrem Auftauchen wirklich für Aufregung gesorgt. Geschenke wurden aus den nahegelegenen Ortschaften gebracht. Kien begrüßte ihre Großzügigkeit. So gastfreundlich Akabe und seine Männer sie auch aufgenommen hatten, so hatten ihre Mahlzeiten vor der Ankunft der Priester doch zu wünschen übriggelassen.

Als Kien und Akabe das Mehlfass nahe des Kochfeuers abstellten, setzte sich der kranke Hohepriester Johanan auf seinem Bett aus Fellen auf. Seine Gesichtsfarbe sah heute besser aus, bemerkte Kien. Überhaupt sah er viel gesünder aus, als zu dem Zeitpunkt, an dem seine Mitpriester ihn in Akabes Lager getragen hatten. Der alte Mann hatte an dem Tag wie eine Wachsfigur ausgesehen. Tatsächlich hatten seine Anhänger ihn schon für tot erklärt.

Johanan strahlte Kien und Akabe an: „Wundervoll, wie der Ewige für uns sorgt! Hätten wir gewusst, dass wir solcher Großzügigkeit begegnen würden, hätten wir unser Versteck schon lange verlassen."

„Es war nicht sicher", protestierte Akabe. „Hast du vergessen, wie das Königreich durchsucht wurde? Wie jeder gefoltert und getötet wurde, der verdächtigt wurde, dem Ewigen treu zu sein?"

Kien vermutete, dass Akabe gefoltert worden war, aber der junge Mann äußerte selten irgendwelche persönlichen Details. Der Hohepriester zuckte mit den Schultern. „Ich bin sicher, dass unser Leid nun ein Ende hat."

Akabe lachte und neckte ihn: „Ich fürchte, deine Leiden halten noch ein wenig an. Keiner meiner Männer kann backen."

„Ah, aber meine können es", erwiderte Johanan zu Kiens Erleichterung. „Was denkst du, wer die Brote für den Tempel des Ewigen gebacken hat? Als der Tempel noch stand…"

Sie verstummten beide, offensichtlich in Erinnerung des herrlichen Ortes, der schon so lange zerstört dalag. Akabe seufzte. „Der Tempel des Ewigen wird wieder aufgebaut werden. Eines Tages."

Den restlichen Nachmittag über sprachen alle im Lager vom Tempel des Ewigen, während sie halfen, Brot zu backen. Weiche, luftige Fladenbrote, die denen von Ela so ähnlich waren, dass Kien während des Abendessens innehielt und sie anstarrte. Wo war sie? „Bitte schütze sie", murmelte er. Wenn er nur sicher sein könnte, dass es Ela gut ginge, wäre ihm alles andere egal.

„Hast du etwas gesagt?", wollte Beka wissen, die zwischen ihm und Jon saß und Tzana auf dem Schoß hatte.

„Ich habe an Ela gedacht."

„Oh." In Bekas Gesicht zeigte sich stilles Mitgefühl.

„Sie wird bald zurück sein." Tzana klang eher hoffnungsvoll als sicher. Kien sah, wie das kleine Mädchen blinzelte, als versuchte sie, nicht loszuweinen.

Als Kien sein Brot beiseitelegte, um sie zu trösten, ertönte der Ruf eines Wachmannes aus einem Baumwipfel: „Mehr Besucher – ein ganzer Haufen!"

Besucher, hatte der Mann gesagt. Nicht Feinde. Dennoch griff Kien nach seinem Schwert und stellte sich neben Akabe. Der Befehl lautete, dass alle bewaffneten Männer sich entlang des Zugangs zum Lager aufstellen und sofort Alarm schlagen sollten, wenn sich herausstellen würde, dass die Besucher nicht in freundlicher Absicht kamen.

Ohne, dass er gerufen worden war, trat Sense zu Kien und stupste ihn an, während er noch auf den Überresten eines kleinen Baumes herumkaute. Kien strich über den schimmernden Hals des Zerstörers. „Das hat lange genug gedauert, du Vielfraß. Komm, wir schauen uns die Besucher mal an."

Der Zerstörer streckte die Nase in die Luft, zuckte und stürmte im nächsten Moment den Abhang hinunter. Ohne Kien.

* * *

Ela stieg von dem gereizten Esel, der ihr von ihrer temperamentvollen, älteren Beschützerin – der unbesungenen Anführerin des Aufstandes im Tal vor Munra, Tamri Het – freundlicherweise zur Verfügung gestellt worden war.

Hinter Ela in der Prozession rief Tamri aus dem überfüllten, gepolsterten Wagen ihrer Familie: „Macht er dir wieder Schwierigkeiten, Ela-Mädchen?"

„Nicht zu sehr", rief Ela zurück. „Ich muss mich nur kurz strecken. Wir sind fast da."

Tamri kicherte gackernd und drohte ihr heiter: „Wage es ja nicht, auf neue Abenteuer zu gehen, bevor ich bei dir bin, kleine Prophetin."

„Mach ich nicht. Aber beeil dich." Ela hoffte, dass sie bis auf weiteres genügend Abenteuer erlebt hatte. Bis auf dieses eine, vergleichsweise kleine. Sie kletterte auf den Hügel und benutzte dabei den Stab als Stütze. Ihr verwunderter Fuß war nur noch ein wenig empfindlich – eine große Gnade.

Bäume überschatteten den Großteil des Weges hier. Bäume, die ihr bekannt vorkamen. Ela lächelte. Ein tiefes, langgezogenes, grollendes Wiehern erklang aus der Ferne – das willkommenste Geräusch, das sie seit Wochen gehört hatte. „Pony!"

Der Zerstörer schoss aus den Bäumen am Fuße des Hügels – so perfekt und wunderschön mit seinem glänzenden Fell, dass Ela beinahe bewundernd aufgeseufzt hätte. Pony blieb einen Augenblick stehen, bevor er auf sie zugestürmt kam. Ela schnappte nach Luft. „Langsam!"

Pony hielt gerade noch rechtzeitig vor ihr an, gab ihr jedoch solch einen heftigen Stoß mit dem Maul, dass sie rückwärts stolperte. Ela gewann ihr Gleichgewicht jedoch schnell zurück und lachte, als sie den Hals des Monstrums umschlang. „Du geliebter Schlingel! Oh, ich habe es nicht gewagt zu beten, dass du hier sein würdest." Und wenn Pony hier war...

Ela trat einen Schritt zurück und schaute den Weg hinunter. Eine schwarz gewandete Gestalt trat gerade aus den Bäumen. „Kien."

Warum wollte sie weinen? Sogar aus dieser Entfernung konnte sie sein Grinsen sehen. Er lief auf sie zu, um sie zu umarmen, und gab dem Zerstörer im Vorbeilaufen einen unwirksamen Schubs. „Schurke! Konntest nicht auf mich warten, was? Geh mir aus dem Weg!"

Pony grunzte und trat beiseite, doch er schlug mit dem Schweif und schnaubte in Kiens Haar. Ela lachte über sie beide. Kien gab dem Zerstörer einen Klaps, doch dann ergriff er Elas Hand und küsste sie liebevoll, während er sie so leidenschaftlich und glühend anstarrte, dass ihr die Knie weich wurden und sie zu atmen vergaß.

Wahrhaftig, sie war Monstern und Attentätern selbstbewusster gegenübergetreten. Bevor sie wusste, wie ihr geschah, nutzte Kien seinen Vorteil, zog sie an sich und küsste sie auf die Wange. „Du bist in Sicherheit! Wir haben gerade über dich gesprochen. Obwohl du das wahrscheinlich bereits weißt."

Wenn er die Absicht gehabt hatte, sie zu verwirren, hatte er damit Erfolg. Ela konnte nur langsam sprechen: „Also... hast du mir verziehen... ein wenig?"

„Völlig! Als ich dachte, du wärst tot..." Er zögerte und war offensichtlich so überwältigt, dass er um Worte kämpfte. „Nichts zählte mehr. Ich musste nur wissen, dass du in Sicherheit bist."

Ela blinzelte Tränen weg, bevor sie sich sanft aus seiner Umarmung löste – auch wenn sie es nur widerwillig tat. Ihre Hand jedoch ließ er nicht los. Sie zwang sich zu einem Lächeln. „Danke. Aber eines Tages werde ich nicht in Sicherheit sein. Und du kannst mich nicht beschützen. Und Pony auch nicht."

„Sense."

„Gut. Sense. Versprich mir nur, dass du dein Leben weiterleben wirst, wenn ich weg bin."

„Ich verspreche dir gar nichts, außer, dass ich dich immer noch liebe."

„Kien, du kannst nicht einfach weiter..."

„Doch, ich kann." Er lächelte, doch seine grauen Augen blickten ernst. „Ich kann und werde dir für den Rest unseres Lebens folgen. Und wenn du darüber streiten willst, werde ich gern mit dir darüber streiten. Ich werde gewinnen. Du weißt, dass ich gewinnen werde."

„Ich hoffe, du gewinnst!"

„Ich spüre falsche Tapferkeit."

Sie stupste ihn mit dem Stab an und drohte halbherzig: „Du nennst mich falsch?"

„Nicht dich. Nur die Tapferkeit." Er schaute über ihren Kopf auf die Prozession, die sich umständlich einen Weg den Hügel hinauf bahnte. „Was ist das? Wer sind all diese Leute?"

„Ein siphrisches Begrüßungskomitee. Reiß dich jetzt zusammen, sei ernst und hör auf, mit mir zu flirten."

„Wer flirtet? Ich bin immer ernst. Ich habe vor, dich zu heiraten."
„Du bist ein hoffnungsloser Fall!"
„Ich würde genau das Gegenteil behaupten."
„Darf ich das Thema wechseln?"
„Natürlich. Solange das neue Thema uns beide betrifft."
„Das tut es. Wir haben Geschäftliches zu erledigen, Herr Botschafter." Sie zog ihre Hand aus Kiens und ging voran in Richtung Lager. Akabe traf sie auf halbem Weg und setzte an, um etwas zu sagen, doch Ela gebot ihm mit erhobenem Stab zu schweigen.

„Wenn alle zusammen sind, werde ich mit dir sprechen."

„Was machst du?", schimpfte Kien leise. „Ela, warum hast du Akabe den Mund verboten? Er ist…"

Ela murmelte: „Er wird es bald verstehen. Dies ist kein gewöhnlicher Besuch." Und sie musste sich mit prophetischer Würde verhalten.

„Ela!" Tzana eilte mit einem Grinsen auf ihrem zerknitterten Gesicht auf sie zu – und brachte Elas Haltung zum Einsturz.

„Oh!" Sie kniete nieder, fing ihre kleine Schwester auf und umarmte sie, während sie Küsse auf ihre Locken hauchte. Und weinte. Kein besonders würdevolles Verhalten einer Prophetin. Oder war es das doch? Es war ihr egal.

Tzana immer noch im Arm stand Ela auf. Beka wartete in der Nähe. Ihr Blick glitt einmal an Ela hinab und mit einer erhobenen Augenbraue, die genauso aussah wie bei Kien, sagte sie: „Sieh dir nur all die Falten und Flecken auf deinem Gewand an." Sie seufzte scheinbar entmutigt. „Immerhin bist du gut gekleidet auf diese Reise gegangen. Schon gut. Ich werde dich abstauben und wieder herausputzen, sobald wir zuhause sind."

Hatte Beka bereits entschieden, dass Traceland Elas Zuhause war? Kien! Beka stand auf Kiens Seite.

Als sie sich umarmten, flüsterte Beka: „Ich bin so froh, dass du in Sicherheit bist! Wen interessiert schon alles andere? Wie geht es deiner Wunde?"

„Sie heilt. Danke." Sie warteten, bis Tamri Het und alle siphrischen Propheten und Beamten aus Munra zusammengekommen und respektvoll verstummt waren. Mit einem Kuss und einem liebevollen

Klaps stellte Ela Tzana auf die Füße. Dann gab sie dem Hohepriester ein Zeichen. Er humpelte so schnell es seine arthritischen Glieder zuließen auf sie zu. Mit erhobener Stimme, sodass alle sie hören konnten, begann Ela: „Du bist der Hauptzeuge."

Sie legte den Stab in ihre Armbeuge, löste die heilige Ampulle von ihrem Gürtel, holte sie aus ihrem Kästchen und brach das goldene Siegel.

Akabe trat einen Schritt zurück, als sie sich ihm näherte. Sie konnte es ihm nicht verübeln. Der Stab glühte in ihrer Hand und Akabe fürchtete wahrscheinlich, sie würde ihn irgendwie verwandeln. Und das würde sie. Auf Zehenspitzen stehend goss sie einen dünnen Strom goldenen Öls über seinen Kopf. „Akabe Garric, der Ewige sagt zu dir: ‚Ich salbe dich zum König über Siphra.'" Sie trat zurück. „Rufe deinen Schöpfer bei jeder Entscheidung an, König Akabe. Er wird dich gut beraten."

Siphras neuer König schien verwirrt. Der Hohepriester jedoch schlurfte würdevoll und mit erhobener Hand auf ihn zu. „Möge der Ewige dich segnen und dir Weisheit schenken, wenn du Seinen Willen ausführst."

Die Propheten und Munras Beamte versammelten sich um Akabe und begannen, wild durcheinander zu reden. Er müsste sofort mit ihnen gehen und die Kontrolle über die Hauptstadt und den Palast übernehmen. Er müsste Segere und Raennas Anhänger und ihre falschen Propheten verfolgen und gefangen nehmen, damit sie den Verwandten ihrer Opfer Rechenschaft ablegen konnten. Er müsste...

Währenddessen beeilten Akabes Gefolge und Tamri Het sich, das größte Festessen aufzutischen, was sie zustande bringen konnten. Kien jedoch drehte sich zu Ela um und blickte sie ernst an. „Du wusstest, dass dies geschehen würde, als du mitten in der Nacht aus East Guard entführt wurdest."

„So ungefähr." Ela bückte sich, um Tzana auf den Arm zu nehmen, die an ihrem Umhang zupfte. „Ich hatte nicht damit gerechnet zu überleben. Und ich wusste bis vor ein paar Tagen nicht, dass der Ewige Akabe erwählt hatte. Die Situation in Munra war... schwierig."

Um Tzanas willen wechselte sie das Thema und zog Kien auf: „Ich hoffe, du hast deine Zeit gut genutzt, während du den König besucht hast, Botschafter."

„Ich hätte diese Gelegenheit noch weitaus besser nutzen können, wenn ich gewusst hätte, dass es eine Gelegenheit war."

„Du fängst jetzt nicht an zu schmollen, oder?"

„Nein, tu ich nicht." Sein Gesichtsausdruck entspannte sich. Sie konnte beinahe sehen, wie der Schalk sich einen Weg in seine Gedanken zurückbahnte. „Ich habe einen Weg gefunden, Sense in den Wahnsinn zu treiben. Wo ist er? Tzana, tu so, als ob du dich mit mir streiten würdest."

„Sein Name ist Pony!", behauptete Tzana so nachdrücklich, dass Ela wusste, sie meinte es ernst.

Kien runzelte die Stirn. „Nein, er heißt Sense!"

Auf der anderen Seite der Lichtung hielt ein riesiger Zerstörer im Fressen inne und begann, unruhig von einem Huf auf den anderen zu treten. Ela war sich sicher, dass er zu schwitzen begann.

* * *

Eine leichte Brise vom Meer fuhr durch Kiens Haar, als er mit Sense den Tempelberg hinauf zu Elas Haus ritt – der Steinkammer, die nahe der Tempelruine in den Felsen gehauen worden war. Er trieb den Zerstörer über die sonnige Lichtung und grinste.

Ela saß auf einer umgefallenen Säule hinter einem behelfsmäßigen Tisch nahe dem Obstgarten. Sie bereitete gerade Tinte und Pergament vor. Und behielt Tzana im Auge, die nicht weit entfernt mit einer kichernden, kreischenden Gruppe kleiner Mädchen spielte, die aus East Guard und Siphra zu Besuch waren. Mittendrin Tamri Hets Urenkelin.

Tamri war ‚auf Urlaub' bei Ela. Immer noch. Aber Kien konnte es der agilen Achtzigjährigen nicht übelnehmen, dass sie bei Ela bleiben wollte. Sie passten gut zusammen. Und Tamris sachliche Präsenz sorgte dafür, dass sich kein Klatsch darum bilden konnte, Ela und Tzana würden allein leben. Darüber hinaus verjagte sie jeden anderen Möchtegernverehrer – etwas, das Kien übermütig unterstützte.

Ela sah auf und lächelte. Kien konnte ihren Gesichtsausdruck nicht falsch verstehen. Sie freute sich, ihn zu sehen. Prophetin oder nicht, sie liebte ihn und er wusste es. Umso mehr Grund dafür, sein Ziel weiter zu verfolgen.

Kien stieg ab und ließ Sense frei laufen, damit dieser sich an den Sträuchern gütlich tun konnte. „Guten Morgen, Prophetin! Heute keine zänkischen Gelehrten?"

„Noch nicht. Bist du auf einer Mission, Botschafter?"

„Noch nicht." Er setzte sich auf eine zerbrochene Säule. „Ich reise nächste Woche mit General Rol ab." Mit einer gespielt förmlichen Verbeugung, die sitzend nur halb gelang, fügte er hinzu: „Kien Lantec – Militäranwalt in Ausbildung."

„Du wirst großartig sein", murmelte sie. „Aber das ist nur meine Meinung."

„Deshalb bin ich zu Besuch gekommen. Ich möchte deine Meinung hören."

„Über…?" Kien spuckte die Frage aus, vor dessen Antwort er sich so fürchtete: „Sollten wir Traceländer uns Sorgen über deine Anwesenheit machen? Wirst du unsere Regierung stürzen, wie du es in Istgard und Siphra getan hast?"

Sie lachte und stellte ihren ungebrauchten Rohrfederhalter in den Ständer. „Nein. Selbst Propheten brauchen einen Ort zum Ausruhen. Fürs Erste ist hier mein Platz. Um auszuruhen, zu lehren und zu schreiben. Wenn ihr sturen Traceländer in der Zwischenzeit auf den Ewigen hört – und ich bete mit aller Kraft, dass ihr das tut – so wird er zufrieden sein. Schau."

Ela hob eine Elfenbeintafel und zeigte auf die Gravur am unteren Ende. Lan Tek. „Der Name Lantec in seiner ursprünglichen Form. Dein Rebellenerbe basiert auf mehr als nur Streitigkeiten über Landrechte und politisch unterschiedliche Meinungen. Die Liebe zum Ewigen haben deine Vorfahren von den Göttern Istgards getrennt."

Kien betrachtete die Tafel verwirrt. Er konnte das Alter der Unterschrift nicht leugnen. Oder ihre Aussage. Nun, nun. Das war eine Lektion, die Meister Cam Wroth ihm in seinem Unterricht nicht beigebracht hatte. Kien schaute sich die Tafel genauer an, bis Ela fragte: „Was wirst du für die Hochzeit nach Istgard schicken?"

„Hochzeit?"

„Tsir Aun und Tek Laras Hochzeit. Sie haben mir eine Nachricht geschickt, dass sie nächsten Monat heiraten werden. Ich habe ihnen kaum etwas anzubieten als mein Gebet um Segen."

„Ich bin sicher, dass sie deine Gebete als große Ehre empfinden werden." Kien beneidete das Paar. Er hoffte, dass er Tsir Aun bald ähnliche Neuigkeiten über seine Hochzeit mit Ela senden könnte.

Wusste Ela, wie wunderschön sie aussah, während sie mit Tinte an den Fingern und zerwühltem Haar dort in der Sonne saß? Wahrscheinlich nicht – was einen Teil ihres Charmes ausmachte. Kien lehnte sich näher zu ihr, senkte bewusst seine Stimme und drängte sie leise: „Versprich mir, dass du mir schreibst, während ich weg bin. Schick mir deine Lieblingsverse aus den Büchern des Ewigen. Ich muss sie ja lernen, weißt du?"

Es stimmte. Er wollte diese uralten Schriften studieren, die seinen Vorfahren so wichtig gewesen waren. Sie waren ein Teil seines Erbes. Und der Ewige und Ela waren Teil seiner Zukunft.

Nun, wie konnte sie diese ernste Bitte eines abreisenden Soldaten ablehnen? „Versprochen!?"

* * *

Ela sah Kien hinterher, als er auf Sense davonritt. Sie durfte kein Trübsal blasen und unglücklich sein, während er weg war. Sie hätte ihm wirklich nicht versprechen sollen, dass sie ihm schreiben würde. Sie würde sich nach seinen Briefen sehnen. Nach ihm. Es war gefährlich… und töricht! Doch sie war unfähig, Kien etwas abzuschlagen.

Diesem frustrierenden, unwiderstehlichen Mann!

„Ewiger? Warum hast Du mich nicht gewarnt?"

Stille antwortete. Ela spürte die Gegenwart des Ewigen, als er wartete und sie beobachtete.

Und liebte. Immer.

Im Frieden mit ihrem Schöpfer hob sie ihren Stift, tunkte ihn in das Tintenglas und begann, auf dem beschwerten Pergament zu schreiben.

Dies sind die Aufzeichnungen von Ela, Prophetin von Parne. Im letzten Jahr der Herrschaft von König Tek An von Istgard sandte der Ewige Seiner Prophetin in Parne eine Vision...

Danke

Mein lieber Herr und Erlöser, danke für Deine endlose Liebe. Ich kann immer noch nicht glauben, wie viel Segen ich durch Ela empfangen durfte. Danke, dass Du dafür gesorgt hast, dass ihre Geschichte immer wieder in meinem Kopf aufkam, bis ich hingehört habe. Ich applaudiere Donita K. Paul, meiner lieben Freundin und Kollegin in der Welt der Fantasy-Fiction-Fanatiker, welche die ersten Kapitel gelesen hat, als ich anfing, dieses Buch zu schreiben, und mich angefeuert hat. Donita, du bist ein Juwel, Danke!

Meinem brillanten Kampfexperten-Bruder, Joe Barnett, der mir mit Freude Fecht- und Schwertinformationen beschafft hat und besonders die Szenen mit Albtraumpotenzial überprüft hat. Red Robin!!!

Ehre und eine Gruppenumarmung für die *Hobbit Hole* Kritikgruppen: Donita K. Paul, Evangeline Denkmark, Beth DeVore, Jim Hart, Beth K. Vogt und Mary Agius. Wann sehen wir uns mal wieder?

Danke auch an die *Lost Genre* Gilde: Danke für den Spaß und die Diskussionen. Besonders danken möchte ich Caprice Hokestadt, Pete, Frank Creed, Forrest Schultz, Alice Roelke, Fred Warren, Noah Arsenault und Johne Cooke für ihre Vorschläge und genialen Wortspiele.

Ein besonderer Dank gilt Katharin Fiscaletti für ihre künstlerische Fantasie! Ich freue mich auf zukünftige Zusammenarbeit, Kat! Darüber hinaus danke ich Lisa Buffaloe, Anita Mellot, Ann-Louise Gremminger, Becky Cardwell, Steve Visel, Rene McLean, Robert Mullin, Linda und Bob Mullin, Jeri Fontyn, Beka Thelen und Anna Thelen für den Spaß und das Anfeuern. Eine La-Ola-Welle für Scott Rogers und das *Falcon 1644* Team – danke, dass ihr es mit mir ausgehalten habt. Besonders liebevolle Umarmungen für Debbie und Star, Kristen und Kaitlyn Coutee, die Pony ins Herz geschlossen haben und mir mit ihrem Pferdewissen geholfen haben.

Last, but not least, gilt meine unendliche Dankbarkeit dem Team von *Community Bible Studies*. Euer Wissen und eure Hingabe an die Verbreitung des Wortes Gottes waren und sind inspirierend!

Zusatz zur deutschen Fassung:
Ich freue mich sehr, dass *Die Prophetin* ins Deutsche übersetzt wurde und ich bin dem Verlag, ReformaZion Media, und Alexandra Wolf, meiner Übersetzerin, dafür sehr dankbar. Möge der Herr euch in eurer Arbeit weiterhin segnen.

Lieber Leser:
Ich hoffe, Elas Geschichte hat dir gefallen und sie hat dich für deinen geistlichen Weg inspiriert. Sei gesegnet und vielen Dank!

Diskussionsfragen

1. Was hat Ela zuerst getan, als ihr klar wurde, dass sie wirklich die Stimme ihres Schöpfers, des Ewigen, hörte? Glaubst du, Elas Reaktion auf den Befehl des Ewigen ist charakteristisch für einen wahren Propheten? Warum oder warum nicht?
2. Was, glaubst du, ist Elas schwierigste, persönliche Herausforderung in ihrer Rolle als Prophetin des Ewigen? Was würde dir am meisten Sorge bereiten, wenn du als Prophet auserwählt werden würdest?
3. Elas zarte, kleine Schwester, Tzana, begleitet sie mit der Unterstützung des Ewigen. Wie erreicht der Ewige andere Menschen durch Tzanas Gehorsam und ihre Schwäche?
4. Im Grenzgebiet verlässt der Ewige Ela vollkommen und zerbricht sie damit körperlich und geistlich. Welche langfristigen Folgen hat dieser vorübergehende Verlust Seiner Gegenwart auf Ela? Wie konnten Elas Feinde von ihrer schrecklichen Erfahrung profitieren?
5. Was ist dein erster Eindruck von Kien Lantec? Welche seiner Charaktereigenschaften stechen heraus, als er durch extreme, oft gefährliche Situationen geht? Glaubst du, dass dein Schöpfer ähnliche Charaktereigenschaften in dir hervorrufen will, wenn du durch schwierige Zeiten gehst? Welche Eigenschaften sollen andere in dir sehen, wenn du vor Herausforderungen stehst?
6. Ela hinterfragt ihren Wert als Prophetin immer wieder. Warum sieht sie sich selbst als eine Versagerin? Stimmt der Ewige ihr zu? Kennst du Propheten oder Anführer aus dem Alten Testament, die sich als Versager wahrgenommen haben?
7. Während ihre Beziehung sich entwickelt, kämpfen sowohl Ela als auch Kien mit ihren eigenen körperlichen und emotionalen Reaktionen auf den jeweils anderen. Welche Hinweise findest

du auf wahre Liebe in ihrer Beziehung, die über die körperliche Anziehung hinausgeht? Glaubst du, dass Ela Recht hat mit der Annahme, dass sie ihr Leben als Prophetin allein bewältigen muss?

8. Findest du in der Geschichte Hinweise dafür, dass der Ewige Ela beschützt? Belohnt er sie? Wenn ja, wie? Hat dein Schöpfer dich schon beschützt/belohnt?

9. Welche Parallelen kannst du zwischen Ela und den bekannten Propheten des Alten Testaments finden? Welche Unterschiede?

10. Findest du, dass dir die Tatsache, dass diese Geschichte in einer „anderen Welt" spielt, geholfen hat, die Propheten des Alten Testaments zu verstehen? Warum oder warum nicht?

Über die Autorin

R. J. Larson ist Autorin zahlreicher Andachten in Zeitschriften wie *Women's Devotional Bible* und *Seasons of a Woman's Heart*. Außerdem schreibt sie auch unter ihrem richtigen Namen (Kacy Barnett-Gramckow) biblisch-fiktionale Romane. Sie lebt mit ihrem Mann in Colorado Springs, Colorado. Die beiden sind seit über 30 Jahren verheiratet und haben zwei Söhne. Mit *Die Prophetin* und der daraus resultierten *Bücher des Ewigen*-Buchreihe feierte sie ihr Debüt im Fantasy-Genre.

„Larson gelingt es, das Fantasy-Genre sogar für solche Leser packend zu gestalten, die sich in den mystischen Bereichen normalerweise nicht heimisch fühlen. Auch wenn die erzählten Kämpfe an Geschichten aus dem Alten Testament erinnern, finden sich keine predigenden Worte – nur eine überzeugende Geschichte von Gut und Böse, in der das Gute mit Sicherheit gewinnt."
– *Booklist*

Eine Leseprobe aus

Der Richter
Bücher des Ewigen – Band 2

Kien Lantec hob das Kinn an und drückte mit seinen Fingern gegen die nasse Haut, um sie zu spannen, bevor er mit dem Rasiermesser langsam an seinem Kehlkopf entlangfuhr – im gleichen Moment hallte plötzlich die Stimme des Ewigen durch seine Gedanken.

Geh nach ToronSea.

„Au!" Erschreckt von der Stimme japste Kien, bevor er im nächsten Augenblick einen Schritt zurücksprang, damit die fallengelassene Klinge ihm nicht die Zehen abschnitt. Sie landete klirrend auf den Bodenfliesen. Die Stimme seines Schöpfers zu hören barg offensichtlich ungeahnte Risiken. Kien atmete tief ein und drückte eine schwitzige Hand gegen sein Herz. Ganz ruhig.

ToronSea? Warum? Er war gerade erst für seinen Heimaturlaub von seiner Militärausbildung zurückgekehrt. Sein erster Urlaub! Und ToronSea lag mitten im Nirgendwo. Außerdem wurde es von einer Horde dickköpfiger, unsozialer Kerle regiert, die eigentlich zivilisierte Traceländer sein sollten. Kien riss sich zusammen und strich etwas Balsam auf die blutige Kerbe unter seinem Kiefer. „Ich soll nach ToronSea gehen?"

Du wirst die Gläubigen dort vor meinem Zorn warnen, weil sie sich mit den Anbetern Ateas eingelassen haben. Sag dem, den sie als ihren Anführer gewählt haben, dass er mir treu sein und meinen Willen suchen soll. Außerdem sollst du auch mit einigen Geblendeten sprechen, die Atea lieben. Sag ihnen, dass ich ihre Fehler erkenne und in ihre Herzen sehe. Die Weisen werden mich in deinen Worten erkennen.

Anbeter der Atea? Waren das nicht die, die versuchten, Vorhersagen aus den Todeskämpfen der Menschen zu treffen, die sie in rituellen Strangulationen ermorden ließen?

Verstörend. Kien hoffte, dass die hartnäckigen Gerüchte keine wahre Grundlage hatten. Er würde es vorziehen, nicht das Ziel solch eines Wahrsagerituals zu werden. „Aber, Ewiger, ich bin kein Prophet. Ich bin ein –"

Bist du mein Diener?

Besiegt, bevor er auch nur versuchen konnte, eine Verteidigung aufzubauen. „Ja. Ich bin Dein Diener." Kien meinte jedes Wort, aber er musste sich trotzdem nicht wohl dabei fühlen, oder? Er leckte sich über die Lippen, bevor er fragte: „Bedeutet das, dass ich die Ausbildung zum Militäranwalt abbrechen soll?"

Abwartende Stille antwortete ihm. Kien seufzte, bückte sich nach seinem Rasiermesser und versuchte, eine Frage zu stellen, auf die er eine Antwort erwarten konnte: „Soll ich heute noch aufbrechen?"

Ja.

„Werde ich überleben?"

Noch mehr allmächtige Stille. Sein Überleben sollte offensichtlich nicht seine erste Sorge sein. „In Ordnung. Ich rasiere mich zu Ende, organisiere ein paar Dinge und packe meine Sachen zusammen. Wird eine Tasche ausreichen?"

Er hielt inne. Nichts. Es schien, als müsste er die meisten seiner Fragen selbst beantworten. Und davon hatte er viele. Zum Beispiel: Warum sandte der Ewige nicht Seinen wahren Propheten, Ela von Parne, um ToronSea die Warnung zu überbringen? Obwohl es völlig inakzeptabel für Kien war, sie in eine Situation gehen zu lassen, die lebensbedrohlich für sie werden könnte. Um Ela zu schützen, würde er lieber selbst nach ToronSea gehen.

Ela… Kien grinste sein Bild im polierten Metallspiegel schelmisch an, während er sich fertig rasierte. Jetzt hatte er die perfekte Ausrede, um die bezauberndste und faszinierendste Person in EastGuard zu besuchen. Ela würde zweifelsohne –

„Kien?" Die Stimme seiner Mutter hallte die spiralförmige Steintreppe hinauf bis zu seinem Turmzimmer. „Kiiii-en!"

Eilig rubbelte er sein Gesicht trocken und strich seine Tunika glatt, bevor er den Raum durchquerte und die Tür öffnete. Ara Lantec stieg just die letzten Treppenstufen hinauf und blieb vor ihm stehen. Ihre kühlen, grauen und normalerweise heiter blickenden Augen verengten sich und mit verschränkten Armen vor der Brust starrte sie ihn voller mütterlicher Wut an. „Dein Zerstörer frisst meinen Garten! Meinen ganzen Garten! Wenn du dein Biest nicht unter Kontrolle bringst, wird dein Vater es von den Bogenschützen abschießen und zu Eintopf verarbeiten lassen!"

Kien sah die letzten sechs Monate seines Militärgehaltes vor seinen Augen verschwinden – verschlungen von der Völlerei eines riesigen Schlachtrosses. „Tut mir leid. Ich zahle für den Schaden."

Ara schäumte. „Den Garten zu bezahlen wird mir heute Abend nicht helfen. Mein Empfang ist ruiniert!"

Er würde sich nicht dazu hinreißen lassen, Hilfe für den Empfang seiner Mutter anzubieten, zu dem sie die Elite der Frauen Tracelands eingeladen hatte – mit ihren Töchtern, denen Kien mit aller Leidenschaft entkommen wollte. Zweifellos würden seine Eltern andernfalls in dem Moment beginnen, seine Hochzeit zu planen, in dem er es auch nur wagte, eines dieser verwöhnten Mädchen anzulächeln. Kien küsste seine Mutter auf das perfekt frisierte, dunkle Haar in der Hoffnung, sie zu versöhnen. Sie schnaubte nur.

Barfuß lief er die Treppe hinunter. „Keine Sorge. Du wirst mich und den Zerstörer bis heute Mittag los sein. Ich werde auf eine Mission geschickt."

„Was? Du bist doch gerade erst von sechs Monaten Dienst zurückgekehrt."

„Es ist ein Notfall." Und diesem Notfall stellte er sich hundertmal lieber als dem Zorn seiner Mutter, ganz zu schweigen von ihrem Empfang. Einige Stufen unter ihr blieb er zögernd stehen und drehte sich um. „Ich dachte, du willst mich loswerden?"

„Nein, ich will nur, dass du diesen Zerstörer um die Ecke bringst!"

„Ach so, alles klar." Kien hoffte, dass sie seinen Sarkasmus nicht gehört hatte. Das Biest anzuketten, anstatt es zu töten, musste ausreichen. Eilig stieg Kien die restlichen Stufen der spiralförmigen Treppe hinunter und rannte durch die an das Treppenhaus angrenzende Halle. „Sense!"

Er fand das schwarze Monsterpferd mitten im penibel angelegten Garten seiner Mutter, wo es gerade dabei war, genüsslich Blatt um Blatt eines karmesinroten, kleinen und unsagbar teuren Gewürzbäumchens zu stutzen. Das riesige Tier drehte Kien den Rücken zu und schlug mit dem Schweif.

Kien knurrte. „Ich weiß, dass du mich hörst. Wage es nicht, dich von mir abzuwenden!"

Sense schwang seinen großen Kopf herum und sah Kien gereizt und immer noch kauend an. Kien stöhnte und ergriff das Halfter. „Nicht einen einzigen Bissen mehr! Dein Frühstück ist beendet. Beweg dich! Sofort! Gehorche!"

Immerhin hörte der Zerstörer auf den Befehl *Gehorche!*, auch wenn es seine Einstellung nicht verbesserte. Der überdimensionale Rüpel schnaubte empört, als Kien ihn in Richtung Stall zerrte. Um ihn zur Mitarbeit zu bewegen, sagte Kien: „Ich mach mich eben fertig und dann besuchen wir Ela."

Senses große Ohren zuckten. „Ela", wiederholte Kien, denn er wusste, dass sie die größte Schwäche des Tieres war. Genauso wie Kiens. „Ich bin sicher, dass die Sträucher um ihr Haus herum in den letzten sechs Monaten hoch genug gewachsen sind, um selbst deinen Hunger zu überleben."

Er sprach weiter von Ela, während er den widerwilligen Sense an einem Eisenring festkettete, der im Hofe des Stalls in den Stein eingebettet worden war. „Warte hier. Ich bin gleich wieder da." Diese Runde hatte er gewonnen. Zumindest gegen den Zerstörer.

Seine Mutter und der Ewige waren eine andere Geschichte.

Aber die Anhänger Ateas in ToronSea und ihre tödlichen Wahrsagerituale verlangten nach seiner Anwesenheit.

Kien hoffte nur, dass er dieses Abenteuer überleben würde.

* * *

Ela Roeh rutschte auf ihrer gewebten Matte in der Nähe der alten Steinruinen des Tempels des Ewigen hin und her, während sie ihre Schüler betrachtete.

Fünf junge Frauen saßen modisch gekleidet in pastellfarbigen Tuniken und weichen Mänteln vor ihr. Ihre ordentlich frisierten Köpfe mit den hochgesteckten Haaren über der morgendlichen Lektion gebeugt, bewegten sich ihre Schilfrohrfedern über die Schreibtafeln aus Wachs, während das Licht der frühen Herbstsonne über sie hinwegschien.

Es macht Ela zu schaffen, dass ihre Schülerinnen allesamt in ihrem Alter waren. Innerlich fühlte Ela sich älter als Achtzehn, wenn auch nicht älter als ihre liebe, achtzigjährige Begleiterin. Ela warf einen Seitenblick auf Tamri Het, eine Siphrerin, die sie vor sieben Monaten ins Traceland begleitet hatte. Tamri, die nicht weit von ihr saß, sah vollkommen harmlos aus. Wer konnte ahnen, dass diese Urgroßmutter die Anführerin einer Revolution gewesen war? Besonders in diesem Moment, in dem sie wie ein kleines Mädchen vor sich hin summte, während ihr Kopftuch leicht im Wind flatterte...

Mhh. Vielleicht war sie im Geiste doch älter als Tamri. Nicht, dass es wichtig wäre.

Alt im Geiste oder nicht, alle Propheten Parnes starben jung. Der Ewige hatte es ihr bestätigt. Ela kaute auf ihrer Unterlippe herum. Sicherlich würde ihr Tod dem Ziel des Ewigen dienen. Aber wann?

Tzana, Elas zerbrechlich wirkende, kleine Schwester, setzte sich neben sie auf die Matte. Ihr schmales, vorzeitig gealtertes Gesicht zeigte Falten, die nicht nur von ihrer unheilbaren Erkrankung, sondern auch von Sorge hervorgerufen worden waren. „Du siehst traurig aus", flüsterte Tzana.

Ela beugte sich zu ihr herunter und flüsterte zurück: „Bin ich nicht."

Doch sie war unruhig. Ela strich Tzana eine ihrer dünnen Locken hinters Ohr und zwang sich dazu zu entspannen. Tzana kuschelte sich zitternd an Ela, die sie nah an sich drückte. Das kleine Mädchen mochte die kühle Herbstluft nicht. Ela konnte es ihr nicht verübeln. Tzana war an das wärmere Klima in Parne gewöhnt und diese feuchten Meeresbrisen halfen nicht gegen ihre Arthritis.

Heute Abend würde sie mehr von der Salbe zubereiten, die Tzanas schmerzenden Gelenken Linderung brachte, beschloss Ela.

Ein weiteres Flüstern ertönte – dieses Mal aus den Reihen ihrer Schülerinnen.

„Fertig!" Beka Thel, Kiens Schwester, legte ihre Feder und die Tafel beiseite. Beka war so klug wie ihr Bruder. Und ebenso charmant. Mit glänzenden, braunen Augen warf Beka Ela ein schelmisches Lächeln zu, das dem Kiens so ähnlich sah, dass Ela seufzte. Kien...

Sie erwiderte Bekas Lächeln, doch während sie darauf warteten, dass die anderen vier Mädchen ihre Aufgabe beendeten, schimpfte Ela innerlich mit sich selbst. Sie durfte nicht an Kien denken. Warum sich selbst quälen? Und doch dachte sie unentwegt an ihn. Keine anständigen Gedanken für eine Prophetin. Sie sollte besser über den Ewigen nachdenken.

Ela schloss die Augen und betete still zu ihrem Schöpfer, bis sie von plötzlicher Unruhe ergriffen wurde. Eine dunkle, verunsichernde Angst. Warum?

Ewiger?

Stille. Doch sie spürte, dass Sein Geist ihr nah war. Entschlossen konzentrierte Ela sich auf ihr Gebet und den Ewigen. Vielleicht antwortete Er nicht immer, wenn sie es gerne hätte, doch Er antwortete immer. Sie musste nur durchhalten und Seine Entscheidungen akzeptieren.

Ewiger, wie lautet dein Wille?

Bevor Ela nach Luft schnappen konnte, wurde sie in eine Vision gesogen, die sie innerlich wie in einem Wirbelsturm umherwirbelte und nach Parne brachte. Nach Hause. Aber nicht zu ihrer Familie. Ela zitterte, als sie ihre Umgebung erkannte. Sie stand auf dem steinernen Aussichtsturm der Wache auf Parnes hoher Stadtmauer. Viel zu hoch! Gegen den Schwindel ankämpfend, konzentrierte sie ihre Gedanken auf ihre Atmung und darauf, die Qualen der Vision zu ertragen. Ewiger!

Kind des Staubes, murmelte der Ewige, *was siehst du?*

Aus Angst hinunterzusehen, heftete Ela ihren Blick auf den westlichen Horizont. Auf ein schreckliches, albtraumhaftes Bild, das sich von Norden über den ganzen Horizont bis in den Süden erstreckte. Kaum in der Lage, Worte über die Lippen zu bringen, flüsterte Ela: „Ich sehe einen riesigen Kessel am Himmel… der kochendes Öl über Parne ausgießt."

Ihr Zuhause stand kurz vor der Zerstörung.

Als Ela sich etwas gesammelt hatte, sagte ihr Schöpfer: *Mein Volk hat mich verlassen! Sie verbrennen Rauchopfer für andere Götter und beten Götzen an, die sie mit ihren eigenen Händen geschaffen haben.*

„Nein…"

Eine Katastrophe wird Parne ereilen und alle, die dort leben.

„Nein!" Alle, die dort leben? Vater. Mutter. Und ihr kleiner Bruder. Wo war Tzana? Elas Arme und Beine fühlten sich an, als wären sie zu Stein erstarrt. Es war ihr unmöglich, Tzana zu erreichen… obwohl sie ihre Schwester wie aus der Ferne rufen hören konnte.

Bilder wie aus einem bösen Traum erwachten hinter ihren Augenlidern und in ihren Gedanken zum Leben. Die Vision erweiterte sich mit solcher Kraft, dass Ela aufschrie und eine Flut von Gesichtern, geflüsterten Worten und Schrecken strömte auf sie ein. Dann fiel sie vom Wachturm.

Eine Finsternis, dichter als alles, was sie je erlebt hatte, zog ihre Seele unter die Erde und begrub sie lebendig. Als sie innerhalb ihrer Vision an den feuchten Wänden kratzte und den magenumdrehenden Gestank des Todes einatmete, sprach der Ewige erneut. *Bereite dich vor.*

Die Qualen der Vision zogen sich noch enger um sie zusammen und drohten, sie zu erdrücken. In dem verzweifelten Versuch, ihre Familie und Parne zu retten, kämpfte Ela um ihr Bewusstsein und versagte.

Ted Dekker
Die 49. Mystikerin

Einige sagen, das große Geheimnis, wie man gleichzeitig in zwei Welten leben kann, sei vor vielen Jahren mit Thomas Hunter verloren gegangen. Andere hingegen behaupten, der Zugang zu jener herrlicheren Realität werde nur von Träumern erlebt. **Sie liegen falsch.**

Wie falsch, wird das blinde Mädchen Rachelle Matthews aus der kleinen Stadt Eden in Utah bald herausfinden. Nach dem misslungenen Versuch, ihr Augenlicht wiederherzustellen, beginnen ihre Träume von einer anderen Welt. Diese erscheinen ihr so wirklich, dass sie sich fragt, ob nicht das so vertraute Leben auf unserer Erde nur ein Traum ist.

Durch Rachelle erfüllt sich eine alte Weissagung. Sie muss die Fünf vergessenen Siegel – in beiden Welten – auffinden, bevor mächtige Feinde sie vernichten. Löst Rachelle ihre Aufgabe erfolgreich, wird Friede herrschen. Versagt sie, werden beide Welten für alle Zeiten in Finsternis gehüllt.

So beginnt eine zweibändige Saga und eine Reise, die höchsten Einsatz fordert, um die Menschheit zu retten. Die Uhr tickt, das Ende scheint unausweichlich. **Auf die Plätze. Fertig. Träume!**

EUR 19,80
gebundene Ausgabe, 480 Seiten
ISBN 978-3-96588-030-6

ReformaZion Media
Braasstraße 30, 31737 Rinteln
Fon (05751) 97 17 0, Fax (05751) 97 17 17
info@reformazion.de, www.reformazion.de